KB125701

소리 7

초판 1쇄 발행 2014년 2월 22일

지 은 이	정상래
발 행 인	권선복
편 집	김정웅
디 자 인	최새롬
마 케 팅	서선교
전 자 책	신미경
표지글씨	예광 장성연
발 행 처	도서출판 행복에너지
출판등록	제315-2011-000035호
주 소	(157-010) 서울특별시 강서구 화곡로 232
전 화	0505-613-6133
팩 스	0303-0799-1560
홈페이지	www.happybook.or.kr
이 메 일	ksbdata@daum.net

값 13,500원
ISBN 979-11-5602-035-6   04810
       979-11-5602-000-4(세트)

Copyright ⓒ 정상래, 2014

도서출판 행복에너지는 독자 여러분의 아이디어와 원고 투고를 기다립니다. 책으로 만들기를
원하는 콘텐츠가 있으신 분은 이메일이나 홈페이지를 통해 간단한 기획서와 기획의도, 연락처
등을 보내주십시오. 행복에너지의 문은 언제나 활짝 열려 있습니다.

도서출판 행복에너지 홈페이지를 방문하여 회원가입 하시면 신간발행 소식과 함께 (주)휴넷 조영탁 대표님의
행복한 경영이야기 소식을 전송하여 드립니다.

소리

제2부 혼이 소리가 되어

정상래 대하소설

7

 도서
출판 행복에너지

책을 펴내며

•

먼저 『소리』 제1부 〈한이 혼을 부르다〉 4권을 어려움 없이 출간하여 독자들 손에 쥐어주게 되었음을 기쁘게 생각한다. 제1부에서는 남도에 짙게 깔려져 내려오는 한의 정서와 소리문화를 한 여인을 통해 조명해보았다. 독자들은 한결같이 한의 정서와 남도의 소리문화를 실감나게 맛볼 수 있어 좋았다고 했다.

여기 제2부 「혼이 소리가 되어」에서는 대를 이어 엄마가 이루지 못한 명창의 꿈을 혼으로 받아들이는 내용이다. 그녀는 스스로 신분제적 한계를 뛰어넘어 소리꾼이 되어 살아간다. 그러나 일제식민통치 제3기(1932~1945)에 해당하는 때라서 그리 쉽지 않았다.

당시 일제는 만주사변과 중일전쟁 그리고 태평양전쟁까지 일으켜 조선을 전쟁물자 보급창으로 여기고 병참기지화 정책을 펴나갔다. 거기에다 조선을 아예 일본으로 만들려는 '민족문화말살정책'을 수행해 나갔던 것이다. 그들의 혹독한 탄압은 결국 힘없는 사람들에게 더욱 가혹할 수밖에 없었다. 꿈을 펴보기도 전에 처녀공출(위안부)의 마수에 걸려 피신 길에 오르고, 민족적인 문화 활동을 금지하는 소용돌이 속에서 비참하다시피 살아가는 고회를 맛본다. 그리고 더 나아가 남편이 징용으로 끌려가며 한 많은 삶은 계속된다. 그러나 일념불생 소리를 혼으로 간직한 그녀는 결국 명창의 꿈을 이뤄내고야 마는 삶의 의지도 보여준다. 그러기까지는 훌륭한 스승이 있었기에 가능한 일이었다.

본 소설에서는 다음에 의미를 부여하고 싶다.

첫째 일제의 민족문화말살정책 과정에서 힘없는 민초들의 처절한 고통을 들여다볼 수 있다. 일제는 우리 땅을 무력으로 차지한 후 식민지화, 가혹한 수탈뿐만 아니라 민족자체를 지구상에서 소멸시키려 들었다. 그 과정에서 힘없는 소리꾼들이 겪은 고충은 더할 나위 없었다. 일제의 만행 앞에 그들의 삶을 진솔하게 들려주려 힘썼다.

둘째로 문화 창달은 각고의 고통 없이 이뤄질 수 없다는 것이다. 일제강점기에도 민족문화 창달에 기여한 선지자들도 있었음을 알려주고 싶었다. 자신의 모든 것을 바쳐가면서 훌륭한 제자들을 길러낸 위대한 스승이요 민족국악인이었으며 현대 판소리를 대표하는 보성소리를 일궈낸 송계 정응민 선생님의 숭고한 정신을 알려줄 수 있는 것이 큰 기쁨이라 할 수 있다.

다시 한 번 본 소설을 출판해준 행복에너지 권선복 대표이사님과 제1부를 읽고 큰 호응을 주신 많은 독자들에게 감사드리는 바이다.

2014년 2월

鄭 相 來

추천사

안양옥(한국교원단체총연합회 회장)

　문학은 삶의 현장에서 양분을 흡수하여 현실을 추상화시키는 동시에 현실성을 높여가는 언어예술입니다. 그 중심에 선 소설이 우리나라에 수용된 지 한 세기가 다 되었습니다. 단편과 장편에서 질적, 양적으로 괄목할 만한 성장세와 성과를 보여주었지만 한 시대를 다 담아낼 수는 없습니다. 독자들이 대하소설을 갈구하는 까닭이 여기에 있습니다.

　그래서 우리 전통문화를 바탕으로 한 시대를 조명하는 대하소설 『소리』의 출간에 큰 기대와 축하를 보냅니다. 저자는 한평생 교직생활을 해오면서 이 소설을 집필하는 데 십 년이란 인고의 세월을 보냈다고 합니다. 교직자이면서도 작가적인 열정을 뜻깊은 결실로 일구어냈다는 점에서 귀감이 될 만합니다.

　소설 『소리』는 우리 민족에 대한 일제의 탄압과 통제가 극에 달한 시대의 정서를 강렬하게 보여주고 있습니다. 잊혀 가는 우리 문화의 재조명과 역사적 비극이 가져다주는 교훈은 교육 현장에서 보존적 자료로 널리 활용할 수 있으리라 확신합니다.

채치성(국악방송 사장)

요즘 들어 우리나라, 우리 것이 얼마나 소중한지 깨닫게 됩니다. 그리고 반만년 역사를 자랑하는 한민족은 그 어떤 민족보다 끈끈하고 뜨거운 연(緣)으로 서로를 묶고 있습니다. 그 까닭은 끊임없이 외세의 침략을 받아온 우리의 역사에 비롯되며, 그 중심에 '한(恨)'의 정서가 있습니다.

소설 『소리』는 우리의 '소리'를 통해 그 '한'이 무엇인지 잘 드러내고 있습니다. 일제 강점기, 견딜 수 없는 핍박 속에서도 소리를 통해 그 고통을 승화하고자 했던 우리 민족의 삶이 고스란히 담겨 있습니다. 하나의 민족을 이끄는 정서는 쉬이 사라지지 않으며, 앞으로도 그 민족을 이끌 혼불과 다름없습니다. 우리 민족의 '한'이 아름답게, 영원히 타오르는 광경을 독자들은 소설 『소리』에서 확인할 수 있을 것입니다.

정종해(보성군수)

　보성은 서편제의 비조 박유전 명창과 보성소리를 정립하신 정응민 선생을 배출한 우리나라 판소리의 본향이며, 또한 녹차로 유명한 고장입니다. 정상래 선생님께서는 천혜의 자연과 아름다운 전통문화를 간직하고 있는 고향 땅 보성에 대한 향수와 보성소리에 대한 애정으로 10년이라는 세월 동안 피땀 어린 열정을 쏟아내신 결과, 대하소설 『소리』라는 값진 작품이 세상의 빛을 보게 된 것을 온 군민과 함께 진심으로 축하드립니다. 우리 판소리는 오랫동안 소중히 이어져 내려온 세계무형문화유산이며, 앞으로도 자자손손 계승되어야 할 아름다운 문화의 자산입니다. 그런 의미에서 대하소설 『소리』의 탄생은 소리에 대한 새로운 지평을 열었다 할 것입니다. 보성을 배경으로 한 이 소설이 온 국민에게 읽혀 보성의 문화가 대한민국을 넘어 세계에 알려지고 수많은 독자들의 마음에 우리의 소리, 한민족의 정신과 긍지가 깊이 자리매김하기를 진심으로 기원합니다.

이인권(한국소리문화의전당 대표)

불과 백여 년 전 일제에 의한 국권 침탈을 당하고 6·25 전란을 겪는 동안 대한민국 여인네의 한(恨)은 절정에 달했습니다. 늘 눈앞에 없는 임을 그리워해야 했고 한편으로는 억척스럽게 삶을 꾸려 나가야만 했습니다. 개인적인 열망은 생각조차 할 수 없는 형편이었습니다. 그 어떤 작은 소망 하나도 이루지 못한 주인공 성요의 생은 참혹하기까지 합니다. 하지만 책을 읽는 내내 가슴을 먹먹하게 하는 그녀의 한이 감동으로 다가오는 까닭은 무엇일까요. 아마도 그 시대를 버티게 해준 우리의 위대한 어머니, 여인네의 피가 제 몸에도 흐르기 때문일 것입니다.

지금 제 마음에는 그 여인, 주인공 성요의 '소리'가 울려 퍼지고 있습니다. 그 거대한 울림에 가슴이 뜨겁습니다. 그녀의 애잔하면서도 당당했던 삶을 구성지게 풀어낸 소설 『소리』는 오늘날 풍요로움에 묻혀 '한'을 잊어가는 세대들에게 한국의 정서와 한국인의 정감을 보여주는 귀중한 역사자료가 될 것으로 믿습니다.

차례

제2부
혼(魂)이 소리가 되어

제2부

혼魂이
소리가
되어

21
득창이 징용을 기피하다

"그럼, 아부지 말씀대로 가서 숨어 있을라요."

득창은 풀이 죽은 채 두려움에 떨고 있었다.

"어서 가거라. 꼼짝 말고 있어야 헌다. 행여 집에 올 생각일랑 허지를 말고."

"예. 아부지."

만단시름에 먹장가슴을 안고 집을 떠나 있어야 하는 득창은 목청부터 잠겨 있었다.

"당신도 성음이 데리고 잘 있어."

"걱정 말고 얼른 가싯시오."

민순은 고개를 끄덕이며 침울히 대답했다. 이제는 남편이 피신의 길로 떠나야 하는 처지가 서럽기 그지없었다. 일본은 도대체 무슨 철천지원수이기에 이리도 자기만을 못살게 구는 것인지…… 지글지글 끓는 울분의 소리가 가슴속에서 새어나왔다.

새벽 여명의 불빛이 스며들기도 전에 득창은 집을 나섰다. 호젓한 산골에 가족만 남겨둔 채 쓰라린 가슴을 부여안고 활성산 고개로 향했다. 떠나가는 남편을 바라본 민순은 한순간 잘못으로 피신 길에 오른 남편이 너무 가련했다.

밤새 요요한 빛을 뿌려주느라 한 귀퉁이가 이지러진 밝은 달이 일림산 머리위에서 갈 길을 잃고 허우적거렸다. 밤새 달빛에 여물어 째질 것만 같은 희끄무레한 하늘에는 샛별들이 쏨벅거리며 추위에 떨고 있었다. 그는 어둠에 묻혀있는 일림산을 바라보는 순간 눈물이 핑 돌았다. 한 번 실수가 천추의 한이 되어 가슴으로 스며들 줄이야. 사랑하는 가족을 남겨두고 야반도주를 해야 할 지경에 이르게 될 줄 몰랐던 것이다. 목멘 속울음을 가슴으로 삼키며 산길을 올랐다. 적막한 산속에서는 그의 쓰라린 가슴을 달래주려는 듯 올빼미가 심금을 미묘하게 울려주었다. 음음적막에 갇혀 있는 자정골을 되돌아보니 찬 서리만큼이나 가슴이 시리고 아팠다. 서리꽃이 하얗게 핀 산길을 걷는 그에게 음습한 냉기가 온몸을 휘감았다. 눈물이 가득 괴인 눈으로 연신 뒤를 돌아다보며 구불텅구불텅 굽은 산길을 걷는 그의 발길은 납덩이를 매단 것처럼 무거웠다.

그가 가는 곳은 여우동집이었다. 여우동은 보성 우산리 솔뫼에 살고 있었다. 그녀는 득량면 정흥리 동막골에서 평생을 당골로 살아온 유해성의 셋째 딸로 태어났다. 나이 열일곱에 회천 객산리 박태복과 혼인을 했고 슬하에 오남매를 뒀다. 당골로 살아간 여우동의 배필인 태복은 창부였고 젊어서 소리골을 찾아다니며 학동영감에게 소리를 배웠다. 그렇게 해서 스승과 제자의 인연을 맺었던 것이다. 태복은 원래 술을 좋아했다. 밥보다는 술과 친했던 그는 아직은 더 살 나이인데도 불구하고 마흔 셋에 세상을 등졌던 것. 아들들은 하나같이 당골로 살아가기 싫다고 해서 집을 떠나 외지로 나가고 없었다. 여우동은 당골이면서도 지금은 뚜쟁이로 지내다시피 했다. 특히 상처(喪妻)한 홀

아비에 과부를 연결시켜주는 중신에 몰두했다. 득창이 그녀의 집을 찾아간 것은 아무래도 혼자 살고 있는 집으로 숨어드는 것이 안전할 것 같은 생각에 학동이 보낸 것이다.

활성산 산마루에서 바라본 보성은 아직 어둠 속에 묻혀 있었다. 그는 날이 밝기 전에 곰재를 빠져나가야 했다. 혹시 사람들의 눈에 띌까 봐 소마소마 가슴을 졸이며 쾌상리 평촌마을로 내려갔다. 너른 들판을 지나 동암마을 앞을 지나칠 때였다. 동녘 대룡산 마루에 치자 물을 뿌려놓은 아침노을이 피어올랐다. 용문천 냇가를 따라 잰걸음으로 걸었다. 아직은 새벽어둠이 거치지 않아서 인적이 뜸하나 사람들과 지나치다보면 숨어든 흔적을 남길 것 같아 불안했다. 외따로 떨어져 있는 황토담집이 눈에 들어왔다. 그는 핏발 선 눈으로 사방을 휘둘러보았다. 아침노을이 어두움을 몰아내지 못하고 어스름한 기운이 감돌고 있을 때였다. 겨릅대를 엮어 만든 사립문이 닫혀있고 인적마저 감감했다. 그는 곧장 마당으로 뛰어들었다. 잠시도 머뭇거릴 여유가 없었다.

"아짐. 아짐 계셔요."

그는 조마조마한 마음으로 여우동을 불렀다. 이윽고 방문이 삐꺽 열리더니 헝클어진 덩덕새머리를 손가락으로 쓱쓱 빗어가며 나왔다.

"새복부터 누굴 찾는 것이요?"

"아짐. 저 득창이랑께요."

"워따매! 자네가 이른 새복에 무슨 일로 왔능가?"

그녀는 어리둥절 놀란 듯 두 눈을 휘둥글며 바라보았다. 혹시 누가 보기라도 할까 봐 사립문 밖을 힐끔 쳐다보고는

"아짐 방에 들어가 말씀 드릴께라우."

하고서 신발부터 벗어들고 마루로 올라가 그녀를 끄집고 방으로 들어갔다. 여우동은 화들짝 놀라면서 움칫거렸다.

17

"왜 이렁가? 무슨 일이 있능가?"

그녀는 겁을 잔뜩 먹은 눈초리로 물었다.

"아짐. 저 좀 감춰주시라고 왔구만이라우."

"뭐? 숨겨달라고? 누구한테 쫓기기라도 했능가?"

"저 잡히면 감옥으로 간당께요."

"감옥으로 가다니 그것이 무신 말이랑가?"

여우동은 눈알을 뱅글뱅글 돌리며 까무러치도록 놀랐다.

"그렇게 되었구만이라우."

"뭣을 잘못했길래?"

"아니어요. 오늘 징용으로 가는 날인데 안가고 이리로 도밍왔당께요."

"징용? 일본으로 가는 것 말잉가?"

"그렇당께요."

"노인양반 모시고 살아서 못 간다고 허제 그랬능가? 장남은 안 보낸다고 허드구만."

"그래야 하는디 지가 잘못했당께라우."

"뭣을?"

"지가 가겠다고 지원을 했당게요."

"안 가도 되는 것을 뭣할라고 그 짓을 했능가? 일본 가봤자 먹는 것에다 잠자고 입는 곳에 쓰고 나면 남는 것이 없는 갚드만."

여우동은 혀를 찍찍 갈기면서 그것도 모르고 살았냐고 오도카니 낯되질을 하듯 말했다.

"지가 속았구만이라우. 갔다가 오면 헌병보조원을 시켜준다고 해서요."

"워매! 징용갔다 온 사람마다 헌병보조원이 된다면 텃밭에 개 끌듯

천지가 헌병보조원 이것제. 그러믄 사람들이 온 사발 걸음을 걷겄능가? 그건 그렇고 오늘 가는 날이여?"

"예. 오늘 아침나절 일찍 곰재면사무소로 나오라고 했당께요. 생각해보니 가서는 안 될 것 같아서 새복부터 도망나왔당께요."

"말이라고 헝가. 정신없는 짓이제. 꼭 가야한다고 해도 가서는 안 될 일이네. 지금 아부지 연세가 얼만디 간다는 말이여. 아참 내 정신 좀 봐. 인사를 잊었네. 스승님께서는 잘 계싱가?"

"예. 잘 계시구만요."

"얼매나 애가 타셨을까이. 그러나저러나 자네 우리 집에 온 것을 본 사람은 없제?"

"새복이라서 사람들과 지나치지는 않았구만요."

"며칠은 밖에 나가지 말고 우리 집에 숨어 있소. 내가 밖에 나가서 낌새를 알아올텡게."

"아이고! 아짐 고맙구만요."

"이 사람아, 고맙긴. 스승님을 생각하면 그까짓 것이야 새발의 피제. 잠도 제대로 못잤는 갑구만. 내가 밥해갖고 올 때까지 이리 아랫목으로 누워서 한숨 자소."

여우동은 아랫목으로 끌어당기며 일어섰다. 득창은 새벽부터 고단하게 달려온 터라 따뜻한 이불 속으로 몸을 묻었다. 여우동이 밥을 하는 동안 그는 잠에 떨어졌다. 붉은 해가 동천에 솟아올라 연하게 끼었던 안개를 걷혀주었다. 여우동은 밥을 지으면서 건너 작은방에 군불을 지폈다. 오랫동안 거처하지 않은 방이지만 마땅히 숨어 있을 만한 곳이 없어 그 방에 머물게 하고 싶었다. 그 방은 신방(神房)이었다. 윗목에는 신단이 꾸며져 있었고 벽에는 울긋불긋 신상을 그려놓았다. 굿판을 차리는 데 소용될 도구들 징, 북, 장구, 꽹과리, 울쇠, 무명천,

삼색천 등이 있었다. 신단 앞에는 창호지에 붉은 색으로 그려놓은 부적도 보였다. 아침을 먹은 여우동은 득창을 신방으로 안내했다.

신방을 본 순간 두려움과 무서움이 진저리 쳐지도록 전신을 휘감았다. 신상(神像)을 바라보니 두 눈이 칼날처럼 섬뜩 비쳐져서 혼자 방안에 있으려니 꺼림칙했다.

여우동은 외출을 하려면서 득창에게 말했다.

"밖에 나갔다 올 텡게 여기 있소. 신방에 있으면 신령이 지켜주실 것잉께 걱정할 것 없어. 누가 본 사람 없을 것이고. 그래도 혹시 어쩔지 모릉께 누가 불러도 나오지 말고 있어. 알았능가?"

"예. 아짐."

"오늘 늦게 들어올지도 모른당께."

"바쁘싱가 보네요?"

"자네 집 주인 일 보러 간당께."

"주인일이라니요?"

"나기중 씨 말이여."

"그 집에 무슨 일이 생겼능가요?"

"자네도 굿을 해봐서 잘 알 것 아닝가?"

"마님이 아직도 못 일어나셨능가요?"

"마흔에야 낳은 아들이 다섯 살이 되도록 뒤집지도 못하고 누운 채로 기저귀를 차고 있당께. 사람 노릇 못할랑개비여. 거기에다 마님께서도 날이 갈수록 더 심해진다는구만. 대소변을 받아내고 누워있으니 얼마나 답답하겠능가? 집안 대소가에서 모두 나선 것 같드랑께. 양자를 들이든지 아니면 작은 마누라를 봐서라도 아들을 하나 더 낳아야 쓴다고 말이여. 처음에는 마다고 하더니만 요즘은 맘이 있능가 나한테 좋은 사람 있능가 보라고 귀띔을 하시드란 말이시. 은근히 바라는 눈치랑께. 이왕이면 젊은 여자를 알아봐달라고 험서."

"부잣집이라서 서로 갈라고 헐 것 아니요."

"아이고 말도 못하제. 여기저기서 서로 물어뜯으라고 한단 말이여. 새파란 숫처녀까지 나선당께. 그 집에 들어가서 아들만 낳아줌사 팔자 고치는 일인디 마다고 허겄능가. 살강에 반찬은 놔뒀고 밥은 솥에 있응께 차려서 묵고 있소."

"예. 아짐."

여우동은 집을 나섰고 득창은 마치 감옥에라도 갇힌 사람처럼 신방에서 토끼처럼 귀를 바싹 세우고 있었다. 생각하면 할수록 자신의 어리석음을 매섭게 책망해 봐도 하릴없는 일이었다. 미친 사람처럼 주먹으로 가슴을 두드려 봐도 소용없는 일. 불현듯 그때만 생각하면 비탄의 한숨만 허허 몰아쉴 뿐이었다. 군불을 지펴놓아 방은 절절 끓었으나 마음만은 냉골이었다. 분함과 비감에 젖어들 땐 아버지와 처연하게 울어대던 아내의 모습만이 눈앞에 아른거렸다. 끊임없이 불안한 생각이 머릿속에서 맴돌았다. 잠이라도 한숨 자고 나면 그 기미가 나아질 것 같지만 잠마저 이룰 수 없었다. 스산한 바람이 나뭇잎을 굴리는 소리만 들어도 가슴이 펄떡펄떡 뛰며 요동을 쳤다. 기약도 없이 이렇게 숨어 지내야 한다고 생각하니 가슴에 품은 울분이 비누거품처럼 버글버글 끓어오르듯 했다. 뼈를 씹어 먹어도 분이 풀리지 않을 것만 같은 비통을 달래느라 하염없이 찬물에 입만 적셨다. 오갈 곳도 없이 두 평 남짓 작은 방에 숨어 지내야 한다고 생각하니 자신의 처지가 정말 한심스러웠다.

두근거린 가슴속에서 두방망이질이 일어나면서 답답하고 지루했다. 방문을 빠끔 열고 밖을 내다보다가도 참아야 한다고 두 입술을 질근 깨물었다.

누웠다가 일어나 앉기를 셀 수도 없을 정도로 지긋지긋하게 반복하니 참기 어려운 하루가 지나가는 것 같았다. 하늘에 석양이 깔려드는지 방문 창호지 색깔이 붉어지고 있었다. 어둠이 고요히 내려앉을 즈음 사립문에서 사람의 발자국 소리가 들렸다. 그는 숨을 죽인 채 나리꽃 같은 귀를 문풍지에 가져다 대었다. 다행히 구두 발자국 소리는 아니었다. 안도의 한숨을 내쉬고 있을 때 부엌문을 열고 들어온 사람이 여우동이었다. 그녀는 안방으로 들기보다는 먼저 작은 방문을 열고서 쉬지근한 목소리로 말했다.

"인자 왔네. 별 일 없었능가?"

"예. 아짐."

"밥은 묵었능가?"

"예. 묵었구만이라우."

"잘했네."

그녀는 잠시 겁에 질린 사람처럼 고개를 절레절레 흔들며 안색도 변하기 시작했다.

"무슨 일이 있었어요?"

"오늘 낮에 보성역 마당에 사람들로 장속이드랑께. 무슨 일잉가 했더니 일본으로 징용자가 떠난다고 허드구만. 모두 다 옷은 녹갈색으로 똑같이 입고 있드란 말이시."

득창은 도둑이 제 발 저린 격으로 가슴이 뜨끔했다. 놀란 토끼마냥 눈을 휘둥글며 물었다.

"어디로 간다고 헙디여?"

"자세히는 잘 모르겠지만 여수로 가서 배를 탄다고 허드랑께."

"징용자가 많습디까?"

"역 마당이라서 사람들이 하도 많아 잘 모르겠네만 들은 바에 의하

22

면 겁나게 많드란다."

득창은 마음이 초조해지면서 가슴이 쿵 꺼져드는 것 같았다.

"순사랑 헌병들이 많든가요?"

"워매! 말도 말어. 온 읍내에 그놈들이 쫙 깔렸드랑께. 옆구리에는 작대기만 한 칼을 차고 손에는 기다란 방망이를 들었드구만. 보기만 해도 소름이 짝짝 솟드랑께."

그는 말만 들어도 온몸이 짓찢기는 기분이었다. 자신도 모르게 수심에 잠겨들면서 불안과 두려움에 덜덜 떨려드는 것이었다.

"아마 식구들인가 떠나는 사람을 붙들어 잡고서 울어쌌드구만. 성음이 엄마 같이 젊은 아내가 슬프게 울어댄 모습은 차마 눈뜨고 못 보겠데. 구경하는 사람들도 우는디 식구들은 오죽허겠능가? 빨리 돌아온다고 해야 이년이라고 허든디."

득창은 싸늘한 시선을 거두지 못하고 흥분에 찬 콧김을 씩씩대며 물었다.

"이름은 안 부릅디여?"

"그것까지는 모르겠어. 마당에 사람들로 가득 차 들리지도 않응께 모른제. 마치 죄지은 사람을 감옥으로 끌어간 것 같드랑께."

득창은 하마터면 큰일 날 뻔했다고 안도의 한숨은 내쉬면서도 가슴에 불안기가 구름처럼 몰려들었다.

"잘 숨어야 하겠드만. 워매 마치 사람을 짐승취급을 하는 순사들을 봉께 사지가 오싹오싹 떨리드구만. 무슨 잘못이 있다고 그럴 것잉가. 설령 잘못했다고 해도 식구들 앞에서 그러면 못 쓰제. 인정머리라곤 손톱만큼도 없는 놈들이드랑께."

일순간 서글픔이 자욱하게 얼굴을 덮어가는 것 같았다. 고개를 깊게 떨군 그는 걱정스러운 눈빛으로 신상(神像)만 물끄러미 바라보았다.

밤이 되어도 밖으로 나오지 못한 득창은 꼼짝도 못하고 혼자서 신방에 있었다. 잠을 청해 봐도 도무지 이룰 수가 없었다. 불안기와 초조함이 그를 짓눌렀다. 집을 나온 지 하루밖에 지나지 않았지만 벌써 한 달이 다 되어가는 기분이었다. 혹시 집에 무슨 일이 없었는지 근심이 되어 질정을 할 수 없었다. 금방이라도 달려가고 싶지만 갈 수가 없으니 너무 갑갑했다. 생각하면 순사가 자신을 덮칠 것만 같은 공포에 털끝이 오싹 일어났다. 으스스한 기분을 달래기라도 할 듯 슬그머니 방문을 열고 밖으로 나왔다. 교교한 시월상달 보름달이 은가루 같은 달빛을 희읍스름하게 뿌려주었다. 달빛 아래 어스레한 활성산이 처연하게 아롱거리자 울컥 설움이 일면서 눈물이 흘러나왔다. 아버지께 저지른 불효를 생각하면 살이 갈라지고 뼈가 끊어지는 느낌이었다. 아내도 보고 싶고 무엇보다 재롱을 떨어대는 아들이 죽도록 그리웠다.

이렇게 피해서라도 징용을 가지 않고 무마되면 다행이겠지만 미구에 위난이 닥쳐올까 봐 불길한 두려움에 사로잡히기도 했다.

써늘한 밤기운이 찬 서리꽃을 피워내고 있었다. 외로이 서있는 감나무에 몸을 비스듬히 기대며 하염없는 눈물을 뿌리고 있다가 그는 방으로 들었다.

지독스러운 고독과 싸우며 신방에 숨어들던 날도 어느덧 나흘이 지나고 있었다. 나흘이 지나가니 몸이 근질근질거리고 답답증이 나서 더 견디어내기 힘들었다. 종일 앉았다 눕기를 반복하다 보니 엉덩이와 등허리에 못이 박히고 머리조차 어지러웠다. 징용보다 도피하는 일이 더 괴로운 일이라 생각되었다. 닷새째 되는 날 아침 말순 할머니가 찾아왔다.

"뭣할라고 징용을 간다고 해갖고 이렇게 숨어 지내능가?"

"지가 귀신에 씌어 제 정신이 아니었당께요."

"그랬겄제. 이쁜 각시에 아들까지 낳아 놓고 남의 나라에 간다고 헌 사람이 어디 있겠능가? 가라고 해도 안 가야제."

"솔직히 그때는 떵떵거리며 한 번 잘살아보겠다고 했당께요. 그런디 나중에 알아봉께 전부 거짓말로 속였드구만요."

"일본 사람들 속셈을 인자 알았능가?"

"그렇게까지 속인 줄을 몰라지라우."

"그 사람들 뱃속에는 전부 살모사가 똬리를 틀고 있다고 생각하고 살아야 한당께."

"겉과 속이 다른 사람이라는 것을 이제야 알았구만요."

"그나저나 종일 혼자 숨어 있을라면 힘도 들 것이고 허니 씨킴굿 하는데 따라갈랑가?"

"혹시 순사한테 들키면 어떻게 할 것이요?"

"낮에는 몰라도 밤에 가는디 안당가? 옷을 바꿔 입고 가면 모르제."

득창도 닷새가 되도록 별 일이 없는 탓에 모험도 해보고 싶었다. 가만히 있는 것도 신물이 날 지경이었기 때문이다. 말순 할머니와 여우동은 득창을 창부로 내세워 낙갓마을로 씻김굿을 떠났다. 그날은 집에서부터 패랭이를 쓰고 곤댓짓을 하며 긴 상모를 돌리며 갔다. 그것은 일부러 자신을 숨기려 드는 일이기도 했다.

여덟 달만에 창부(倡夫)가 되어 굿에 뛰어든 그는 그동안 있었던 일을 몽땅 잊어버린 것처럼 신명나게 북을 쳐대었다. 오랜만에 본 손맛은 그동안 쌓였던 긴장감을 어둠 속으로 홀연히 날려버리기라도 하려는 듯 보는 이로 하여금 현기증이 나도록 곤댓짓을 해대었다. 역시 북장단 하면 득창이 있어야 함을 여실히 보여주고도 남았다. 함께 간 창부 말순 아빠도 득창과 가락을 맞추며 신바람을 내었다. 말순 할머니

25

도 여우동도 흐뭇한 웃음기를 머금었다.

굿이 끝나고 집으로 돌아온 말순 할머니는 굿 뒤끝 돈, 쌀, 과일, 떡, 고기를 넉넉히 득창에게 주었다. 그동안 스승을 찾아뵙지 못했으니 스승님께 가져다 드리라고 했다.

득창은 다음날 낮에는 또 다시 방으로 숨어들었다. 그러나 하루 저녁 신명나게 굿을 하고 온 탓에 몸과 마음이 한결 가벼웠다. 마치 월척 손맛을 본 것처럼 마냥 어린아이처럼 웃음을 지었다. 하루해가 저물기만을 기다리고 있었다. 밤길이라는 핑계로 안심할 수 있다는 자신감이 솔솔 피어나기도 했던 것. 집을 떠나온 지 닷새밖에 안 되었지만 일 년처럼 길게 느껴졌다. 돌처럼 굳어 있던 마음도 다소 누그러지면서 아들의 조롱이 죽도록 보고 싶었다. 가슴이 설레면서 집엘 가고 싶은 충동으로 빠져들었다. 늦은 가을해가 뉘엿뉘엿 서산마루를 넘어들며 진홍빛 노을빛을 뿌려대었다. 잠시 후 붉은 해가 노을 금침 속으로 빨려 들어가자 산그늘에서 피어나는 거뭇거뭇한 어둠이 들판을 덮어가고 있었다. 그는 밖으로 나왔다. 손에는 여우동이 싸준 보따리가 들려져 있었다. 여우동은 쌀 두 됫박과 사과, 배, 감, 밤, 대추와 같은 과일을 골고루 싸고 시루떡과 돼지 머리 반편까지, 그동안 스승님을 뵙지 못한 자책감을 떨쳐 버리기라도 하려는 듯 정성을 꾸려주었다. 탱탱 여문 가을하늘은 두드리면 당글당글 북소리가 날 듯했다. 용문천을 따라 힘찬 걸음을 재촉했다. 어둠이 고요히 내려앉은 활성산자락을 타고 올랐다. 골짜기 어디선가 소쩍새가 쌍알져 애타게 울어대었다. 늦장 부린 둥근달이 동녘하늘에 비스름히 솟아올랐지만 자정골은 어둠적막에 쌓여있었다. 산새들도 잠이 든 자정골에는 흐르는 계곡물만이 정적을 깨우고 있었다. 그는 사립문으로 들기 전에 어두운 대숲으로 몸을 숨겼다. 피신의 몸이라는 생각이 불쑥 떠올라 어둠속에 숨어있다가 한참 동안 집안공기를 살핀 다음 대숲을 나왔다. 다시 발걸음 소리조차 죽여가며 조심스럽게 집안 주위도 살피다가 사립문으로 들어섰다. 방문으로 호롱불이 가물가물 흐릿한 빛을 쏘아내고 있었다. 마당으로 들어서는 순간 그의 귀청을 울리는 것은 아내의 목청이었다. 그는 안도의 한숨을 내쉬었다. 기와집에 호롱불빛이 반짝거렸고 북장단 소리가 들려왔다. 기뻐 날아갈 것 같으면서도 갑자기 우울하고 슬픈 생각이 밀려들었다. 세상에 의지할 곳이라곤 남편밖에 없는데 산속에 남겨두고 도망을 치는 신세가 된 무능한 자신을 생각하면 자괴감이 부글부글 끓어올랐다. 소소막막 가엾은 아내. 명창이 되고자 소리 책까지 구해와 밤낮으로 소리를 하건만 그 뒷바라지를 못해준 채 쫓기는 신세라니 한량없이 안타깝고 애달프기 그지없었다. 그는 먼저 기와집 가까이 다가갔다. 아내는 제법 무겁고 실한 소리로 사철가를 뽑아대고서는 이어 심청가를 불렀다. 그는 울컥 목이 메며 눈물이 핑 돌았다.

"여보! 내가 왔어."

그는 무심결 죄인처럼 비통한 심정으로 입을 열었다. 잠시 정적이 일더니 아내는 방문을 뼁긋하게 열고 내다보았다.

"여보. 내가 왔당께."

아내는 마치 죽었던 남편이 살아온 것처럼 반갑게 맞아주면서도 놀라움을 금하지 못한 눈치였다. 어둠에 묻혀있는 산골을 휘둘러보며 얼른 방으로 들어오라고 팔목을 잡아 당겼다.

그는 재빨리 방으로 들었다. 아내는 신발까지 들고 뒤따라 들어왔다. 신발을 윗목에 놓은 아내는 예상과 달리 함빡 웃음을 머금으며 두 손을 쑥 내밀었다. 그는 자기도 모르게 아내를 얼싸안고 입술을 맞췄다. 언제 봐도 아내는 참으로 예뻤다. 까물거리는 호롱불에 비춰 봐도 절세가인인 것만은 틀림없었다. 쌍겹눈에 보조개까지, 얄브스름한 입술 위로 깊은 인중은 언제 봐도 하늘에서 내려온 선녀같이 고왔다.

방 가운데에는 큰북이 놓여 있었고 소리 책을 펴놓았다. 그는 콧등이 시큰했다. 안온한 웃음을 지으며 아내를 끌어당겼다.

"남의 집에서 고생 많았지요."

"아니. 아버지 모시느라 당신이 고생 많았겠제."

"집 나간 당신이 고생이지요. 어서. 아버님한테 가야지요."

"성음이는 자능가?"

"예. 일찍 재웠어요. 날마다 아빠를 찾는당께요."

"그랬어?"

그는 매운 콧등을 찡그렸다. 어린 것한테도 못할 짓이었다. 이제 아빠를 알아보고 빵긋빵긋 웃으며 조롱을 피우는데 곁에 있어주지도 못하고 도피의 몸이라니……. 허망한 눈빛으로 한숨을 내쉬며 밖으로 나왔다. 아내는 먼저 마루에 나와 바깥 동정을 살피고 있었다. 둘이는 마루로 올라가 안 방문을 두드렸다. 불이 꺼진 안방은 소용했다.

"아버님. 성음이 애비 왔어요."

학동영감은 어둠 속에서도 잠을 자지 않았는지 금방 방문을 열었다. 문을 빠끔 열고 밖을 내다보며 물었다.

"뭐라고 했냐?"

"아들이 왔다니까요."

학동은 무척 놀란 기색으로 말했다.

"어쩔라고 벌써 왔다냐? 어서 이리 들어오니라."

"예. 아버지."

학동영감은 성냥을 찾아 불을 쳐대었다. 어두웠던 방 안이 성냥불 하나로 훤해진 기분이었다. 간솔 호롱불이 까물까물거리더니 피어나기 시작했다. 그는 호롱불에 비치는 아버지 얼굴을 바라보자 가슴이 아팠다. 며칠 사이인데도 몰라보게 얼굴이 수척해보였다. 피골이 맞닿은 것 같았다. 모든 것이 자기 탓이라 생각하니 간장이 찢어지는 아픔이었다. 아내는 보따리를 풀고 배와 사과를 깎아서 가지고 들어왔다.

"이리 귀한 것은 어디서 났냐?"

"어제 저녁에 씻김굿을 했구만요."

"한사코 조심해야 헌당께. 소내기는 피해야 쓴 것인디 붙잡히면 어쩔라고 그랬냐."

"밤에 하는 일이라서 누가 보지 못할 것 같았어요."

"그래도 당분간은 조심해야 써. 믿을 사람 하나도 없는 것이랑께."

"닷새가 지났는데도 아직 연락이 없등가요?"

"나도 이상하다고 생각한 것이 그 점이란다. 금방 붙잡으러 올 줄 알았더니 아직 아무런 연락이 없는 것이 이상하기도 허단 말이다. 그럴수록 조심을 해야 쓴 것이다. 지렁이도 앞으로 나가려면 움츠렸다 나가는 것이니, 지금 무슨 모사를 꾸미고 있는지 알겄냐. 영리한 생쥐가 밤 눈 어두운 법이다."

학동영감은 감이라도 잡히는 것처럼 몸조심을 하라고 신신당부를 했다. 산전수전을 겪으며 살아온 과정에서 터득한 지혜와 경륜에서 우러러 나온 말이었다.

"예. 아부지."

"당분간은 어쩔 수 없다. 내일 새복에 일찍 가거라. 그리고 함부로 돌아다니면 절대로 안 된다. 백 번 잘했다가도 한 번 잘못해서 끌려가면 인생을 망치는 것잉께. 지금 마을 사람들이 다 알고 있어서 그들 눈에 띄기라도 허면 큰일이여."

"예. 아부지. 명심헐라요."

하루 저녁을 집에서 보낸 득창이 다시 새벽길에 나서려 일어났다. 아내와 헤어진다는 것이 못내 섭섭했다. 저 멀리 마을에서 새벽닭이 홰를 치는 소리가 산골까지 날아들었다. 그는 안방으로 들어가 아버지께 인사를 드리고 밖으로 나왔다. 민순은 남편을 배웅하기 위해 사립문까지 나왔다. 남편은 서리 맞은 호박잎처럼 힘이 쏙 빠져있는 것 같았다. 늠름하고 패기에 차있던 그 모습은 더 이상 찾아볼 수가 없었다. 집을 놔두고 남의 집으로 떠나는 남편이 너무 안타까웠다. 기구한 조국의 운명이 남편에게는 더욱 모질게 다가오는 것 같아 너무 억울했다. 하늘을 향해 악이라도 한바탕 쓰고 싶었다. 오늘이라도 나라를 되찾게 해달라고……. 하지만 무심한 하늘은 하얀 새털구름으로 뒤덮인 채 말이 없었다. 한쪽이 떨어져 나가 찌그러진 달만 서산마루를 향해 머무적거리며 그들을 내려다보고 있었다. 자오록한 새벽안개에 갇혀 오들오들 떨면서도 엇비스듬한 빛을 뿌려대었다.

고요한 정적이 내린 자정골은 안개가 짙게 내려앉아 앞이 잘 보이지 않았다. 득창은 아내의 얼굴을 똑바로 쳐다보지도 못했다. 고개를 숙인 채 민망한 기색으로 산길을 향해 터덕터덕 앞으로 나아갔다.

"여보 한사코 몸 조심해요."

민순은 풀이 죽어 떠나는 남편을 향해 소리쳤다. 슬프고도 애달픈 마음이 가득 담긴 그녀의 목청이 새벽공기를 흔들었다.

"여보 미안해. 모든 것은 내 잘못이여. 내가 죽일 놈이랑께."

득창은 목이 멘 목소리로 푸념을 늘어놓았다. 자신의 잘못을 자탄하면서 뒤를 돌아보고 말했다. 민순은 손을 흔들어주며 용기를 불어넣어 주려 애를 쓰려 들었다.

"조금만 참고 기다립시다. 시상이 좋아지겠지요."

그녀는 쓸쓸한 미소를 지으며 말했다. 자신도 경험이 있었기에 당분간 피하면 좋아질 것이라고 확신하고 있었다. 서너 달만 숨어 지내 보면 괜찮을 것이라고…….

"며칠 후에 또 올게 아버지 잘 모시고 있어."

"걱정 말아요. 몸이나 조심하랑께요."

득창은 안개 속으로 몸을 숨긴 채 산길로 향했다.

민순은 남편이 떠나간 길을 한참 바라보았다. 마치 외줄타기를 하고 다닌 사람처럼 위태위태해 보이지만 하늘에 맡기는 길 외에 달리 방도가 없어보였다. 천지신명께 축수라도 해보고 싶은 마음이 불끈 솟구쳤다. 징용으로 끌려가지 않게 해달라고…….. 샘으로 다가간 그녀는 난생처음 사발에 물을 떠서 바위에 올려놓고 꿇어앉아서 두 손으로 빌었다. 절도 해가면서. 그래도 마음은 놓이지 않았다. 불구덩이에 뛰어든 것처럼 온 몸이 후끈거려 도무지 마음을 안정할 수가 없었다. 가슴에 대못을 박는 일을 왜 했을까 싶어 원망도 해보지만, 한편으로 생각하면 안쓰럽기 그지없었다. 자기 몸을 바쳐서라도 아들에게 채워진 가난과 천민의 질곡을 풀어주기 위한 몸부림이었음을 모를 바 아니었다. 아들에겐 기어이 공부를 시켜 고아(高雅)한 선비가 되도록 가르치고 싶다고 했던 남편의 속마음을 모를 리 없었다. 서글픔이 안개처럼 자욱하게 가슴을 덮어왔다. 전혀 예상하지 못한 운명 앞에 소마소마한 마음을 가눌 길이 없었던 것이다.

사립문을 들어선 그녀의 온몸이 나무토막처럼 굳어지는 것 같았다. 아직도 날이 밝으려면 한참을 기다려야 하는데 그녀는 일찍 아침을 지었다.

시아버지께서는 토란대를 넣은 국을 좋아했다. 남편이 가져온 고기를 넣어 국을 끓여 드리고 싶었다. 남편에게 그런 일이 있고부터는 날이 갈수록 불면증에 식욕마저 떨어진 것 같더니 몰라보게 수척해보인 시아버지가 몹시 안타까웠다. 돼지 머리고기를 넣어 탑탑한 국을 된장까지 풀어 맛있게 끓였다. 쌀밥도 지어 아침을 차려 드렸다. 하지만 시아버지의 식욕이 예전 같지 않았다. 몇 숟갈만 뜨고 마셨다. 식욕도 그렇지만 잠도 제대로 자지 못하고 뜬 눈으로 지새는 경우가 많다고 했다. 엎친 데 덮친 격으로 시아버지의 초췌한 모습이 그녀를 불안하게 만들었다. 혹시 깊은 병환으로 누워계시기라도 하면 큰일이었다. 아들의 변통으로 인해 또 다른 우환이 생길까봐 가슴이 저렸다. 이중고의 시름 속에서도 그녀는 명창에 대한 꿈을 버리지 않았다. 날마다 소리 책을 외워가며 소리연습에 힘썼다. 아침 설거지를 마친 그녀는 북장단을 쳐가며 소리를 하고 있었다. 심청이 밥 빌러 나간 대목이었다. 울적한 마음으로 자기가 심청이가 된 것처럼 넋을 놓고 소리를 내질렀다.

「심청이 거동 보아라. 밥 빌러 나갈 적에, 헌베 중의(中衣) 다님 매고, 말만 남은 헌치마에, 짓 없는 헌 저고리, 목만 남은 질보선에, 청목휘항(靑木輝項) 눌러 쓰고, 바가지 옆에 끼고, 바람맞은 병신처럼, 옆걸음 쳐나 갈 적에, 원산(遠山)에 해비치고, 건넛 마을 연기(煙氣) 일제, 주적주적 건너가, 부엌문을 다달으며, 애긍(哀矜)이 비는 말이, 우리 모친, 나를 낳고, 초칠(初七)안에 죽은 후에, 앞 어둔 우리 부친 나를 안고 다니시며, 동냥젖 얻어 먹여, 요만큼이나 자랐으되, 앞 어둔 우리 부친, 구(救)할 길이 전혀 없어, 밥 빌러 왔아오니 한 술씩만 덜 잡숫고 십시일반(十匙一飯) 주옵시면, 추운 방 우리 부친 구완을 하겟내다. 듣고 보는 부인들이, 뉘아니 슬퍼하리. 그릇밥 김치 장을, 아끼지 않고 후이 주며, 혹은 먹고 가라하니, 심청이 엿자오되, 추운 방 우리 부친 날 오기만 기다리니, 저 혼자만 먹사리까, 부친전에가 먹겟내다. 한두 집에 족한지

라, 밥빌어 손에 들고, 집으로 돌아 올제, 심청이 하는 말이, 아까 내가
나올 때는 원산(遠山)에 해가 아니 비쳤더니, 벌써 해가 둥실 떠, 그새
에 반일(反日)이 되었구나.」

한참 소리장단과 씨름을 하고 있을 때였다. 갑자기 마당에서 천둥
번개가 몰려오는 것 같은 쇠발굽 소리가 들렸다. 이어서 낯모른 사람
들이 느닷없이 방문을 열고 안으로 들이닥쳤다. 얼른 보니 헌병이었
다. 옆구리에는 기다란 칼을 차고 손에는 방망이를 들고 있었다. 긴
가죽 장화를 신은 채 냅다 방으로 들어온 것. 얼굴을 쳐다보기만 해도
가슴이 벌렁벌렁거릴 정도로 날카로운 위압감을 주었다. 그녀는 기겁
을 한 채 소스라치듯 소리쳤다.

"누구요?"

하지만 그는 대답도 없이 방과 연결된 문마다 열어젖힌 채 구석구
석을 뒤지기 시작했다.

"왜 이러시오?"

"보면 몰라. 서방 어디다 감췄어?"

그는 갈고리 진 눈길로 째려보며 말했다. 금방이라도 내리찍을 듯
서슬 퍼런 시선으로 내리누르려 들었다. 자세히 보니 어디서 본 듯한
사람이었다. 감숭감숭 난 구레나룻에 팔자수염을 기다랗게 기른 모습
이 낯익었다. 민순은 기억을 더듬어가며 그를 다시 쳐다보았다. 면사
무소에서 감히 누구 앞에서 함부로 입을 나불거리느냐고 당장 내쫓으
라고 소리치던 그 헌병보조원임에 틀림없었다. 그도 초면이 아닌 듯
눈을 삐딱하게 하여 바라보더니 이내 약을 살살 올리기 시작했다.

"어허! 알고 봉께. 그때 면장을 만나러 온 실성한 여자가 득창이란
놈 여편네였구만. 그건 그렇고 서방 놈을 어디다 감췄냐니깐. 어서

말해.”

　그는 방망이를 젖가슴에 가져다 댄 채 콕콕 눌러가며 윽박질렀다. 모멸에 찬 비난의 눈길을 내리깔며 핀잔하는 투로 말했다. 그녀는 두려우면서도 모멸감에 빠져들어 오장이 뭉개지는 기분이었다. 대답도 못한 채 굼벵이처럼 한껏 웅크렸다.

　“어디로 간지 모른당께요. 당신들 때문에 우리 남편이 집을 나가부렀당께요. 왜 우리를 못살게 하는 것이요? 우리가 무슨 잘못이 있다고.”

　“뭣이라고? 우리 때문에 집을 나갔단 말이야?”

　그는 갈고리 진 눈살을 찌푸리며 언성을 높였다. 집을 나갔다고 말을 했지만 혹시 남편이 딴짓을 하다 잡힐까 봐 내심 불안했다. 그때 밖에서 그를 부르는 소리가 들리자 잽싸게 밖으로 나갔다. 민순도 마루로 나갔다. 마당에는 그와 함께 온 헌병과 보조원이 두 사람이나 더 있었다. 마루 끝에는 이장 김진홍이 또 다른 이와 엉덩이를 슬쩍 걸치고 앉아 있었다. 남편이 들먹이던 임사구란 사람 같아 보였다. 그들은 미동도 하지 않은 채 꼿꼿하게 앞만 바라보고 있었다. 민순은 그들의 낯을 보니 사지가 벌벌 떨리면서 오금이 조렸다.

　그는 곧바로 안방으로 달려갔다. 시아버지가 걱정이 되었다. 혹시 행패나 부리지 않았을까 걱정이 되어 가슴이 두근거렸다. 그렇잖아도 시름에 겨운 나날을 보내고 계시는데 혹시 더 큰 충격이라도 받는다면 큰일이었다. 벌써 안방까지 샅샅이 뒤지고 난 뒤였다. 노인의 방인데도 구두를 신고 들어가 이불을 밟아놓았다. 방문도 활짝 열어놓고 장방에 있는 물건도 죄다 꺼내 방바닥에 내동댕이쳐 놓았다. 개만도 못한 짓. 시아버지는 고개를 쑥 뺀 채 넋을 놓고 있었다.

　“아버님!”

그녀는 당혹감을 감추지 못하고 시아버지를 불렀다. 대답할 경황도 없는지 시아버지는 불러도 넋이 나간 표정을 짓고 앉아 있었다. 얼굴은 진흙을 발라놓은 것처럼 파리해지면서 산송장이 되어가고 있었다. 모습을 바라본 민순은 일순간 억분이 치밀어 오르면서 입속에서 모래알이 씹히는 기분이었다. 헌병보조원들은 눈을 뒤집어 깐 채 앞뒤 집안을 뒤지고 다녔다. 부엌에 쌓아놓은 땔나무 속까지 뒤집어 엉망진창으로 만들어 놓았다. 그들은 다시 마루로 올라와 방안을 들여다보며 말했다.

"어디다 감춰놨지?"

몰인정한 헌병은 방망이를 노인의 목울대에 가져다대며 윽박지르듯 소리쳤다. 마치 꽁지까지 잘라낼 것처럼 억센 소리를 내질렀다. 겁에 질린 학동은 아연실색 아무 말도 하지 못했다. 젊은 녀석이 옆구리에 차고 있던 서슬 퍼런 칼을 철거덕철거덕거리며 칼집에서 뺐다가 꽂아가며 겁을 주었다. 그 모습을 바라본 민순은 온몸에 소름이 죽죽 끼쳤다. 아들을 껴안은 채 몸을 웅크리고 있는 민순을 향해 낯익은 소리가 날아들었다.

"득창을 어디다 감춰놨냐는 소릴 못 들었능가?"

그는 이장 김진홍이었다. 엉겁결에 고개를 돌려 바라본 민순은 사지가 덜덜 떨리면서 전신에 맥이 풀리는 것이었다. 병을 줬다 약을 주는 심보가 너무 괘씸해서 쳐다보기도 싫었다. 과연 그의 몸에도 조선 사람의 붉은 피가 흐르고 있는지 묻고 싶었다. 분명 왜놈과 같이 살모사 피가 흐르고 있을 것만 같았다. 같은 동포의 가슴에 총칼을 겨누는 악질 인간. 비겁한 짓으로 잘 먹고사는 것보다 배를 곯더라도 당당하게 사는 것이 값진 것이라는 것을 일깨워주었으면 좋으련만…….부릅뜬 채 째려보는 눈이 너무 얄밉고 비분해서 심장이 멈추려 들었다. 언제는 쌀을 주고 일자리를 만들어주고서 징용이란 덫을 씌워 잡으러 오다니…… 지드럭지드럭 못살게 굴어온 지난날의 분함이 목울대를 타고 올라와 혀끝에 맺히지만 입술을 악물 수밖에 없었다.

"모른당께요. 어디로 간지 몰라요."

그녀는 부러 태연하게 말했다.

"잘못이 뭣인지 아능가?"

그는 민순을 향해 악다구니질을 하듯 소리 질렀다.

"지는 잘 모르구만요."

"국법을 어겼으니 자수하지 않으면 큰 벌을 면치 못할 것이다. 만일 네 남편을 감췄다고 한다면 동범으로 구속수감할 것이다."

이번에는 우두머리로 보이는 헌병이 눈초리를 째가며 협박조로 을러댔다. 눈이 부리부리한 그는 빳빳한 시선으로 응시하며 겁을 주었다. 민순은 모골이 오싹해졌다. 그러나 한편으론 비는 놈한테는 장사가 없고 무쇠도 녹는다는 옛말이 불쑥 떠올랐다. 비단이 아무리 곱다 해도 말보다 더 고운 것은 없다는 생각에 미친 척 빌어보고 싶었다.

"어르신 나으리! 솔직히 말씀 드릴라요. 일본으로 가겠다고 지원한 줄 저도 알고 있구만요. 하지만 제가 못 가게 막았당께요. 보시다시피 이런 연노하신 아버님을 놔두고 어디를 갈 수 있었어요? 물론 일본으로 가면야 돈을 벌어 보내주니 우리야 살겠지요. 나중에 돌아오면 벼슬도 할 수 있다고 허니 얼마나 좋겠어요. 그렇다고 나만 잘 살자고 늙은 부모를 놔두고 어떻게 떠날 것이요. 설령 갔다가도 되돌아올 형편이 아니겠소? 남편은 지금 어디로 갔는지 행방이 묘연한 사람이 되었소. 어디 가서 죽지나 않았는지 모르겠당께요. 혹시 살아오더라도 징용만은 갈 수 없을 것 같으니 한번만 봐주시면 안되겠능가요? 차라리 나보고 가라고 한다면 대신 가고 싶구만요."

괜히 밉게 보였다가 되레 더 큰 화를 당하지 않을까 싶기도 해서 그녀는 무릎을 꿇은 채 두 손으로 싹싹 빌었다. 울음에 목이 멘 채 발을 동동 구르는 것 같은 목소리였다. 하릴없는 짓인 줄 알면서도 천진무구한 아이처럼 울먹이며 애원의 눈빛을 뿌렸다.

"말도 안 되는 소리 집어치워라. 네 남편이 어디 있다는 것만 말해라. 얼른!"

그는 구릿빛 나는 매끌매끌한 방망이를 젖가슴에 가져다 대고서 을러메듯 소리쳤다. 비록 나라를 배신하여 일본 앞잡이로 살아간다 할지라도 몸 어느 한구석에 천륜은 있으리라 믿었건만……

"나으리 이번 기회에 한번만 봐주신다면 이 머리를 뽑아서 신을 삼아서라도 그 은정 잊지 않을라요. 늙으신 아버님을 놔두고 어찌 타국으로 가겠습니까? 제발 한 번만 봐주십시오."

손바닥이 닳도록 비벼대면서 비진사정을 해댔다. 오장을 하나씩 꺼내어 대신 가져가라고 사정하는 심정으로 애걸복걸해보지만……

"쓸데없는 소리 하지 마라. 지가 좋아 지원해놓은 것은 고칠 수 없다. 그 무슨 뚱딴지 같은 소리를 하능가."

갈고리처럼 눈초리를 길게 찢어 힐금거리며 모질게도 쏘아붙였다. 오탁(汚濁)에 물든 그는 인정사정도 없었다. 나라를 배신하고 일본 앞잡이로 살아가는 까닭을 알 것만 같았다. 동족을 잡아다 족치는 일에 이골이 난 사람답게 벌컥 역정을 내며 눈을 부라렸다. 냉소적 말투로 쏘아대는 그의 표정엔 서릿발이 번쩍거렸다. 그러나 그녀는 이왕지사 꺼내든 말을 되돌리고 싶지 않았다.

"보시다시피 이 산골에서 남편을 끌어가 불면 연노하신 시아버지를 저 혼자 어떻게 할 것이요? 제발 한 번만 봐주싯시오. 한 번만 봐주신다면 종노릇도 마다하지 않을라요. 제발 이렇게 빕니다요."

민순을 두 무릎을 꿇고 머리까지 조아리며 사정을 했다. 가랑가랑 맺혀드는 눈물을 쓸어가면서 목이 멘 소리를 토해내었다. 하지만 그는 혀를 차가며 비아냥거리는 눈짓도 서슴거리지 않았다. 냉혈동물처럼 인정머리라고는 털끝만큼도 없어보였다.

"두더지가 되어 땅속으로 들어가든지, 아니면 새가 되어 하늘로 날아가기 전에는 잡힐 수밖에 없으니 각오하도록. 지금이라도 자수를 하면 감옥에는 안 보내겠다. 앞으로 삼 일은 여유를 줄 터이니 빨리 와서 자수하도록. 만일 그때까지 자수하지 않으면 총살에 처할 수도 있음을 말해준다. 알았나?"

우두머리는 사나운 눈초리를 부릅뜨며 퉁방울을 굴리며 방망이로 한 대 후려칠 것처럼 옥박질렀다. 위아래를 휘익 휘둘러보는 눈초리는 얼음장처럼 냉혹한 냉갈령이었다. 못으로 찔러도 피 한 방울 나지 않을 정도로 매정스러움 그 자체였다. 다른 말을 덧붙여볼 수도 없게 만드는 몰정한 거절이었다. 그녀는 더 이상 말을 붙이지 못하고 눈물을 훔쳐가며 비탄의 어금니를 물고 말았다. 양심의 가책을 느끼는지는 몰라도 이장과 임사구도 숙연해지면서 고개를 조심스럽게 숙였다.

"자수하면 징용은 안 보내능가요?"

망신스럽고 난감하게 되어 버린 마당에 거칠 것이 없었다. 그녀는 상기된 낯빛으로 은근슬쩍 마음을 떠보았다.

"흥, 말하는 것을 보니 감춰놓은 것이 틀림없구만. 어서 말해. 어디다 감췄지? 말하란 말이야!"

무정하리만큼 삭막한 눈초리로 쏘아보았다. 포승줄을 풀었다 다시 감아가면서 가까이 다가와 멱살을 거머쥐고 흔들 것처럼 주먹을 쥐고 부르르 떨었다. 민순은 고개를 돌려 송곳같이 날카로운 그의 눈빛을 피했다.

"감추지 않았당께요. 지도 어디로 갔는지 몰라요. 돈 벌어갖고 온다고 떠났어라우."

"만일 기한 내에 들어오지 않으면 감춰놓은 사람도 처벌을 받게 된다. 알았능가?"

또 다시 윽박지르듯 을러메고는 마당으로 내려섰다.

"가자."

우두머리가 가자고 턱짓을 하자 보조원들이 앞장을 섰다. 모두들 굽실굽실하며 그의 뒤를 따랐다. 이장도 임사구도 우두머리 뒤를 따랐다.

그들은 허탕을 쳤다는 생각에서인지 사립문을 걸어차면서 침을 퉤퉤 내뱉었다. 긴 칼만큼이나 살기가 빳빳하게 돋아나는 표정으로 곧장 산길로 향했다. 떠나가는 그들의 뒤를 바라보는 민순은 그 순간만은 남편이 너무도 원망스러웠다. 사람을 볼 줄 그다지도 몰랐단 말인지…… 미구에 닥칠 두려움을 생각하니 땅이 빙빙 도는 것 같았다. 허구한 날 이렇게 당하고 살아야 한다고 생각하니 묵은 김치가닥처럼 축 늘어지면서 떡심이 풀리고 말았다. 마루로 올라서는 순간에도 정신이 아슴아슴해지면서 비척 넘어질 같았다. 문고리를 잡고 뒤뚱뒤뚱거리며 몸을 기대었다. 잠시 호흡을 가다듬고 정신을 곧추세웠다.

그 정신에도 시아버지가 궁금했다. 맥이 빠진 시아버지는 허탈한 눈빛으로 멍하니 바깥만 바라보았다. 금방이라도 혼절할 것처럼 힘이 없어 보였다. 민순은 엉망진창 헝클어놓은 집부터 추스르기 시작했다. 구둣발로 자근자근 밟아놓은 이불을 털고 장방도 정리해놓고 마루에서 방바닥까지 쓸고 닦았다. 하도 서럽고 기가 막혀들어 목이 터지도록 한번 울었으면 막힌 속이 뻥 뚫릴 것만 같았다. 그래도 남편이 끌려가지 않은 것만으로도 위안이 되었다. 떼거지를 지어 잡으러 왔는데도 붙잡히지 않은 것이 다행이라 여겨졌다. 한편으론 한 치의 앞도 내다볼 수 없을 흑막에 가려진 앞날을 생각하니 가슴이 갈기갈기 찢어지듯 아파오면서 숨통이 터질 것만 같았다. 심장을 쥐어짜는 두려움만이 끝없이 밀려들었다.

계절은 어느덧 입동이 지나고 소설로 향하고 있었다. 초겨울로 접어든 날씨는 냉기가 문틈으로 스며들어 방안에서도 으스스한 한기를 느끼게 해주었다. 날이 추워질수록 민순은 걱정이었다. 남의 집에 얹혀 지내는 남편이 운신하기가 부담스러울 것이기 때문이었다. 노인네 혼자 사는 집이라서 땔감도 부족할 터여서 좀이 쑤셨다.

헌병이 왔다 간 지도 사흘이 지났다. 자수를 하면 정상을 참작하여 감옥에 보내지 않겠다는 기한은 지나고 말았다. 그러나 남편에게 자수를 권유할 생각은 갖고 있지 않았다. 일본으로 보내고 싶은 마음은 털끝만큼도 없었다. 세월이 가면 유야무야 될 것이라는 믿음을 저버릴 수 없었다. 그럴 때가 돌아오기만을 기다릴 수밖에 묘책 또한 떠오르지 않았다.

민순은 살얼음판에 외줄타기를 하는 기분으로 하루하루를 보내고 있었다. 꿈자리만 뒤숭숭해도 가슴이 벌렁벌렁거리고 까마귀 우는 소리만 들려도 불길한 생각에 가슴이 두근두근거렸다. 죄를 짓고 산다는 것은 밥을 굶고 사는 것보다 더 괴로운 일이었다. 자수를 하지 않으면 총살에 처할 수도 있다는 말이 매닥질을 해댈 땐 피가 멈추는 것 같았다.

22
득창이 잡히다

나흘째 되는 날이었다. 아침부터 하늘이 흐렸다. 첫눈이라도 올 것처럼 온종일 우중충한 날씨였다. 대숲에서 뱁새가 요란스럽게 재잘거리면 날이 궂을 것을 알리는 것 같았다. 음산한 기운이 몰려와 종일 방에 누워 지내다보니 짧은 해는 금방 지고 말았다. 초겨울 해는 총총걸음으로 달려가는지 재암산 머리에 뿌연 구름을 붙들고 설핏 걸려 있었다. 하루해가 또 지나간다고 생각하니 조마조마 가슴이 좁여왔다. 어둡기 전에 저녁을 지어 시아버지께 공양을 하고 기와집으로 나왔다. 괜히 마음이 싱숭생숭해져서 소리를 하는 둥 마는 둥 아들을 데리고 놀고 있었다. 달도 없는 밤하늘에 먹구름까지 날아드니 칠흑같이 어두웠다. 거친 바람이 몰아치면서 부엌문이 삐거덕거리는 소리도 들렸다. 문풍지가 덜컹거리고 대나무들이 서로 부대끼느라 솨솨 소리도 들려왔다. 산 위에 소나무가 휘파람 같은 소리를 내기도 했다.

그때 밖에서 그녀를 부르는 소리가 들렸다.

"여보! 나여. 성음 아빠."

남편의 목소리였다. 그녀는 내심 반가우면서도 겁이 덜컥 났다. 그는 얼른 문을 열고 밖으로 나갔다. 캄캄한 어둠 속에서 검정장삼을 입은 까닭에 얼굴만 보이는 것 같았다.

"어서 들어오싯시요."

방으로 들어가면서도 부부는 어둠속을 휘살피기 시작했다. 신발까지 챙겨 들고 방으로 들어간 부부는 숨소리마저 죽이며 서로 얼굴만 바라보았다. 민순은 자수하라고 권하는 날짜가 어제였다는 말을 할수 없었다. 밤이니 괜찮을 거라는 생각이 들었다. 말을 전해주면 불안에 떨 것이고, 남편더러 그냥 되돌아가라고 하는 것과 마찬가지였기 때문이다. 내심으론 간이 콩알만 해지며 가슴이 두근두근 뛰었다. 혼자서 가슴만 졸일 뿐이었다.

"밥은 묵었소?"

"응, 묵고 오는 길이여."

"남의 집에 숨어 있느라 얼마나 고생이 많소?"

"나는 괜찮은디 당신이 고생이제. 어린 것 기르기도 힘들 것인디 노인 모시느라 말이여."

"그나저나 언제까지 이렇게 마음 졸며 살아야 쓰는지 걱정이랑께요."

"잠깐만 기다리면 돼. 겨울이 지나면 저 도시로 나갈라고 허는구만. 똥지게를 짊어지고 사는 한이 있드라도 나가야 쓰겄당게. 시간이 지나고 보면 유야무야가 되고 말겠지 뭐."

"그것이 그리 쉬운 일이겠소. 잠잘 자리도 없음스롬 어디로 갈 것이요?"

"이렇게 숨어 사는 것보다는 낫겄제. 날씨만 따뜻하면 다리 밑에서 잔들 무슨 상관이여. 돈도 벌어야 하닌께 갈 것이구만. 보성에서는 더 머무를 수가 없을 것 같단 말이어. 아직은 젊었응께 뭣이든 못하겄능가?"

득창은 목을 길게 빼가며 허탈과 실의에 빠져들고 있었다. 이제 어쩔 수 없다는 듯 낙심에 찬 도리질까지 해대었다. 거취를 분명히 정하지는 못했으면서도 집을 떠나있어야겠다는 심경을 은밀히 드러냈다. 그동안 모질게 새긴 마음의 눈빛이 번뜩였다. 세파를 헤치며 나아가고자 하는 굳은 결심이 양미간에 엉키고 서려 있었다. 그악스러운 독심을 품고 있음이었다.

"여보. 능주로 가면 안 되겠소?"

"고모집으로?"

"아니요. 내가 있다가 온 할머니 댁으로요."

"나 같은 사람을 받아 준당가? 들일도 제대로 배우지 못한 반거들충이를?"

"하기사 그렇기도 하지만. 그래도 어디로든 멀리 피신을 해야 쓴단 말이요."

"나도 알고 있당께. 당신 말대로 죽어도 징용은 가지 않을 것잉께 그렇게만 알고 있어."

"어차피 집에 왔응게 아버님 문안은 드려야지요."

"요즘 아부지 근황은 어쩌시등가?"

"당신한테 그 일이 있고부터 무척 야위어지셨당께요. 돌아가실까 봐 걱정이란 말이요? 잘못했다가 임종도 못하면 어쩔 것이요?"

"맞는 말이제. 임종을 못 하면 자식 된 도리가 아니제. 평생 가슴에 한을 묻고 사는 것이지 않겠능가."

그는 숨이 끊어질 정도로 긴 한숨을 내쉬며 시무룩한 표정을 지은 채 말을 잇지 못했다. 비단 시아버지뿐만이 아니었다. 남편의 낯빛도 말이 아니었다. 까무잡잡해진 얼굴이 빠짝 말라가면서 차마 눈 뜨고 볼 수 없을 정도로 형편없는 몰골로 변한 모습이었다. 심적 고통은 말할 것도 없으려니와 남의 집에 숨어 지내며 얻어먹으니 오죽할까 싶었다. 어쩌면 당연한 귀결인지 모른다.

"어서 갑시다. 주무시기 전에 가야지요. 주무시는데 깨워서야 쓰겠어요."

민순이 먼저 방문을 열고 나왔다. 바깥에는 한 치의 앞도 내다볼 수 없이 깜깜했다. 하늘에는 먹구름이 뒤덮여 그 흔한 별 조각 하나도 보이지 않았다. 사방이 어두운 가운데 서쪽 하늘에서 마른 번갯불이 번쩍거렸다. 마치 사람을 후려칠 것처럼 깜짝깜짝 놀라게 만들었다. 민순은 사방을 한번 휙 돌아보고는 남편에게 나오라고 손짓을 했다. 안방으로 건너간 득창은 방문을 두드리며 아버지를 불렀다.

"아부지. 저 득창이구만요."

암흑에 쌓인 적막 속에서 학동영감이 생기침을 하며 입을 열었다.

"득창이라고 했냐?"

목소리는 알아들을 수 없이 가늘고 힘이 없었다.

"예. 아부지."

방안에 성냥불이 번쩍이고서 훤해지기 시작했다. 방문 문고리소리가 딸가닥거렸다. 득창은 방문을 열었다. 둘이는 아버지 앞에 꿇어앉아 아버지의 용색(容色)부터 살폈다. 일렁거리는 희미한 호롱불빛에 학동영감의 얼굴이 비춰졌다. 아버지를 바라본 득창은 가슴이 새삼 두근거리며 타들어가는 것 같았다. 며칠 전보다 또 다른 모습이었다. 나날이 초췌해진 것 같아 불안하기 짝이 없었다. 이 모든 것이 다 자신의 경망스러운 일에서 비롯된 것이라고 생각을 하니 가슴이 미어질 것만 같았다. 감정을 다스리지 못하고 조용히 두 눈을 내리감는 그의 눈언저리에 물비늘 같은 것이 아롱거렸다.

"뭣하러 왔냐? 당분간 오지 말라고 허니까."

학동은 아들이 온 것이 미덥지 못한 듯 가쁜 숨을 몰아쉬며 말했다. 지난번과는 달리 아버지의 싸늘한 시선에서 집안 공기가 달라졌음을 알아차렸다.

"식구들이 못 잊혀서 있을 수가 없었어라우. 내일 새벽에 또 갈라요."

"안 된단 말이다. 인자 절대로 와서는 안 당께. 며칠 전에 너를 잡으러 헌병들이 왔드란 말이다. 하마터면 영락없이 잡혀가 불 뻔했당께."

아직까지 놀란 여운이 가슴속에 남아있는지 휘둥그레진 눈을 깜빡이며 그 순간을 들먹이고 나섰다. 아내는 말해주지 않았으나 아버지는 사실대로 말해준 것이었다. 때문에 아들이 왔는데도 못내 반가워하는 눈빛이 아니었다.

"예? 잡으러 왔었어라우?"

득창은 눈알을 뙤록뙤록 굴리며 다급하게 물었다.

"그랬단 말이다. 인자 당분간은 절대로 오지 마라.

"헌병 혼자 왔던가요?"

그는 몹시 긴장한 시선으로 아버지를 바라보며 물었다. 하지만 학동영감은 한숨만 들이쉬며 입을 열지 않았다. 그는 잔뜩 신경을 곤두세워가며 아내를 향해 다시 물었다.

"몇 사람이 잡으러 왔던가?"

아내는 그제야 당황한 기색을 내비치며 잠시 미적미적거리다가 입을 열었다.

"헌병과 보조원이 셋이나 왔다 갔당께요."

"세 사람이나 왔었어?"

"거기다가 이장과 임씨라는 사람도 왔었어라우."

"한낮에 왔던가?"

"당신이 새벽에 떠나고 나서 아침나절에 왔드란 말이요."

"내가 간 뒤에 왔다고?"

그는 눈을 부릅뜨고 놀란 빛을 감추지 못했다. 겁에 질린 그는 마른 침을 삼켜가며 당황하기 시작했다.

"와서 뭐라고 허등가?"

"닷새 안에 자수하지 않으면 감옥으로 보낸다고요. 그리고 감춰놓은 사람도 벌을 받는다고도 허든디요."

민순은 맥이 풀린 것처럼 어깨를 축 늘어뜨리며 말했다. 혹시 바깥에서 누가 들을까 봐 목소리를 잔뜩 낮추었다. 자신의 감정이 어떤지 제대로 알 수 없을 정도였고, 미욱한 어둠 속으로 점점 빠져드는 심경이었다. 득창은 일순간 얼굴이 딱딱하게 굳어지며 시무룩해졌다. 송곳과도 같은 시선을 번뜩이며 이맛살을 찌푸린 채 탄식의 한숨을 들이켰다.

"아부지 편히 주무싯시요."

그는 참담한 비애를 머금고 불안한 맘으로 방을 나와 작은 방으로 들어갔다. 헌병이 뒤를 쫓고 있다고 생각하니 불안기가 감돌며 마음이 오싹거렸다. 이제 올 것이 왔구나 싶어 가슴속에서 방망이질을 쳐대었다. 작은 방에서는 어린 것이 새근새근 잠이 들어 있었다. 어린 아들의 잠자는 모습은 고요하고 평화로웠다. 그 순간 그는 두려움도 잊은 채 아들의 얼굴을 까웃이 들여다보았다. 고운 숨결을 뿜고 있는 아들의 고사리 같은 손을 잡았다. 금시 눈물이 핑 돌았다. 그는 손을 가져다 터부룩하게 기른 볼수염에 비벼대었다. 미구에 닥칠 일을 예감이라도 하듯 비탄에 빠져든 것 같았다. 이를 바라본 민순은 눈물이 앞을 가려 소매 자락으로 볼을 찍어내었다. 사람은 욕심을 부린 만큼 고통이 따른다는 것을 남편이 깨우쳤으면 하는 마음이었다. 그녀는 늘 엄마의 가르침이 떠올랐다. 죽으나 사나 밥상머리에 마주 앉아 밥을 먹고, 처자식 데리고 밥 얻으러 가는 동냥치가 부러웠다. 그런 사람을 따라 살아야 한다는 엄마의 말씀이 귓전을 스치고 지나갔다.

아직도 바깥에는 마른 번갯불이 번쩍이고 있었다. 혹시 내일 새벽에 비가 올까 봐 걱정이 되었다. 남편이 일찍 떠나는 길에 비가 오지 않길 바랄 뿐이었다. 하고 싶은 말은 많지만 어쩐지 입이 떨어지지 않았다. 무거운 근심이 입까지 닫아거는 느낌이었다. 그녀는 잠이나 일찍 자자고 이불을 깔았다. 남편은 두려움에 겉옷까지 입은 채 그대로 있었다. 호롱불을 끄고 자리에 누워 잠을 청해도 날카로운 번갯불의 섬광 때문에 잠을 이룰 수가 없었다. 섬광이 지나치고 나면 어김없이 우르르 쾅쾅 우렛소리가 산골을 뒤흔드는 것이었다. 까무러칠 듯 깜짝깜짝 놀라다가 간신히 선잠이 들었을 때였다. 바깥에서 인적이 들리는 것 같았다. 처음에는 비가 쏟아지는 줄 알았다. 그런데 그 소리는 빗소리가 아니었다. 마당을 가로지르는 발걸음 소리였다. 번갯불이 내리 칠 때 방문을 스쳐지나가는 그림자도 어른거렸다.

잠시 후 마당에서 뒤란으로 움직이는 것 같았다. 쇠굽이 달린 가죽 장화 소리였다. 마당을 걸으면서 돌과 부딪힐 때 나는 소리였다. 그는 기겁을 한 채 남편을 흔들었다. 선잠에 취해 있던 남편이 벌떡 일어나 흠칫 놀랐다. 민순은 순간 불길한 예감이 밀려들면서 초조해졌다.

자신도 모르게 남편의 어깻죽지를 밀어젖히며 뒷문을 가리켰다. 그러나 득창은 얼른 알아차리지 못했다. 화급을 다투는 일이라 그녀는 뒷문을 향해 남편을 끄집었다. 그리고는 문풍지 사이로 귀를 바짝 대어 바깥소리를 엿들었다. 장화소리는 거침없이 토방에서 마루로 올라오고 있었다. 민순은 겁에 질려 전신이 혼몽해지면서도 몽긋거리고 있는 남편을 잽싸게 떠밀며 뒷문을 짓찢었다. 그제야 알아차린 득창은 눈을 통방울처럼 휘둥글며 벼락같이 뒷문을 잡아당겼다. 창호지로 붙여놓아 사용하지 않던 문이라 우지직거렸다. 득창은 문을 열어젖히고 맨발로 어둠 속으로 내달렸다. 눈 깜짝할 사이에 벌어진 일. 뒷문을 닫을 겨를도 없이 무서움에 벌벌 떨고 있는 중에 방문을 흔드는 소리가 들렸다. 민순은 뒷문부터 닫았다. 그리고는 이불을 가져다 뒤집어 씌웠다. 하지만 붙여놓은 창호지가 너울너울거리고 있었다.

"누구요?"

그녀는 소리쳤다.

"득창이란 놈이 이 방에 있지?"

예감대로 헌병보조원이었다.

"남편은 아직 안왔어라우."

"잔말 말고 문 열어! 신까지 다 봤는데 거짓말을 할 참잉가!"

민순은 성냥을 켜대고 나서 호롱불에 불을 붙였다. 그리고 겉옷을 걸쳐 입었다.

"빨리 열란 말이야!"

"예. 예. 알았구만이라우."

그녀는 남편이 멀리 도망가길 바라는 뜻에서 일부러 꼼지락거리는 중이었다.

"빨리 열지 않으면 문을 부서버리겠다."

그들은 문짝을 여지없이 흔들며 다그치기 시작했다. 민순은 방문을 열어주었다. 그들은 지난번과 똑같이 무뢰한 그대로였다. 사람이 사는 방 안에 장화를 신고 들어왔다.

사지가 덜덜 떨리면서 심장이 오그라드는 것 같았다. 얼굴만 바라봐도 소름이 오싹거렸다. 그들이 마루로 올라와 방으로 오는 사이 득창이 뒷문을 향해 달아났던 것. 독안에 든 쥐로 생각하고 있었던 그들은 득창의 신발을 들고 있었다. 그 순간 문을 뜯는 소리가 들었는지 방안을 두리번거리고서 뒷문으로 다가가 이불을 집어던졌다. 창호지가 찢겨진 채 너울거리는 것을 보고는 한 사람이 문을 열고 밖으로 나갔다. 방에 남은 이는 키가 장대같이 컸다. 코끝이 뾰족하고 날카로운 낚시코에 광대뼈가 툭 튀어나왔다. 쭉 벌어진 어깨며 솥뚜껑만큼 큰 손을 보니 힘이 장사임에 틀림없었다. 얼굴 어느 구석을 뜯어봐도 인정머리라곤 반 푼어치도 찾아볼 곳이 없었다. 뒤로 나간 다른 이가 다시 앞으로 돌아 들어왔다. 고개를 살래살래 저은 것으로 봐서 허탕이라는 것을 알아차린 듯했다. 불쾌하기 짝이 없다는 듯 입술도 윽물었다. 그는 키는 크지 않고 땅딸막한 키에 새까만 반달눈썹이 도드라지게 튀어나왔고 메기입처럼 찢어진 입에 천상개비처럼 콧구멍이 하늘을 향해 있었다. 손가락 서너 개를 포개어 찔러 넣고도 남을 만큼 휑하니 뚫린 콧구멍을 벌름거렸다. 악이 박치는 듯 골난 얼굴을 계속해서 씰룩거리며 민순을 윽박지르기 시작했다.

"다 알고 왔어. 니 남편 어디로 내뺐나?"

"전 몰라요."

"모르다니? 금방 이 문으로 도망친 소리를 들었는데 모른단 말이야. 낮에는 너구리새끼처럼 숨어 있다가 밤이면 슬그머니 기어나온 줄 다 안당께."

"안왔당께라우?"

"어허! 우리가 숨어서 다 봤는데도 거짓말을 할 참인가?"

"보다니요?"

"먼저 기와집으로 들어갔다가 이 방으로 든 것을 우리가 지켜보고 있는 줄 몰랐겠제."

그들은 미리 와서 지켜보고 있었던 것인지 그동안 있었던 일을 속 속들이 꿰고 있었다.

민순은 오들오들 떨면서 체념한 듯 입을 다물어버렸다. 다 알고 온 사람 같아서 거짓말도 할 처지가 아니었다. 일이 이 지경에 이른 바에 야 알려줄 필요도 없었다.

흥건한 잠에 취해 있던 아들이 눈을 뜨고 울기 시작했다. 우락부락 하게 생긴 이들이 방에서 서성거리는 것을 본 어린 것은 부릅뜬 눈을 굴리며 소스라쳐 놀란 채 울어대었다.

잠결인데도 그들의 외치는 소리에 학동영감도 두 눈을 부릅뜨고 나 왔다. 문을 열자마자 헌병보조원인 것을 알아차리고는 까무러칠 듯 놀랐다. 아들이 온 것을 어떻게 알고 한밤중에 달려들었는지 가슴이 철렁 내려앉았다. 학동은 보조원의 무례한 행동을 보고는 마치 어린 아이들 나무라듯

"깊은 야밤에 이 무슨 짓들잉가? 사람이 사는 방에 신을 신고 들어 오다니 어디서 막돼먹은 행패를 부리는 것잉가?"

허나 그들은 본 척도 들은 척도 하지 않았다. 되레 큰소리를 치며 겁 을 주기 시작했다.

"아들 어디다 감췄제? 죄인을 감추면 어떤 벌을 받는 줄 아능가?"

반말지거리를 해대며 얕잡아보는 것 같았다.

"난 그렁거 모른다. 내 아들이 뭘 잘못해서 죄인이란 말잉가?"

희미한 불빛에 비치는 그는 목숨이 붙어 숨만 쉬고 있을 뿐이지 이 미 산송장이나 다름없었다. 피골이 상련되어 마치 비루먹은 소가죽처 럼 여위고 허약해 보였다. 목울대에서 갈그랑거리는 소리는 숨을 몰 아 쉬는 것 같기도 했다. 그들도 노인의 모양새를 보고는 아예 더 대꾸 조차 하지 않았다.

"도저히 안 되겠구만. 당장 시행하라."

땅딸막한 헌병보조원이 입을 앙다물며 소리쳤다.

"예. 알았습니다."

키 큰 이가 허리띠에 차고 있던 하얀 밧줄을 꺼내들었다. 그는 어린 아들을 품어 달래고 있던 민순의 어깻죽지를 휘어잡았다. 민순은 깜짝 놀라며 홱 뿌리쳐보지만 솥뚜껑만 한 큰 손으로 덥석 감아 잡은 탓에 꼼짝을 할 수 없었다. 어깨가 떨어져나가는 것처럼 아팠다. 달랑달랑 매달린 오이처럼 그녀는 일어섰다. 그녀의 팔뚝 위로 하얀 밧줄이 걸쳐졌다. 팔을 비틀어가며 온갖 몸짓을 다해보지만 당해낼 수 없었다. 돌려 감은 밧줄이 조여들기 시작했다. 젖가슴이 뭉개지고 팔목이 부러질 것 같았다. 숨통마저 옥죄어 캑캑 기침이 솟구쳤다.

"왜 내 며느리를 묶느냐? 이 천하에 못된 놈들. 내 며느리가 뭘 잘못해서 묶어?"

학동영감이 마룻바닥을 두드리며 벽력같이 노발대성(怒發大聲)을 쏟아내었다. 이제는 더 이상 물러설 곳이 없다는 생각인지 계속해서 고래고래 고함을 쳐대었다.

"왜 조선 사람을 일본으로 팔아넘길라고 허느냐 이놈들아. 느그들은 조선 사람이 아니어서 일본 피가 흐른단 말이냐. 일본을 좋아하는 니 놈들이나 갈 일이제 왜 내 아들을 보내려고 허느냐. 이 천하에 못된 놈들. 내 저승에 가서라도 니 놈들은 잊지 않겠다. 니 놈들 잘되능가 볼란다. 이놈들아!"

그는 억분을 참지 못하고 입에 거품까지 물어가며 나라를 배신한 그들을 준엄하게 꾸짖듯 말했다. 그러나 그들은 아랑곳하지 않았다. 두덜거리는 소리로 들릴 뿐이었다. 혼자서 애끓는 통곡소리만 쏟아내는 꼴이 되고 말았다. 억울하고 서러운 일이 눈앞에서 벌어져도 비탄의 한숨만 내쉴 뿐 하릴없는 짓이었다.

이제 겨우 돌이 지나 아장아장 걸음마를 시작한 어린 아들은 마치 경풍이 든 것처럼 깜짝깜짝 놀라며 지붕이 날아갈 듯 소리를 지르며 울어대었다. 밧줄에 묶인 엄마를 붙잡으려고 사지를 바들바들 떨었다. 그러나 그들은 짐승만도 못했다. 눈길마저 주지 않았다. 달려드는 어린 것을 인정도 없이 쭉 밀어버렸다. 어린 것은 숨이 꼴딱 끊어질 듯 죽은 시늉을 하면서도 다시 달려들었다. 이번에는 장화발로 걷어차듯 했다.

그 모습을 본 민순은 처절하게 몸부림을 쳐대며 울부짖었다. 묶인 손목을 뻗어가며 아들에게 달려가려 안달을 해보지만 헌병보조원은 인정도 없이 낚아채었다. 민순은 이미 헝클어진 머리와 눈물이 뒤범벅이 되어 얼굴을 알아볼 수가 없었다.

"빨리 끄집고 나오라!"

땅딸막한 이는 먼저 밖으로 나가면서 명령하듯 소리쳤다. 키가 큰 이는 솥뚜껑 같은 손으로 등덜미 밧줄을 휘어잡고서 그녀를 밀치며 마루로 내몰았다. 민순은 방문을 나서지 않으려고 문짝에 몸을 기대며 완강하게 버텨보지만 그의 힘 앞에서는 어찌할 도리가 없었다. 한 손으로 쭉 밀기만 해도 그냥 나가 꼬꾸라질 것 같았다. 그녀는 밖으로 끌려 나오면서도 애절한 통곡 속에 아들을 불러대었다. 어린 것도 엄마가 끌려간 것을 보고서 숨통이 끊어질 것처럼 소리치며 울었다. 밖으로 나오다 문턱에 넘어진 어린 것은 어둠 속으로 사라져가는 엄마를 바라보며 우들우들 떨며 울어대었다. 학동영감이 손자를 붙잡고 서러운 눈물을 쏟아내었다.

"내 이놈들! 하늘이 무섭지 않느냐! 네놈들을 죽일 벼락 치는 소리 들리냔 말이다!"

학동은 손자를 붙들어 가슴에 품고서 넋을 놓고 악을 써댔다. 그들은 칠흑 같은 어둠 속으로 그녀를 잡아채고서 끄집고 갔다. 힘 한 번 써볼 겨를도 없이 귀가 잡힌 토끼처럼 달랑달랑 매달린 꼴이 되고 말았다. 민순은 끌려가면서 통곡을 멈추지 않았다. 계속해서 목이 메도록 아들을 불렀다. 음산한 날씨가 찬바람까지 몰고 오고 있었다. 찬바람은 겁에 질린 그녀를 더욱 오들오들 떨게 만들었다. 서쪽 하늘에서는 계속해서 마른벼락 불빛이 반짝거렸다. 순간엔 자정골이 대낮처럼 훤했다가도 다시 어둠속으로 빨려 들어갔다.

"득창. 어디 있느냐! 금방 도망친 것 다 알고 있다. 자수하지 않으면 느그 아내를 데리고 가겠다. 알았나?"

땅딸막한 이가 째진 메기입으로 산골짜기가 쩌렁쩌렁하도록 소리를 질렀다. 알고 보니 그들이 민순을 붙들어 맨 것은 간교한 술수였다. 남편이 산속 어디에 숨어 있을 거라고 보고 미끼로 삼자는 속셈인 것 같았다.

"득창! 좋은 말해서 나오라. 네가 나오지 않으면 느그 마누라를 대신 데리고 가겠다. 범인을 감춘 죄를 묻겠다."

그는 계속해서 대성질호(大聲叱呼)를 쏟아내었다. 그러나 어둠의 정적에 싸인 산골은 아무런 응답이 없었다. 어둠속에서도 개울물 소리만이 정적을 뚫고 찰찰 흘러내리고 있었다. 그는 다시 두 손을 나팔처럼 모아 다시 소리쳤다.

"야. 득창. 너 어디 있는 줄 다 안다. 자수하지 않으면 느그 아내는 범인을 숨긴 죄로 끌고 간단 말이다. 아내를 위한다면 지금이라도 늦지 않았다."

그리고는 잠시 귀를 기울이며 듣고 있었다. 혹시 나타나는지 어둠 속을 휘살피며 주시하기도 했다. 협박과 회유를 번갈아 가는 것이었다.

"득창! 내 말 안 들리나? 그럼 네 마누라를 찾고 싶으면 주재소로 오너라. 알았나!"

그리고서 그는 민순을 끄집기 시작했다. 민순은 몸부림을 쳐보지만 그의 힘을 당해낼 재간이 없었다. 저항 한 번 못한 채 끌리기 시작했다.

"득창! 자수하라. 아내를 살리고 싶거든 지금이라도 늦지 않았다. 황국신민(皇國臣民)으로 충성을 다하라."

그들은 철저한 친일 분자로서 본색을 드러내었다.

일제는 1905년 11월에 체결한 을사조약 규정에 헌병경찰제를 시행했다. 그 후 1907년에는 한국인을 헌병보조원으로 채용했다. 그리고 이들은 일본 헌병을 도와 각 지역에서 활동하고 있는 의병을 토벌하는 데 이용했다. 즉 일제의 통감부 앞잡이로 삼기 위해 한국인을 채용한 뒤, 이들을 이용해 동족끼리 서로 싸우게 함으로써 식민통치 수단으로 이용되었다. 1910년 8월 국권피탈 후에는 헌병경찰의 기능과 역할을 강화하고, 별도로 헌병보조원 규정까지 공포하게 이르렀다. 헌병보조원은 헌병의 지휘감독을 받아 경찰 근무에 협조해야 한다고 했다. 처음 들어갈 때 복무연한은 2년이라고 하였지만, 희망에 따라 50세까지 연장 복무할 수 있다고 함으로써 대부분 50세까지 보장하였던 것이다. 일제는 이들을 채용하여 동족이 동족을 탄압하는 악질적인 일을 도맡게 했다. 독립 운동가들을 색출하거나 반일 활동자의 감시는 물론 체포하는 데 활용했다. 죄 없는 동족에게 약탈을 일삼기도 했으며 갖은 고초를 안겨주었다. 한국인이 한국인을 탄압하게 할 목적으로 일제가 취한 가장 잔인하고 악질적인 사례가 헌병보조원제도였던 것이다.

그들의 외치는 소리만 날아갈 뿐 득창은 나타나지 않았다. 그들은 뱃속이 부글부글 끓는 듯 우렁우렁하면서도 째진 소리를 내질렀다.

이번에는 땅딸막한 녀석이 쉿소리가 박힌 소리로 카랑카랑하게 고성대규(高聲大叫)했다. 목이 터져라 소리쳤다.

"득창! 이제 마지막이다. 아내를 살리고 싶거든 지금 자수하라."

외치는 소리는 억세게 밤공기를 가르고 날아갔다. 저 멀리 활성산을 휘젓고서는 메아리가 되어 날아왔다. 어린 아들이 숨이 꼴딱 넘어갈 것처럼 울어대었다. 마루로 나온 학동이 목이 메어 말을 하지 못하고 손사래를 치며 울부짖었다. 목이 잠긴 탓에 들리지도 않은 목소리로 악을 써보지만 아무도 들어주는 이 없었다. 노구를 이끌고 넘어질 듯 달려들어 헌병보조원을 붙들어 잡고 사정을 해대었다.

"내 며느리는 아무 잘못이 없으니 이 늙은이를 데려가거라. 감춘 사람은 나란 말이다."

하지만 그들은 노인의 말을 들은 척도 하지 않았다. 학동은 다시 그의 바짓가랑이를 잡고 늘어지며 외쳤다.

"나를 데려가랑께. 내 며느리는 아무 잘못이 없응께 나를 잡아가란 말이다."

그러나 그는 인정도 없이 밀어젖혔다. 힘없는 학동은 그만 벌렁 자빠지고 말았다. 노인은 사생결단이라도 할 듯 다시 장화를 붙잡고 매달리며 소리쳤다.

"이놈들아 나를 잡아가란 말이다. 내 며느리는 눈곱만큼도 잘못이 없는디 왜 데려가느냐? 이놈들아. 어서 풀어라. 이 천하에 못된 놈들! 니놈들은 에미애비도 없단 말이냐?"

"듣자듣자 하니 못 할 말이 없구만. 늙은이가 죽을라고 환장을 했나. 한번 봐 줄라고 했더니만 대일본 헌병보조원을 뭘로 보는 건가?"

메기입으로 혀를 차가며 방망이를 휘두르려 했다. 짜증이 배어나온 말투로 소리를 꽥 질렀다. 그들 눈에는 노인이고 아녀자고 보이지 않

55

는 것 같았다. 닥치는 대로 악다구니를 써대고 폭력도 서슴지 않았다. 하기야 동족의 가슴에 칼을 겨누는 일을 하고 사는 마당에 무슨 인정을 기대하겠는가마는 그래도 조선 땅에서 태어난 사람들이라면 효제충신(孝悌忠信)정도는 들었을 만도 한데…… 어찌하여 섬나라 사람들의 흉악한 무도(武道)를 따르려 하는 것인지…… 안타까울 뿐이었다. 그는 학동영감을 노루 뒷발질하듯 걷어차고 말았다. 발길이 학동의 가슴팍을 정면으로 휘갈겼던 것이다. 발길에 걷어차인 학동은 숨을 제대로 쉴 수가 없었다. 가슴을 움켜쥐고 버르적거리다 그만 바닥에 벌렁 누워버렸다. 한참을 마른 새우처럼 웅크린 채 움직이질 못했다. 거칠게 씨근거리는 숨소리만 토해낼 뿐이었다. 민순이 어둠 속에서도 그 모습을 보았다. 금방 칼벼락이 정수리에 내리꽂히는 것 같았다. 일각에 심장이 멈춰들면서 육신이 갈기갈기 찢어지는 것이었다. 마디마디 뼈가 동강나는 아픔도 몰려들었다. 끌려가던 발걸음을 멈추고서 아락바락 몸부림을 치며

"아버님! 아버님! 아버님……."

그러나 솥뚜껑 같은 손아귀에 꽉 쥐여 있는 탓에 꼼짝도 못한 채 울먹이기만 할 뿐이었다. "우리 아버님한테 무슨 죄가 있다고 그러요? 당신네들은 부모도 없소?"

혼절하듯 울부짖었다. 시아버지는 마치 송장처럼 땅바닥에 벌렁 누워있었다. 인정 없는 그는 그녀의 허리춤을 무자비하게 휘어잡고는 휙 잡아채며 끄집었다.

"자! 빨리 가자!"

땅딸막한 보조원이 소리치자 키 큰 이가 돌려세우고서 입을 악물며 힘을 가하기 시작했다. 팔목에 대롱대롱 매달려 발돋움을 치며 버텨보지만 어찌할 도리가 없었다.

"돈 벌러 가고 싶지 않다는 것도 죄단 말이요? 내 남편은 아무 잘못이 없어라우. 나는 못 가요. 내가 가면 우리 아버님과 내 아들은 죽어요. 헌병보조원들은 노인에게도 발길질을 허고 사는 것이요? 육십 객 노인에게 그 무슨 짓이냔 말이요. 나는 절대로 못가요."

끌려가다말고 발을 동동 구르며 울분에 찬 소리를 버럭버럭 내질렀다. 악이 받친 소리가 산골을 뒤흔들었다. 쇠붙이가 서로 부딪히는 것처럼 쩌렁쩌렁 격월해지고 있었다. 그러나 그들은 조금도 아랑곳하지 않았다. 연약한 여자를 죽은 개다리 끄집듯 했다.

"나는 못 가요. 내 아들을 놔두고 나는 절대로 못간당께요. 차라리 이 자리서 내 아들과 함께 죽여주란 말이오. 성음아! 성음아!……."

민순은 아들을 돌아다보며 서릿발 같은 악다구니를 퍼부었다. 마지막 절명하는 순간에 내뿜는 처절한 비명소리와 다름없었다. 산골이 떠나갈 듯 외쳐대다가 사립문으로 끌려 나아가자 땅바닥에 털퍼덕 주저앉았다. 이어 대굴대굴 구르듯 몸부림을 치다가 이내 땅바닥에 벌러덩 누워버렸다. 머리통을 쿵쿵 찍어가며 죽기로 작정을 한 사람처럼 최후의 발악을 마다하지 않았다. 두 발로 땅바닥을 완강하게 버텼다. 허나 가만히 놔두지 않았다. 키 큰 보조원이 그녀를 달랑 들어 올렸다. 머리끄덩이를 휘어잡고 태질을 하듯 하고서는 마치 쌀자루처럼 어깨에 메고서 총총걸음으로 나아갔다. 그녀는 다리를 뒤흔들며 발버둥을 처보나 발목을 움켜잡힌 탓에 꼼짝도 할 수 없었다.

"하원득창! 들리나! 이제 마지막이다. 지금이라도 늦지 않았다. 자수하라."

보리뚱뚱이처럼 땅딸막한 보조원이 산골을 향해 악을 쓰듯 외쳤다.

"하원득창! 너 대신 너희 마누라가 감옥으로 가서야 되겠나? 사내자식이 비겁하다! 당장 나오라. 지금이라도 나오면 용서해주겠다!"

그는 입에다 손나팔을 대고서 목이 터지도록 외쳐댔다.

"안 돼요! 절대로 나오면 안 된당께요. 속으면 안 된단 말이요."

민순은 사지를 바동거리며 악을 썼다.

"안 나오면 느그 마누라를 데리고 가겠다. 빨리 자수하라!"

그는 계속해서 외쳤다.

"속아서는 안 된당께요. 잡히면 당신은 죽는단 말이요."

사지를 뒤틀어가면서 버럭버럭 고래고함을 질렀다.

서쪽 하늘에서는 연신 마른 번갯불이 번쩍거렸다. 하늘을 둘로 쪼개기라도 할 것처럼 선명한 붉은 빛으로 줄을 그어대었다. 순간순간 대낮같이 훤해지면서 산속이 드러나곤 했다. 그때 훤한 불빛에 한 사람의 그림자가 비쳐들었다. 헌병보조원 앞으로 터덜터덜 걸어오고 있었다. 또다시 번갯불이 번쩍거리자 그의 얼굴이 훤하게 드러났다. 그는 남편이었다. 민순은 가슴이 요동치기 시작했다. 속지 말라고 악을 썼는데도 나타난 남편이 너무 야속했다. 순간 사지로 떠날 남편을 생각하니 모든 것이 끝장이 난 것 같았다. 번쩍이는 하늘이 원망스럽고 땅이 무너지는 느낌이었다. 마음 같아선 남편의 손목을 잡고 함께 도망치고 싶지만 그럴 처지가 아니어서 그녀는 울분을 삼키며 소리쳤다.

"뭣하러 왔소! 나는 괜찮응께 얼른 도망치란 말이요!"

그러나 남편은 입을 꾹 다문 채 묵묵부답이었다. 한 치의 앞도 보이지 않는데도 그들 앞으로 다가가 팔을 쭉 내밀었다.

"내 마누라를 풀어주싯시오. 그리고 나를 묶으시오."

모든 것을 포기한 듯 한숨을 들이마시며 담담하게 말했다. 세상을 달관하기라도 한 사람처럼 건조한 웃음도 머금었다. 아내를 풀어준다면 자신은 시키는 대로 하겠다는 태도를 취하고 나섰던 것. 오직 체념의 빛만이 감돌 뿐이었다.

"흥! 내 그럴 줄 알았다. 세상에 아내를 감옥에 보낼 그런 비겁한 놈이 어디 있겠냐? 자수하는 것이 당연한 일이제. 허나 이미 기한이 지났으니 이것은 자수가 아니다. 알았나?"

메기 같은 입으로 반가운 듯 소리쳤다. 회심의 미소를 지어가면서 팔목에 하얀 포승줄을 옭아매기 시작했다. 팔목에 수갑이 찰그랑 채워졌다. 하얀 어둠 속에서도 동그란 은백색 수갑이 번쩍거렸다. 손가락만 움직일 뿐 그들이 시키는 대로 할 수밖에 없었다. 팔뚝 위로 또 다른 포승이 감겨들었다. 흰색 밧줄이 그의 가슴을 조이기 시작했다. 나뭇짐처럼 꽁꽁 묶인 몸이 되고 말았다. 득창은 씁쓰레하면서도 허허로운 웃음을 흘렸다. 땅이 꺼지도록 긴 한숨을 몰아쉬면서 아내를 바라보았다. 밧줄로 휘감긴 그는 영락없이 통나무와 다를 바 없으면서도 눈빛은 서슬 퍼런 칼처럼 번쩍거렸다. 밀면 나아가야 하고 잡아당기면 따라가야 할 형편이 된 채 숨조차도 제대로 쉴 수 없는 지경이 되고 말았다.

득창이 그들의 술책에 여지없이 넘어간 꼴이었다. 그들은 분명 밤이면 득창이 나타날 것이라고 해거름부터 감나무 밭에서 기다리고 있었다. 방으로 들면 체포하려고 준비를 하고 있었다. 혹시 도망칠 땐 아내를 볼모로 잡아 흥정하려는 계략까지…… 득창은 그들의 작전에 여지없이 휘말려 들었던 것이다. 손 안 대고 코푸는 격이 된 그들은 까불까불거리며 기고만장한 표정을 지었다.

"황국신민을 배신하면 어떤 대가를 치르게 되는지 보여주마!"

배에다 힘을 잔뜩 주고서 소리쳤다. 어울리지도 않은 너털웃음을 허풍스럽게 흘리면서 득의만만한 가식적인 웃음까지

"황국신민이 되길 반대하고 징용을 지원하고서도 기피한 범죄자 하원득창! 너는 지금 곧 곰재주재소로 송치한다. 알았나?"

그는 개선장군이나 되는 것처럼 의기당당하게 소리쳤다.

"내 아내를 돌려보내 주싯시오."

"니 마누라도 죄인이다."

"왜 내 마누라가 죄인이란 말이요? 지원 도장을 찍은 내가 죄인이지라우."

"흥! 법을 모르니 알 턱이 없었제. 범인을 은닉한 죄도 모르나?"

"그래서 내가 나왔지 않소."

"알았다. 어린아이가 울어대니 불쌍해서 한 번 봐주지."

그는 방망이로 자기 손바닥을 탁탁 두드려가며 소리쳤다. 마치 선심이라도 쓰는 것처럼 위풍당당한 기세를 보였다.

"여자는 밧줄을 풀어주도록 해라."

키가 큰 헌병보조원이 포승줄을 풀기 시작했다. 휘휘친친 묶어놓은 포승줄이 한 가닥씩 풀려나갔다. 적삼이며 치마는 엉망진창이 되었고 헝클어진 머리가 얼굴을 가려들어 앞도 보이지 않았다. 힘이 빠진 그녀를 집으로 돌아가라고 연득없이도 떼밀었다.

그러나 민순은 쉽게 돌아서지 않았다. 비척비척거리며 남편에게 달려들자 보조원은 방망이로 인정도 없이 밀어젖혔다. 또다시 힘없이 나가자빠졌다. 그를 본 득창이 소리쳤다.

"연약한 여자에 그 무슨 몹쓸 짓잉가요? 짐승만도 못한 짓을 허느냔 말이요?"

억분이 솟구치는 목소리를 내질렀다.

"쓸데없는 소리 하지마라. 죗값을 묻지 않고 풀어주는 것만으로도 고마운 줄 알아야제. 감히 대일본 헌병보조원 앞에서 함부로 나불거리능가?"

그는 방망이로 가슴팍에 툭툭 치면서 말했다. 오만하기 짝이 없는 말투. 빈정거림으로 넘쳐나고 있었다. 옆구리에 차고 있던 긴 칼을 뽑 았다 넣었다 하면서 겁을 주기도 했다. 서슬 퍼런 칼이 땡그랑거릴 때 면 오소소 소름이 돋고 가슴이 벌렁벌렁거렸다.

"마지막으로 한 가지 부탁이 있소."

득창이 그들에게 말했다.

"무엇이냐? 말해라."

"마지막으로 우리 아부지 한 번만 뵙고 갈라요."

득창은 울부짖으며 애원하듯 말했다. 가슴이 꽉 막혀드는 듯 목이 메어 있었다.

"뭐라고? 죄인 주제에 자기 맘대로 하려 드는가? 시간이 없다!"

땅딸막한 보조원이 인정도 없이 소리쳤다.

"당신들은 부모님도 안 계싱가요? 이제 가면 영영 뵙지 못할 것 같 아서 그러구만요."

득창은 비장한 말투로 울부짖으며 말했다.

"영영 뵙지 못할 것 같아서 그렇다 그 말이제? 그럴 수도 있제. 좋 아! 그렇게 해주지."

땅딸막한 이가 큰 선심이라도 쓰는 것처럼 당글당글한 소리를 쏟아 내었다.

"다시 돌려 세워라."

그는 키 큰 이에게 명령하듯 말했다.

"하이!"

키가 큰 보조원은 가던 길을 멈추고 득창을 돌려세워 집 마당 쪽으 로 떠밀었다. 그는 묶인 밧줄을 꼭 잡고 그를 놓아주지 않은 채 뒤를 따랐다. 득창은 캄캄한 마루 쪽으로 다가갔다. 아버지를 보지 않고서 는 도저히 발길을 돌릴 수가 없을 것 같았다. 이제 가면 다시 뵐 수 있을지 장담도 할 수 없는 일, 그는 심장이 찢어지는 아픔이 밀려들었다. 아버지께 상의 한마디도 없이 독단적으로 저지른 행위가 이렇게 불효로 다가올 줄이야. 생각할수록 가슴을 치고 통곡할 일. 불효를 용서해 달라고 말씀을 드려본들 무슨 소용이 있을까 마는 도저히 그냥 갈 수는 없었다. 발걸음이 떨어지지 않을 뿐 아니라 어디를 간다고 해도 그것은 가슴에 한(恨)의 화살이 되어 박힐 일이었다.

그들에게 가슴을 채인 학동은 한참을 버르적거리고 누워 있다가 네발로 맨땅을 기었다. 숨을 제대로 쉴 수 없을 정도로 심한 타격을 받은 그는 아픔을 참느라 가슴도 움켜쥔 채 간신히 토방으로 기어올라 마루 끝을 붙들고 있었다. 가슴팍을 인정사정없이 채인 탓에 실신할 지경에 이르렀던 것이다. 번쩍거리는 마른 번갯불 사이로 학동영감의 모습이 눈길에 잡혔다. 마루 끝을 붙잡고 웅크리고 있었다. 전광석화처럼 재빠르게 스쳐지나가는 불빛에도 사색이 된 채 오들오들 떨고 있었다. 마치 초주검 그대로였다. 그 곁에는 울다 지친 성음이가 할아버지를 보채고 있었다. 말도 제대로 못하는 어린 것이 엄마한테 데려다 달라고 할아버지 팔목을 흔들어댔다. 아무 경황도 없는 할아버지께 떼를 쓰고 있는 모습은 눈뜨고 볼 수 없는 처절한 광경이었다.

"아부지! 저 득창이구만요."

득창은 결국 울음을 참지 못하고 울먹이며 아버지를 불렀다. 그 와중에도 학동은 고개를 들고 그를 쳐다보았다. 아들의 목소리를 알아듣고는 깜짝 놀라 눈을 부릅뜨며 당혹감을 감추지 못했다.

"아부지, 제가 잘못했어요. 천벌을 받을 짓을 했당께요."

득창은 꽁꽁 묶인 채로 다가가 얼굴을 가슴에 비벼대며 온몸을 바르르 떨었다. 흐르는 눈물을 주체하지 못한 채 숨이 넘어가도록 애통히 울부짖었다. 학동은 통곡의 울음을 쏟아내며 몸부림치는 아들의 얼굴을 어루만지며 넋을 놓고 눈물을 흘렸다.

"무슨 놈의 시상이 부자지간을 억지로 갈라 놓은단 말이냐?"

학동영감은 분독을 삭히지 못한 채 애통히 울부짖으며 넋두리를 늘어놓았다.

"아부지! 제가 잘못했습니다요. 헛된 욕심 때문이랑께요."

애통히 울먹이는 목소리엔 처절한 절규로 가득차 있었다.

"어쩌다 그런 짓을 해갖고 마지막 죽어가는 마당에 생이별을 해야 허냔 말이다. 나는 괜찮다. 이제까지 살만치 살았으니 무슨 원이 있겄냐? 다만 너를 못 보고 죽을 것 같아서 그것이 안타까울 일이제. 지금 죽어도 괜찮다마는 니가 떠나가불면 내 며느리가 눈에 밟혀 어떻게 죽을까 모르겠다. 워매 일본이라면 이가 갈리는디 니가 거길 간단 말이냐? 저승에 가더라도 일본놈 잘되는가 볼란다."

학동은 아들의 머리를 붙잡고 놓아주질 않았다. 그동안 가슴에 사무쳤던 나라 잃은 설움을 통탄하느라 온몸을 바르르 떨었다.

"아부지! 저 갔다 올 때까지 살아계셔야 돼요. 예? 아부지. 반드시 돌아올께요."

"그럼 돌아와야제. 안 오면 니 처가 어떻게 살 것이냐?"

학동은 끓어오르는 통분을 참느라 입술을 깨물었다.

"아부지 꼭 오래오래 사셔야 된당께요."

"오냐. 그렇게 하고 싶다만 인명은 재천인 것을……."

그는 흐르는 눈물을 손을 훔쳐내며 고개를 돌려버렸다. 득창은 묶인 몸으로 토방에 무릎을 꿇고 큰절을 올렸다. 마지막이라는 생각에 목을 놓아 엉엉 울면서 두 번의 절을 올리고 일어섰다.

"이제 가자."

헌병보조원은 인정도 없이 다그쳤다. 억지로 끌린 탓에 토방을 내려오면서도 고개를 돌릴 수가 없었다. 학동영감은 끌려가는 아들을 보고 서럽게 울었다. 나라 잃은 설움이 가져다준 생이별…… 부자에게 생살이 갈기갈기 찢기고 뼈마디가 부스러지는 아픔을 안겨주었다.

마당으로 내려온 득창은 아내 앞에서 멈춰 섰다. 아내는 이미 넋이 나간 사람처럼 보였다. 득창은 입을 열지 않고 고개만 푹 숙이고 말았다. 무슨 말을 해야 할지 말문이 콱 막혀버린 것. 모든 것이 자신의 탓이라는 생각에 입이 떼어지지 않았다. 혀를 깨물고 죽어야 마땅한 일이어서 고개마저 들 수 없었다. 깊은 산중에 노인과 어린 것을 맡겨놓고 떠나가다니…… 아내의 처지가 너무 가여워 간장이 뭉그러지는 소리가 새어나왔다.

한 순간의 잘못으로 빚어진 부부간의 생이별은 가슴살이 잘근잘근 잘려나가고 마디마디가 동강나는 아픔이었다.

"여보! 우리는 어떻게 살라고 도망치지 않고 왔소. 이제 우리는 다 죽었소. 절대로 당신은 가면 안 돼요. 늙은 아버님을 어떻게 놔두고 갈라고 왔소. 천추의 한이 될 짓을 왜 하냐 말이오. 세상천지 짐승만도 못한 사람들 말에 왜 속아 넘어갔소. 갈라면 우리 식구 다 같이 데리고 가싯시오. 그렇지 못하겠으면 차라리 여기서 죽여주고 가싯시오. 당신이 떠나면 어차피 우리 식구는 죽을 것이요. 이리 죽으나 저리 죽으나 마찬가지이니 차라리 저승길이나 같이 갑시다."

그녀는 왈칵 남편에게 달려들어 팔목을 붙들고 소리쳤다. 수갑이 채인 남편의 팔목을 흔들어대며 아이고 대고 목을 놓고 울부짖었다. 탱자나무 가시로 간장을 콕콕 찔러대는 소리. 기약 없는 이별에 대한 설움을 감당하지 못하고 비통한 심정을 털어놓았다. 온몸을 우들우들 떤 채 다리를 비틀거리며 몸부림도 쳐대었다. 아내의 처절한 몸부림에 울분을 삼키지 못한 득창은 입술을 욱물면서 달래려 들었다.

"여보! 당신 말을 듣지 않은 죄가 이렇게 클 줄 몰랐소. 죽을 묵고 살더라도 소리를 하며 살았으면 이러지 않을 것인디. 난 기어코 살아서 돌아올게. 비록 이장 김진홍에게 홀려 끌려가지만 언젠가는 우리나라를 되찾을 날이 오겠제. 그때가면 만날 것잉게 기다려줘. 이 몸이 갈기갈기 찢어질지라도 반드시 돌아와 김진홍에게 이 분함을 곱으로 갚고 말 것이여. 그리고 당신을 꼭 명창이 되도록 할 것이구만. 그때까지만 참고 기다려줘. 나는 한 순간도 당신을 잊지 않을 것이고 그리고 반드시 올 것이구만."

가슴에 맺혀드는 분함을 참지 못한 그는 사지를 바르르 떨면서 울부짖었다. 흐르는 눈물을 훔칠 수도 없는 처지가 된 그는 고개를 흔들어가며 하늘을 쳐다보며 엉엉 울었다. 몸에 남은 한 방울의 물이라도 다 쏟아놓고 가려는 듯 호천통곡을 해대었다.

"야! 이 자식아, 아가리 좋게 놀려!"

포승줄을 잡은 보조원이 눈을 부라리며 퉁명스럽게 쏘아붙였다.

"보조원들은 모두가 일본 사람 피가 흐르는 개비구만요? 낳아준 분들은 모두 조선 사람일 것인디."

득창은 책망을 하듯 핀잔투로 눈을 흘겼다.

"야! 이놈아. 일본과 조선은 이미 하나가 된 것도 모르냐?"

성미가 괴팍한 땅딸막한 보조원이 방망이를 추켜든 채 후려칠 듯 소리쳤다.

"잔소리 그만 하고 빨리 가자."

다른 헌병보조원은 더 이상 시간이 없다고 다짜고짜 그를 끄집었다. 발길을 돌리려는 순간 아내가 또다시 달려와 붙잡고서는 앞을 가로막았다.

"절대로 못 데리고 가요. 차라리 우리를 모두 죽이고 가싯시요."

민순은 사생결단이라도 할 것처럼 남편을 가로막고 악을 썼다. 한 발짝도 물러서지 않을 기세로 울부짖었다.

"저리 비키지 못하나? 물러나지 않으면 함께 끄집고 가겠다."

"오냐 말 잘했다. 나랑 같이 묶어가거라 이놈아! 일본놈 앞잡이로 살아가는 것이 그렇게도 장허냐? 내 남편 데려가불면 죽은 목숨이나 다름없다 이놈들아! 느그들 맘대로 해봐라."

더 이상 물러날 곳도 없는 민순은 독살(毒煞)을 품은 채 몸태질을 하면서 앙앙거렸다. 악이 받친 그녀는 욕설을 퍼부으며 죽기 살기 맹세를 하며 달려들었다. 어디서 그 기백이 나오는지는 모를 일. 너 죽고 나 죽자는 사람처럼 덤벼들었다.

이때 키 큰 헌병보조원이 인정도 없이 목덜미를 휘어잡고 밀어 쓰러뜨렸다. 땅바닥으로 나가떨어진 그녀는 벌떡 일어나 또다시 달려들었다. 그러자 다른 이가 그녀의 소매를 낚아챈 뒤 획 뿌리쳤다. 민순은 한 바퀴를 빙 돌다가 여지없이 나뒹굴고 말았다. 올무에 걸린 산짐 승처럼 버르적버르적거리다가 그녀는 다시 다가와 남편의 바짓가랑이를 붙잡았다. 이번에는 짜리몽땅한 그가 마치 씨름을 하듯 벌컥 들어 내팽개치고 득창을 끄집고 바삐 산길로 사라져갔다. 다시 일어나 쫓아가던 그녀는 그만 두둘두둘 우듬지에 걸려 넘어지고 말았다. 억분을 달래지 못한 채 땅바닥을 두드리며 앙천통곡을 하면서

"천하에 이 몹쓸 놈들아. 나라를 잃어버린 것이 그렇게도 좋더냐. 네놈들 조상은 일본 사람이란 말이냐. 느그 조상 뼉다구까지 파가지고 일본에 가서 살아라 이놈들! 우리 땅은 밟지도 말거라. 이 더럽고 추접한 놈들. 할 짓이 그리도 없어 일본사람 앞잡이가 되어갖고 조선 사람을 잡아가다니. 하늘이 무섭지 않냐? 천벌을 주려고 벼락 치는 것 좀 보란 말이다."

그녀는 막말을 퍼부었다. 모든 것이 발가벗겨진 처지에 더 이상 참을 수도 없었다. 이제껏 입에 재갈을 물고 살아왔지만 이제는 이판사판. 혀끝에 맺힌 대로 비난과 질책을 모아 악담으로 퍼부었다. 그녀가 일어났을 땐 그들의 발자국 소리도 들리지 않았다. 목화골 산잔등으로 사라지고 없었다. 그녀는 산길에 엎드린 채

"성음이 아빠! 성음이 아빠! 가면 안 된당께요. 우리만 남겨두고 가불면 나는 어떻게 살 것이요?"

민순은 땅을 치며 통곡의 소리를 날렸다. 마른벼락 불빛에 소리는 자정골짜기가 떠나갈 듯 메아리쳤다. 산골이 쩡쩡 울려대도록 애처로이 울부짖는 아내를 뒤로한 채 득창은 터벅터벅 끌려갔다. 서러운 눈물을 흘려대며 연신 뒤를 돌아다보면서…… 모진 것이 목숨이라 죽지 못해 끌려가면서…… 울부짖는 아내의 목소리가 구곡간장을 촌촌이 찢어내고 있었다.

"아부지! 아부지! 돌아올 때까지 살아 계셔야 헌당께요."

그도 산자락을 돌아들면서 목에 피가 터지도록 아버지를 불렀다. 허깨비걸음을 걷다가 넘어져 버르적버르적거리면서도 악을 쓰듯 소리쳤다.

"여보! 성음이 엄마! 성음 엄마!"

목청이 터지도록 아내를 부르며 끌려갔다. 소리칠 때면 어김없이 보조원은 둔탁한 소리가 나도록 방망이를 휘둘렀다. 온몸이 휘감긴 채 무자비한 매찜질을 당하면서 산자락을 돌았다. 귀를 곧추세워 보지만 아내의 울부짖음은 점점 멀어지는 것이었다. 목화골로 들어서자 귓전에서 사라지고 말았다. 아내와 생이별은 심장을 도려내는 아픔보다 더 컸다. 차라리 혀를 깨물고 죽기라도 한다면 혼이라도 아내 곁을 떠나지 않으리라는 생각마저 들었다. 간악한 흉계에 빠져든 어리석은

자신이 너무나 저주스러웠다.

욕심에 눈이 어두웠던 지난 일이 가슴을 치고 통탄해본들 하릴없는 짓. 욕심을 적게 하는 것이 마음을 키우는 것이라고 했는데…….

끌려가면서도 가증스러운 것은 일본에 빌붙어 사는 그들이었다. 한때는 이들이 부러웠지만 민족을 생각한다면 차라리 잘된 일인지 모를 일이었다. 욕심을 채우기 위해 같은 민족에게 총칼을 겨누는 사람이 될 뻔했다는 생각에…….

고개를 돌려 헌병보조원을 쳐다보았다. 비굴함도 모른 채 위풍당당한 기세로 신바람을 내고 있는 이들이 증오스럽게 비쳐졌다.

서쪽 하늘에선 계속해서 마른 벼락이 하늘에 줄을 그어가고 있었다.

한동안 산길에 넘어져 미칠 듯이 버둥거리던 민순은 일각에 아들 생각이 불쑥 떠올랐다.

더 이상 머뭇거리고 있을 수 없었다. 그녀는 곧장 집으로 내달렸다. 밤은 깊어 그 어디를 둘러봐도 적막강산이었다. 서쪽하늘에서는 무슨 변고가 있기에 밤새 번갯불만 번쩍이는지 알 수 없었다. 낭자머리가 풀어져 봉두난발이 되었고 적삼이고 치마고 흙길에 짓뭉개져 엉망진창이 된 그녀는 걷는 둥 마는 둥 비틀걸음을 치며 사립문으로 들어섰다. 마당에 이르자 일순간 왈칵 겁이 났다. 어린 것은 울다 지칠 대로 지쳐 마룻바닥에 쪼그린 채 목을 비틀어놓은 닭처럼 우들우들 떨고 있었다. 시아버지는 마루 끝을 움켜쥐고 곧은 숨을 몰아쉬고 있었다. 밤이 깊어지면서 산꼬대가 일어 밤공기가 소름이 일도록 차가웠다.

"아버님!"

불러도 아무런 반응이 없었다.

"아버님! 아버님!"

산골이 쩡쩡 울려대도록 울부짖어 보지만 역시 마찬가지였다. 그녀는 내심 겁이 덜컹 났다. 달려가 시아버지를 붙들어 잡고 일으켰다. 가슴을 움켜쥐고서 정신을 차리지 못하고 있었다. 마치 봄바람에 흐늘거리는 버들가지처럼 힘이 쏙 빠져 있었다. 잽싸게 부둥켜안고 비척비척거리며 방으로 들어갔다. 다행히 방바닥은 따뜻했다. 이불을 걷어내고 아랫목에 뉘인 채 호롱불을 밝혔다. 그때까지도 시아버지는 의식이 없었다. 아들도 데려다 방에 눕혔다. 눈을 자그시 감았지만 시아버지의 숨소리는 가느닿게 들렸다. 그녀는 얼떨결에 내리감은 눈두덩을 살며시 밀어 올려 보았다. 겁이 덜렁 나면서 와락 무서운 기분이 들었다. 가슴에 손을 대어 맥을 짚었다. 힘없는 맥박만 희미하게 발딱발딱거리고 있었다.

인정 없는 보조원의 발길질에 채인 탓에 몸을 가누지 못한 것 같았다. 거기다가 아들이 묶인 채 끌려가는 충격은 말할 것도 없고 밤공기마저 쌀쌀한 탓에 하마터면 큰일 날 뻔했음이었다. 그녀는 온몸을 주무르기 시작했다. 어렸을 때 엄마가 할아버지를 주무르는 것처럼. 한식경이 지났는데도 도무지 의식이 돌아오지 않았다. 두어 시간이 지나갈 무렵 차갑기만 하던 손끝에 온기가 감도는 것을 느낄 수 있었다. 발을 만져보았다. 하지만 발은 아직 그대로 돌처럼 차가웠다. 자정이 넘도록 온갖 정성을 다했다. 삼경이 지나갈 즈음 코고는 소리가 들리면서 손발에 온기가 돌았다. 그래도 그녀는 곁을 떠나지 못했다. 시아버지 곁에 쪼그리고 앉아 꾸벅꾸벅 졸고 있을 때 소쩍새 한마리가 마당가 감나무에 날아들어 구슬프게 울었다. 마치 함께 밤을 세자는 듯 목이 찢어지도록 울음을 토해내었다. 추위에 오들오들 떨던 어린 아들도 쌔근쌔근 잠이 들었다. 그녀는 그제야 거울에 자신을 비춰보았다. 온몸이 만신창이가 되어 있었다. 머리가 풀어헤쳐져 있었고 옷은 흙에 버무려진 것처럼 엉망진창이었다. 그런데 그것보다 포승줄에 묶였던 자리가 쩌릿쩌릿 아팠다. 팔목이며 가슴팍이 만질 수도 없이 아렸다. 담이 든 사람마냥 조금만 움직여도 등짝이 쑤시고 결렸다. 밧줄이 닿은 젖가슴에는 살갗이 벗겨져 쓰라리며 뜨끔거렸다. 땅바닥에 벌렁 누워 대굴대굴 구른 탓인지 엉덩이뼈도 떨어져 나갈 것 같고, 목덜미도 무지근했다. 그러나 아픈 것도 잠깐. 생각하면 할수록 눈물이 골짝 날 일. 주재소로 끌려갔을 남편을 떠올리니 설움이 복받쳐 올랐다.

또한 남편이 끌려간 뒷감당을 어떻게 해야 할 것인지…… 앞으로 어떻게 살아가야 할 것인지…… 영락없이 짝을 잃고 구만리장천을 나르는 외기러기와 다름없었다. 이 외통산골에서 어린 자식과 늙은 시아버지를 모시고 어떻게 살아가야 할 것인지…… 억장이 무너지는 심정에 침음(沈吟)의 탄식만이 절로 나왔다.

이윽고 마을에서 새벽닭이 홰치는 소리가 들려왔다. 그때까지도 소쩍새는 끔쩍도 하지 않고 그녀의 곁을 지켜주었다. 아픔과 서러움 그리고 두려움까지 한꺼번에 얽혀드는 밤을 보낸 그녀는 마음이 조급해지기 시작했다. 날이 새면 남편이 있는 감옥까지라도 찾아가고 싶었다. 기어코 떠나가기 전 남편의 얼굴이라도 한번 봐야 쓰린 가슴을 가라앉힐 것 같았다.

어느덧 동녘 하늘이 희끔해지는지 동창이 밝아오는 것 같았다. 아직 방안은 어두컴컴해 잘 보이지 않은데도 시아버지의 모습이 아련히 눈길에 잡혔다. 저녁과는 달리 의식이 깨어난 것임에 틀림없어 보였다. 눈을 뜨고 바라보며 한숨을 뽑아 쉬기도 했다.

"아버님! 괜찮으셔요?"

민순은 너무 기뻐 어쩔 줄을 모르며 소리쳤다. 학동은 의식이 돌아왔는지 고개를 끄덕였다. 눈가에 맺혀든 이슬이 희읍스름하게 비쳐졌다.

"아버님! 저를 알아보시겠어요?"

처절한 절규가 묻어난 목소리로 물었다. 서러움이 한데 엉켜 덩어리진 말. 학동은 손을 뻗어 잡아달라는 표정을 지었다. 민순은 얼른 손을 잡은 채

"아버님! 꼭 일어나셔야 헌당께요. 아버님께서 누워계시면 지는 어떻게 살 것이요? 꼭 살아 돌아온다고 했응께 성음이 애비 올 때까지 건강하셔야지라우."

그녀는 잡은 손을 놓지 않고 애절한 호소를 쏟아내었다. 그러나 돌아온 것은 멀거니 바라보는 눈빛뿐. 눈가에는 연신 이슬 같은 물방울만 맺혀들고 있었다. 내심에 품은 말을 토해낼 것처럼 입술을 들썩이면서……. 애애처처한 시아버지 모습에 민순은 눈물을 삼키면서

"아버님! 시장하시지요?"

학동은 며느리의 손을 꼭 쥔 채 고개를 실긋이 끄덕였다. 민순은 날아갈 듯 기뻤다.

"미음 쒀 드릴께요."

그녀는 들뜬 모습을 가라앉히지 못하고 소리쳤다.

"오오냐."

실낱같은 가냘픈 목소리가 입술 사이를 뚫고 새어나왔다. 민순은 너무 반가워 만면에 웃음을 머금은 채 있는 힘을 다해 팔다리를 주물렀다. 밤에는 느껴보지 못했던 온기가 온몸에 돌고 있었다. 쪼그리고 앉아 밤을 새웠지만 고단한 줄도 몰랐다. 마음이 성급해지면서 방문을 열었다. 마루로 들어가 들깨와 녹두를 들고 나왔다. 이어 샘으로 가서 녹두와 들깨에 물을 부어 불리려 들었다. 맑을 물을 떠서 녹두와 들깨를 씻었다. 독을 풀어주는 약으로 쓰이는 녹두에 들깨를 섞어 시아버지께 미음을 쒀 드릴 생각이었다.

밤사이 하늘을 갈라대던 마른벼락도 멈춰들었다. 남쪽 하늘이 끄물거리며 먹구름으로 우중충해지는 것이었다. 방으로 들어와 시아버지 곁에서 맷돌질을 했다. 물에 불은 녹두와 들깨가 푸르스름하면서도 희뿌옇게 으깨졌다. 비릿하면서도 향기로운 냄새가 방에 가득 찼다. 어느덧 동쪽 하늘이 희붐하게 열리면서 어둠이 땅바닥으로 가라앉기 시작했다. 그녀는 부엌으로 나아갔다. 그때까지 울어주던 소쩍새가 어디론가 날아가 버렸다. 밤이 새도록 곁에서 울어준 소쩍새가 더없이 신기하게 느껴졌다. 마치 벗이 되어 외로움을 달래주려는 것 같아 한없이 고마웠다. 그녀는 아궁이에 군불부터 지피기 시작했다. 온종일 방이 따뜻하도록 고래구멍에 장작을 쑤셔 넣었다. 으깨놓은 녹두와 들깨 가루를 넣어 미음을 끓였다. 김이 모락모락 나더니만 물컹한 죽이 되었다. 그녀는 불을 붙인 후 아궁이문을 돌로 꼭 막았다. 열이 빠져나가지 못하도록 하기 위해서였다. 그리고 얼른 퍼내어들고 방으로 들어갔다.

"아버님! 미음 쒀왔구만요. 잡수시고 힘 내셔야지라우."

그녀는 시아버지 곁에 미음을 놓고 채근하듯 말했다. 하지만 아직도 멀뚱한 눈길로 올려다만 보았다. 그녀는 미음을 떠서 입에 가져다 대었다. 예상과는 달리 넙죽 받아넘겼다. 목젖이 꿈틀거리도록 삼키는 것이었다. 민순은 그제야 마음이 놓였다. 음식을 들 수 있다는 것만으로도 안심이 되는 순간이었다. 정성을 다해 미음을 떠먹였다. 한 사발의 미음이 비워져 갈 적에 무언가 말 못할 순간적 충동에 이끌리는 듯 급한 표정을 지어보였다. 얼굴이 붉어지면서 마치 옹알거리듯 뒷간엘 가고 싶다고 일으켜달라고 보챘다.

그녀는 있는 힘을 다해 윗몸을 일으켰다. 다행히 허리도 그리고 목도 꼿꼿하게 세우며 몸을 가눌 수 있었다. 어제저녁엔 몸을 부려버린 것 같더니만 앉을 수 있을 것 같아 보였다. 이어 비척비척거리며 일어나 지팡이를 가져다 달라고 했다. 한손에는 작대기를 짚은 채 그녀의 부축을 받아 뒷간 일까지……. 그녀는 마음이 푹 놓였다. 그동안 조마조마했던 마음이 봄바람에 눈 녹듯 싹 풀리고 말았다. 뒷간엘 다녀온 뒤로는 한결 기력이 살아나는 것 같았다. 점점 생기도 돌면서 가래 낀 목젖을 달래려고 연한 생기침까지 해대었다. 입술을 앙다물며 턱을 바르르 떨면서 이내 입을 떼었다.

"아가! 성음이 애비는 잡혀가부렀느냐?"

힘이 쏙 빠진 가느스름한 목소리를 내뱉었다. 슬픔에 겨운 목소리와 함께 눈언저리에 맺힌 눈물방울도 흘러내렸다. 민순은 일순간 날아갈 듯 좋았다.

"예. 아버님."

한량없이 기꺼워 시아버지 손을 꼭 잡고서 영탄(詠歎)하듯 외쳤다.

"아버님! 인제 괜찮으시겠어요?"

"오냐! 다 니 덕분이제. 나라도 너를 성가시게 해서는 안 되제."

한숨을 푹 내쉰 눈언저리엔 이슬이 갈쌍갈쌍거렸다.

"아버님! 아버님께서 오래오래 사셔야 된당께요. 그래야 성음이 애비를 보시지요."

목이 멘 소리로 울먹이며 말했다. 참으려고 해도 코가 맹맹해지면서 훌쩍거려지고 목이 메었다.

"그래야 쓸 것인디……."

학동은 시름에 겨운 눈빛으로 바라보면서 모기 소리만큼 가냘프게 말했다.

"아버님이 안 계시면 이 어린 것허고 산골에서 어떻게 살 것이요?"

"그러제. 죽고 싶어도 너를 못 잊어 못 죽겠다."

또다시 손을 꼭 쥐어주면서 갈그랑거리는 목소리로 말했다.

"아버님께서 깨어나신께 살 것 같구만요."

"아가! 슬퍼한다고 될 일이 아닝께. 너무 걱정하지 마라. 사람이야 죽이겠냐? 듣는 바로는 먼저 징용간 사람들이 돈도 보내온다고 허드라. 그러니 기다려보자."

어느새 침중했던 목소리도 담담해지면서 위로의 말까지 꺼내들었다.

"예. 아버님. 한번 그리 된 것 어쩔 것이요. 아버님만 건강하시면 좋겠당께요."

"좋아지겠제. 그만 허고 너도 멋을 묵어야 쓸 것 아니냐? 성음이한테도 믹여야 쓰고."

"예. 조금 있다 묵을라요."

"어서 밥을 묵으랑께."

잃었던 의식이 완전히 돌아온 듯 보였다. 그녀는 다시 부엌으로 나가 아침을 지었다. 아침을 먹고 곧장 집을 나설 속요량이었다. 순간 마음이 급해지면서 울연히 남편생각이 떠올랐다. 지금은 어디로 가 있을까 생각하니 질정을 할 수 없었다. 속고 산 남편이 야속하기도 하면서 불쌍하다는 생각도 지울 수 없었다. 영락없이 이장 김진홍의 낚시 바늘에 걸린 고기와 다름없었다. 다시 볼 수 없을 것 같은 방정맞은 예감이 들 때면 온몸에 힘이 쑥 빠져들었다. 그녀는 아침을 드는 둥 마는 둥 식은 밥으로 한술 때우고 나서 곧장 출타채비에 들어갔다.

"아버님! 저 주재소에 한번 가보고 올라요."

"니가 간들 무슨 소용이 있다고 그러냐?"

"그래도 가만히 있지 못하겠구만요."

"하기사 그러겠다만……. 걱정한다고 될 일이 아닝께 니 몸을 생각해야 써."

"예. 아버님."

"이런 때일수록 맘을 독하게 묶어야 쓴다."

"아버님 꼭 성음이 애비를 만나고 올라요."

그녀는 서글픔을 감추지 못한 채 태연스럽게 말했다. 그러나 얼굴 한 구석에는 수심이 잔뜩 끼어 있었다.

"감옥에 가뒀을 것인디 너를 만나게 해 주겠냐? 가봤자 소용없는 짓이제. 괜히 너만……."

시아버지는 기가 막힌 듯 말을 하다 말고 고개를 떨궈버렸다. 목소리는 비분에 차 있었고 눈에는 애절한 빛을 가득 채웠다.

"그래도 꼭 가보고 싶구만요. 떠나기 전에 얼굴이라도 한 번 보고 싶당께요. 진즉 고모님 집으로라도 보낼 것을 지가 잘못했어요. 머무적대다가 이리 된 것이랑께요. 얼굴을 보지 않고서는 살 수가 없을 것 같구만요."

"그 놈들이 니 뜻대로 해 주겠냔 말이다. 절대로 만나주지 않을 것이랑께. 날씨는 추운디 가본들 소용없는 일을 헐라고 허느냐?"

"사정을 헌다면야 들어줄지도 모르지라우."

"그 놈들이 사람이다냐? 짐승만도 못한 놈들이제."

"자수하지 않으면 사형에 처할 수도 있다고 협디여. 혹시 죽이지 않을까 싶어 걱정이랑께요. 죽기 전에 얼굴이라도 한번 보고 갈란다고 사정을 해 보고 싶구만요."

민순은 비탄의 눈물을 쓸어가면서 말했다. 북받치는 설움을 견디지 못한 채 말끝을 흐리고 말았다.

"에미 애비마저도 모르는 놈들한테 사정을 한다고 들어주겠냐? 어서 나라를 되찾아 이 땅에서 그놈들을 내쫓아야 허는 것인디."

"그래도 가 볼라요. 죽이기사 하겄어요."

그녀의 머릿속에는 그들의 모습이 너무나도 생생하게 찔러오는 까닭에 두려운 심회에 젖어들기도 했다.

"한사코 조심해야 써. 그들은 짐승만도 못한 놈들잉께."

"예 아버님."

그녀는 미음 한 그릇을 떠가지고 뚜껑을 덮은 채 아랫목 이불 속에 넣어두었다. 밥상도 차려 윗목에 놔뒀다. 혹시 늦게 올지 모르니 낮에 드시라고 챙겨놓은 것이다. 아들 성음에게 미음을 배부르게 먹였다. 성음이가 좋아하는 고구마도 구워 보자기에 넣었다.

"아버님, 다녀올라요. 혹시 낮에 오지 않으면 이불 속에 미음 꺼내 드시라고 놔뒀어요."

"오냐. 알았다. 한사코 조심해라. 그들을 사람으로 여기면 안 돼. 인간 늑대들이랑께."

학동영감은 전에 보지 못했던 진지한 모습으로 바라보며 근심이 가득 찬 표정을 지었다. 얼굴에는 알 수 없는 간절한 연원도 담겨 있었다.

"예. 아버님."

그녀는 아들을 등에 업고 방문을 나섰다. 어린 것은 어디 가는 줄도 모르면서 엄마 등에 업힌 채 두 발을 흔들어대며 생글생글 웃어댔다. 오랜만에 밖으로 나가는 까닭에 황홀한 기분으로 마음이 들뜬 모양이었다. 포대기를 덮어 밖으로 나왔다. 그러나 밖으로 나오자마자 예상치도 못했던 어려움에 부딪히게 되었다. 밤새 번개가 번쩍거리더니 아침부터 비를 뿌려대었다. 밤톨만큼 굵다란 빗방울이 후드득후드득 거리며 마당에서부터 도랑물을 이루기 시작했다. 지난 밤 내내 마른 벼락이 요란을 떨었던 까닭을 알 것만 같았다.

그렇다고 비 때문에 뜻을 굽힐 수는 없었다. 가다가 쓰러지는 한이 있더라도 남편을 보고 싶었다. 설령 만날 수 없다고 할지라도 가만히 있을 수가 없었다. 사지로 끌려간 남편을 생각을 하면 잠시도 머뭇거릴 일이 아니었다. 그녀는 아기를 등에 업은 채 우장을 두르고 삿갓을 내리썼다. 어린 것은 숨이 막힐 정도로 우장 속에 숨어드는 꼴이었다. 세차게 쏟아지는 장대비는 앞을 제대로 내다볼 수 없을 정도였다. 산길 옆으로 흙탕물이 콸콸 쏟아지면서 붉은 황톳물을 내리쏟았다. 길 위에 질퍽한 황토가 쌓이는가 하면 낮은 곳에 빗물이 고여 들어 잘못 밟기라도 하면 신발이 젖기 십상이었다. 억수같은 비는 잠시도 그칠 줄 모르고 세차게 산자락을 두드렸다. 마른 나무 가지에 붙어있는 가랑잎들이 떨어지는 빗방울에 까딱까딱거리며 쏴쏴 소리를 내었다. 초겨울 싸늘한 빗줄기는 뼈마디를 시리게 할 정도로 차가운 바람까지 몰고 왔다. 물에 젖은 발이 시려오고 포대기를 바치느라 뒤로 잡은 손도 시리긴 마찬가지였다. 그러나 그녀는 발걸음을 재촉하지 않을 수 없었다. 어디로 끌려갔는지 모르는 남편을 생각하면 시가 급했다. 마음이 조급해지면서 잰걸음을 걸었다.

그녀는 먼저 곰재면사무소로 가보고 싶었다. 지난번에 온 헌병보조원이 분명 면사무소 정문에서 만났던 사람이어서 다시 만날 수 있을 거라는 예감 때문이었다.

어느새 왕초마을을 지나 보성강을 가로질러 동촌마을로 접어들었다. 대야리에서 강을 따라 매서운 찬바람이 불어왔다. 동촌마을은 바람 하나 가릴 곳도 없이 들판 가운데 고막껍질을 엎어놓은 것처럼 초가집들이 옹기종기 모여 있었다. 강바람을 타고 날아든 빗방울은 더욱 거세져서 우장 속까지 파고들었다. 등에서도 어린 아들이 오들오들 떠는 것 같았다. 비를 맞고 추위에 떠는 모습에 안쓰럽기 그지없었다. 춥다고 칭얼거리는 이를 다독거려가며 가야하는 어미의 심정이야말로 간장이 녹아내리는 아픔 그대로였다. 몰아치는 강바람은 삿갓을 가만 놔두려하지 않았다. 붙들어 잡지 않고서는 한 발짝도 앞으로 나아갈 수 없었다. 왼손으론 아들의 엉덩이를 떠받치고 오른손으론 삿갓을 움켜잡고 사력을 다해 비바람과 맞닥뜨리며 앞으로 나아갔다. 젖은 옷이 몸에 착 달라붙기 시작했다. 온몸이 오싹거리며 부들부들 떨려오지만 그녀의 발길을 막을 순 없었다. 그래도 우장을 뒤집어쓴 탓에 비도 덜 맞았고 추위도 막아주었다. 비를 맞은 추한 모습을 밖으로 드러내지 않으니 다행이었다. 비바람과 실랑이를 하다 보니 어느새 그녀의 발길은 면사무소 정문에 닿아 있었다. 지난번에 왔던 곳이라 생소하지 않았다. 분명 헌병보조원이 지키고 있으리라 예상하고 정문안으로 들어섰다. 그런데 그날따라 아무도 없었다. 정문을 지키고 있던 헌병보조원이 눈이 띄지 않았다. 그 순간 가슴이 철렁 내려앉는 두려움이 밀려왔다. 벌써 남편을 데리고 떠났다는 예감이 선뜻 머릿속을 스치고 지나간 것이다. 가슴에서 두방망이질이 시작되었다. 두근두근거리는 마음을 진정할 수 없었다. 남편의 얼굴을 볼 수 없을 거라고 생각하니 하늘이 무너져 내리는 두려움이 밀려들었다. 울분도 부글부글 끓어올랐다. 그녀는 다시 커다란 현관문으로 뛰어들었다. 기웃거림도 없이 안으로 들이닥치자 면서기로 보이는 사람이 황급히 달려들었다. 우장에서 빗물이 뚝뚝 떨어지는 것이 못마땅한 눈치였다. 마룻바닥에는 이미 물을 엎질러 놓은 것처럼 흥건해지고 있었다. 남자는 어서 나가달라고 마구잡이로 밀치기 시작했다. 하지만 민순은 물러날 기세가 아니었다. 안에 있던 사람들의 시선이 모두 그녀를 향했다. 매무새를 보고는 배를 싸쥐며 웃었다. 잠시 밀고 당기는 실랑이가 벌어질 수밖에 없었다.

"내 남편 얼굴 보기 전에는 못 나가겠소."

그녀가 울먹이며 소리쳤다.

"무슨 일인지는 몰라도 빗물이라도 털고 말을 해야제. 마룻바닥에 엉망진창을 만들어 놓으면 어떻게 할 것이랑가? 빨리 나가란 말이요."

팔뚝을 잡아 끄집기 시작했다. 억지로 끌려 밖으로 나온 그녀는 다시 말했다.

"예말이오. 내 남편 얼굴 한 번 볼 수 없을까라우?"

애절한 마음으로 사정을 하듯 말했다. 그는 어리둥절한 모습으로 행색을 이리저리 훑어보았다. 우장을 두른 채 아기까지 업고 있는 것이 하도 이상스러운지 물끄러미 바라보다가 입을 떼었다.

"남편이 누구길래 여기서 찾는 것이오? 여기가 어딘지나 알고 왔소?"

"면사무소 아니요."

"알기는 아능가 본디. 도대체 남편이 뭘 허는 사람이요?"

그는 신경을 곤두세워가며 물었다. 행색에 맞추려는 듯 아이 어르듯 말했다.

"내 남편은 징용을 기피하다 끌려갔께요."

민순은 울먹이며 애간장 녹는 속울음을 쏟아내었다. 그제야 그는 고개를 끄덕끄덕거리며 알아차린 시능을 했다.

"남편은 어디 사는 누구요?"

"저 자정골 득창이라고 헌디요."

"아! 그 자로구만. 일림산 목장에서 일했던 사람 맞지라우?"

"예. 맞구만요."

그는 담배를 하나 꺼내 입에 물고 성냥을 켜대었다. 불어대는 바람에 얼른 불을 붙이지 못하고 가슴팍으로 가려가며 빨아대었다. 서너 모금을 연거푸 빨고서는 다시 입을 열었다.

"면사무소는 사람 가두는 곳이 아니랑께요. 남편을 붙들어 갔으면 아마 주재소에 있을 것잉께 거리로 가싯시오. 죄를 짓는 사람들은 거기서 취급한당께요."

"지난 번 여기서 지키고 있던 헌병보조원이 어제 저녁에 와서 잡아 갔단 말이요."

그녀는 정문을 가리키며 애간장이 절절 끓는 듯 말했다. 그는 알았다는 듯 입가에 떫은 웃음을 얹어가며

"헌병보조원들 두고 허는구만요. 그들은 일이 없을 때만 여기 와서 있당께요. 오늘은 아마 무슨 일이 있능가 안보이네요."

"혹시 우리 남편을 멀리 데리고 가지 않았을께라우?"

민순은 감정을 추스를 수가 없을 정도로 실의에 찬 눈빛을 쏟아가며 말했다.

"그거야 내가 알겠소. 주재소에 가서 직접 물어보싯시오."

"주재소는 어디에 있능가요?"

"이리 따라오시오. 저기 저 집이 주재소잉께 가서 순사님께 물어보시란 말이오."

그는 일부러 정문까지 데리고 나와 가르쳐주었다. 민순은 한량없이 고마웠다. 높은 관직에 있으면서도 겸손스럽고 부드러운 사람이 있다는 것에 놀라지 않을 수 없었다. 그녀는 몇 번이고 허리를 굽혀 넙신 인사를 해대었다.

"참말로 고맙구만이라우. 안녕히 계싯시오."

"어쩌다 그리 되었소? 어린 것하고 참 안 된 일이구만요."

그는 혀를 끌끌 차며 안타까운 표정을 지었다. 다시 빗속을 걸어 정문을 나섰다. 가르쳐준 대로 주재소로 곧장 내려갔다. 크지도 않은 집인데도 벽돌담이 있었고 그 위에는 철조망이 둘러쳐져 있었다. 보기

만 해도 등골이 오싹했다. 정문에는 헌병보조원이 다리를 짝 벌린 채 총을 세워 짚고 서 있었다. 민순은 순간 사지가 오그라들면서 심장이 멈추는 것 같았다.

하지만 이리 된 마당에 무서움도 두려움도 벗어던져버리자고 속다짐을 했던 터 염치 같은 것을 따지고 싶지 않았다. 다짜고짜 말도 없이 정문 안으로 들어섰다.

"멈춰라! 여기가 어딘 줄 알고 함부로 들어 오능가?"

그는 철퍼덕 총을 들어 앞을 가로막은 채 안광을 번뜩이며 물었다.

"내 남편 얼굴 한번 보고 갈라고 왔소."

민순은 없던 용기를 내어 당차고 다부지게 말했다.

"남편이 누군가?"

"자정골 사는 득창이라는 사람이구만요."

"뭐요? 득창?"

"그렇당께요. 잠깐 얼굴 한번 보고 갈라요."

민순은 사정을 하듯 애원조로 말했다. 그는 위아래를 싹싹 훑어보고 나서

"저기 다른 데로 가서 알아보랑께. 여기는 그런 사람 없응께."

그는 눈을 흘기며 마뜩찮은 듯 노려보았다. 시쁜 웃음도 지어가며 업신여기는 말투였다.

"우리 남편을 당신 같은 사람이 붙잡아갔당께라우."

"뭣이라? 붙들어 갔다고?"

"어제 저녁에 끌고갔음스름 그것도 모른단 말이요?"

그녀는 태연하려고 했지만 가슴이 벌떡거려 넋두리를 하듯 말했다.

"아하! 그 하원득창 말이구만."

"그래요 득창이랑께요."

81

"응! 그 소리꾼! 벌써 보성경찰서로 넘어가고 여긴 없어."

노골적으로 비아냥거리며 깔보는 투였다. 반말 짓거리를 해대며 건들건들 말하는 모습이 교만하고 무례함으로 가득 차 있었다.

"뭣이라고라우? 보성경찰서라고 했소?"

그는 더 이상 말하고 싶지 않다는 듯 뱀같이 찢어진 눈으로 휙 내려 깔아보고는 냉소적인 표정을 지으며 돌아섰다.

"참말인지 한 번 만 안으로 들어가 보고 갈라요."

민순은 현관을 향해 막무가내로 달려들었다.

"감히 여기가 어디라고 함부로……. 허락도 없이 이러는가?"

"그러믄 누구 허락을 들어야 되능가요?"

"주재소장님 허락 없인 들어갈 수 없어. 빨리 꺼지라니까."

그는 이를 악물면서 총으로 밀쳤다.

"그럼 내가 가서 허락을 받아 올라요."

"어허! 정 이러면 철창으로 보낼 수도 있응께 얼른 꺼지라니까."

"차라리 그곳으로 보내주면 좋겠소. 내 남편을 만날 수 있을 것 아니요."

그녀는 울부짖기 시작했고 등에서도 어린 것이 놀라서 울음을 터뜨렸다. 이판사판 죽기 살기 맹세를 하고 나온 탓에 조금도 거리낄 것이 없었다. 감옥으로 가는 한이 있어도 물러서고 싶지 않았다. 그는 총을 거꾸로 들고 개머리판으로 가슴팍을 툭툭 밀치면서 화난 눈을 부릅떴다. 밀고 밀치는 승강이가 한참 동안 벌어지고 있을 때 주재소 현관문이 열리더니 순사 한 사람이 나왔다. 방망이만 들고 있었다. 장대같이 큰 키에 얼굴이 반반하고 개기름이 번질번질한 사람이었다.

"무슨 일인가?"

코밑에 팔자수염을 길게 기른 그가 헌병보조원을 향해 물었다. 헌병보조원은 고양이 앞에 생쥐 놀라듯 똑바로 총을 세우고서 거수경례를 붙였다.

"하이! 어제 저녁에 잡혀간 남편을 만나겠다고 왔습니다요."

순사는 고개를 삐뚜름하게 외오빼고 나서 잠시 생각에 잠기더니 민순을 바라보고 물었다.

"자정골 득창 부인이 맞나?"

철심이 박힌 목소리가 카랑카랑하게 날아들었다. 탐탁지 않은 눈초리를 찢어 노려보며 소리쳤다. 속으론 벌벌 떨려 간이 콩알만큼 작아지면서도 부러 태연한 척하며 고개를 끄덕였다.

"여기 없다. 이미 보성경찰서로 압송했다. 거기 가서 알아봐라. 간다고 해도 면회는 할 수 없다. 앞으로 나흘 후면 형무소로 이감된다."

그는 얼른 알아듣지도 못하는 말로 톡 쏘듯 떠벌렸다. 방망이를 이리저리 휘돌리고서 명령을 하듯 소리쳤다.

"그냥 되돌려 보내도록 해라. 알았나?"

"하이!"

순사는 곧장 현관 안으로 들어가고 말았다. 헌병보조원은 마치 성난 똥개처럼 눈을 치뜨며 그녀를 노려보았다. 도끼날 같은 서슬이 눈에 번뜩였다. 약이 바짝 오른 표정을 지으며 총 끝을 냅다 흔들어댔다.

"당장 돌아가지 않으면 어떻게 되는지 알지? 영창에 잡아넣겠다. 알았나!"

그는 고래고래 소리쳤다. 그녀는 더 이상 떼를 써 봐도 소용없을 것 같아 슬그머니 꽁무니를 빼고 밖으로 나왔다. 그러나 순사로부터 들은 바에 의해 남편이 어디에 있다는 것만이라도 알게 된 것이 값진 것이었다. 보성경찰서와 나흘 후에 형무소를 들먹이는 것으로 봐서 대뜸 귀에 띄었던 것이다. 그녀는 더 이상 생각해볼 필요도 없었다. 무조건 보성경찰서로 가보고 싶었다. 이왕지사 길을 나선 마당에 그냥 돌아갈 수는 없었다. 보성은 곰재서 이십 리 길. 발길을 재촉했다. 아침부터 쏟아지던 비는 그칠 줄도 모르고 계속해서 퍼부었다. 늦가을 비치고는 많은 양의 비가 내리는 것 같았다. 보성강물이 벌써부터 흙탕물로 몸집을 키워가며 요란한 소리를 내고 있었다. 징검다리 디딤돌이 넘칠 듯 말 듯 아슬아슬했다.

간신히 냇물을 건너 예동을 지나 보성으로 들어섰다. 억수같이 쏟아지던 빗줄기가 가늘어지면서 한풀 꺾인 모습이었다. 저잣거리를 돌아 오포를 지나 경찰서로 나아갔다.

저잣거리 앞을 지날 때 갑자기 눈물이 핑 돌았다. 남편이 새벽이면 봄나물을 짊어지고 나와 팔았던 곳. 쑥, 냉이, 달래, 미나리, 취나물을 캐어주면 새벽길에 달려가 팔아가지고 오던 일, 나물 값으로 보리쌀을 사서 달려오고, 지전도 손에 쥐어주고, 배를 곯아가면서도 국화빵을 들고 이십 리 길을 달려왔던 기억이 구름처럼 몽실몽실 피어올랐다. 자상하고 인정 많은 남편이 이제 곁을 떠나고 없다고 생각하니 서글픔에 잠겨들면서 가슴이 뭉개지는 것이었다. 저자거리에는 김장철을 앞두고 배추와 무, 그리고 갓과 파를 산더미처럼 쌓아놓고 팔고 있었다. 생선 비린내가 코를 찌르는 가운데 사람들로 붐볐다.

저잣거리를 지나칠 즈음 산위에서 정오를 알리는 오포소리가 들렸다. 아침나절이 지나가고 한낮을 가르쳐주는 사이렌 소리가 길게 울려 퍼졌다. 오포사이렌 소리는 고을 사람들에게 점심때가 다가왔음을 열려주는 구실을 했다. 날이 맑고 북쪽에서 바람이 불 때면 자정골에서도 그 소리를 들을 수 있었다.

정오가 지나자 가랑비마저 잘금잘금 흩어 뿌렸다. 비가 그쳐가니 한결 여유로우면서도 몸은 지쳐가는 것이었다. 간밤에 한숨도 잠을 이루지 못한 탓에 소금에 절인 배춧잎처럼 온몸이 시들부들 가라앉으며 노곤함이 밀려왔다. 아기를 업은 채 삼십 리 길을 걸어온 그녀는 장딴지가 땅겨서 더 걸을 수가 없었다. 오금이 당기기도 하고, 발바닥에 물집이 생긴 것 같았다. 허리가 내려앉는 것처럼 무지근하게 아파오기 시작했다. 걸음을 걸을 때마다 찔끔찔끔 눈물이 날 정도로 쑤셔대며 아팠다. 하지만 아픈 것에는 관심조차 두지 않았다. 사지로 꽁꽁묶여 끌려가는 남편을 생각하면 엄살을 피울 계제가 아니었다. 그녀는 이을 악물며 오포 길을 돌아들었다. 산모롱이를 돌아들자 길가에 어마어마하게 큰 붉은 벽돌집이 눈길 안으로 들어왔다. 그 앞에는 웅장하게 생긴 일본식 기와집도 보였다. 건물만 바라보아도 그 웅장함에 기가 죽어 주저앉을 것만 같았다. 건물 주위로는 붉은 벽돌담이 단단히 둘리어 안이 들여다보이지 않았다. 담장 위에는 철조망을 돌돌말아 쳐놓아 살벌한 기운마저 감돌았다. 갑자기 가슴이 뭉클해지면서 참아왔던 눈물이 왈칵 쏟아지려 들었다. 저 안에 남편이 있다는 생각이 솟구쳤기 때문이다. 억울함과 울분이 얽혀들면서 몸이 부르르 떨렸다.

건물만 쳐다봐도 그 웅장함에 몸이 움츠러지며 주눅이 들었다. 면사무소나 주재소와 사뭇 다른 분위기였다. 그러나 그녀는 정문 앞으로 다가갔다. 정문에는 헌병들이 나란히 줄을 서서 있었다. 번쩍번쩍 빛나는 철모를 쓰고 눈알도 깜박이지 않은 채 앞만 바라보았다. 오른손에는 기다란 장총을 거꾸로 세워 잡고, 왼쪽 허리엔 긴 칼을 차고서 들고 나는 사람들을 주시하고 있었다. 보기만 해도 눈이 번쩍이고 오소소 소름이 좍 끼쳤다. 정문에는 보성경찰서(寶城警察署)라는 입간판이 세로로 걸려있었다. 굵직한 쇠창이 박힌 쇠대문이 굳게 닫혀있었고 그 옆에는 작은 쪽문이 있었다. 쪽문 앞에도 순사가 지키면서 오가는 사람들에게 일일이 검사를 하는 듯 보였다. 개미 한 마리 드나들 수 없을 정도로 철통같이 삼엄한 경비였다.

　등골이 오싹거려 도저히 가까이 다가갈 수가 없었다. 경찰서를 끼고 돌아선 도로 옆에는 커다란 우물이 보였다. 비가림막이 설치된 그곳에는 여러 사람들이 모여 경찰서 정문을 바라보고 있었다. 얼른 훑어봐도 행색들이 초라해 보였다. 자기와 별반 다른 처지가 아닌 듯싶었다. 넋을 놓고 우두커니 서서 경찰서를 바라보고 있는 것이 수상쩍었다. 얼굴에는 수심이 가득 쌓여 있었고 뭔가 애타게 기다리고 있는 표정들이었다. 민순은 저 뒤편으로 슬그머니 돌아들어 어린 것을 내려 기저귀를 갈아주고 젖꼭지를 물렸다. 그러나 젖이 나오지 않았다. 먹은 것도 변변치 못한 데다 잠을 한숨도 이루지 못한 탓에 나올 것이 없는 것 같았다. 그녀는 찐 고구마를 꺼내어 손가락으로 찍어 먹였다. 배가 고픈 어린 것은 추운 줄도 모르고 잘도 받아먹었다. 마침 먹는 샘물이 있어서 걸린 바가지로 물을 떠서 먹였다. 싸늘하고 추운데도 우물물이 차지 않고 되레 미지근했다. 천만다행이었다. 그 순간에도 어린 것을 바라보니 가슴이 찢어지는 아픔이 밀려왔다. 젖비린내 나는 아들을 놔두고 아빠가 이역만리로 떠나야 한다고 생각하니……. 혼자서 어떻게 기를까 싶어 눈앞이 어질어질해졌다. 산다는 것이 이렇게 시름에 겨운 것이어서야……. 아들이 너무 가여워 콧등이 시큰거리면서 눈물이 핑 돌았다. 고구마를 다 먹이고 다시 등에 업은 그녀는 사람들 사이로 나왔다. 많은 사람들 중에서 유독 한 남자가 힐금힐금거리며 눈여겨 쳐다보았다. 아직 젊은 사람이 까무잡잡한 굴레 수염을 터부룩하게 길렀다. 쌍꺼풀이 진 큰 눈을 번뜩이며 경찰서를 향해 눈길을 주고 있다가 그녀에게 시선을 자꾸 던졌다. 얼굴에는 우울하면서도 근심스러운 표정이 서려있었다. 그녀는 염치불고 질문부터 하고 나섰다.

"예말이오. 쪼깐 좀 물어봅시다."

그는 별로 달갑지 않다는 듯 심드렁한 낯빛으로 돌아보았다. 우울함이 온 얼굴을 내리덮은 채 초조함도 묻어나고 있었다.

"혹시 경찰서에 잡혀온 사람을 만날 수 있을까라우?"

"누가 붙잡혀왔소?"

그는 데퉁스럽고도 투박스러운 어조로 되물었다.

"징용 기피했다고 해서 지 남편을 어제저녁에 끌어갔당께요."

"나하고 처지가 똑같구만이라우."

이번에는 묻지도 않았는데 곁에 있던 젊은 아낙이 말을 걸어왔다. 낙심에 찬 얼굴빛이었다.

"댁의 남편도 끌려갔능가요?"

"그랬단 말이요. 댁은 아들이라도 낳는 개빈디 나는 아직 뱃속에 들어 있당께요. 시집온 지 석 달 만에 이것이 무슨 꼴인지 모르겠어라우. 남들이 허는 소릴 들으면 징용은 산지옥이라고 헙디다. 한번 가면 언제 올지 모른다고 허드란 말이요. 그러면 뱃속에 든 이것은 유복자가 될 것 아니요. 유복자 데리고 청춘에 과부가 되라는 팔자인지는 몰라도 앞으로 살아갈 길이 하도 막막해서 죽어불고 싶구만요."

그녀는 혼자 살아야 하는 푸념을 하염없이 쏟아냈다.

"댁의 남편은 언제 잡아 갔습디여?"

"그저께였당께요. 그 전날 여수로 가서 고깃배를 타불면 괜찮다고 해서 하루저녁만 지내고 막 떠날 참이었당께요. 밤도 깊고 해서 잡으러 오겄냐 허고 막 잠을 잘라고 불을 끄는디 딸그락거리며 몰려오드랑게요. 동우 안에 갇힌 쥐처럼 꼼짝도 못 허고 붙들려갔당께요. 뭣한다고 지원을 할 것이요. 다 그놈의 가난 때문이었지라우. 배곯지 않고 한번 살아보겄다고 허드니만 이런 꼴이 나고 말았당께요."

그녀는 누에고치에서 명주실이 솔솔 나오듯 야살스럽게 미주알고
주알 들려주었다. 어찌 이렇게 비슷한 처지에 놓인 사람도 있었는지
알 수 없는 노릇이었다.

"그러믄 혹시 남편 얼굴이라도 한번 봤능가요?"

민순은 내심 궁금한 것은 정작 경찰서 안에 갇힌 사람을 볼 수 있느
냐에 있었다. 그녀는 열불이 치밀어 오르는 표정을 지으며 말했다.

"한번 잡혀가 불면 여기서는 면회가 안 된답디다. 나중에 형무소로
찾아 가람서라우."

젊은 여자가 이맛살을 찌푸려가며 못마땅한 눈초리로 투덜거렸다.

"잡혀서 끌려갈 때 보여줘야제 나중에 멀리 면회 오라는 그 무슨 개
같은 소리냔 말이요. 즈그 나라에 가서 일하지 않는다고 죄인으로 묶
어가는 것이 말이나 되요? 땅덩어리도 뺏어 놓더니만 인자 젊은 놈 사
냥까지 해가는구만. 나라 잃은 설움이 이렇게도 클 줄이야 누가 알았
소? 원통하고 기가 막힐 일이제."

굴레 수염이 터부룩한 남자가 입가에 눌어붙은 허연 침 자국을 손
바닥으로 쓱쓱 문질러가며 땅이 꺼지도록 한숨을 쏟아내었다. 또 다
른 이는 담배를 꼴아 물고 비위짱이 상한 말로 게두덜거리기도 했다.

"이번에 불려간 사람은 모두 다 가난하고 힘없는 집 자식들이랑께
요. 돈 있고 배경 있는 자식들은 미꾸라지처럼 쏙쏙 빠져 불고 맨 천한
집 자식들만 끌려간께 천불이 난단 말이요.

우리 노동면에도 이번 징용에 뽑힌 사람들 모두 천한 사람 자손이
요. 그렇지 않아도 가난한 사람들은 묵고살 것이 없는디 일할 수 있는
젊은 놈만 데려가불면 어떻게 살 것이요?"

열이 받친 그는 얼굴이 발개지면서 어깃장을 놓았다.

"아저씨도 징용기피한 사람이 있능가요?"

민순은 동정의 눈길을 보내면서 물었다. 어쩐지 같은 처지의 우군이 있다고 생각하니 안도의 한숨이 나오면서 마음마저 푼더분해지는 것이었다.

"그랬응께 왔지라우. 내 막내 동생이란 놈이 돈을 벌어야 쓰겄다고 지원을 헐란다고 허드란 말이오. 그래서 절대로 해서는 안 된다고 말해줬지라우. 형 말을 듣지 않고 도장을 찍고 왔드랑께요. 가지 말라고 신신당부를 했는데도 꾐에 빠진 것이지요. 그놈의 돈을 벌 수 있다고 헝께 그랬겄지라우. 나중에는 어디서 알아봤는지 가봤자 소용없는 일이라고 안 가겠다고 헙디다. 한번 지원을 했으니 어쩔 것이요? 기피한 지 나흘 만에 잠자는 놈을 끌어가부렀당께요. 영원한 생이별이 될지 모를 일이어서 얼굴 한번 볼라고 왔더니만 면회가 안 된다고 허구만요. 끌려가는 뒷모습이라도 한번 볼라고 이렇코롬 기다리고 있소."

그는 힘이 쏙 빠진 채 죄 없는 담배연기만 훅훅 내뿜어대며 억울함을 호소하듯 말했다. 울분을 삭히지 못하는 듯 경찰서를 향해 마른침을 삼키기도 했다.

민순은 남편을 만날 수 있다는 실낱같은 꿈을 안고 왔지만 떡심이 풀리고 말았다. 비를 맞고 이십 리 길을 왔던 것인데……. 자기도 모르게 서러움이 밀려들면서 눈언저리에 이슬 같은 눈물이 괴어들었다. 혹시 얼굴도 못 본 채 영원한 생이별을 하지 않을까 싶은 생각에 간장이 으스러지는 것 같았다. 슬픈 마음을 감추지 못하고 멍하니 허공으로 눈길을 뿌리고 있을 때였다. 어디선가 호각 소리가 들리더니 길에서 헌병과 경찰들이 몰려오고 있었다. 그 속에는 죄수 세 사람이 붙잡혀오고 있었다. 손에는 수갑이 채워지고 한 가닥 동아줄로 팔과 가슴이 연이어 칭칭 묶인 채 끌려온 것이다. 어제저녁 남편을 끌고 갈 때와 똑같은 그 모습 그대로였다. 묶인 이들 모두 한결같이 힘이 쭉 빠진 사람처럼 걸음걸이가 흐느적거렸다. 말리다 만 시래기처럼 시들부들 풀이 죽어 있는 모습에 저절로 불쌍하고 가련한 마음이 들었다. 민순은 행여 남편인가 싶어 고개를 숙여가며 얼굴을 쳐다봤지만 옷차림부터 달랐다. 벌렁벌렁 뛰는 가슴을 진정하려 애를 써보지만 쉽게 가라앉지 않았다.

우물가에 서 있던 사람들도 행여 자기들 식구인지 우르르 몰려나가 눈망울이 튀어 나오도록 쳐다보다가 이내 실의에 찬 눈빛으로 되돌아왔다. 헌병들은 연신 호각을 불어대며 쪽문 곁에 있는 사람들 보고 저리 비키라고 소리쳤다. 짐승처럼 묶인 다발이 되어 안으로 끌려간 죄수들. 뒷모습을 바라보아도 하염없는 눈물만 쏟아졌다.

"워매! 시상에! 저것이 뭣이다요. 개도 밖에서 데리고 갈 때는 목에 줄 하나만 매는 것인디. 수갑에다 밧줄로 꽁꽁 묶어서 서로 얽어매가지고 해도 너무들 허는구만이라우."

젊은 여자가 죄수를 묶어오는 모습을 보고 분을 참지 못했다. 눈치도 없이 큰 소리로 내뱉었다. 가만히 듣고 있던 어떤 남자가 나서서 입술에다 손가락을 세로로 세워 입질 조심하라는 시늉을 보였다.

"아짐씨. 헌병에게 들리면 아짐씨도 쇠고랑을 찬단 말이요. 저놈들은 살모사보다 독한 징한 놈들인디 말을 함부로 허요? 입 조심허싯시오."

상투머리에 갓을 쓴 또 다른 남자가 걸걸한 목소리로

"일본 놈보다 헌병보조원이 더 무섭당께요. 그놈들은 조국을 배신한 악질분자들 아니요? 그 사람들 귀에 들어가지 않도록 한사코 입조심 허고 살아야 헌당께라우."

두 눈을 매섭게 치뜨면서 잔뜩 겁을 주었다.

"시상 태어나 어떻게 그렇코롬 살라고 허는지 모르겄어라우. 굶어 죽는 한이 있더라도 허지 말아야 할 짓은 안해야 쓰는 것인디. 일본사람에게 붙어 우리 조선 사람을 못살게 허는지 모르겄당께요.”

“어허! 여기가 어딘디 함부로 그런 말을 내두르요? 경찰서 옆인디 조심해야지라우. 그놈들 귀에 들어가기만 하면 아마 당장 끌려갈 것이요. 저 안으로 들어가면 어떻게 된 줄 아시오? 생지옥이라 다름없는 곳이랑께라우. 지난여름에 노동 금호리 이석구라는 사람이 헌병 앞에서 입을 함부로 놀렸다가 저기 안으로 끌려갔지요. 들어갈 때는 멀쩡한 사람이었는디 나올 때는 정신병자가 되어 왔드랍디다. 얼매나 매를 맞았는지 헛소리를 해감서 앓다가 석 달 만에 죽었부렀당께요. 생지옥이 따로 있간디라우? 바로 저 안이 그런 곳이랑께요.”

그는 누가 볼까 봐 힐금힐금 눈치를 살펴가면서 손으로 입을 가린 채 말했다. 일제강점기 때에는 경찰서에 끌려가 모진 고문을 당한 뒤 나오자마자 생목숨을 잃은 경우도 비일비재했다. 주위 사람들을 위해 내뱉긴 했지만 생사를 건 모험에 가까운 말이었다. 여러 사람들이 모인 가운데에서 함부로 지껄였다간 쥐도 새도 모르게 끌려갈 수도 있는 일. 그중에 순사나 헌병 가족이 있었다고 한다면 불을 보듯 뻔한 일이 되고 말일. 헌병보조원들은 첩보를 수집하고 의병을 토벌하며 독립 운동가를 색출하기 위해 임명된 까닭에 가족들까지 몰래 숨어 다니며 정보를 수집했던 것. 자국민을 감시하고 억압하는 일에 이들을 이용했던 것이다.

일제가 노린 것이 바로 이런 식민지 탄압정책이었고, 조선을 강제 병탄한 일제는 ‘헌병경찰정치’라 하여 헌병경찰과 그 밑에 보조원을 배치했던 것이다. 때문에 헌병보조원은 우리 민족을 탄압한 철저한 친일분자를 선발했던 것이다.

남자로부터 한바탕 나무람을 당한 여인은 시퍼렇게 질려 사방을 두리번거렸다. 듣고 보니 큰일 날 뻔했던 것인지 긴장된 표정이 역력했다.

"저 사람들은 어디서 오는 것잉가요?"

기둥나무를 붙잡고 있던 할머니가 우들우들 떨면서 물었다. 그녀에게도 말 못할 사연이 있는지 처연한 눈빛을 감추지 못한 채 속울음을 머금고 있어보였다.

"아마 면주재소에서 잡혀 끌려오는개비요."

상투머리에 갓을 쓴 남자가 다시 입을 열었다. 열두 개 읍면 주재소에서는 끊임없이 죄수들을 붙잡아 끌고 들어오고 있었다. 징용 기피자는 말할 것도 없고, 절도, 강도, 사기, 강간 등은 물론이요 나라의 독립을 선동하는 자들이었다. 민순은 경찰서로 끌려간 이가 매를 맞아 정신병자가 되었다는 말에 가슴이 철렁 내려앉았다. 남편이 생지옥이나 다름없는 곳에서 매를 맞고 있을 거라고 생각하니 심장마저 멈춰드는 것 같았다.

"그러믄 형무소라고 헌 곳이 경찰서 안에 있능가요?"

민순은 헌병보조원에게 들은 형무소가 생각났던 것이다.

"아니어라우. 여기는 죄인을 잡아다 잠시 가둬뒀다가 형무소로 보낸당께요. 그 많은 죄수들을 여기다 어떻게 다 가둬두겠소. 이곳으로 들어오면 딱 닷새가 되는 날 내보낸다고 헙디다. 그리고 나서는 형무소로 데리고 간다드랑께요."

"형무소는 뭣을 하는 곳인디요?"

그녀는 의구심에 찬 눈빛으로 물었다.

"그곳은 순사들이 잡아다주면 가둬두는 곳이랑께요. 일러치면 꼭 돼지 막같이 생긴 곳이어서 거기는 진짜로 산지옥이라고들 부릅디다. 죄인들을 붙잡아 가둬두는 곳이니 그 안에서야 오죽허겠소. 목숨이 철사처럼 질깅께 못 죽어 사는 곳이라고 허드랑께요."

갈수록 태산이었다. 오장을 갈기갈기 찢는 말이었다. 남편을 산지옥으로 보낸다고 생각하니 다리가 후들후들 떨려 서있을 수도 없었다. 저절로 가래 같은 진한 한숨이 목울대를 밀어젖히며 솟구쳤다. 하늘같은 남편을 산지옥으로 보내놓고서 살아갈 일을 생각하니 차라리 죽고 싶은 심정뿐이었다. 그녀는 경찰서를 물끄러미 바라보았다. 남편의 얼굴이 눈앞에 서물거려 가슴이 미어졌다. 미친 척 뛰어들어 남편 얼굴 한번 보자고 사정을 해볼까 싶다가도 홀몸이 아니어서 참을 수밖에 없었다.

"그러믄 우리 남편은 오늘 보지 못하겠네요."

"언제 끌려갔소?"

"어제 저녁에요."

"그러면 글피에 가겠구만요."

"여기 서 있어도 소용없는 일이구만요?"

"애기하고 추운디 멋할라고 서 있소? 얼른 들어가싯시오."

안타까운 눈길로 바라보면서 채근하듯 말해주었다. 민순은 가슴속이 찢어질 것 같은 허전함이 느껴졌다. 남편의 생사조차도 모르고 발길을 돌려야 한다는 생각에 심장이 멈춰들면서 벼랑 아래로 굴려 떨어지는 기분이었다. 경찰서를 향해 목이 터지도록 남편의 이름을 불러보기라도 했으면 가슴이 툭 터질 것 같지만……. 하릴없는 짓…….

"그러믄 형무소로 갈 때도 이렇게 묶어서 끌고 가능가요?"

그녀는 궁금해서 다시 입을 뗴었다.

"그럽디다. 아침 일찍이 왔더니만 다른 죄수를 끄집고 가더구만요. 목포로도 가고 순천으로도 보낸다고 헙디다. 여기서부터 보성역에까지 저렇게 묶어서 끄집고 가드랑께요."

"혹시 그때 오면 얼굴만은 볼 수 있겠구만요?"

"얼굴이사 보겠지만 보면 멋헌다요. 말 한마디도 못해볼 것인디. 그렇다고 집에 있을 수도 없는 노릇 아니요? 내 식군디 모른 척이야 허겄소? 그래서 이렇게 서 있는 것이랑께요."

"워째서 여기서는 가족들과 면회가 안 된다요?"

"누가 그 속을 알겠소? 할 수 없다고 헝께 그런 줄 알지라우."

까뭇한 구레나룻 아저씨가 연상 담배만 꼬나물고 콧구멍으로 연기를 뿜어내며 대답했다. 침통한 표정을 짓고 고개를 흔들어대면서.

"순사들이 그럽디여?"

"말도 못 붙이게 허는디 어떻게 물어볼 것이요? 원래 경찰서에서는 면회를 할 수 없다고 허드구만요. 나중에 형무소로 가야 한다고 헙디다."

동생이 잡혀가 나왔다는 이가 탄식조로 한탄을 토해내듯 말했다.

"인자 독안에 갇힌 쥐나 다름없는디 즈그들 맘대로 허겠지라우. 내일이라도 나라를 되찾는다면 몰라도. 즈그들 나라에 일하러 안 간다고 죄수로 끌어간 놈들인디. 더는 무슨 할 말이 있겠소?"

상투머리에 갓을 쓴 남자가 나직한 목소리로 게두덜거렸다. 그의 목소리는 쥐어짜듯 슬픔에 젖어 있었고 비탄 속으로 빠져 들어가는 것 같았다. 민순은 수긍이 가는 듯 고개를 끄덕이고서 포대기를 고쳐 업고 발걸음을 내딛었다. 쓰러지는 한이 있더라도 사흘이고 나흘이고 꼼짝하지 않은 채 기다리고 싶지만 시아버지가 눈에 밟혔다. 편찮으신 시아버지를 산속에 홀로 뉘여 놓고 나온 탓에 간이 녹을 정도로 조마조마했다. 이불 밑에 넣어두고 온 미음을 드셨을까 싶기도 하고 방이 식었을까 봐 걱정이었다. 비 오는 날은 음습하여 추운 것인데…… 더는 머뭇거릴 수가 없었다. 생각할수록 시급을 다투는 일이 아닐 수 없었다. 나흘 후에 얼굴이라도 볼 수 있다는 말에 실낱같은 희망을 안고 쉽게 발길을 돌렸다. 온몸에 힘이 쫙 빠지면서 땅바닥이 빙빙 도는 것 같았다. 이대로 죽을 수는 없다고 이를 악물지만…… 새벽부터 비를 맞고 달려온 것이 너무 허망스러웠다.

다시 오포 대를 돌아 저자거리 앞으로 돌아들었다. 갑자기 어린 것이 배가 고픈지 칭얼대기 시작했다. 찐 고구마를 먹인 지도 오래되었고 젖은 나오지도 않은 터여서 슬그머니 저자 안으로 발길을 들여놓았다. 생선 비린내가 코를 후벼 파면서도 또 한쪽에서 지짐 냄새가 고소하게 날아들고 붕어빵 냄새도 한몫을 차지하고 들었다. 돼지기름을 발라 밀가루를 풀어 부은 다음 앙꼬를 속에 넣어 구워낸 노릇노릇한 붕어빵이 눈길에 들어왔다. 달콤하면서도 검붉은 앙꼬가 훤히 비쳐든 도톰한 붕어빵. 빵 기계 앞에는 입만 쩍쩍 다신 채 침을 흘리고 있는 아이들이 앉아 있었다. 그녀도 입에서 저절로 군침이 잘잘 흘러나왔다. 그녀는 자신도 모르게 손이 치마 속으로 향했다. 그동안 꼬깃꼬깃 접어 주머니 속에 넣어둔 지전을 꺼내들었다. 지전 일전에 빵이 여섯 개였다. 등에 업은 아들을 돌려내려 안고서 빵 기계 앞에 앉았다. 새벽부터 탈탈 곯고 먼 길을 달려온 그녀는 배속에서 꼬르륵 소리가 난 지 오래되었다. 이미 뱃가죽이 등짝에 달라붙어 있었다. 지전을 주고 붕어빵을 산 그녀는 아들과 함께 따뜻한 불을 쪼이며 먹기 시작했다. 그 순간에도 남편 생각이 떠올랐다. 이십 리 길을 마다하지 않고 국화빵을 사서들고 달려왔던 남편. 영원한 생이별을 당했다는 슬픔이 밀려들어 입에 넣은 빵을 삼키지 못한 채 눈물을 떨어뜨렸다. 한참 동안 멍하니 앉아 있다가 빵을 먹고 따뜻한 물까지 얻어 마신 그녀는 다시 발길을 재촉했다. 땅이 빙빙 돌며 어지러웠던 기운이 사라지고 제정신이 돌았다. 다시 아들을 등에 업고서 바삐 집으로 향했다. 아침나절 젖었던 옷이 몸의 훈기에 말라가고 있었다.

어느덧 남편이 넘어 다니던 활성산 너덜경 길이 이르렀다. 깊은 밤에도 비를 맞고 칠떡거리며 넘어 다니던 길. 또다시 남편이 그리워지면서 슬픈 마음이 가슴을 에어왔다. 어두운 산길 작대기를 휘두르며 올라오던 남편이 눈앞에 아슴아슴 떠올랐다. 산마루에 이르자 어서 오라고 손짓을 하는 것마냥 남편이 얼굴이 아른거렸다. 고리멜빵 나물을 짊어지고 오르던 그 길이었는데……. 이제 주인 없는 길이 되었다고 생각하니 가슴이 저미어들었다.

산마루를 넘어 불어온 바람은 볼이 따갑도록 차가웠다. 동짓달이 가까워진 상달은 하루가 반으로 접어진 느낌이었다. 오포사이렌 소리가 들린 지도 얼마 되지 않았는데 햇덩이가 서쪽 하늘에 매달려 있었다. 하늘이 내려앉을 것처럼 낮게 깔리던 짙은 회색구름이 슬금슬금 물러가면서 눈처럼 희디흰 해맑은 흰 구름이 둥실거렸다. 여인네 속치마 같은 구름사이로 파란 하늘의 속살이 은밀하게 드러나기 시작했다. 안개 속에 묻혀 있다가 피어나는 바다처럼. 햇덩이는 벌써부터 어둠을 뿌려줄 채비에 들어가고 있었다. 활성산 고갯마루에 오르니 눈길이 자정골로 향했다. 편찮으신 시아버지 생각에 촌각을 지체할 수 없었다. 비탈진 돌비알을 총총걸음으로 내달려 사립문으로 들어섰다.

불어난 계곡물이 퀄퀄거리며 주인을 반기는 것 같았다. 호젓한 산골, 산비둘기들이 마당에 내려앉아 구구구거리며 사랑을 나누는 모습이 애연스럽기 짝이 없었다. 적막이 멈춰든 집안. 숨소리마저 잠이 들어 고요하기만 했다. 그녀는 우장을 벗어던지고 곧장 안방 문을 열었다.

"아버님. 아버님. 저 이제 왔어요."

방문을 여는 인기척에도 방안에는 글그렁거린 숨소리만 가느다랗게 들렸다. 돌덩어리처럼 굳은 모습으로 누워계신 시아버지. 아무런 반응도 없이 털끝 하나도 움직이지 않았다. 덜컹 겁이 난 그녀는 우선 맥부터 짚었다. 팔딱팔딱 뛰어대는 힘없는 맥박이 안쓰럽기 짝이 없었다. 그녀는 얼른 이불속으로 손을 넣었다. 예상했던 대로 아침에 피워두었던 군불 기운이 사라져 으스스 한기를 느끼게 해주었다. 미음 그릇도 싸늘하게 식은 채 그대로였다. 아침부터 고작 미음 한 그릇이라니……. 겁이 덜컥 나면서 가슴이 내려앉았다.

"아버님! 왜 미음 안드셨어요?"

그녀의 부르짖음은 절규에 가까웠다. 비참한 현실 앞에 눈물이 왈칵왈칵 솟구치면서……

"아버님! 왜 미음 안드셨냐고요?"

그녀의 외침의 소리가 커지자 실눈을 반쯤 뜨고서 슬그머니 쳐다보았다.

"아버님! 저를 알아보시겠어요?"

"오냐!"

명주실 오라기처럼 가느다란 목소리. 그래도 그녀는 날아갈 듯 기쁜 소리였다.

"아버님! 일어나셔야 헌당께요."

그녀의 목소리는 기쁨에 젖으면서도 애절한 호소와도 같았다. 학동은 고개를 돌려 옆으로 꿈지럭거리며 일어나려 애를 쓰기 시작했다. 혼신의 힘을 다해보지만 몸을 가누지 못했다. 그녀는 등 밑으로 손을 넣어 살며시 일으켜 벽에 기대도록 베개를 받쳤다. 간신히 베개에 몸을 기대고 앉아

"그래 성음이 애비는 봤느냐?"

가스랑거리는 숨을 내쉬며 모기와도 같은 가는 목소리로 물었다.

"아니요. 못 봤구만이라우."

"그러믄 얼굴도 못 보고 타국으로 끌려가겠구나. 내가 살았을 때 너라도 한번 만나보고 오기를 바랐는디."

섬약한 음성이지만 비애스러운 탄식이 전신에 눅진하게 젖어들게 해주었다.

"경찰서로 끌려가면 면회를 시켜주지 않는다고 허드랑께요."

"그놈들이 어떤 놈들인데 니가 허자는 대로 해주겠냐?"

체념한 듯 후우하고 모두숨을 몰아쉬며 설움에 잠겨드는 표정을 지었다.

"나중에 형부소로 면회를 가야 헌다요."

민순은 비탄을 금할 수가 없어 눈물을 갈쌍거리며 울먹였다.

"아버님! 얼마나 시장하셔요? 왜 미음을 안드셨능가요?"

"이따가 묵어야제."

"시장하시지 않았능가요?"

"니가 오면 같이 묵을라고 했다."

"미음만 잡수셨는디 하루종일 얼마나 시장하셨어요?"

"가만히 있는 나야 괜찮제. 아침도 제대로 묵지 못하고 간 너는 얼마나 배가 고팠냐? 성음이가 배가 고프다고 많이 보챘겠제. 어서 밥을 지어 묵도록 해라."

말하기조차 힘에 겨운 듯 가냘픈 목소리가 간신히 목젖을 밀고 나왔다. 불뚝불뚝 튀어나온 힘줄을 모로 세워가면서 입을 떼는 모습이 너무 안쓰러워 보였다. 하루 사이에 몰라보게 초췌해진 얼굴. 얼굴뼈가 앙상하게 도드라지면서 움푹 꺼져 들어간 거적눈은 영락없는 반송장 몰골이었다. 피골상련(皮骨相連)한 얼굴에는 어룽어룽했던 검버섯이 몰라보게 휘덮었다.

"예. 아버님. 미음을 따뜻하게 데어가지고 올라요."

"나야 괜찮응께 어서 밥부터 허란 말이다. 헛욕심 부리다가 끌려간 애비보다 니가 더 걱정이다. 나는 이미 죽은 목숨이나 다름없제. 그런 디 어린 것하고 너 혼자서 어떻게 살 것이냐? 죽고 싶어도 너를 생각하면 눈을 감지 못하겠다."

실의에 찬 눈빛으로 자못 한탄을 쏟아내었다. 죽음의 운명 앞에 이른 사람처럼 사망지환(死亡之患)의 번민에 휩싸여 있는 것 같았다. 그녀는 불안한 감정이 일기 시작했다. 부지불식간 섬쩍지근한 두려움에 휘감겨들었다. 사람은 자신의 죽음을 예감한다고 하더니만 혹시 죽음을 예견하기라도……?

그녀는 내심 겁을 집어먹었으면서도 애써 태연한 척하며 화두를 바꿔들었다.

"아버님! 저 군불 넣고 밥지어갖고 올께요."

"오냐. 어린 것 업고 갔다오니라 힘들었제. 어서 밥해서 묵고 일찍 자거라."

"예 아버님."

그녀는 급한 마음으로 부엌으로 나갔다. 냉골로 변해가는 방바닥부터 데우는 것이 시급했다. 부엌으로 나가면서도 오직 남편이 돌아올 때까지 시아버지께서 살아계시기만을 바라고 싶었다. 시아버지 말마따나 돌아가시기라도 하면 큰일이었다. 적막한 산골에 아녀자 혼자 어린 것을 데리고 살아간다는 것은 생각만 해도 끔찍했다. 똥오줌을 받아내도 좋으니 살아 계시기만을 바랄 뿐이었다.

그녀는 아궁이에 장작을 괴어놓고 쏘시개에 불을 붙였다. 장작불이 후드득대며 기세 좋게 타올랐다. 타오르는 불꽃처럼 시아버지의 병환이 낫기를 기원했다.

애간장 타는 속울음을 삼켜가면서 미음을 끓이고 밥도 지었다. 이번에는 들깨와 녹두가루를 넣은 미음에 밥물까지 넣었다. 찰진 기운이 감돌았다. 평소에 늘 좋아하시던 감자를 넣은 된장국까지…….

그녀는 저녁을 차려들고 방으로 들어갔다. 미음에 된장국을 떠먹여 드려 보지만 시아버지는 그다지 입맛이 내키지 않은 눈치였다. 그러나 그녀는 귀여운 손자 재롱이야기를 들먹여가면서 반 그릇을 비웠던 것이다.

저녁을 마친 그녀는 벌겋게 달궈진 숯덩이를 화로에 넣고 방 가운데에 놓았다. 질그릇을 올려놓고 물을 데워가면서 또다시 찜질과 안마를 시작했다. 지난밤 시아버지로부터 안마의 효험을 보았던 것이어서 밤을 새워서라도 해드리고 싶었다. 산골의 밤이 깊어가기 시작했다. 날밤을 새우다시피한 채 경찰서를 다녀온 그녀는 금세 졸음이 몰려들었다. 찾아드는 졸음 앞에 저절로 꾸벅꾸벅거려졌다. 잠이란 무정한 것인지는 몰라도 생지옥으로 끌려간 남편을 잊게 만들었다. 졸다가도 불현듯 남편이 빚을 고초를 생각하면 오장육부가 달달 떨렸다.

그러다가도 또다시 밀려드는 졸음에도 은근히 기다려지는 것이 있었다. 지난밤 마당가 감나무에 날아들어 구슬프게 울어주고, 목이 찢어져 핏물을 토해낼 것처럼 함께 날을 새워주던 소쩍새. 마치 벗이 되어주고자 밤이 새도록 곁에서 외로움을 달래주던 그 소쩍새의 울음소리를 듣고 싶었다. 이 밤에도 함께 새워주길 바라는 마음이 간절했다. 허나 소쩍새는 오지 않았다. 어금니를 맞물어 물면서 자신을 채근해 보지만…….

늘어진 하품을 이겨내지 못한 것을 바라본 학동은

"아가! 그만허고 어서 자거라. 어제 저녁에 한숨도 못잤음서."

"예. 아버님. 조금만 더 있다가 잘라요."

"나는 괜찮헌께 어서 자란 말이다."

"아버님께서 건강해지신다면 이틀이고 삼일이고 주물러드려야지요."

쌍꺼풀진 크고 예쁜 눈이 사르르 감겨들면서도 애교 섞인 목소리로 말했다. 하지만 그것도 잠시. 무심한 졸음은 그녀를 가만 두지 않았다. 이윽고 잠에 떨어진 그녀는 코를 드르렁드르렁 골기 시작했다. 민순은 시아버지 곁에서 새우처럼 엎드린 채 곤한 잠에 떨어지고 말았다. 도저히 견딜 수 없는 졸음은 소쩍새 소리까지 삼켜버렸던 것이다.

늦가을 비가 추위를 불러들였는지 몰라도 아침부터 매서운 바람이 불어왔다. 문풍지가 펄럭이면서 찬바람을 방으로 들이밀었다. 시아버지 곁에서 어떻게 잠을 잤는지 몰라도 눈을 떴을 때는 이미 동창이 훤한 뒤였다.

샘가에 첫얼음이 서릿발처럼 얼어 있었다. 추운 날씨만큼 그녀의 가슴도 써늘하게 내려앉았다. 짐승도 날이 추워지면 집으로 드는 것인데…… 생억지로 집을 떠나간 남편을 생각하니 가슴에 피멍이 들고도 남을 일. 슬픔이 울컥 복받쳐 오르면서 눈물이 볼을 타고 흘러내렸다. 이 무슨 재변. 신세한탄을 해본들 부질없는 공염불에 불과한 것이었다. 생각하면 할수록 분함만 절절하게 맺혀들면서 마음을 가누지 못했다. 매를 맞고 있을 남편의 얼굴이 떠오르니 하염없는 쓴 탄식만 절로 흘러나왔다. 그녀는 한숨을 지어가면서도 갖은 정성으로 시아버지 병 수발을 했다.

23
형무소로 압송되다

이틀이 지나가자 남편 얼굴이라도 볼 수 있는 날이 부득부득 다가왔다. 진정 영원한 생이별이 되고 말 일인지 몰라도 마음이 설레면서도 번뇌스러웠다. 기다림 속에 초조함만 쌓여가고 있었다. 사랑하는 남편이 산지옥으로 끌려가는 꼴을 눈을 뜨고 어떻게 볼 것인가? 말 한 미디 건네지 못하고 눈길만 주고서 되돌아설 땐 어찌해야 할 것인가? 벌써부터 가슴에 피멍이 맺혀드는 느낌이었다.

차가운 바람이 산자락을 훑고 골짜기로 내려오고 있었다. 동녘하늘에 부유스레한 여명의 빛을 뿜어내려할 때 자리에서 일어났다. 뼛속까지 파고든 슬픔을 안고 어둠에 묻힌 새벽부터 아침을 짓기 시작했다. 심신이 지칠 대로 지쳐버린 그녀는 시아버지 미음부터 끓여놓고 경찰서로 달려갈 요량이었다. 먼발치에서나마 남편의 얼굴을 한 번 볼 수 있다는 허기진 위안을 품은 채 군불까지 지피었다.

"아버님! 성음이 애비 얼굴이라도 보고 올라요."

시름에 잠긴 널브러진 소리로 울부짖든 말했다.

"간들 소용이 없담서?"

102

"끌려가는 모습이라도 보고 싶어서라우."

"말 한마디도 못해볼 바엔 차라리 안보는 것이 더 낫것제. 괜히 가슴만 아플 것 아니냐?"

"아니어요. 아버님! 영원한 생이별이 될지도 모르는디 어떻게 그냥……."

민순은 울컥 눈물을 쏟아내면서 말을 하다말고 고개를 숙여버렸다. 학동도 맺혀드는 눈물을 가누지 못하고 손등으로 씻었다.

"이 천벌을 받을 놈들! 부부간에 면회도 안 시켜주다니……. 내가 저승에 들어가서도 네놈들 잘 사능가 볼란다."

진노를 이기지 못한 시아버지는 온몸을 바들바들 떨면서 벽력같은 소리를 내질렀다. 그러나 눈동자는 풀려 있었고 입술만 달싹거렸다.

"아버님! 혹시 언제 올지 모르니 오늘은 아랫목 이불 밑에 넣어둔 미음 꼭 잡수셔요."

"오냐! 조심해서 다녀오니라."

목소리는 소슬한 가을바람 앞에 날아드는 모기소리마냥 가냘팠다. 학동은 대답을 하고서 고개를 돌리고 흑흑 흐느껴 울었다.

그녀가 사립문을 나설 때는 아직 아침노을이 쪽빛 어둠을 물리치지 못하고 있을 때였다. 다급하면서도 마음속이 허전하면서 쓰라렸다. 남편을 만나는 것도 아니고 먼발치에서 허기진 눈요기를 하러 간다는 것에 별로 기분이 내키지 않았다. 그러면서도 머릿속엔 지난 일들이 자꾸만 부스럭거리며 되살아났다. 남편이 잡혀간 장면이 잔상이 되어 스쳐지나가곤 했던 것. 죽음을 예비한 것처럼 운명 앞에 노출된 시아버지의 암울한 모습도 선연히 날아들었다. 세상을 살아간다는 것은 시름과 다툼이라는 것을 알 것만 같았다. 다툼은 자신을 미궁을 헤매게 만들고 미궁을 헤매다 보면 자신을 잃게 됨을 깨닫게 되었다. 집을 나서는 순간부터 기분이 마치 헌 걸레처럼 찢겨지면서 질식할 정도로 서글픔이 밀려들었다.

세상살이가 마치 낙엽이 떨어진 앙상한 나무처럼 그리고 하얀 서리꽃을 뒤집어 쓴 마른 풀포기처럼 삭막해졌다. 아직 새벽길은 쪽빛 어둠에 눌려있었다. 서쪽 하늘에는 촘촘히 박힌 샛별들이 눈물을 씀벅씀벅거리며 반짝이고 있었다. 잠시 동쪽 하늘에서 홍시처럼 붉은 햇덩이가 이글이글 타오르며 덩실 솟아올랐다. 수줍은 쪽빛 어둠은 산자락 계곡 아래로 숨어들고 고준히 솟은 산봉우리엔 아침햇살이 부챗살처럼 퍼져나가고 있었다.

어린 아들을 등에 업은 그녀는 활성산 오르막길을 단숨에 올라챘다. 저 멀리 펼쳐진 보성이 눈앞에 다가왔다. 벼를 거둬들이고 난 삭막한 들판 길을 허허로운 마음으로 내달린 그녀는 어느덧 보성역으로 들어섰다. 기차시간이 가까 오면 사람들로 북적이던 곳인데 아직 역마당이 생각보다 한산했다. 대합실 안에도 썰렁하긴 마찬가지였다. 조급하고 경황없이 달려왔던 것인데 다소간 마음이 놓였다. 아직은 끌려가지 않았을 거라는 확신이 섰기 때문이다. 싸늘한 바람만이 서성거리는 역 마당은 그녀의 마음처럼 쓸쓸했다. 그녀는 곧장 저자거리를 지나 경찰서로 향했다. 붉은 벽돌에 쌓인 경찰서 건물이 눈길 속으로 들어왔다. 저 안에 남편이 있다고 생각하니 가슴에서 두방망이질이 일어나면서 울렁거리기 시작했다. 눈에선 눈물부터 괴어들고 발걸음이 천근만근 무거워 걸을 수가 없었다. 서러움이 가슴을 옭죄면서 탄식의 한숨을 불러내기 시작했다. 긴장의 끈이 발목을 붙들어 매는데도 서슴거림도 없이 경찰서 정문으로 다가갔다.

정문 앞에는 역시 총을 세워 잡은 헌병들이 나란히 서있었다. 빨랫줄 같은 그들의 시선이 자기를 바라보는 것 같아 소름이 전율이 되어 등짝을 후려쳤다. 쪽문에는 순사들이 서슬 퍼런 사벌을 뽑아들고 서 있는 사이로 또 다른 순사들이 들락날락거렸다.

아직 이른 시각인데도 경찰서 앞에는 사람들이 군데군데 모여 있었다. 작은 골목길에 서성이는가 하면 우물가에서 물끄러미 경찰서를 향해 날카로운 눈길을 보내는 가운데 애를 태우는 것 같았다. 벌써부터 옷소매로 눈물을 닦아대는가 하면 눈물바람으로 발을 동동 구르며 울어대는 아녀자들도 보였다. 얼마나 울었는지 눈이 퉁퉁 부은 이도 있었다. 시간이 되어 가는지 하나같이 경찰서 정문을 향해 걱정스런 눈길을 던지고 있었다.

민순도 주위를 두리번거리며 까뭇한 구레나룻 아저씨를 찾았다. 수염이 마치 덮개처럼 윗입술을 휘감아 아래턱을 싸고 있는 아저씨였다. 동생이 남편과 같은 처지로 붙들려왔다고 알려주면서 친근감을 줬던 그 사람이 생각났기 때문이다. 지난번에도 그 사람이 잘 가르쳐 줬기 때문에 일찍 집으로 돌아갈 수 있었다. 오늘이란 것도 가르쳐줬던 것이다. 하도 많은 사람들이 군데군데 모여 있는 까닭에 쉽게 찾을 수 없었다. 잠시 후 정문 건너편 골목길에서 그가 눈에 띄었다. 그녀는 곧장 골목으로 다가갔다. 지난번 그 사람임에 틀림없었다. 그는 침통한 표정을 지어가며 경찰서 정문을 향해 눈길을 뿌리고 있었다.

"아저씨 안녕하셨어라우?"

"아이고! 젊은 아짐씨가 잊지도 않고 나왔구만요."

"예. 아저씨. 죄수들이 떠날 시간이 아직 안 되었능가요?

"아직 나오지는 않았구만이라우. 나는 새복부터 나와갖고 여기서 꼼짝도 않고 지켜보고 있소. 지금껏 한 사람도 나오지 않았당께요."

눈길은 경찰서에 고정시켜 놓았으면서도 저간의 일을 말해주었다. 얼굴에는 초조한 빛이 역력했고 연신 담배를 뻐끔뻐끔 빨아대었다.

민순도 가슴이 조마조마해지면서 두근거렸다.

"조금만 기다려 봅시다. 곧 나올 것이요."

"분명 오늘잉가 모르겠네요?"

민순은 걱정스런 눈길을 던지며 조심스럽게 물었다.

"틀림없을 것이요. 닷새 만에 데리고 간다고 헙디다. 주재소에서 다 물어보고 왔당께요. 주재소장이 여기서는 딱 닷새 만에 내보낸다고 헙디다. 기차시간이 아직 남았는가 아직 현관문이 열리지 않는구만이라우. 인자 얼마 남지 않았웅께 데리고 나올 것 같소."

떨리고 초조하면서도 남편의 얼굴이라도 볼 수 있다는 것이 그나마 위안이 되어주었다.

그녀는 구레나룻 아저씨 곁에 서서 초조한 눈빛으로 경찰서 정문만 바라보고 있었다. 어느덧 햇덩이가 경찰서 뒷산 위로 떠올랐다. 따사로운 햇살이 쏟아지면서 오싹한 한기를 다소나마 누그러뜨려주는 것 같았다.

그때 경찰서에서 철창을 여는 소리가 철그렁하고 날아들었고 호각소리도 울렸다. 손으로 햇빛을 가려가며 정문을 향해 눈길을 쏟아내었다. 일본순사와 헌병들이 떼거지로 줄을 서서 정문을 통과하고 있었다. 그들은 방망이를 휘두르면서 길 가는 사람들에게 비켜달라고 소리쳤다. 길을 가던 행인들은 걸음을 멈추고 길켠에 서서 혀를 쩍쩍 차며 안타까운 눈빛으로 바라보았다. 순사와 헌병들의 뒤에는 죄수들이 밧줄에 연이어 묶인 채 끌려가고 있었다. 이내 가슴이 콩닥콩닥 뛰기 시작했다. 골목 안에 있던 사람들이 일시에 신작로로 뛰쳐나갔다. 눈을 뒤룩거리며 자기 가족을 찾느라 혈안이 되었다. 그녀도 사람들과 함께 신작로로 뛰쳐나갔다. 죄수들은 팔목이 칭칭 묶여 있었다. 그것만이 아니었다. 팔과 몸을 한꺼번에 묶어 뒷사람과 연이어 놓았다.

한 사람이라도 어깃장을 부리면 전체가 제대로 움직일 수 없을 것 같았다. 끌려나온 죄수만도 적잖게 열 명은 되는 것 같았다. 경찰서 앞 신작로가 갑자기 초상집처럼 울음바다로 변했다.

"여보! 여보!" 아낙들이 눈물을 얹어가며 애절하게 불러대는 소리가 신작로를 메운 사람들의 가슴을 짓찢고, "석구야! 석구야! 너를 보내놓고는 나는 못 산다."라고 땅바닥에 덥석 주저앉아 땅을 치며 통곡하는 노모의 절규, "형님! 형님!"을 외치며 몸부림치는 동생들의 울부짖음이 들리는가 하면, "너를 보내놓고 내가 어떻게 살 것이냐. 생지옥으로 너를 보내다니!" 원망으로 가득 찬 통분하고 비창(悲愴)한 소리도 날아들었다. "창호야! 창호야!" 발을 동동 구르며 불러대는 비통한 절규. 그들은 단 한 번이라도 더 보고 싶어 고개를 돌려달라는 주문이었다. 전신을 쥐어짜듯 애통히 울부짖는 소리와 헌병들의 호각 소리가 뒤섞여져 길바닥은 일시에 아수라장이나 다름없었다. 길을 가던 사람들도 비분한 마음을 누르지 못하고 울음을 터뜨리는가 하면 알 수 없는 말로 항의와 불평을 쏟아냈다.

하지만 헌병들은 아랑곳하지 않고 방망이를 휘두르면서 앞으로 끄집고 나아갔다. 신음에 찬 가족들의 비명소리가 점점 커지면서 그들에게 달려드는 사람도 있었다. 그럴 때면 인정도 없이 휘둘러대는 방망이의 둔탁한 소리가 날아들었다.

하지만 죄수들은 고개를 들지도 못한 채 끌려가고 있었다. 모두들 나라 잃은 설움을 안고 울분에 대한 멍울을 얼굴에 얹은 채……. 가라앉힐 수 없는 응어리를 가슴에 품고서 통분의 한을 눈물로 쏟아내기도 했다. 죄답지도 않은 일로 끌려가는 그들이지만 가족들과 눈을 마주치지 않으려는 눈치였다. 일제의 위압감에 압도당한 채 절망과 체념의 빛이 역력했다.

간혹 흘금흘금 가족들을 돌아보다가 방망이 세례를 받는 모습이 눈에 띄었다. 잠시도 뭉그적거릴 수도 없이 대오를 지어 앞만 보고 나아갔다. 헌병들은 신경을 날카롭게 곤두세우고 길을 가는 사람들에게 호각을 불어대며 방망이를 휘두르기도 했다. 따라오는 가족들을 향해 "가까이 오면 안 된다. 이를 어기면 당장 체포하겠다."

엄포도 놓았다. 가까이 다가오는 이에겐 발길질을 해대는가 하면 서슬 퍼런 사벌을 꺼내들고 겁을 주기도 했다. 얻어맞은 가족이 흥분한 채 어깃장을 놓을 땐 떼를 지어 달려들어 짓밟았다.

민순은 어린 것을 등에 업고 비척비척거리며 대오를 따라갔다. 죄수들의 면모를 하나하나 살펴가면서 남편을 찾았다. 벌떡벌떡 뛰는 가슴을 안고 왕방울처럼 큰 눈을 귀밑까지 찢어가며 죄수들의 이모저모를 샅샅이 살피기 시작했다. 하지만 가까이 오지 말라고 고성을 지르는가 하면 방망이를 휘둘렀다. 머리끝이 쭈뼛해지면서 등골도 오싹했다. 그러나 마지막일지 모르는 남편의 얼굴 한 번 보고자하는 독념(獨念)을 버릴 수가 없었다. 끌려가는 죄수들 옆에까지 다가가 훑어보았지만 남편은 보이지 않았다.

그때 곁에서 구레나룻 아저씨가 울먹인 목소리로 "동호야! 동호야!"를 외치며 따라가고 있었다. 그녀는 혹시나 하면서 보성역까지 졸졸 따라가 보지만 남편은 없었다.

기대가 실망감으로 바뀌면서 가슴에 구멍이 뻥 뚫리는 아픔이 밀려왔다. 이제 영영 남편의 얼굴을 보지 못할 것 같은 예감을 지울 수 없었다. 그녀는 또다시 경찰서를 향해 잰걸음으로 달려갔다. 경찰서 옆 주변에는 많은 사람들이 웅성이고 있었다. 그들은 경찰서를 향해 눈길을 주고 있었다. 눈길로 봐서 뭔가를 기다리고 있음을 직감할 수 있었다.

"아저씨, 아직 죄수들이 덜 나왔능가요?"

그녀는 조급한 마음에 중년의 남자에게 말부터 내던졌다.

"조금 있으면 나올 것이요. 기차 시간이 되어야 나오지라우."

실의에 젖어있는 그는 한숨을 내쉬어가며 말했다.

"아직 시간이 못 되었능가요?"

"아까는 아홉시 차였응께, 조금 있으면 열시 반차로 데리고 갈라고
나올 것이요."

민순은 마음이 놓였다. 분명 남편의 얼굴이 보이지 않았던 까닭을
알 것만 같았다. 그녀는 우물가로 다가가 귀를 쫑긋거리며 기다리고
있었다. 꽁꽁 묶여 나올 남편을 생각하니 또다시 조마조마해지면서
입술이 빠작빠작 타들었다. 전신에 긴장도 감돌면서 가슴이 펄떡펄
떡 뛰기도 했다. 고단한 줄도 모른 채 한식경을 서서 기다렸다. 등에
업힌 어린 것이 칭얼대기 시작했다. 배가 고파 우는 것이었다. 그녀는
으슥한 골목으로 들어가 보자기에 싸서 들고 온 군고구마를 꺼내 먹
인 뒤 젖꼭지도 물렸다. 기저귀도 갈아 끼우려들 때 사람들의 웅성웅
성거리는 소리가 들리기 시작했다. 그녀는 얼른 아들을 돌려 업고서
신작로로 나갔다. 또다시 헌병들이 일렬로 줄을 서는 것을 보니 철창
문이 열릴 징후가 돌았다. 남편이 나올 차례라고 생각하니 오싹 전율
이 일면서 두 눈에 눈물까지 내솟았다. 이어 철창이 열리고 헌병들의
호각소리가 울렸다. 앞서가던 헌병이 길가는 사람들에게 비키라고 소
리치기 시작했다. 가족들이 몰려들자 인정 없이 방망이를 휘둘러대었
다. 세찬 방망이에 얻어맞고도 하소연 한마디 하지 못한 채 눈치만 흘
끔흘끔거렸다. 이어 죄수들이 굴비두름 엮듯 묶여져 나왔다.

순간 민순은 심장에서 후드득 콩 튀는 소리가 나면서 정신마저 아
슴아슴해졌다. 눈물이 핑 돌면서 악이 박쳤다. 냅다 신작로로 뛰쳐나

가 죄수들을 살피기 시작했다. 이번에는 여덟 명 정도 된 것 같았다. 눈심지를 꼿꼿하게 세워 검정 장삼을 걸친 사람을 찾기 시작했다. 일곱 번째 사람이 남편이었다. 당고바지에 검정 장삼을 입은 것. 하얀 동아줄에 꼭꼭 묶여 고개를 숙인 채 앞사람 뒤꿈치만 보고 따라 걷고 있었다. 참으려고 몸부림쳤던 눈물이 쏟아지면서 가물가물해지는 의식 속에 남편의 비참한 모습이 아른거렸다. 길가에서는 가족들이 외쳐대는 통곡의 피맺힌 절규가 터져 퍼졌다.

"여보! 여보" 하며 비탄의 외침. "내 이놈들. 내 아들은 못 데려간다. 이놈들아!" 하고 소리치며 노인이 땅바닥에 벌렁 드러누워 버르적버르적거리기도 하고.

"영수 아부지! 영수 아부지! 나는 어떻게 살라고 가부요?" 하고 열 안으로 뛰어들어가 남편의 아랫도리를 붙들어 잡고 오열도 했다. 모습을 바라본 사람들 모두 눈물을 글썽거렸지만 역시 헌병들은 몰인정했다. 방망이를 휘두르는가 하면 팔목을 낚아챈 뒤 길켠에 내동댕이치기도 했다.

민순은 남편의 모습이 얼비치자 정신이 아물아물해졌다. 독주에 취한 사람마냥 흐느적거린 듯하다 울컥 솟구치는 억분을 달래지 못하고 "여보! 성음이 아빠!" 하고 소리쳤다. 까무러칠 듯 혼몽한 정신으로

"여보! 성음이 아빠! 당신은 가면 안 돼요. 늙은 아버님을 어떻게 하라고 갈라고 그러요? 아버님께서 돌아가실라고 헌당께요. 아버님께서 돌아가시겠단 말이요!"

민순은 차마 들을 수도 없고 눈을 뜨고 볼 수 없는 대성통곡을 터뜨리며 울부짖었다. 심금을 울려주는 애절한 모습 앞에 길을 가던 사람들도 눈물을 쏠었다. 그때야 득창은 아내의 목소리를 알아듣고 고개를 돌려 바라보고서

"여보! 여보! 성음이 엄마! 성음아! 성음아!……."

득창은 가슴을 짓찢고도 남을 절통을 쏟아내며 가던 길을 멈춰버렸다. 얼굴은 초췌할 대로 초췌해진 채 표정은 바윗덩이처럼 굳어있었다. 남편의 얼굴을 똑바로 바라본 민순은 순간 이성을 잃어버렸다. 위압적인 분위기마저 망각하고 헌병들 사이를 뚫고 남편한테 달려들었다. 남편의 바짓가랑이를 붙들어 잡고 오열을 쏟아내기 시작했다.

"여보! 당신은 가면 안된당께요. 아버님께서 돌아가신단 말이요! 당신은 절대로 가서는 안 된당께라우!"

가슴을 짓찢고도 남을 절통을 쏟아내는 그녀에겐 눈물마저 메마르고 없었다. 순간에 이뤄진 일. 길을 가던 행인들도 그 광경을 보고는 눈물을 흘리지 않는 사람이 없었다. 하지만 헌병이 가만히 놔둘 리 만무했다. 인정도 없이 방망이로 밀치더니 구둣발로 걷어차고 말았다. 그녀는 맥없이 신작로에 풀썩 쓰러지면서 앞으로 꼬꾸라졌다. 가슴팍을 부여잡고 버둥버둥거리면서도 땅바닥을 두드리며 울부짖었다. 손바닥은 자갈더미에 긁혀 피가 흐르고 장딴지 살갗이 까지기까지……. 아내의 그 모습을 바라본 득창은 극통을 달래지 못한 채 숨이 넘어가는 표정을 지었다. 그러나 광기 서린 헌병은 그에게 인정 없는 방망이질을 가했다. 뼈가 으스러지고도 남을 둔탁한 소리. 억! 하는 소리를 내질러도 아랑곳하지 않았다. 길을 가던 구경꾼들이 혀를 쩍쩍 차며 헌병을 향해 삿대질해댔다. 그러다가도 그들이 눈을 부라리며 쳐다보기라도 하면 슬금슬금 발길을 돌렸다. 헌병들의 표독스러움에 치를 떨기 때문이었다.

그러나 민순은 여기서 멈추지 않았다. 사력을 다해 벌떡 일어나 헌병 앞으로 다가가 앞을 가로막고 애원을 털어놓기 시작했다.

"여보시오. 헌병 나리. 우리 시아버지께서 돌아가시려고 한단 말이

오. 부모가 돌아가신 마당인디 끌고 가서야 쓰겄소. 자식이라곤 저사 람 뿐이란 말이요. 마지막 보내드릴 때는 아들이 있어야 쓸 것 아니 요. 한번만 봐준다면 당신의 노복도 마다하지 않을라요. 제발 다음 징 용에 데려가면 안되능가요. 예? 헌병 나리."

민순은 두 손을 모아 빌면서 달라붙었다. 그러나 헌병은 들으려고 도 하지 않았다. 되레 눈을 부라리며 방망이로 쭉 밀어젖혔다. 민순은 다시 길가로 처박혔고 어린 것도 등에서 울음을 터뜨렸다. 이를 본 득 창의 얼굴이 험상궂게 일그러지면서 비통을 금치 못했다.

"여보! 여보! 성음아! 성음아!……."

가슴에 맺힌 응혈이 터져 나오는 듯 피맺힌 절규를 쏟아내었다.

"여보 당신은 가면 안 된당께라우. 아버님께서 돌아가신단 말이요! 아버님께서……."

목이 터져라 외쳐대 보지만 하릴없는 짓이었다. 길에 있는 사람들 의 시선이 모두 그에게로 날아들었지만 헌병들은 거들떠보지도 않았 다. 나라 잃은 설움을 비통함으로 달랠 수밖에.

"워매! 짐승만도 못한 놈들아! 느그는 어미애비도 없느냐? 이놈들 아!"

악이 받친 민순은 땅바닥을 쳐가며 미친 듯이 길길이 악을 써 댔다. 하지만 죄수들의 대열은 멈추지 않고 계속해서 앞으로 나아갔다. 비 단 그녀뿐만 아니었다. 또 다른 젊은 아낙이 눈물을 주체하지 못한 채 옆걸음질을 해대며 대열로 뛰어들었다. 이를 본 헌병이 다짜고짜 방 망이질을 하는가 하면 무차별적 발길질을 했다. 인두겁을 둘러쓴 짐 승만도 못한 짓에 그녀도 그냥 길바닥에 나뒹굴고 말았다. 대열이 나 아가는 데 지장을 준다고 느낄 땐 인정 없는 매질을 가했다. 동족을 향 한 처참한 헌병들의 탄압은 혹독한 매질부터 가했다. 그들의 무자비한 탄압 앞에서는 그저 눈물만 떨굴 수밖에 없었다.

일제는 헌병에게 정식 법 절차 없이 벌금, 구류 및 태형을 실시할 수 있는 즉결 처분권을 주어 우리 민족에게만 마음대로 태형을 가할 수 있게 해주었다. 제복을 입고 칼을 차고 다니게 하면서 갖은 고문과 폭력으로 식민 통치를 실시하였던 것이다.

민순도 땅바닥에 쓰러져 오열하다가 다시 일어나 순사를 쫓아갔다. 이번에는 뒤를 따라가던 헌병보조원이 또다시 내동댕이치듯 꼬꾸라뜨렸다. 그녀는 다시 벌렁 넘어졌고 쉽게 일어나지 못할 것으로 보였다. 하지만 그녀는 다시 사력을 다해 끝까지 쫓아갔다. 어느덧 죄수들은 저잣거리를 지나 역 마당에 이르렀다. 헌병들은 그들을 데리고 대합실로 들어가지 않았다. 대합실 옆에 있는 쪽문을 통해 플랫폼으로 나가고 말았다. 죄수들이 통과하자마자 쪽문은 철거덕거리고 제 모습으로 돌아갔다. 쪽문까지 달려간 민순은 문짝을 부둥켜 잡고 오열을 토해보지만 남편은 이미 떠난 뒤였다. 민순은 대합실로 들어가 창문을 통해 밖을 내다보았다. 죄수들의 대열은 이미 보이지 않았다. 창문에 매달리듯 눈을 떼어내지 못한 채 몸부림을 쳐봐도 남편은 이미 시야에서 사라지고 없었다. 잠시 꺼먼 연기를 휘날리며 기차가 미끄러지듯 역구내로 들어왔다. 기차가 너무 원망스러웠다. 대합실에는 가족을 떠나보내는 사람들로 장사진을 이루며 눈물바다를 이루고 있었다. 개찰구로 들어오는 사람들이 모두들 어리둥절한 모습으로 울어대는 사람들을 바라보았다. 기차는 한참 동안 부족한 조개탄을 채우고 물을 보충하느라 구내에 멈춰있었다. 기차가 떠나갈 때까지 자리를 뜨지 못한 가족들은 터져 나오는 비분을 울음으로 삼켜대었다.

잠시 후 대합실 개찰구가 닫히고 기차가 뾰뾰거리더니 슬금슬금 미끄러지듯 빠져나갔다. 가족들은 떠나가는 기차를 바라보며 통곡을 쏟아대었고 대합실은 눈물바다가 되고 말았다.

민순은 기차가 떠나가자 자리에서 일어났다. 얼마나 울었는지 눈두덩이 퉁퉁 부어올라 무거울 지경이었다. 비틀걸음으로 대합실을 나온 그녀는 하늘을 쳐다보았다. 하늘은 왜 자신에게만 무심하게 대해주는지……. 자기를 버린 세상이 너무 야박하고 원망스러웠다.

하소연할 곳 하나 없는 그녀는 중천에 떠있는 햇덩이를 향해 하염없는 쓴 탄식만 흘렸다. 남편을 실은 기차가 구교동 오르막길을 오르느라 힘에 겨운 칙칙폭폭 소리를 내질렀다.

기약도 없이 끌려가는 남편을 싣고서 슬픈 비곡의 소리를 보내주고 있었다.

햇덩이가 어느덧 중천에서 서쪽하늘을 향해 어슬렁어슬렁거릴 때 그녀는 발길을 돌렸다. 하염없는 한숨만 몰아쉬면서 터벅터벅 장거리로 나아갔다. 몸에서 물집이 터진 사람마냥 하염없는 눈물만이 흘러나왔다. 달리 어찌할 도리가 없는 일임에도 단념할 수가 없었다.

오히려 가슴이 허전하면서 마음을 다잡을 수가 없었다. 가슴도 울렁거리면서 심장이 뼈개지는 아픔도 밀려들었다.

24
학동이 한 많은 세상을 떠나다

아픈 마음도 잠시. 시아버지의 가르랑거리는 숨소리가 발걸음을 급하게 끌어당겼다. 소소막막 가엾은 시아버지의 흐느낌 소리가 들려오면서 시가 급해진 것. 그녀는 잠시도 머뭇거릴 수도 없어 잰걸음을 놓아 집으로 향했다. 초점을 잃은 시아버지의 눈동자가 머릿속에서 맴돌고, 달싹거리던 입술이 눈앞에서 아른거려 화급을 다투듯 내달렸다. 몸도 마음도 허기져 축 늘어지면서 힘이 탁 풀리는데도, 다리가 후들후들 떨리는데도 거침없이 산길로 기어올랐다. 산허리를 돌아드니 아득한 저 멀리 오포 사이렌 소리가 들려왔다. 벌써 한낮을 알리는 사이렌 소리. 지금엔 남편은 어디쯤 가고 있을까? 살아 돌아올 수 있을까? 자수하면 용서해준다고 해놓고. 붙잡아간 그들이 너무 치가 떨렸다. 가족을 산산조각을 내고 마는 친일세력들이 너무 미웠다. 전생에 김진홍은 무슨 인연이었기에 사사건건 악인연으로 다가오는 것일까? 철천지원수가 되어 가슴에 한을 묻어주는 김진홍. 뼛속마다 증오와 분노로 차곡차곡 채워주는 그가 사는 왕초마을이 눈길에 들어오자 치가 부르르 떨렸다. 꼭 살아 돌아오고야 말겠다는 남편의 부르짖음을 위안 삼아 산길을 내려왔다.

이른 점심때 그녀는 집으로 돌아왔다. 부러 태연하자고 마음을 가다듬고 방문을 열었다.

시아버지는 사람이 들어오는 줄도 모른 채 숨만 쌔근쌔근거리며 가쁘게 내쉬었다. 아직은 방 공기가 훈훈했다. 이불속으로 손을 넣어보아도 방바닥도 뜨끈뜨끈했다.

"아버님. 저 다녀왔구만요."

그녀는 시아버지 얼굴을 바라보며 말했다. 그러나 시아버지는 눈을 감은 채 별다른 반응이 없었다. 다시 손목을 잡아 맥부터 살폈다. 가늘게 뛰고 있던 연약한 맥은 그대로였다. 가슴을 짚어 봐도 별반 다를 게 없었다. 안도의 한숨을 내쉬면서

"아버님! 아버님!"

민순은 자는 아이 깨우듯 팔을 흔들어대었다. 잠시 학동은 눈두덩을 파르르 떨다가 슬그머니 밀어 올렸다.

"아버님. 힘 내셔야지요. 아버님!"

혹시 이러다가 돌아가시면 어쩌나 싶어 온몸이 우들우들 떨리면서 슬머시 초조해지기 시작했다. 그때까지도 시아버지는 눈을 뜨는 것마저 힘들어보였다. 민순은 이불 속에 넣어놓고 간 미음 그릇을 꺼내었다. 뚜껑을 열자마자 아직도 따끈했다. 방바닥 열기에 식지 않고 그대로 있었다. 숟가락과 반찬을 챙겼다. 윗몸을 일으켜 베개에 기대게 해드리나 전신이 흐늘거려 잠시도 견디지 못한 듯 했다. 다시 자리에 누워드리고서 뒷목에 베개를 받쳐드리고

"아버님! 미음 드셔요."

미음 한 숟가락을 입속에 넣어드렸다. 시아버지는 갓난아이 젖 빨듯 힘없이 목으로 넘겼다. 맹물 같은 미음을 넘기는데도 힘에 겨워보

116

였다. 서너 숟가락에 이르렀을 때 고개를 흔들면서 그만 먹여달라고
했다.

"더 드셔야 한당께요. 그래야 힘을 내시지요."

그녀는 또다시 미음 숟가락을 입안으로 살며시 넣어드렸다. 그제야
안검(眼瞼)을 살며시 밀어 올리고 가냘픈 눈으로 손자를 바라보았다.
손자에 대한 사랑이 끔찍한 까닭에 성음이가 곁에 있으면 늘 웃음을
감추지 못했던 시아버지. 그녀는 일부러 성음이를 곁에 앉혀놓고 미
음을 떠먹였다.

"아버님. 성음이가 할아버지한테 가자고 조른당께요. 손 좀 만져보
시랑께요."

시아버지 손에 성음이의 손을 가져다 대었다. 얼굴에 발그레한 웃
음기를 머금어가며 손자의 손을 꼭 쥐었다. 그녀는 계속해서 미음을
떠먹여드렸다. 이윽고 대여섯 숟가락의 미음을 받아 넘겼다. 그런데
방 안에서 역한 냄새가 솔솔 피어나고 있었다. 그것은 지린내와 구린
내였다. 집을 비운 사이 시아버지께서는 옷에 대변을 보신 것. 이틀
동안 뒷간에 가지 않더니만 혼자 일어날 수 없는 까닭인 것 같았다. 며
느리 앞에 부끄러움에 수줍어하는 눈치였다. 그녀는 얼른 부엌으로
나갔다. 큰솥에 물을 가득 부어놓고 군불을 지폈다. 물을 데워놓고 옷
가지와 수건을 준비했다. 군불을 지핀 방 안은 곧바로 펄펄 끓듯 뜨거
워졌다. 그녀는 큰 대야에 물을 떠들고 들어왔다. 시아버지를 일으켜
앉히고서 장삼이며 바지, 그리고 속곳까지 벗겨 드렸다. 온몸을 벗겨
놓고 보니 마치 삼대처럼 말라 뼈와 가죽만 남아 있었다. 힘없는 대변
이 물똥이 되어 속옷을 짓이겨놓았다. 그녀는 옷을 벗겨드리고 나서
젖은 수건으로 짓이겨진 곳을 닦아드렸다. 이어 따뜻한 물에 앉혀드
리고서 온몸을 깨끗이 씻겼다. 따뜻한 물속에 잠긴 시아버지는 열브

스름하게 눈을 뜨고 바라보았다. 며느리 앞에 발가벗은 몸이 부끄러운 듯 연한 웃음을 지어보였다. 차디찬 몸이었지만 따뜻한 물에 담겨지자 온기가 돌며 부드러워지는 것 같았다. 서너 차례 맑은 물로 헹군 뒤 그녀는 준비해둔 옷으로 갈아입혀드렸다. 바라보니 무척 개운해 보였다. 정신기운마저 되찾아가는 것 같았다.

그녀는 다시 온몸을 주무르기 시작했다. 마치 장작개비처럼 딱딱하게 굳어있던 팔다리가 그녀의 결연한 손동작에 감촉이 부드러워지고 있었다. 차갑기만 했던 팔다리에 피돌기가 이뤄지면서 온기도 느껴졌다. 그녀는 슬픈 괴로움도 잠시 가장 큰 즐거움을 얻은 기분이었다. 하루바삐 시아버지의 쾌차를 간절히 바라온 터. 오후 내내 시아버지 곁에 앉아 지냈다. 저녁에도 들깨와 녹두를 맷돌로 통째 갈아 다시 미음을 끓였다. 맛이 진하도록 고소하게 끓여 떠먹여드렸다. 점심때와 달리 제법 많이 들었다.

똥오줌을 싸더라도 오래오래 사시기만 바라고 있던 그녀는 마음마저 푼더분해졌다. 이제 남편은 떠나고 없으니 시아버지께 지극정성을 다할 요량. 기어코 기력이 회복되도록 최선을 다해드릴 작정이었다. 여남은 숟가락의 미음을 드신 시아버지는 가름하게 눈을 뜨고서 뭔가 궁금해 하는 눈치를 보였다. 정녕 떠나간 아들이 걱정이 된 듯 눈에 눈물이 번져가면서. 눈물 속에는 그동안 품어온 울분이 함께 배어있음이었다. 그러나 그녀는 남편에 대해선 일체 말을 꺼내지 않기로 작정했다. 혹시라도 마음에 상처가 되어 심병(心病)으로 자리를 잡을까 봐 입을 다물었다. 그녀는 얼른 분위기마저 돌려놓고 싶어 손자를 앞에 앉혀놓고 재롱을 떨도록 이끌었다. 어린 것은 시킨 대로 할아버지 앞에서 재롱을 부리기 시작했다.

벌써부터 할아버지가 병환 중에 계심을 알기라도 한 듯 서투른 말솜씨로 할아버지를 불러대며 입도 맞춰가며 재롱을 떨었다. 팔다리를 주무르는 시늉을 하는가 하면 어정어정 춤까지. 학동은 연한 웃음을 머금으며 재롱떠는 손자를 흐뭇하게 바라보았다. 시아버지의 웃음 진 얼굴을 바라본 그녀도 무척 기뻤다. 이제 한시름 놓을 수 있다는 안도감마저 날아들었다.

"아버님! 손자랑 놀으시니 좋으시지요?"

민순은 흡족한 미소를 띠어가며 물었다.

"그러제. 우리 성음이 보는 재미로 오래 살아야 쓸 것인디."

학동은 손자의 손을 꼭 쥐어주면서 걱정부터 쏟아내었다. 가르랑거리는 목에서 새어나온 웅얼웅얼한 가느다란 목소리였다. 도저히 알아들을 수 없는 소리였다. 부쩍부쩍 커가는 손자의 모습이 대견스러운 듯 어린 아이처럼 해맑은 웃음까지. 그러나 얼굴 한구석에는 수심이 낀 기색이 역력했다.

"그럼은요. 오래오래 사셔야지라우. 아버님께서는 인중이 길어서 오래 사실 것이구만요."

민순은 일부러 시아버지 인중을 들고 나섰다. 그것은 젊었을 때부터 관상을 보니 인중이 길어 장수할 팔자라고 좋아하시던 모습이 생각났던 것이다. 관상에서 인중이 길면 장수(長壽)한다는 속설이 있었던 것이기도 했다. 그 순간에도 파뿌리 같은 수염을 덥수룩하게 기른 인중을 쓰다듬으며 연한 웃음을 흘렸다. 시아버지의 웃는 모습을 지켜본 민순은 더없이 기뻐 날아갈 것만 같았다. 그러나 실상 속내는 그렇지 않았다. 남편이 형무소로 끌려가고 있을 것이라는 생각에 그리움과 슬픔이 범벅이 되어 가슴을 옥죄었다. 영원한 이별일지 모른다는 초조와 불안도 얽혀들면서 입안이 타들어갔다. 매질을 당해가면서 생지옥으로 끌려가는 남편의 잔영(殘影)이 머릿속에서 매대기질을 치는 것이었다. 그러나 속내를 감춘 채 겉웃음을 거두지 못했다. 한동안 성음이의 재롱에 집안은 넋이 나간 듯 웃음집이 벌어졌다.

웃음 진 얼굴에 화답이라도 하려는 듯 싸늘하게 식어있던 시아버지 몸에 온기가 찾아들었다. 땀이 송골송골 맺기까지 했다. 어눌한 발음에 응얼거리던 목소리마저 올이 차가며 또렷해지는 것 같았다. 달라진 시아버지의 모습에 그만 그녀는 만면의 희색을 감추지 못했다.

"아버님! 아버님! 오래오래 사시다가 손자에게 소리도 가르쳐주셔야지라우."

시아버지는 얼른 알아들은 눈치였다. 두 눈에서 볼을 타고 눈물이 스르르 흘러내렸다. 가르랑거리는 가래를 두어 번 꿀꺽거리고서 간신히 입을 열었다.

"나는 지금 죽어도 괜찮은디, 너만 생각하면 눈을 못 감겄단 말이다."

시아버지는 목울대를 와드득 쥐어뜯기라도 하려는 듯 시늉을 하며 말했다.

"돌아가시다니요. 지가 명창이 될 때까지 가르쳐주셔야지라우."

명창이라는 말에 귀가 솔깃하여 곰살가운 미소까지 그려내면서도 고개를 가로 저었다.

살아생전 속에 쌓아두고 살아온 업고가 소리임에도

"그랬으면 얼매나 좋겄냐. 나라를 되찾는 것을 보고 죽으면 좋겄는디 맘대도 헐 수 있어야제. 나라를 되찾으면 명창도 될 수 있을 것인디. 나라를 뺏기지 않았을 때는 서로들 명창이 되려고 애를 썼제. 소리를 배우는 곳도 많았고. 일본 사람들 앞에선 명창이 된들 무슨 소용이 있겄냐. 왜놈들이 소리를 알겄냐? 되야지 목에 금목걸이를 채워준들 좋아허겄냐 말이다.

벌써 명창이 된 사람들도 어디로 갔는지 보이질 않는다는구나. 교

120

묘하게 우리 것을 못하게 막으니 별 수 없는 것 아니냐. 명창을 선발하는 대회도 못하게 헌단다. 장마당 패들에게 방맹이를 휘둘러대는 놈들인디 무슨 말이 필요허겠냐?"

학동은 울분을 참지 못하는 듯 핏대를 세워가며 말했다. 거푸 혀를 차면서 한숨을 털어놓기도 하면서 나라 잃은 망국민의 설움을 들려주었다. 그동안 가슴속에 응어리졌던 비탄을 쓸어내기라도 하려는 듯 일제를 규탄하고 나섰다.

일제는 조선인의 혼을 말살하고 일본인의 정신을 심으려 소리를 하지 못하도록 방해했다. 학동은 살아생전 그것이 가장 가슴 아프다고 말해왔던 것이다.

"아니어요. 아버님은 꼭 우리나라를 되찾은 것을 보셔야 헌당께요. 소리도 마음대로 하고 사는 나라를 보셔야지라우. 지가 당골을 해서라도 모실 터이니 걱정하지 말고 오래오래 사셔야 돼요."

그녀는 진술한 속마음을 털어놓았다. 솔직히 시아버지 안 계시는 세상은 생각하고 싶지도 않았다. 남편이 돌아올 때까지 만이라도 함께 해주길 간절히 바랄 뿐이었다.

"그랬으면 좋겠다마는……."

"아버님. 그랬으면이라니요? 기운을 내셔야 된당께요. 성음이 애비 오는 걸 보셔야지요."

민순은 엉겁결에 남편을 들먹이고 말았다. 그러나 시아버지는 별 반응을 드러내지 않아 다행이라 여겨졌다.

"죽고 싶은 사람이 시상천지 어디 있겠냐. 백 년이고 천 년이고 살고 싶제. 허나 인명이 재천이라 허질 않더냐. 염라대왕이 부르면 가야 하는 것이라 별 수 없제."

"아니어요. 아버님 힘내셔야 한당께요. 성음이 애비도 없는디 어린 것하고 이 산속에서 어떻게 살 것이요."

　민순은 속 입술을 맞문 채 울음을 삼켜가며 말했다. 남편이 이역만
리로 끌려간 마당에 마음의 기둥은 시아버지밖에 없었다.

　"아가, 내가 니한테 해줄 말이 있단 말이다."

　시아버지는 갑자기 또렷한 목소리로 말했다.

　"허실 말씀이라니요?"

　"사람이 늙으면 지혜밖에 남는 것이 없는 뱁이다. 그래서 자기 죽는
날도 아는 것이랑께."

　"아버님! 그 무슨 말씀을 허시는 것이요?"

　"아니다. 나는 이미 저세상 사람이나 다름 없당께."

　"아니어요. 아버님! 아버님은 꼭 나라를 되찾은 것을 보셔야 헌당께
요. 그러믄 아들도 돌아오겠지라우. 하나밖에 없는 아들을 꼭 만나보
셔야한당께요."

　민순은 갑자기 우울하고 불길한 느낌이 머릿속을 스치고 지나가는
것이었다. 그녀는 당황스러움을 감추지 못한 채 애원하듯 말했다.

　"그러면야 좋겠제. 아가! 혹시 내가 죽으면 곧바로 말순 할머니에게
연락허그라. 그러면 동석이랑 팽갑이가 다른 이들을 데리고 올 것잉
께. 그들이 오면 내 몸 하나야 묻어줄 것이다. 그리고 저승에 입고 갈
수의를 저기 고리궤짝에 준비해 놨응께 그대로 입혀주도록 해라. 더
는 사지도 말고. 그리고 관구(棺柩)도 만들지 말그라. 그냥 대나무를
엮어 거적을 만든 뒤 둘둘 말아 묻어 주도록 해라. 아들도 없는 마당
에 관속에 들어갈 계제도 못 됭께 꼭 그렇게 해야 쓴다. 어차피 죽으
면 땅 밑으로 들어갈 몸뗑이. 관속으로 들어가 묻힌다고 더 좋을 것 있
겠냐. 한 가지 소원이 있다. 나를 묻을 때 내가 치던 북을 내 머리 맡에
같이 묻어주도록 해라. 나는 저승에 가서도 소리와 인연을 끊지 않을

란다. 알겄냐?"

학동은 언제 아팠나 싶을 정도로 또박또박 말했다. 기탄없이 심중을 털어놓았던 것. 예전에 볼 수 없었던 섬뜩한 전율이 시아버지 눈빛에서 뿜어져 나왔다. 갑작스럽게 바위처럼 굳어져가는 표정에서 이상스러운 낌새마저 느낄 수 있었다. 서릿발같이 싸늘한 냉갈령으로 정을 끊으려 드는 것 같기도 하고. 세상끝자락의 벼랑에 내몰린 것처럼 이상야릇한 공허감마저 밀려들었다.

"아가, 내가 죽으면 다른 사람보다도 말순 할머니 말만 듣도록 허그라. 그 사람은 속과 겉이 똑같은 사람잉게. 너에게 해가 되지 않을 사람이다. 열 번을 생각하고 또 해봐도 죽어서 눈을 감고 가지 못하겄다. 너를 두고 어찌 저승에 들까 싶어서. 혹시 성음이 애비가 오지 않으면 니 갈 데로 가도록 해라. 어린 것을 데리고 간다면 좋겄다마는……. 젊은 여자 혼자서 어떻게 살아간다냐? 험한 세파를 헤쳐 나가는 것이 쉽지 않제. 소도 언덕이 있어야 등을 문지른 것인디 의지할 곳이라곤 없응께 니가 나서서라도 언덕을 만들어야제."

갈수록 정신기운이 살아나는 듯 또렷한 눈동자로 바라보며 말했다. 눈꺼풀 밀어올리기조차 힘들어하던 분이 어디서 힘이 솟구치는지 나지막한 목소리로 조목조목 늘어놓았다. 마치 만지장서(滿紙長書)의 유언처럼 들렸다. 애절함이 깃든 구구절절한 사연을 덥석 꺼내든 탓에 가슴이 쩡했다. 시아버지로써 실체를 완전히 태워버릴 것처럼 끝없는 벼랑으로 몰아가는 것. 그녀는 막막한 허탈감이 밀려오면서 온몸이 사로잡히고 말았다. 알 수 없는 것을 상실해가는 공허함마저 찾아들면서 가슴이 텅 빈 것 같았다. 손자보다 며느리를 먼저 생각하는 운명의 시샘이 시작되었는지 모른다. 오랜 인생 경륜에서 비롯된 말이라 할지라도 그냥 받아들이기엔 무척 버겁게 느껴졌다. 그렇다고 대충 들어둘 일은 아니어서 일시에 갈등과 번민이 얽혀들며 머릿속을 수수롭게 만들어놓았다.

"아버님! 무슨 말씀을 그리 하시능가요? 오래오래 사셔야 한당께요."

"아니다. 내가 오래 살아서 니한테 좋을 것이라곤 하나도 없제."

"아니랑께요. 아버님께서는 성음이 애비 올 때까지 사셔야헌당께요."

"그랬으면 오직 좋겄냐?"

누구엔가 쫓기는 사람처럼 급한 한숨을 내쉬며 원망스러움을 내뱉듯 말했다.

"아가! 어제 저녁에 잠도 못 자고 낮에는 가슴 아픈 꼴을 보고 왔응께 거기 좀 누워서 편히 쉬도록 해라."

"괜찮구만요."

"아니랑께. 인자 그만 주무르고 어서 누워 쉬란 말이다."

어느덧 밤이 돌아와 적막하기 이를 데 없는 산골. 밤이 깊어지면서 연한 달빛이 방문에 달빛 조각을 밀어 넣었다. 달빛에 취한 초겨울 바람이 문풍지를 파르르 떨게 만들었다.

남편이 형무소로 떠나가고 난 첫날밤. 민순은 또다시 남편이 그리워지기 시작했다. 산지옥으로 끌려간 남편의 잔영이 가슴을 오들오들 떨게 만들었다. 울분을 가라앉히지 못한 채 군불을 지피고 난 그녀는 또다시 시아버지 팔다리를 주물러 드리려는 참이었다. 그런데 연신 늘어진 하품이 나오면서 눈에선 눈물까지 흘러나왔다. 스르르 눈꺼풀도 감겨들었다. 그러나 이를 악물어가며 졸음을 견디어 내려 안간힘을 써보지만…… 그게 쉽지 않았다.

"아가! 어서 자랑께. 눈에 잠이 꽉 찼다. 그동안 싸대느라 힘들었제.

어서 거리 누어라."

시아버지는 애달픈 눈빛으로 바라보면서 며느리를 채근했다.

"아니요. 아버님 주물러 드리고 잘 것이구만요."

"어허! 그냥 자란 말이다. 그저 젊었을 땐 잠이 보약잉것이다."

민순은 자기도 모르는 사이 시아버지 곁에 떨어져 잠이 들고 말았다. 그녀가 눈을 뜬 때는 벌써 아침노을이 빛을 안고 활성산을 넘어온 뒤였다.

그것도 방바닥이 잠을 깨워주는 꼴. 초저녁 펄펄 끓던 방바닥이 미지근하다 못해 썰렁한 냉기를 뿜어내고 있었다. 한기를 느낀 그녀는 벌떡 일어나 방바닥을 만져보았다. 미지근하다 못해 차가운 느낌마저 주었다. 불쑥 시아버지 걱정부터 떠올랐다. 편찮은 몸에 감기라도 덮치면 큰일. 그는 겁이 덜컹 났다. 시아버지를 바라보니 냉기 탓인지 몸을 잔뜩 웅송그리며 이불 속에서 떨고 계셨다. 철렁 내려앉은 가슴을 안고 냅다 부엌으로 나갔다. 바깥 날씨는 손끝이 시리도록 추웠다. 기와지붕 위에 마치 눈처럼 서리가 하얗게 쌓였고 마당에는 땅 고드름이 수북수북 솟아올랐다. 부엌에 떠놓은 양동이 물에 살얼음까지 얼었다. 그녀는 솔잎부터 아궁이에 처넣었다. 그리고는 성냥불을 켜댔다. 그 위에 장작개비를 차곡차곡 쌓았다. 바짝 마른 솔잎은 부석거리며 타기 시작했다. 장작에 불이 붙자 고무래로 아궁이 안으로 쑥 몰아넣었다. 방고래에서 관솔이 툭툭 튀면서 훨훨 타올랐다. 불을 지펴 놓고 미음을 쑤기 위해 맷돌에 녹두와 들깨를 넣어 돌렸다. 이번에는 물에 불려뒀던 보리도 함께 넣었다. 보릿가루를 넣으면 진기가 있어 쉽게 기운을 차리실 거라고 생각했기 때문이다.

오랜만에 호박고지 나물과 토란대국을 끓였다. 시아버지는 된장을 푼 뒤 토란대를 넣어 국을 끓여드리면 제일 좋아했다. 국도 끓이고 나물도 무치고 밥도 짓고 미음도 끓여서 밥상에 차려들고 방으로 들어갔다. 금세 불기가 돌아 방바닥이 따끈따끈해지고 있었다. 냉했던 방안공기도 어느새 훈훈해지고 있었다. 밥상을 놓아두고 시아버지를 일으키려 들었다.

"아버님! 아침 드셔야지라우."

허나 아무런 대답도 없이 그대로 누워계셨다.

"아버님, 식기 전에 진지 드셔야헌당께요."

그래도 아무 반응이 없었다. 슬그머니 겁이 나기 시작했다. 시아버지께 다가가 이불을 슬그머니 걷어 내렸다. 순간 뱀이라도 만진 사람처럼 섬뜩함을 느꼈다. 시아버지 입가에 이상한 핏물자국이 묻어있었다. 입에서부터 흘러내린 자국이 탑소록한 턱수염을 타고 흘러내린 것 같았다. 주르르 흘러내린 핏물이 허연 수염에 검붉은 덧칠을 해놓은 것. 목에까지 타고 내려간 뒤 진한 갈색으로 말라붙어 있었다. 순간 겁이 덜컹 났다. 방정맞은 생각이 밀려오면서 등짝에 소름을 깔기 시작했다. 분명 좋지 않은 징조임에 틀림없었다. 엉겁결에 핏물자국을 손으로 문질러보았다. 굳어서 마치 부스럼 딱지처럼 일어났다. 슬그머니 입술을 벌려 입안을 들여다보았다. 입속에 핏물이 괴어 있었다. 이 사이마다 붉게 물들여 놓았다. 목젖에서 끓어오르는 가르랑거리는 숨결소리가 가냘프게 흘러나왔다. 푹 꺼진 눈두덩이 눈을 내리덮어 의식이 가물가물해보였다. 눈동자가 점점 초점을 잃고 희미하게 풀어져 가고 있었다. 가슴에 귀를 가져대 대었다. 맥박은 뛰고 있으나 가늘고도 연약한 소리가 고르지도 못했다. 슬며시 손목에 손가락을 가져다 대었다. 뼈만 남은 가느다란 팔목은 온기마저 사라진 채 싸늘하게 굳어가는 것 같았다. 이불을 걷어 올리고 발을 만져보지만 싸늘하긴 마찬가지. 손도 발도 그리고 이마까지 그 어디에서도 온기를 찾을 수 없었다. 불길한 조짐이 가슴팍으로 파고들면서 두방망이질을 해댔다. 진땀마저 빠지직빠지직 솟구치며 무서움을 내리 깔았다. 머리끝이 꼿꼿해지면서 사경을 헤매고 계신다는 생각이 불쑥 떠올랐다. 두려움과 어지러움이 한꺼번에 밀려들면서 혼을 빼기 시작했다. 허공을 날아가는 사람처럼 아무 경황이 없어지는 것 같았다. 전신이 흥분 속으로 잠겨들면서 갑자기 몸을 만지기조차 섬뜩한 무서움에 휘감겨들었다. 하지만 그녀는 어차피 자신의 의지만으로는 안 될 일이었음을 알게 되었다. 피할 수 없는 운명에 부딪히는 것. 순간 그녀는 자신을 채근하기 시작했다. 흥분을 가라앉히자고…… 현실을 현실로 받아들이자고 주먹을 불끈 쥔 채 다짐했다. 일각에 평정을 되찾은 그녀는 용기가 솟구치면서 두려움과 흥분된 마음에서 벗어날 수 있었다. 무서움마저 멀리 사라지는 것 같았다. 시아버지 윗몸을 움켜잡고서 소리치며 일으켰다.

"아버님! 아버님!"

목을 놓아 통곡하며 울음주머니를 터뜨리고 말았다. 슬픔이 복받쳐 목이 멘 소리가 집안이 떠나가도록 울려 퍼졌다. 그러나 아무런 반응도 없고 의식만 점점 혼수상태로 빠져들고 있었다. 죽음의 암울한 그림자가 드리워져가고 있음을 직감할 수 있었다. 이미 삶과 죽음의 경계선에 다가선 것. 그녀는 내심 마음의 가닥을 잡았다. 이제 시아버지는 죽음과 맞닥뜨릴 시각이 다가오고 있음을. 불과 얼마 전에 어서 자라고 다독이며 챙겨주시던 분이, 사람으로 가장 넘기기 힘들다는 생의 마지막 고개에서 황천을 바라보며 후토에게 하직을 고하고 있었다. 이다지도 쉽게 시아버지의 죽음이 다가올 줄이야 그녀는 진정 몰랐다. 사립문 밖이 저승이라고 하더니만…….

그동안 잘 못 해드린 허물들이 주마등처럼 피어올랐다. 멀리서 깜박거리는 불빛처럼 지난 기억들이 아슴아슴하게 떠올랐다.

그녀는 시아버지의 마지막 숨소리를 들었다. 가르랑거리며 끓어오르는 가래가 목젖을 치밀어 오르는 것 같았다. 숨결소리는 점점 늘어지고 맥박은 힘을 잃어가고 있었다. 돌아올 수 없는 마지막 고갯마루에 이른 듯 최후의 소리를 내질렀다. 마치 사색에 잠겨드는 것처럼 이승의 마지막 순간…… 깜깜한 침묵 속으로 빨려 들어가는 고요함…… 고르지 못한 숨결소리만이 점점 길어지고…… 삶과 죽음은 하나의 연속이라는 듯 이윽고 긴 숨을 몰아쉬고서 다시는 들리지 않았다. 이렇게 시아버지는 영영 곁을 떠나고 말았다.

"아버님! 아버님! 가시면 안 돼요."

그녀는 들어주는 이 하나 없는 처절한 절규를 쏟아내었다. 전신을 휘감는 비애의 탄식을 절규했다. 태연해 보려 애를 써보지만 서러움과 허망감이 가슴속으로 사무쳐 들어왔다.

"아이고! 아이고! 아이고 오! 아버님! 지는 누굴 믿고 살라고 가시냔 말이요? 이 산골에서 어떻게 살 것이요? 성음이 애비 올 때까지 사셔야헌당께 왜 가셔부냥께요?"

원통과 설움이 한꺼번에 밀려들면서 아이고땜 통곡을 토해내기 시작했다. 호곡의 눈물을 뿌리며 방성대곡을 토해내었다. 혼절할 듯 시신을 부둥켜안고 곡지통했다. 까닭을 모른 어린 손자까지. 피맺힌 절규는 통원의 눈물이 되어 흘러내렸다. 들어주는 이 하나 없는 비탄의 통곡성이 적막한 산골을 타고 서글프게 산자락에 울려 퍼지고 있었다. 한식경이 지났을 땐 얼마나 울었는지 눈이 퉁퉁 부어 얼굴이 무거울 정도였다. 비통스러운 호곡도 잠깐 그녀는 일시에 정신을 가다듬고 시아버지를 바라보았다. 마지막 순간에도 눈을 뜬 채 저승길에 들었던 것. 가슴에 맺힌 한을 풀지 못하는 것 같았다.

"아버님! 이왕 가실 바에 편하게 눈을 감고 가싯시오."

그녀는 손바닥으로 시아버지의 눈을 슬며시 쓸었다. 이상하리만큼 말소리를 알아들은 것처럼 스르르 눈을 감았다. 아마도 이승에서 마지막 경계선인 것 같았다. 저승길로 발길을 내딛고 있는 순간임에 틀림없었다. 그러나 그녀는 지난날의 감회가 되살아나면서 마치 살아 있는 사람처럼 무서움도 두려움도 없었다. 다시 가슴에 손을 얹어보았다. 가냘프게 퍼덕이던 맥박도 멈췄고, 가르랑거리며 목젖에서 가래 끓어오르던 소리도 자취를 감추고 없었다. 그 순간 찾아드는 부담감이 어깨를 짓눌러왔다. 이제 시아버지의 저승 집을 지어 보내드리는 일이었다. 그녀는 어렸을 때 있었던 일을 곰곰이 더듬기 시작했다. 지난날 엄마가 돌아가셨을 때 일을 들춰내기 시작했다. 엄마의 시신이 방으로 들어왔을 때 맨 먼저 했던 일이 불쑥 떠올랐다. 슬그머니 일어나 솜을 꺼내어 입과 코를 그리고 귀를 막았다. 팔다리를 반듯하게 편 다음 아랫목에 누여놓고 베개를 높이 괴었다.

오른손을 위로 하게 하여 반듯하게 눕혀드리고 병풍으로 가려놓고 홑이불로 꺼내 온몸을 가렸다. 하얀 저고리를 들고 밖으로 나왔다. 사다리를 놓고 지붕으로 올라간 그녀는 옷의 끝자락을 잡고 북쪽을 향해 휘두르면서 하동정씨 학동 복, 복, 복 하고 세 번을 외친 뒤 옷을 지붕에 던져놓고 내려왔다. 부엌으로 들어가 밥을 지은 뒤 사립문 바깥에 볏짚을 깔고 사잣밥을 차렸다. 짚신도 세 켤레를 가져다 놓고 맹물을 반찬으로 바쳤다.

"비나이다! 비나이다! 저승사자님. 부족한 것이 많지만 불쌍한 우리 시아버지 저승까지 잘 데려다 주싯시오."

사잣밥까지 챙긴 그녀는 허기진 배를 식은 밥 몇 숟가락으로 배를 채웠다. 시아버지의 유언을 좇기로 했다.

'아가, 내가 죽으면 다른 사람보다도 말순 할머니 말만 듣도록 허그라. 그 사람은 속과 겉이 똑같은 사람잉께. 너에게 해가 되지 않을 사람이다.'

그녀는 마음이 급해지면서 사립문을 나섰다. 잠시도 머뭇거릴 수 없는 일. 꽃상여는 태워드리지 못할지라도 저승길만은 늦지 않게 보내드리자는 애틋한 심정으로 혼신의 힘을 다해 산길을 올랐다. 시신을 누여놓은 채 집을 비워두고 떠나간 그녀는 큰 죄를 짓는 것만 같았다. 집에 초상이 나면 사람들로 시끌벅적해야 하고 영전에 제물부터 바쳐야 하는 것인데…… 마치 가슴에 모닥불을 피워놓고 냇가로 달려간 사람처럼 마음이 어질어질 급했다. 아직 햇볕은 따사롭지 못했다. 활성산길에 하얀 서리가 짙게 깔려 햇빛에 사금파리 조각처럼 반짝거렸다. 손도 시리고 발도 시렸다. 하지만 그녀는 허연 숨을 내뿜어 가며 산길을 내달렸다. 어린 것을 업은 채 등허리에서 촉촉이 땀이 날 정도로 말순 할머니집으로 향했다.

그녀가 가마실로 다가설 때는 햇덩이가 중천에 이르렀을 때였다. 마음은 더욱 급해지기 시작했다. 바라는 일념은 오직 말순 할머니가 집에 계시는 것뿐. 만일 비꼿거리기라도 한다면 만사와해(萬事瓦解)일 수밖에 없었다. 두근거리는 가슴을 부여잡고 사립문으로 들어섰다. 사립문은 활짝 열려져 있었고 방안에 다듬이질 방망이 소리가 들렸다. 그녀는 마음이 푹 놓였다.

"말순 할머니! 할머니."

숨이 꼴깍 넘어갈 듯 급하게 불러대었다. 잠시 방문을 열고 나온 사람은 젊은 아낙이었다. 며느리라는 예감이 들었다.

"누구시오? 어디서 오셨능가요?"

허겁지겁 쩔쩔매는 모습을 바라본 그녀는 다소 긴장된 표정을 지어가며 물었다. 그러나 민순은 침통한 표정으로 소리쳤다.

"말순 할머니 계싱가요?"

"계시기는 허요마는 무슨 일이냐닝께요?"

낯선 사람이 숨이 넘어갈 듯 보채는 꼴이 짐짓 성에 차지 않은 듯 떨떠름한 표정을 지으며 안 방문을 열었다.

"어머님! 누가 찾아왔구만요."

다다닥다다닥 다듬이질 소리가 요란스럽게 들려오는 가운데 말순 할머니가 마루로 나왔다. 민순을 알아보고는 반가움에 흡족한 웃음을 지으며 입을 열었다.

"워매! 자네가 어쩐 일잉가? 우리 집에는 와보지도 않았음서. 어서 들어오소."

방으로 들어오라고 반갑게 손을 흔들어대었다. 하지만 안으로 들어가 차분하게 말씀드릴 계제가 아니었다. 시신의 모습이 눈에 밟히며 시가 급했다. 바쁜 마음에 울부짖으며 소리쳤다.

"말순 할머니! 시아버지가……."

울컥거리며 말을 제대로 잇지 못했다. 눈물을 쥐어짜는 그녀의 표정을 읽은 말순 할머니는 금방 알아차리고 화들짝 놀라며 소리쳤다.

"지금 뭣이라고 했능가? 뭣이 시아버지가?"

"예. 할머니. 시아버지가 돌아가셨당께요."

"멋이여? 우리 스승님께서? 언제 돌아가셨능가?"

"오늘 아침 새복에 돌아가셨구만이라우."

그녀의 눈에는 어느새 눈물로 범벅이 되어 볼을 타고 흘러내리고 있었다. 말순 할머니는 기겁을 하듯 놀라며 안색이 금세 노랗다 못해 파리해지면서 마루에 덥석 주저앉았다. 사지를 부르르 떨면서 소리쳤다.

"편찮으셨을 때 진즉 알려주제 돌아가싱께사 왔능가? 워매! 살아계실 때 찾아뵀어야 하는 것인디. 진즉 한번 알려주제 그랬능가. 사람 노릇을 못 했구만. 죄만스러워 어쩔 것이랑가? 득창이란 놈은 뭣을 허고 집구석에만 처박혀 있었당가?"

말순 할머니는 얼굴을 쥐어짜며 울부짖었다. 그러나 민순은 자세히 말해줄 여유가 없었다. 그 순간에도 시아버지의 시신이 눈앞에서 아른거려 빨리 되돌아가야 할 판. 촌음을 아껴야 했기 때문이었다.

"어쨌거나 어서 가세. 가심서 우리를 보고 얼마나 서운타고 허셨을까 싶네."

그녀는 깊은 한숨을 내쉬며 넋두리를 늘어놓았다. 곧장 방으로 들어가 주섬주섬 옷을 바꿔 입고 나왔다. 손으로 머릿결을 쓱쓱 훑어가며 허둥지둥 토방으로 내려왔다.

"그럼 득창이는 부고라도 돌리고 있능가?"

"아니어요."

"그러믄 멋하고 자네를 보내등가? 지가 와사제 애기를 업은 자네를 보냈단 말잉가? 사람이 똥 싸러 갈 때 다르고 나올 때 다르다고 한다드만 그놈을 두고 허는 말잉갑네. 장가를 가고 나서는 못쓰게 되어부렀구만."

연득없는 말로 벼락방망이를 치듯 맹박을 하고 나섰다. 그러나 그녀는 말막음을 하지 못했다. 묵묵히 눈치만 살필 뿐이었다. 곁으로 다가온 말순 할머니는 등에 업고 있는 성음이를 바라보고는 웃음을 머금었다.

"워매! 요녀석이 많이 커부렀네! 내가 받아낼 때가 엊그저께 같았는디 벌써 이렇게 커부렀당가? 애들은 낳아놓기만 허면 이렇게 잘 큰당께. 딱 엄마 탁해갖고 사내 녀석이 이쁘게 생겨부렀네야. 우리 스승님은 이런 손자를 놔두고 어떻게 가셨을까이? 인정이 많으신 분이라서 가시면서도 눈에 밟혀 울고 가실 것이네."

성음이 볼을 쓰다듬으면서 하소연을 하듯 혼잣말을 해댔다. 이어 신발을 질질 끄집고 마당으로 가면서 다시 소리쳤다.

"시신 앞에 자네 혼자 있기가 그래서 대신 왔능개비구만. 그래갖고 언제 부고는 돌릴 것이랑가? 팽갑이랑 진쇠랑 동석이한테 빨리 알려야 쓸 것인디."

일시에 마음이 급해지는 것 같았다. 옷매무새를 다듬다가 또 머리를 만지기도 하고 마당에서 무엇을 찾는 듯 우왕좌왕 헤매는 것 같기도 했다.

"그러믄 우리가 들어가야 부고를 돌리러 나올 것이랑가? 워매 저기 득량까지 언제 전할 것이랑가? 이렇게 꼼지락거리다간 삼일장이 아니라 5일장도 부족허겠구만."

어딘지 맘에 들지 않는 듯 계속해서 푸념 섞인 말을 되씹어대었다. 그때까지 못내 입을 열지 못하고 있던 민순이 헐거운 마음을 쏟았다.

"할머니! 성음이 애비는 집에 없당께요."

"멋이여? 아부지가 돌아가셨는디 어디 가고 없단 말잉가?"

의아적은 눈망울을 살살 굴리며 물었다. 순간 민순은 눈물이 핑 돌면서 말을 잇지 못하고 멍하니 쳐다보았다. 말순 할머니가 그녀의 표정을 읽어내지 못할 사람이 아니었다. 눈치가 빠르기로 치면 도갓집 강아지 못지않은 그녀였다.

"아무리 봐도 집에 무슨 일이 있었능개비네. 무슨 일이라도 생겼능가?"

뭔가 의심적은 것을 알아차린 그녀가 눈을 부릅뜨며 놀라는 눈빛을 쏟았다.

"어디를 가고 집에 없느냔 말이시?"

"할머니, 성음이 아빠가 징용 기피자로 끌려갔당께요."

사립문을 향해 앞서 걷던 말순 할머니가 뒤통수를 꼬집힌 사람처럼 버럭 돌아보고서 놀란 표정을 지었다. 민순은 금방 소침해지면서 두 눈에 눈물이 가랑가랑 맺힌 채 고개를 푹 숙였다.

"뭣이여? 징용 기피자라고 했능가?"

"그래서 잡혀가부렀당께요."

"득창이 왜 징용 기피자랑가?"

"일본에 가서 돈 벌어오겠다고 지원을 했다요. 그러다 아버님께서 가지 말라고 말렸더니 그만 기피가 되어갖고 엿새 전에 끌려 갔당께요."

"워매! 그러면 상주도 없는디 스승님께서 돌아가셔부렀단 말이제?"

민순은 하염없는 눈물만 쏟아낼 뿐 말을 못했다.

"워매! 스승님께서 급하게 가신 까닭이 있구만. 아들이 잡혀가는 꼴을 보시고 얼매나 속이 아프셨겠능가. 못 볼 일을 보셔서 그러셨겄제. 불효막심한 짓을 했구만. 아이고! 생각해봉께 그냥 갈 일이 아니네."

말순 할머니는 종종걸음으로 다시 마당으로 들어가더니 작은 방으로 가서 사람을 부르기 시작했다.

"대풍아! 대풍아!"

"예. 어머니."

방에서 남자 소리가 들렸다.

"얼른 나오란 말이다. 뭣을 하고 꼼지락거리냐?"

급한 마음에 윽박지르듯 소리치기 시작했다. 이어 상투머리에 건장하게 생긴 젊은 남자가 나왔다. 화급하게 소리치는 바람에 눈을 휘둘렀다.

"무슨 일이라도 있으싱가요? 어머니."

"너 지금 당장 갈 데가 있단 말이다. 얼른 채비를 하고 뛰어갔다 와야 쓰겄다."

난데없는 말에 무척 당황하는 표정을 지어보였다.

"어디를 가능가요?"

"자정골 스승님께서 돌아가셨단 말이다. 그런디 아들이 징용 기피자라고 잡혀가불고 없단다. 세상 이런 일이 어디 있겄냐. 지수가 혼자서 임종을 맞고 여길 왔는개비다. 당장 동석이랑, 팽갑, 하순, 진쇠, 재기, 춘달이, 하금이, 보순이 집에 가서 스승님께서 돌아가셨다고 알리고 오늘 당장 자정골로 모이라고 일러라. 올 때는 장례식을 치를 수 있도록 준비해갖고 와야 쓰겄다고 전해라. 알았냐?"

"득량까지 가서 알리고 나면 밤이 다 될 것인디요. 늦게 올 수밖에 없겄구만요."

"그래도 빨리 가서 알려야제. 지금 바로 가란 말이다."

"예. 어머니. 금방 갈라요."

"그리고 말이다. 너는 거기 갔다가 와서 저기 곡간에 나 죽으면 쓴다고 만들어놓은 널판자를 꺼내서 짊어지고 오니라. 나보다도 당장 우리 스승님께 써야 쓰겄다."

"널을 지고 갈라믄 늦은 밤에나 도착하겄는디요."

"오늘 돌아가셨응께 내일 입관할 것이니 늦어도 괜찮응께 그렇게 허도록 해라."

"예. 알았구만요.

"시가 급하다 얼른 가그라."

말이 끝나기가 무섭게 사립문을 나섰다.

"워매. 자네가 고생했구만. 자네 혼자 있을 때 돌아가셔서 얼마나 무서웠능가? 그것도 산속 외진 집에서. 시아버지도 죽으면 송장인 것

135

인디. 참말로 대단한 일을 했네."

"아니어요. 하나도 무섭지 않드랑께요. 돌아가셨다 생각이 안 나드구만요."

"무섬증을 주고 가시지 않았능개비네. 참말로 다행이구만. 사람이 죽으면서 정을 띄고 간다고 무섬증을 주고 가불면 밖에도 못 나온 것이네. 며느리 하나라고 해서 정을 저승까지 가지고 가실랑갑구만. 그러시겠제. 누가 있고 또 있능가. 달랑 아들 하나 키워갖고 금이야 옥이야 하셨는디. 며느리에게 무섬증을 주고 가면 큰일이제. 그러면 온 밤로 뒷간에도 못 간 것이네."

말순 할머니는 불행 중 다행이라는 듯 생글한 웃음을 지어가며 저자거리로 들어섰다.

"영전에 제물이라도 올려놓고 왔능가?"

그녀는 얼른 대답하지 못했다. 솔직히 제물은 무엇을 차려야 하는 것인지도 몰랐다. 설령 알았다고 해도 그럴만한 준비가 전혀 없었다. 그 말을 듣고 보니 양심의 가책을 받아 얼굴이 후끈거리기 시작했다.

"물어본 내가 바보제. 자네가 어떻게 제물을 차렸것능가. 그럼 시신은 그냥 그대로 두고 왔능가?"

"그냥 아랫목에 누여드리고 이불 껍데기로 덮어드렸구만이라우."

"돌아가시면 곧바로 고복을 해야 쓰고 사잣밥을 진설해야 쓰는 것이디 늦어서 큰일이네."

"지가 다 했구만요."

"멋이라고? 자네가 했다 그말잉가?"

"예. 할머니."

"자네가 어떻게 알고 했능가?"

몹시 대견스럽고 기특하다는 듯 생글한 웃음을 지으며 후후 웃었다.

"어려서 엄마 돌아가셨을 때 보아둔 것이 있어서요."

"워매! 어려서도 뺄로 보지 않았능개비네. 참말로 잘했네. 지붕에 올라가 외치는 것을 초혼(招魂)이라 허는 것이네. 사람이 죽으면 혼이 몸에서 떠나부러 공중에 떠다닌다는 것이여. 그 혼을 다시 불러 몸으로 돌아오게 해야 한다고 해서 지붕에서 외치는 것을 고복(皐復)이라 부르제. 그리고 사잣밥이란 것은 염라대왕이 사람을 데려갈 때면 세 사람의 저승사자를 보낸다네. 이 때 저승사자를 잘 대접해야 스승님의 혼을 저승으로 잘 데리고 갈 것 아닝가."

"그리고 지붕에 올라가 북쪽을 보고 저고리를 세 번 흔들고서 던져놓았어요. 그리고 사립문에 사잣밥 세 그릇도 차려놓았구만요."

"참말로 잘했네. 스승님께서 자네에게 복을 주고 가시겠네."

말순 할머니는 마음이 놓이는지 생글한 웃음을 지어가며 칭찬해주었다. 민순은 생각할수록 잘 했다는 생각에 가슴이 뿌듯했다.

저자거리로 들어선 말순 할머니는 늘 다니는 당골 가게로 들어갔다. 거기에는 잡화상이었다. 그릇에서부터 과일까지 없는 것이 없을 정도였다. 가게 문을 열고 들어가자 파마머리에 몸뻬를 입은 아주머니가 반갑게 맞아주었다.

"오늘 저녁에도 굿이 있는개비요?"

"아니랑께. 우리 스승님께서 돌아가셔단 말이요. 영전에 올릴 제물 좀 얼른 챙겨줘야 쓰겄네. 돈은 나중에 줄 것잉께."

말순 할머니는 서글픈 눈빛을 보이며 말했다. 제자와 스승 사이 이렇게도 끈끈한 정을 맺고 살아왔는지 자랑스러웠다. 그 모든 것은 시아버지의 인자한 마음씨에서 비롯된 것이라 생각하니 더욱 안타깝고 가슴이 저미었다. 유호덕(攸好德)의 군자이신 시아버지께서는 분명 극락(極樂)으로 가실 거라고 확신이 들었다. 주인은 골고루 담아들고 다가왔다.

"영전에 놓을 제물이라고 했지라?"

"그러제. 포와 과일을 놔야제."

"하믄이라. 여기에 담았응께 어서 가지고 가싯시오."

말순 할머니는 제물로 사과, 배, 대추, 술, 포(脯)를 챙겨서 들고 나왔다.

"집에 감이랑 밤은 있능가?"

"예. 있구만요."

"잘했네. 다 사서 들고 갈라믄 무거워서 그러네. 여우동을 데리고 가야 쓰겄네. 스승님이 돌아가셨응께 같이 가야제."

이어 말순 할머니는 곧바로 여우동이 살고 있는 우산리 솔뫼로 향했다. 저자거리를 나와 보성역으로 나왔다. 역 마당으로 들어서니 왈칵 눈물이 솟구쳤다. 동아줄에 꽁꽁 묶여 끌려가던 남편의 잔상(殘像)이 떠오르면서 가슴속에 맺힌 웅어리를 들쑤셔대었다. 통한과 원망이 잦아들기도 전에 시아버지 영전 제물을 사들고 가게 될 줄이야…….

사람은 내일 일을 모르고 산다고 하더니만 틀림없는 것 같았다. 설움이 중첩이 되어 몰려오는 꼴. 남편은 지금 어디 가서 있는 것일까? 막심 불효를 저질러놓고…… 살아생전 갚을 길 없는 큰 죄를 저질러놓고…….

한낮을 알리는 오포 사이렌 소리가 날아들었다. 벌써 한낮이 되었음을 알려주었다. 시신을 누여놓고 한나절 동안 자리를 비웠다는 죄책감이 어깨를 짓눌러 왔다. 그러면서도 그동안 다시 살아나셨을 지도 모른다는 생각마저도. 야릇한 예감에 끌려가는 기분이었다.

갯거리를 지나 솔뫼로 향했다. 햇덩이는 어느덧 중천에서 떠도는 흰 구름 속을 들락거리며 눈이 부시도록 햇빛을 뿌려대었다. 말순 할머니 발걸음이 빨라지기 시작했다. 바싹 마른 길바닥 마른 먼지를 쓸어가며 잰걸음으로 걸었다. 할머니는 외진 산자락으로 돌아들었다. 외따로 멀리 떨어진 오막살이 집 한 채가 눈 안으로 들어왔다. 마치 돌틈에 솟아난 표고버섯처럼 게딱지만 한 초가집이었다. 삼 겨릅대를 엮어 만든 사립문이 활짝 열려있었다.

"워매! 이 사람이 어딜 갔능가보네."

말순 할머니가 열린 사립문을 보고서 무척 걱정스런 표정을 지으며 혼잣말을 해대었다. 마당으로 들어선 그는 부엌부터 기웃거리며 소리쳤다.

"어야. 여우동 있능가?"

말순 할머니는 천둥치는 것처럼 호들갑스럽게 고함을 치듯 불러대었다. 잠시 후 방문이 열리면서 여우동이 밖으로 나왔다. 그녀는 쪽찐 머리를 곱게 빗고 회색 정장 치마에 남색저고리를 입고 있었다.

"워매! 마치 집에 있었구만."

"아이고! 성님이 어쩐 일로 오셨능가요? 그리고 자네는?"

"어야 이 사람아. 얼른 나를 따라 나서야 쓰겠네."

"예? 어디를 가시는디라우?"

"시방 자정골로 가야 쓰겠네. 어서 따라오소."

"자정골에 무슨 일이 생겼능가요?"

여우동은 마치 허깨비를 본 것처럼 깜짝 놀란 표정을 지었다.

"스승님께서 오늘 새복에 돌아가셔부렀당께."

"뭣이라고라우? 그것이 무슨 말씀이다요. 우리 스승님께서 돌아가셨단 말이요?"

여우동은 목덜미를 홍두깨로 한 대 얻어맞은 사람처럼 눈알을 휘돌리며 어리둥절한 표정을 지었다.

"엿새 전에 득창이가 여기 있다가 가갖고 안 와서 궁금하던 참이었당께요. 그때까지만도 스승님 편찮하시단 말은 안하든디요. 이게 무슨 날벼락이다요."

오싹한 허탈감을 쏟아내면서 탄식하듯 말을 했다. 금세 얼굴이 누리끼리한 밀가루반죽처럼 변해가면서 놋그릇 깨진 소리를 내질렀다.

"금메 나도 이제야 알았당께. 진즉 가서 뵙지 못한 것이 천추에 씻지 못할 한이 되 부렀단 말이시. 어서 나를 따라 나오소. 득창이 여기에 있었든가?"

"그랬지라우. 여드레 정도 이 방에 있었당께요. 해름에 집에 좀 갔다가 아침에 온다고 해놓고는 오지 않았당께요. 그 후로 소식이 없어 걱정을 하고 있었구만이라우."

여우동은 고개를 외오빼가면서 걱정이 묻어난 소리를 했다.

"다른 말은 이따 감서 말하고 어서 따라오랑께. 자네 집에 창호지는 많이 있제?"

"창호지는 많이 있지라우."

"어서 들고 나오소. 얼른 가서 수시(收屍)부터 해드려야 쓰겄네."

말순 할머니는 을러메듯 다그치고 나섰다. 마침 출타를 하려던 중이었던 여우동은 곧장 신방(神房)으로 들어가 창호지를 들고 나왔다.

"자 어서 나를 따라오소."

말순 할머니는 마치 장작불에 김을 올려놓고 온 사람마냥 칼바람 몰아치듯 걸음을 재우쳤다. 여우동은 신발을 질질 끄집으며 사립문을 나섰다. 뒤를 따라온 여우동이 입을 열었다.

"그렇지 않아도 내일이나 자정골에 한번 갈라고 했구만이라우. 득창이 아침에 온다고 해놓고 오지 않은 데다가 요새 며칠 간 꿈자리가 사납고 뒤숭숭해서 걱정을 했당께요."

"솔직히 나도 그랬당께. 꿈에 어느 놈이 칼을 들고 막 나를 쫓아 오는디 앞에는 담벽이고 옆으로는 낭떠러지드랑께. 도망갈 수도 없고 해서 죽자 살자 싸움을 하다 그만 꿈을 깼더니만 스승님께서 돌아가셨다고 왔네 그랴."

"그건 그렇고 자네 서방은 이제 숨어지내지 않고도 괜찮능가?"

여우동이 민순을 향해 물었다. 민순은 입을 열지 못한 채 허탈한 표정만 지었다.

"복은 쌍으로 안 오고 화는 홀로 안 온다더니 어쩌다가 불의의 재앙이 시래기두름처럼 몰려 올 것잉가."

말순 할머니가 대신 거들고 나섰다. 여우동은 한마디만 똥겨도 금방 알아차린 여자였다. 얼른 그 말뜻을 알아차리고 물었다.

"또 다른 재앙이라니요? 그것이 뭣이다요?"

"워매! 시상에 이런 일이 있었다니 무슨 재변일 것잉가."

"성님! 득창이한테 무슨 일이 있었능가요?"

"그랬다네!"

말순 할머니는 어처구니없다는 표정을 지으며 떡심이 풀리는 소리로 대답했다.

"그럼! 잡혀가부렀단 말잉가요?"

"그래서 화가 시래기다발처럼 몰려왔다고 허질 않덩가?"

"그래서 내가 뭐라고 했간디. 꼼짝 말고 조금 있다가 가라고 했는데도 부득부득 고집을 부려대드더니 잡혀가부렀구만. 어른 말을 들으면 자다가도 떡이 생긴다고 허는 것인디, 며칠 마누라를 못 봐 앙달을 허드구만 이 일을 어쩔 것이랑가?"

여우동은 가던 길을 멈춰서 발을 동동 구르며 울먹이듯 말했다. 눈살을 찡그려가면서 혀를 쩝쩝 차며 다시 발길을 내딛었다.

"이 사람아 숨겨줄라고 했으면 끝까지 못 가게 해사제 그랬능가?"

말순 할머니가 싸늘한 시선을 거두지 않고서 탓을 하고 나섰다.

"이렇게 되고 봉께 지가 잘못했구만이라우. 절대로 가지 말라고 붙들어 잡을 것을 그랬는 개비요. 그나저나 이 원수녀러 세상이 언제나 좋아질 것잉가 모르겠네요. 일본 일자만 들먹여도 입에서 신물이 난당께요."

여우동은 고개를 잘래잘래 흔들어대면서 비탄에 빠져드는 소리를 내질렀다. 일제통치가 삼십 년이 지나자 사람들은 다 지쳐가면서 억분을 참지 못했다. 하루하루를 보내는 것이 모두 통분(痛忿)의 한숨소리였다.

허기진 배를 움켜쥐고 날랜 발걸음으로 평촌재로 접어든 그들은 산마루 너럭바위에 엉덩이를 붙이고 다리쉼을 했다. 한낮에는 따사로운 햇볕이 쨍쨍 내리쬐었다.

유난히 햇빛이 눈부셨고 땅 고드름이 솟아올랐던 땅거죽이 햇살에 진득진득 질컥거려 제대로 걸을 수가 없었다. 미끄러운 진흙길을 피해 풀숲을 밟아가며 산길을 내려오고 있을 때 산비둘기들이 지-지-쑥꾹, 지-지-쑥꾹 슬픈 마음을 위로해줬다. 소슬한 늦가을바람에 갈참나무 가랑잎사귀가 파르르 떨면 곤줄박이도 우짖었다. 하늘에는 솔개란 놈이 제자리에서 날개를 퍼드덕거리며 땅위를 바라보고 있다가 잽싼 비행으로 땅위로 날아들었다. 고공에서 버티고 있는 힘도 대단하려니와 그 높은데서 땅에 있는 작은 먹잇감을 보는 눈이 대단했다.

구불텅구불텅 꾸부러진 돌너덜 산길을 내려 자정골을 바라보며 내려온 그들의 발걸음은 한량없이 무거웠다. 집이 가까울수록 민순은 마음이 조급해졌다. 한나절이 지나도록 시신을 홀로 눕혀놓은 자신이 너무 원망스러웠다. 이승의 날도 이틀밖에 남지 않았는데 마지막

가는 날까지도 외롭고 쓸쓸하게 해드려서야. 불측불효가 하늘에 이를 것만 같았다.

사립문 앞에 이르자 초상집을 사잣밥만이 지키고 있었다. 까치가 날아들어 쪼아 먹고 난 뒤였다. 지붕에는 죽음을 알리는 학동영감의 저고리가 햇빛에 반짝이고 있었다. 민순은 울컥 슬픔이 복받쳐 대성통곡을 터뜨리기 시작했다.

"아이고! 아버님, 아이고! 아이고! 이 불효를 용서해 주시시오. 아버님!"

일순에 울부짖기 시작했다. 말순 할머니와 여우동도 마찬가지였다. 울음을 참지 못하고 그렁그렁 흘려오던 눈물을 쏟아내기 시작했다.

"아이고 스승님! 살아계실 때 와서 뵈어야 한 것인디 참말로 죽을 죄를 지었구만요. 뭣이 급해서 이렇게 가서부렀소. 스승님."

애통한 절규가 터져 나왔다. 민순은 방문부터 열었다. 방 안 공기가 싸늘했다. 아랫목을 가려놓은 색깔 바랜 병풍이 시신을 가린 채 방을 지키고 있었다. 홑이불로 덮어놓은 시신을 걷어본 말순 할머니는 방바닥을 치며 아이고대고 통곡을 하기 시작했다. 여우동도 말순 할머니를 따라 울다가 창호지를 둘둘 말았다. 둘이는 말아놓은 창호지로 수시를 시작했다. 이미 시체는 딱딱하게 굳어 있었다. 양어깨를 동여매고, 펴진 두 팔과 손은 곧게 펴서 오른손을 위로 가게 올려 모아 맞대어 동이고, 발목도 바로 서게 하여 동였다.

말순 할머니는 상을 가져다 창호지를 깔아놓은 다음 병풍 앞에 놓고 과일과 포와 식혜를 차려놓았다. 마당가에 피어있는 하얀 서리 맞은 국화꽃도 꺾어다 제상에 놓았다.

젊었을 때 그려놓은 초상화도 검정 천을 두른 다음 병풍 앞에 놓았다.

민순은 낭자머리를 풀어 헤치고 흰 무명 치마저고리로 갈아입었다. 옷고름을 매는데 울컥 울음이 솟구쳐도 속 입술을 맞물어 울음을 삼켰다. 임종 시 가르쳐준 궤짝을 열었다. 언제 해놓았는지는 몰라도 저고리, 바지, 속바지, 속적삼, 두루마기, 두건이 만들어져 있었다. 소렴금과 대렴금도 있었다. 수의를 본 말순 할머니가 하나씩 손을 보기 시작했다. 민순은 말려놓은 나물을 꺼내어 씻고 삶아 제찬을 준비했다.

입동을 지난 햇덩이는 정오를 지났다 싶으면 곧바로 서산에 기울기 일쑤였다. 석양빛은 저녁놀을 시뻘겋게 불태우고 있었다. 나그네 구름조각들이 봉숭아꽃처럼 물이 든 채 서산마루를 유유히 흘러가고, 어두운 산 그림자가 짙게 깔려 내려오는 자정골은 어느덧 음음적막감이 휘감고 있을 때였다. 제자들이 활성산을 넘어 속속 모여들고 있었다. 그들은 나름대로 장례식에 필요한 것을 들고 오고 있었다.

먼저 돌아온 이는 제자 중에서 맏형 동석이었다. 그는 늘 맏형으로 장마당까지 이끌어가던 이였다. 작년부터 장마당굿을 하지 못하게 하는 까닭에 창부로 살아가고 있었다. 그는 오는 길에 제찬(祭粲)을 준비해가지고 왔다. 조기, 병어, 낙지, 꼬막, 민어를 사서 짊어지고 왔다. 이어 뒤따라오는 이는 팽갑이와 하순이 내외였다. 그들은 함께 모은 돈으로 돼지고기를 두 근 정도 사서 들고 왔다. 그들은 오자마자 조상(弔喪)부터 했다. 상주도 없고 호상도 없는 영좌 앞에 나아가 어이어이 곡을 하고 재배한 뒤 분향했다. 잠시 후 하순과 진쇠 부부가 속속 들이닥쳤다. 손에는 모두 쌀이며 과일도 사서 짊어지고 머리에 이고 왔다. 마지막으로 늦은 밤 하금이와 대풍이가 말순 할머니 몫으로 만들어놓은 관구(棺柩)를 교대로 짊어지고 활성산을 넘어왔다. 한자리에 모인 제자들은 장례식을 치르기 위해 이것저것 곰곰궁리를 하기 시작했다.

"스승님께서 이렇게 불시에 가실 줄 누가 알았겄능가?"

동석이 슬픈 표정을 지으며 비감스러운 어조로 말했다.

"살아계실 때 자주 와 뵈었어야 허는 것인디 가심시롬 우리가 얼매나 원망스러웠겄소?"

"그러제. 우리가 밥술이라도 묵고사는 것이 누구 덕분잉가? 다 스승님 덕분이지 않능가? 바쁘다는 핑계로 살아계실 때는 못 와본 것이 후회가 되어 죽겄구만."

보순이도 한마디 거들고 나섰다. 그의 마음은 허망하고 망연스러웠던 것. 지난 시절을 떠올리며 스승의 죽음에 대한 애상스러운 마음을 감추지 못하고 있었다.

"이왕지사 돌아가신 마당에 우리가 슬퍼만 하고 있어야 쓰겄능가. 장례식을 잘 치러드리는 것이 우리의 도리이제. 그렁께 내가 맡을 일을 정해줄 것잉께 내일 새복부터 각자 열심히들 해주소. 비록 가진 것이 없어 저승길로 보내드리는 길이 호사스럽지는 못해도 몸과 마음으로라도 잘 모셔야 쓸 것 아닝가?"

동석은 애원하듯 말했다.

"하믄이라. 그렇게 해야지라우."

모두들 얼굴 표정에서 비장한 결심을 읽을 수 있었다.

"세상 태어나 조깐 잘 묵고 잘 입고 살면 멋헌당가? 죽을 때 가지고 갈 것이랑가? 다 소용없는 짓이제. 살아생전 죄 짓지 않고 착하게 살다 가는 것이 행복이제. 며느리 말을 들어봉께 여태껏 스승님께서는 작대기를 짚고서라도 뒷간에 다니시며 바지에 똥 한번 싸지 않고 가셨다네. 얼마나 깨끗하게 가셨능가. 저녁에 미음을 잡수시고서 유언을 다 남기셨다고 허드구만. 아침에는 아무 고통도 받지 않고 며느리 앞에서 마치 연기가 사라지듯 돌아가셨다고 허드란 말이시. 착한 심성에다 좋은 일만 하고 사신 탓에 돌아가실 때도 고생 없이 편하게 가신 것이랑께. 분명 극락으로 드실 것이구만. 자네들헌테 고마운 것은 없이 살면서도 스승님 장례를 위해 제물을 사들고 온 동생들이 참으로 감사허시. 이왕 돌아가신 마당이니 우리 정성을 다해 치상을 치러드려야 쓸 것 아닝가? 각자 하나씩 맡아갖고 최선을 다해야 쓰겄네. 그래야만 스승님 은혜를 조금이라도 갚아드릴 것 아닝가부네. 알았능가?"

동석은 진지한 표정을 지어가며 말했다. 애절하면서도 순결한 마음이 묻어난 표정에는 짙은 감회가 서려 있었다.

밤을 지새우다시피 첫날밤을 보낸 제자들은 아침부터 장례준비에 들어갔다.

춘달이와 하금이는 시신의 습과 염을 준비하였고, 여우동과 말순 할머니는 수의를 챙겼다.

아침나절 그들은 스승의 습(襲)과 염을 시작했다. 쑥을 달인 물로 시신의 몸을 깨끗이 씻은 다음 수의를 입혔다. 반함(飯含)도 잊지 않았다. 소렴과 대렴이 다 끝난 다음 영좌(靈座)를 차려놓은 다음 동석은 기채와 종복을 데리고 활성산으로 향했다. 스승님의 영혼을 위로해드릴 만년유택을 정하기 위해서였다. 활성산은 남으로 남해바다를 내려다보고 북으로는 굽이친 보성강을 굽어보고 있다. 동쪽으로는 봉화산을 서쪽으로는 일림산과 어깨를 나란히 하는 호남정맥의 명당의 터로 알려져 내려왔다. 탁 트여 흐르는 보성강을 바라보는 양지바른 곳에 유택을 정했다. 그들은 일찍부터 구덩이를 파기 시작했다. 바위도 돌도 없이 진흙과 마사(磨砂)가 섞여 흙질이 좋았다. 산세도 좋고 흙빛도 고와서 유택으로는 손색이 없는 곳. 그들은 일찍부터 관이 들어갈 구덩이까지 파놓고 저녁때 내려왔다.

아침나절 영배와 도채는 스승님의 운구를 위해 상여 대신 대나무

거적을 만들었다. 제자들은 스승님의 유언대로 대나무를 엮어 만들어 운구하기로 결정했다.

보람된 장례를 위해 소리꾼들이 할 수 있는 것은 상여길 소리를 드높이 울려드리는 것. 상엿소리가 좋아야 망자가 저승길로 들기 편하다는 것이다. 상엿소리는 저승길을 훤히 뚫려주어 극락천도가 쉽게 이뤄진다고 믿었다. 망자의 명복을 빌면서 산 이들에게 복을 기원하는 소리. 이별에 대한 슬픔과 영원한 삶에 대한 소망도 함께 담고 있는 소리.

그들은 마을에서 상두로 살아가는 이들이라서 상엿소리만큼은 당할 자가 없었다. 그중에서도 선소리꾼 진쇠의 상두소리는 일품으로 정평이 나 있었다. 초경이 되었다. 마당 한가운데에는 장작불이 모아졌고 술을 한 잔씩 들이켜 그들이 진쇠의 평경소리에 맞춰 저승길을 닦기 시작했다. 발인을 앞둔 전날 저녁. 초경에 이어 삼경까지 그들은 스승으로부터 배운 소리로 저승길을 닦아줄 요량이었다.

"예에 예에 에으이 아어······."

"예에 예에 에으이 아어······."

"예에 예에 아어어······."

"예에 예에 아어어······."

초경 상엿소리가 자정골에 울려 퍼지기 시작했다. 야울야울 타오르는 모닥불을 가운데 두고 앞소리꾼 진쇠의 소리에 맞춰 모두가 뒷소리를 받았다. 구곡간장 미여지는 상엿소리가 저승까지 구성지게 울기기 시작했다.

"어허 어허 어허-허 어이가리 넘자 어와 넘어."

"어허 어허 어허-허 어이가리 넘자 어와 넘어."

"가네 가네 나는 가네 북망산천 나는 가네."

"한이 되어 못 가겠네 눈물나와 못 가겠네."

"서산에 지는 해는 지고 싶어 진다드냐."

"산첩첩 노망망에 다리 아퍼 어이가며"

"며느리 홀로 남겨두고 눈물 나서 어이가리."

"간다 간다 떠나간다. 이승길을 하직하고."

"가서부렀네 가서부렀네 우리 스승님께서"

"소리를 못 잊어 어찌 하실라고 혼자서 가셨능가요."

"어너 어너 어이가리 넘자 어화넘어, 여보소! 벗님네들 세상사가 허망하네! 자네가 죽어도 이길이요. 내가 죽어도 이길이로다. 어너 어너 어이가리 넘자 어화넘어, 소리명창 우리 스승님 불쌍하게 떠나셨네. 어너 어너 어이가리 넘자 어화넘어."

"북풍한설 찬바람에 눈물이 앞을 가려 못가겠네."

"어너 어너 어이가리 넘자 어화넘어."

선소리가 자정 산골을 휘감고 나면 들메끈을 멘 상여꾼들의 뒷소리가 애간장이 녹아내리게끔 슬픔을 토해내었다. 텁텁한 목청으로 뽑아내는 구성진 상엿소리가 심금을 세차게 두드리며 저승길을 닦았다. 살아생전 입었던 보은을 갚을 길 없는 그들. 배운 것을 다시 되돌려드리려는 그들이 간장을 촌촌이 끊어놓고도 남을 애환의 소리로 저승문을 열어달라고 외쳐대었다. 마루 끝에 나와 상엿소리를 듣고 있는 민순은 하염없이 눈물을 흘렸다.

이제야 시아버지께서 영영 곁을 떠나셨음을 실감할 수 있었다. 그동안 맹물을 마신 사람처럼 돌아가신 것이 무엇인지 무덤덤했던 것인데. 가슴을 도려내는 아픔이 밀려들면서 앞으로 살아갈 막막함도 가슴에 와 박혔다. 텅 비어버린 가슴처럼 황량한 심회를 상엿소리로 채워주는 것 같아 세상이 허망하고 망연스러워졌다.

소리꾼들은 성심성의껏 저승길을 닦았다. 밤공기가 차가운데도 땀을 흘릴 정도로 혼신의 힘을 쏟아내었다. 평경소리가 멈춰들자 초경놀이가 끝났다. 그들은 소리로 털어낸 가슴을 술 한 잔씩으로 채워가며 삼경을 기다리기 시작했다. 저승길이 뚫리려면 초경놀이로 부족한 것인지 벌써부터 삼경놀이 준비에 들어가고 있었다.

밤이 깊어가는 자정골은 금세 적막으로 싸여들면서 산머리에 걸린 반달이 어슴푸레한 달빛을 뿌려주었다. 추위에 벌벌 떨던 별들이 하얀 솜이불 같은 흰 구름을 끌어다 덮으면서 여명처럼 희끄무레해졌다.

삼경에 이르자 깔깔하고 쫙 마른 바람이 산꼬대가 되어 불어왔다. 피워놓은 모닥불이 여울여울 피어오르며 피지지직 소란스런 소리를 내가며 품속으로 파고드는 오싹함을 다독거려주었다. 밤은 더욱 깊어져 희끄무레한 하현달이 자정골을 향해 처량한 조각 빛을 쏟았다.

달빛도 시아버지의 마지막 이승의 밤을 비춰주려는 듯 처처하게 뿌려주는 것 같았다.

"자, 한잔씩 마셨으면 오늘 저녁 마지막 저승길을 닦아보세. 목청을 아끼지 말고 여기서 쫙 쏟아불고 가야 쓴당께. 그래야 스승님께서 편안하게 극락에 들 것잉께. 알았능가?"

진쇠가 평경을 흔들어가며 신명이 넘치는 소리를 해대었다.

"말이라고 형가. 스승님께 배운 것을 돌려드려야제. 혼자서 저승문을 열고 들어가실라면 얼매나 힘드시것능가. 우리가 외치면 문을 활짝 열어주겄제."

하금이 전에 없이 서글픈 표정으로 또박또박 말을 이었다. 아직도 스승님을 떠나보내는 것이 마음 시린 듯 서글픔과 우울한 표정이 현연히 드러나 있었다.

"자, 그럼 예에 예에 에으이 아어……."

하고 진쇠가 다시 삼경놀이를 시작했다. 깊은 밤 상엿소리는 활성산 자락을 타고 하늘로 피어올랐다. 탄식을 쏟아내는 상엿소리는 아득히 먼 산 아래 마을까지도 울려 퍼졌다. 정적에 잠긴 산속에 울려 퍼지는 소리. 한결 정감이 서리게 해주었다.

쉬지근한 수리성으로 무장한 소리꾼들의 규호하는 소리는 갈수록 애절함을 더해주었다.

삼경놀이를 마친 제자들은 스승의 영좌 앞에 모여앉아 교대로 밤을 새워가며 스승의 마지막 밤을 함께 했다. 특히 말순 할머니와 여우동은 아예 잠을 자지 않을 요량이었다.

그들은 지난 스승님에 대한 과거를 들먹이고 있었다. 그분의 내력과 생애를 훤히 잘 알고 있던 말순 할머니는 스승님과 함께 살아왔던 지난날의 정감을 들춰내기 시작했다. 긴 세월 동안 기쁨과 슬픔을 함께 해온 제자들. 영별의 슬픔 앞에서 허망스런 심회에 젖어들기 시작했다. 떠나간 스승 앞에서 그것은 이미 타버린 허무의 재와 같지만 자신들에게 새로운 생명력을 불어넣어 준 것이었다.

"스승님 같은 분을 진짜 소리꾼이라 할 수 있는 것이세. 솔직히 서당 훈장님 아들로 양반이었는디 소리 때문에 집을 나온 분이랑께. 소리로 일생을 산 사람이싱께 스승님이야말로 진짜 소리꾼이란 말이시. 소리가 좋아 일부러 양반의 명예를 벗어던진 사람이 어디 있겠능가."

말순 할머니는 입이 닳도록 스승을 칭찬하고 나섰다. 그녀가 생각하기엔 아무리 들춰내려 해도 흠결을 찾아낼 것이 없는 분이었다. 여우동도 마음속에 품고 있던 스승에 대한 정한(情恨)을 거들기 시작했다.

"골백번을 생각해도 우리 스승님께서는 죄라곤 짓지 않고 가셨당께. 혹시 가난한 것도 죄라고 한다면 몰라도 말이여. 평생을 소리로 살아오면서 남에게 해를 끼친 적도 없제, 말 한마디도 거칠게 한 적이 없는 분잉께 틀림없이 극락으로 들어가실 거구만."

여우동은 가슴이 꺼질 듯 한숨을 내쉬어가며 말했다. 당골로 살아간 그들에게 무가를 가르쳐주어 생명의 은인과 같은 분이었고, 고을 사람들에게는 남도창을 전해준 사람이었다.

양반이 소리꾼이 되었다고 해서 족보에서 이름마저 지움을 당했던 사람이었다. 본래 정찬웅이었으나 이름을 버리고 학동이라 불렀다. 소리가 좋아 이곳저곳을 떠돌며 지내다 박유전 국창이 살았던 보성에서 정착했던 이였다. 소리를 혼으로 간직한 채 수많은 제자를 길러내기도 했다. 소리 따라 60여년의 만사여생(萬死餘生)을 피할 수 없는 운명으로 받아들이며 올곧게 살았던 학동. 비록 이름난 명창이 되지 못했지만 나름대로 소리를 가르치고 알리는 데 명창 못지않은 불후공적을 쌓은 것만은 틀림없었다.

제자들이 영좌 앞에 앉아 도란도란 이야기를 나누다보니 어느새 새벽닭 우는 소리가 들렸다. 이제 학동영감이 이승에서 지내는 시간도 얼마 남지 않았다. 제자들과 영별의 순간이 점점 다가오고 있었다. 세월의 무게만큼이나 깊이가 더해져가는 순간 영좌 앞에서 먼저 이별을 고하기 시작했다. 먼저 자부 민순이 무릎을 꿇고 앉아 제주를 받아들었다. 피워놓은 향불을 쪼여 영좌에 받치고서 큰절을 했다. 시아버지를 떠나보내는 정회가 누구보다 클 수밖에 없었다. 애절하고 황망한 심정을 가누질 못한 그녀는 절을 하면서 울컥 울음을 쏟아내었다. 이를 본 여우동이 마음속에 눌러놓은 격정을 비감에 찬 어조로 말했다.

"잡혀간 득창이가 빨리 집으로 돌아오게 해주시면 얼매나 좋겠소. 어린 손자를 데리고 자부 혼자서 어떻게 살아갈 것이요. 스승님 불쌍한 며느리 좀 도와주시랑께요."

술을 따라주고 있던 여우동이 복을 달라고 기원하는 소리를 토해내었다. 모두들 표정들이 숙연해졌고 눈시울에 눈물이 어리기 시작했다.

"아이고, 스승님! 인자 많이 잡수시고 저승길 조심해서 가시시요잉?"

다음에는 말순 할머니가 제주(祭酒)를 따라 올리며 심곡(心曲)을 울려주었다. 이어서 여우동이 잔을 올리고서 큰 절을 했다. 방안에서 시작된 발인 제사는 차례차례 조용하게 치러져 나갔다. 모두들 돌아가며 잔을 올리고 스승님과 영별을 고했다. 숙연하고 애틋한 절차가 끝나고 이제 마당에서 인사만 드리고 장지로 떠나기로 했다. 제물도 제대로 마련하지 못한 터에 제상을 차릴 수가 없었다. 간소하지만 차분하고 숙연한 가운데 영별의 의식이 끝나고 제상이 거둬지고 병풍도 지워졌다. 이내 스승의 시구(屍柩)가 천천히 움직여지기 시작했다. 제자들은 스승의 시구의 일곱 매듭 의결관을 잡고 흔들어대었다.

"아이고! 아버님! 저를 두고 영영 가셔불라요? 저는 어떻게 살 것이요."

이제껏 묵묵히 울음을 참아왔던 민순이 시아버지 관을 부여잡고 오열을 터뜨렸다. 밀려오는 비탄에 잠겨들면서 일장통곡을 쏟아내었다.

"똥을 싸고서라도 누워만 계시라고 형께 멋이 급해서 이리도 허망가게 가셔부렀소? 하나밖에 없는 손자가 보고 싶어 어떻게 떠나실나요? 워매! 워매! 우리 아버님."

어린 것을 등에 업고 명정을 추켜든 민순은 비통한 애곡을 토해내었다. 제자들의 손에 들려진 망자. 방문을 나서며 엎어놓은 바가지를 납작하도록 마른박살을 내놓고 마루로 나아갔다. 가정에 우환과 정을 바가지에 담아 깨뜨리고 집을 떠나자는 것. 밖으로 나온 망자는 정들었던 집에 영별의 인사를 하기 위해 마당 가운데에 자리를 잡았다. 그동안 지켜주신 성주신에 고마움을 알리는 절이었다. 제자들은 상엿소리를 드높이며 관을 들었다 내리기를 세 번. 삼배를 마쳤다. 상여도 없는 망자는 대나무 발로 엮어 만든 거적에 둘둘 말려졌다. 거적 속으로 들어간 관은 보이지 않았고 발인제도 없이 산으로 향했다. 상여는 애절하고 구슬픈 가락을 토해내며 밤나무 밭 황톳길로 떠났다. 영구 행렬을 뒤따르는 민순은 상창(傷愴)의 오열을 쏟아내었다.

"여자는 생여 뒤에 따르는 것이 아닝께 자네는 집에 있소."

말순 할머니가 옷고름으로 눈물을 찍어내며 민순에게 말했다. 상여 뒤에는 남자만이 따르는 것이고 여자는 잠시 몇 걸음 뒤따르다 먼발 치에서 곡을 하고 되돌아오는 것이었다.

발인제도 노제도 없이 학동영감은 급한 걸음으로 활성산 마루턱으로 떠나고 말았다. 산길을 오르는 상여소리가 아득하게 들려왔다. 평토제는 말순 할머니가 간단히 차려놓겠다고 했다. 민순은 쓰린 가슴을 안고 아들을 품에 안은 채 시아버지가 떠난 방안에 넋을 놓고 앉아 있었다. 이제 자신 앞에 펼쳐진 가시밭길이 훤히 내다보이는 듯 긴 한 숨만 내쉬었다.

적적한 산골에 어린 것을 데리고 어찌 살라고 이리도 일찍 떠나셨을까? 당장 다가오는 밤이 걱정이었다. 제자들이 다 떠나고 나면 달랑 둘이 남을 수밖에. 벌써부터 무서운 소름이 조비비듯 섬뜩해졌다. 고적한 산골에 청승스럽게 살아갈 앞날이 울꺽거리면서 마음을 진정시킬 수가 없었다.

민순이 넋을 놓고 있을 때 묘소 일을 마친 제자들이 산에서 내려왔다. 그들은 먼 길을 떠나야 하면서도 쉽게 발길을 내딛지 못했다. 막상 떠나가려고 하니 가슴에 맺혀드는 심란함에 발길이 떨어지지 않는 눈치였다. 마음에도 허기가 있는 것인지 모두들 가슴이 텅 빈 것처럼 공허한 표정들이었다. 모두들 한 자리에 모여 애달픈 하소를 쏟아내었다.

"인자 떠나야 쓰겄는디 발길이 떨어지지 않네 그랴."

동석이 씁쓸한 담배연기만 연신 내뿜어가며 구들장이 꺼질 듯 한숨을 내쉬었다.

"형님 저도 그런당께라우. 이 외진 산골에 모녀만 남겨두고 어떻게 떠나겄냐고요?"

보순이가 혀를 쩍쩍 차며 푸념을 늘어놓았다. 연민에 찬 시선으로 민순을 바라보며 말했다. 서로들 맥이 풀려 어깨가 처진 채 고개만 까딱거리고 답을 내놓지 못했다. 모두들 시무룩해진 채 말없이 눈치만 살피며 말을 아꼈다. 괴로움과 우울함이 현연히 드러난 표정들이었고 불안함에 사로잡혀 있는 듯 보였다. 바윗덩어리처럼 굳어있던 말순 할머니가 입을 떼고 나섰다.

"맞는 말이네. 인자 나이 스물도 못 되었는디 어린 것을 데리고 산골에 놔두고 모른 척허고 떠나불겄능가. 천상 나하고 여우동하고 교대로 있어야 헐 것 같네. 너무 걱정들 하지 말고 자네들은 어서들 가소."

뿌루퉁한 얼굴로 마지못해 입을 떼는 것처럼 보였다.

"언니랑 나랑은 삼우제까지 여기 있어야 쓰겄네. 그 후에는 또 생각해봐야제. 둘이만 남겨놓고 떠날 수만은 없제. 먼 길을 갈람서 어서들 늦기 전에 떠나랑께."

여우동도 말순 할머니와 같이 마지못해 따라하는 것처럼 굳은 표정을 지어보였다.

"그러믄 누님들한테 맡겨놓고 지들은 가야 쓰겄구만이라우. 나중에 무슨 일 있으면 연락만 해주싯시오. 만사를 젖혀놓고서라도 달려 올라요."

하금이가 성근진 소리를 내뱉었다. 그의 말에 토를 다는 이는 하나도 없었다. 모두 고개를 까딱거리며 동조의 눈빛을 보냈다.

"그러소. 스승님께서 안 계신다고 뿔뿔이 흩어져불면 못써. 살아계실 때보다 더 잘해야 허는 것이네. 소리골에서 배울 때처럼 한마음으로 살아야 한당께. 알았능가?"

말순 할머니가 그들의 마음을 훤히 읽고서 담담한 어조로 이런 아기 어르듯 말했다.

"당연하지라우. 스승님께서 안 계실 때 더 잘하고 살아야 그것이 진정 제자 아니겠소."

진쇠가 근엄한 표정을 지어가며 말했다.

"맞는 말이제. 스승님 아니면 우리가 만날 일도 없는 것 아닝가?"

보순도 빗장 사이로 다리를 걸치듯 끼어들었다.

"그럼! 그럼! 우리는 어딜 가드라도 한 형제나 다름없응께 그리들 알어. 스승님께 배운 것을 잘 지켜야 쓰네. 우리가 잘못하면 돌아가신 스승님 욕 먹이는 것이랑께. 그리고 다른 날은 몰라도 스승님 제삿날은 모도다 모여야 쓰네. 삼수갑산을 가드라도 그 날만은 잊지들 말소. 알았능가?"

동석이 쉬지근한 목소리를 굴려가며 다그치듯 말했다. 돌아가신 스승의 난망지은을 깊이 깨우치며 살아야 하는 것이라고 일러주는 것이었다. 모두들 담담한 표정으로 듣고 있었다.

"시아부지 초상 치르느라 수고 많이 했제? 인자 대충 해놓고 편히 잠 한숨 자불소."

진쇠 부인 교순이가 정이 담뿍 담긴 말로 위로의 말을 꺼내들었다.

"아니어라우. 제가 한 일이 뭐가 있다요. 다 어르신들께서 오셔갖고 해주셨지요. 참말로 고맙구만이라우. 이 은혜를 어떻게 갚아야 할지 모르겠구만요."

"은혜라니 무슨 소리당가. 되레 스승님 가시는 길에 꽃상여도 못해

155

드려서 죄만스럽제."

춘달 부인 얌례가 어색한 표정을 지어가며 옷고름만 만지작거린 채 인사치레를 했다.

"지가 부족해서 못해 드린 것이지요."

민순은 나오는 눈물을 참느라 얼굴을 움츠렸다. 돌연 표정이 싸늘하게 굳어진 채 얼굴을 들지 못했다.

"형님께서 함께 계셔준다고 헝게 떠나갈라네. 맘 단단히 묵고 살소. 그리고 나면 남편이 돌아오겄제. 형무소로 끌어갔다고 해서 죽이기사 할라든가. 조금만 기다려 봐. 그리고 시간 나면 우리집에도 놀러오고 그러소."

팽갑이 부인 점순이 그녀의 어깨를 다독거리며 말했다. 애교가 흘러넘친 웃음으로 그녀를 위로하려 들었다.

"하믄 그래야제. 다른 사람은 안 올지라도 득창은 꼭 올 것이네. 그가 어떤 사람잉가. 시상에 버릴 것 하나 없는 사람이제. 너무 걱정하지 말고 기다려보소."

재기 부인이 민순의 손을 꼭 잡아주면서 감칠맛 나는 칭찬도 잊지 않았다.

"예. 고마워요. 먼 길 오셔서 잡수지도 못하고 고생만 하고 가셔서 어쩔까요."

민순은 송구스러움을 감추지 못하고 깍듯하게 인사를 했다. 시아버지 시신을 방에 놓아두고 고민하고 오뇌했던 일을 생각하면 그 고마움이야 뼈에 새겨 죽는 날까지 잊히지 않을 것 같았다.

"아무리 바뻐도 내가 한마디 허고 가야 쓰겄네. 득창이란 놈이 꾀임에 빠진 것이랑께. 알고 봉께 친일 앞잽이를 따라갔다가 그런 꼴이 되고 말았드란 말이시."

동석이 못내 아쉬운 표정으로 혀를 쩍쩍 차며 씁쓸한 푸념을 읊조렸다.

"똥개를 따라가면 뒷간으로 간다고 멋한다고 친일분자를 따라 갈 것이요? 같은 민족의 가슴에 비수를 꽂는 놈들인디."

하금이 이빨을 으득으득 갈면서 분을 참지 못했다.

"그런 소리 말소. 굶어 죽기는 정승 하는 것보다 어렵다고 허는 것이네. 굶어봐야 시상을 아는 것이여. 굶은 개가 언 똥이라고 마다하겄능가? 얼마나 죽겄으면 그놈을 찾아갔겄능가? 뻔히 그런 놈들인 줄 알면서도 배가 고픈께 그랬겄제. 열흘 굶어 군자 없는 것이랑께."

팽갑이 쓴 담배를 쪽쪽 빨아가면서 백번 들어도 지당한 말을 꺼내 들어 득창의 심정을 이해하려 들었다.

"말이라고 형가? 이 설움 저 설움 해도 배고픈 설움이 제일 큰 것 아닝가? 사흘 굶어 아니 날 생각 없는 벱이어. 그렇다봉께 그리 되었겄제. 한 번 그리 된 것 어쩔 것잉가? 빨리 돌아오기만을 바랄 뿐이제."

보순도 한 다리를 걸친 채 끼어들었다.

"언제나 일본놈을 안보고 살랑가 모르겄소? 일자만 들먹여도 치가 떨리요."

진쇠 부인 교순이가 혓바닥을 날름거리며 도리질을 해댔다.

"내말을 안 들어 그랬단 말이시."

여우동이 칙칙하고 무거운 눈빛으로 방 안을 둘러보며 넌지시 일러바치듯 말했다.

"말을 안들었다니요? 무슨 말이라요?"

재기가 의심스러운 듯 눈을 깜박거리며 토를 달고 나섰다.

"장마당굿을 못하게 형께 묵고살 것이 없다고 허드란 말이시. 그러기에 저기 나기중 어른을 찾아가라고 했당께. 소리연습도 허라고 기

157

와집도 지어준 어른잉께 도와줄 것이라고 했제. 그 어른이 어려운 사정을 알고 마침 생청을 팔아보라고 하기도 했었고. 생청을 팔면 밥묵고 사는디는 걱정없다고 했는디도 마다고 허드란 말이시. 그랬는디도 그 친일 독종 이장을 찾아간 탓에 이지경이 되고 만 것이제."

여우동은 득창이 끌려간 사연을 털어놓았다.

"아 그러면 누님이 살살 구슬려보제 그랬소?"

"나도 여러 번 권했당께. 생청장사를 하믄 밥묵고 사는 것은 물론이고 나중에 땅도 살 수 있다고 타일렀는디도 말을 안듣더구만."

"그 좋은 일을 마다고 헙디여? 그럴 사람이 아닌디라우?"

이번에는 까닭을 알 수 없다는 듯 보순이가 뜨악한 눈초리로 돌아다보며 물었다.

"지 마누라 때문이란 말이시."

"마누라 때문이라니요? 집에서 못하게라도 했답디여?"

모두들 시선이 일각에 민순이에게 모여졌다. 실상 그녀도 알 수 없는 말이었다. 금시초문과 같은 말에 그만 어안이 벙벙해지면서 금방 얼굴이 벌겋게 달아올랐다. 그러나 민순은 자기가 나설 상황이 아니었다. 그냥 물끄러미 여우동만 바라보고 있었다.

"이쁜 마누라 데리고 산 탓이제. 행여 지 각시 뺏어갈까 봐서 그런 것이제."

"그것이 무슨 말이다요? 각시를 뺏어 가다니요?"

진쇠 부인이 괴이쩍다는 듯 고개를 비틀어가며 물었다.

"원래 생청장사는 여자가 해야 쓴다네. 상냥한 목소리로 구슬려야 잘 팔린다고 허드랑께. 그리고 생청을 산 사람들이 돈 대신 쌀이나 보리로 주니까 남자는 지게를 짊어지고 따라다녀야 헌다는구만. 그래서 생청 장사를 할라믄 마누라를 데리고 같이 오라고 일러뒀더니만 그

158

뒤로 발을 끊어불드라네."

"그 말 좀 했다고 그랬을랍디여? 무슨 꿍꿍이속이 있었겄지라우."

진쇠 부인은 미덥지 못하다는 듯 왼쪽 입술을 배뚤어 가면서 말했다.

"그리고 막 잡혀갔을 때 바로 나기중 어른을 찾아갔으면 저렇게 형무소로 끌려가지 않게 해줬을 것이네. 그 양반이 보통 사람인가? 순사들도 그 사람 앞에서는 고개를 숙인당께. 경찰서 앞에까지 가서 끌려가는 것을 봤다면서 왜 가만히 있었냐 그 말이시. 자기 산지기로 살아가는 사람이 끌려갔는디 가만히 있을 분잉가? 자기 돈을 써서라도 꺼내줬겄제. 체면 지키다가 서방이 징용으로 끌려갔다고 해서 잘했다고 헐 사람 있겄능가? 대들보 썩는 줄 모르고 기왓장 아끼는 꼴이제."

여우동은 알 듯 말 듯 야살스러운 말로 이죽이죽 웃음을 흘리며 느물거렸다. 그 속을 알아차린 이는 말순 할머니였다.

"나기중 그 사람 속 모른당가? 여자를 하도 좋아해서 그런 것이랑께. 그런 사람이 생청을 가질러 올 땐 아내랑 같이 오라고 헝께 지레 겁을 묵고 피해버린 것이었제."

묵묵히 입을 다물고 있던 말순 할머니가 여우동을 향해 날카로운 의심의 눈초리를 세워가면서 정곡을 찌르고 나섰다. 둘이는 늘 바늘과 실같이 붙어 다녀도 마음만은 격강천리였다. 말순 할머니는 늘 여우동이 하는 일마다 기꺼워하지 않았다. 여우동은 보기에는 곱상하고 여성스러움이 철철 넘치지만 간혹 입이 가벼워 가벼운 말을 해대는 통에 믿기지 않을 때가 많기 때문이다. 여우동은 말을 꺼냈다가 되레 핀잔만 들은 꼴이 되고 말았다.

말순 할머니 말을 듣고 나자 민순은 남편이 김진홍을 찾아간 속내를 알 것 같았다. 하마터면 큰일 날 뻔했었다는 생각이 들면서도 여우를 피하려다 호랑이를 만난 격이 되었다는 생각을 지울 수 없었다.

"내가 자네를 중매헌 탓에 잠을 못 자겠네. 이럴 줄 생각이나 했당가? 하도 엽렵하게 살 것 같아서 자네 남편으로 괜찮겄다 싶어 권했던 것인디."

말순 할머니는 차근히 마음속에 묻어 둔 속심을 꺼내들었다. 그녀의 얼굴에는 진솔한 마음이 풍기고 있었다. 그러나 민순은 가슴만 아플 뿐 할 말이 없었다.

"어쩔 것잉가. 이렇게 된 마당 맘을 단단히 묵고 살아야 쓰네. 젊은 여자가 서방이 없다네 하면 사내놈들이 암내를 맡고 달라든당께. 이놈 저놈이 찝적거린 통에 못사는 것이여. 분명히 득창은 돌아올 것이네. 그때까지만 잘 넘겨보소. 정 여기서 못 살것으면 우리 집에서 나랑 같이 살면 되제."

말순 할머니는 손을 꼭 쥐어주면서 또닥거리듯 달래주었다. 마음을 달래주려는 듯 간절한 호소도 마다하지 않았다. 민순은 아무 표정도 없이 씁쓸한 미소만 지었다.

"산다고는 허지만 묵을 것이 없어 걱정이랑께요. 이 산골에서 풀을 뜯어 묵고 살 것이요, 아니면 밭뙈기를 벌어 묵고 살 것이요. 그것이 걱정이랑께라우."

여우동이 두 입술을 질근 깨물어가며 걱정을 늘어놓았다. 어깨를 내리누르는 허탈한 탄식과도 같은 말이었다. 마치 울고 싶은 민순의 뺨을 때려준 격이었다. 민순은 솔직히 먹고 사는 것이 제일 걱정이었다. 지금 입장에서 보면 무서움과 두려움은 하나의 사치에 불과했다. 당장 보름만 지나면 식량이 바닥이 날 판. 그저 앞날이 암담했다. 어린 것만 없다면 뭣인들 못하겠는가마는 생각만 해도 가슴이 내려앉는 것 같았다.

"산 입에 거미줄이야 치겠능가? 사람이 굶어 죽으란 법은 없는 것이네. 너무 걱정하지 말소. 일본으로 돈 벌로 갔으니 보내줄 것이고 잠깐만 기다려 보세."

말순 할머니는 여우동을 향해 눈살을 찌푸려가며 말했다. 성에 차지 않은 눈치였다.

"오지도 않은 샌님 기다리다 날 샌다고, 언제 올지도 모를 서방 기다리다 굶어 죽으면 나중에 열녀문 세워준들 무슨 소용있당가? 다 쓰잘데기 없는 짓이랑께. 아부지 생일잔치 잘 해드리겠다고 삼일 굶어 죽응께 다들 바보라고 허드라네. 그것이 효자것능가? 아니제. 죽지 않고 잘 모시는 이가 효자 아니겠능가? 이것저것 따질 것 없이 우선 살고 봐야 써. 목숨이 붙어있어야 열녀고 효부도 되는 것이제. 굶어 죽은 뒤에는 다 소용없는 짓이겠제."

여우동은 말순 할머니를 향해 곁눈질을 흘기며 이죽거리듯 했다.

"그럼 다른 데로 시집이라도 가란 말잉가? 남편이 버젓이 살아있는디 그냥 놔두고 딴 놈이라도 만나야 쓰겠다 그 말이여?"

여우동이 고까운 생각이 든 말순 할머니는 관자놀이에 거머리 같은 핏대를 세워가며 튕기고 나섰다.

"앗따! 성님도 그런 말 마시랑께라우. 춘향아씨도 묵고 살 것이 있었응께 수절하며 이도령을 기다린 것도 모르요. 굶어죽겠으면 수청을 마다했겠소. 얼씨구 하고 먼저 찾아 갔겠제."

여우동은 입을 삐죽거리며 말했다. 억실억실한 눈을 휘굴려가며 약을 올리는 것 같기도 했다. 시간 가는 줄도 모르고 장군 멍군 핏대를 세워가고 있었다. 둘이서 엇갈리는 갈등을 노출하는 사이 하루해는 어느덧 반공을 지나 서쪽하늘로 줄달음질 치고 있었다.

"어쨌거나 득창이 빨리 돌아와야 쓸 것인디 걱정이구만요. 어린 것

하고 이 산골에서 어떻게 살아갈 것이요?"

팽갑이가 늘어진 한숨을 내쉬며 한탄스럽게 말했다.

"그래도 스승님 장례식만은 무사히 치렀응께 좋소만 성음이 엄마를 생각헝께 발걸음을 돌릴 수 없구만요. 생각할수록 안타깝고 짠해서 못가겄당께요."

동석이 자리에서 일어나면서 안타까운 자신의 소회를 털어놓았다.

"지들은 인자 가야쓰겄구만요. 누님들이 계신다고 헝께 맘놓고 갈 수 있겄구만이라우."

"젊은 것만 놔두고 어떻게 가겄능가? 가더라도 삼우나 마치고 가야 쓸 것 아니겄능가?"

"그러믄 누님들만 믿고 먼저 갈라요."

제자들은 모두 자리에서 일어났다.

"모두 감사하구만요. 어떻게 은혜를 갚아드려야 할지……."

민순은 떠나가는 그들을 배웅하면서 고마움에 젖은 눈물을 찍어내었다.

"감사하다니? 당연히 우리가 해야 헐 일이제. 스승님을 생각하면야 삼우까지 마치고 가야 허는 것인디. 밥묵고 살랑께 어쩔 수 없는 일이제."

장례식을 마친 제자들은 모두들 떠나가고 여우동과 말순 할머니만 남았다. 그러나 둘이는 마치 입씨름이라도 한 사람처럼 서먹서먹한 채 하룻밤을 지내고 그럭저럭 하루를 쉬다 보니 삼우제가 돌아왔다.

상주도 없는 마당이어서 나물 몇 가지로 제상을 꾸리고 곧장 묘소를 찾았다.

장례식 날 평토제때 가보았지만 사흘 만에 다시 오니 감회가 새로웠다. 그때만 해도 정신이 없었던 터여서 방위며 방향조차 제대로 살피지 못했지만 이 날만은 사방이 모두 눈길 안으로 들어왔다. 봉분이 깔끔하게 단장되어 마음이 흐뭇했다. 시아버니 유택으로 흠잡을 수 없게 만들어놓았다. 저 멀리 제암산 봉우리를 건너다볼 수 있게 방위를 정했고, 구불구불 흘러가는 보성강물이 산 아래 펼쳐져 있었다. 왼쪽으로는 남편에게 시련을 가져다 준 일림산 목장이 한눈에 들어왔다.

민순은 아들을 내려놓고 큰절을 올렸다. 막막한 침묵 속에 누워계실 시아버지를 생각하니 가슴이 꽉 막혀들었다. 시아버지가 금방이라도 밖으로 나와 반가이 맞아주고 손자를 쓰다듬어 줄 것 같았다. 그녀는 봉분 앞에 꿇어앉아 하염없이 시아버지를 외쳐대었다.

"아버님! 저는 어떻게 살라고 혼자 가셨습니까요? 손자가 보고 싶어 어떻게……? 아이고 , 아이고, 아버님. 저는 어떻게 살 것이요? 누굴 믿고 살아야 하느냔 말이요?"

민순은 목이 메어 말끝을 맺지 못한 채 울컥 울음을 터뜨렸다. 고립무의(孤立無依)한 자신의 가련한 신세가 한탄스러운지 질정 없는 대성통곡을 쏟아내었다. 적막이 내려앉은 산중에 울음소리가 정적을 째고 날았다.

"아이고! 아이고! 스승님! 멋이 그리도 급해서 아들도 없는디 가셨능가요? 이왕지사 가셨응께 극락으로 드시길 빌라요. 어서 왜놈이 물러가서 우리나라를 되찾도록 해 주싯시오. 그래야 아들이 돌아오겄지라우. 그래야 며느리와 손자랑 같이 살 것 아니요?"

말순 할머니가 애고지고 비탄을 쏟아내었다. 여우동도 망연스러운 절망감을 짓씹어가며 일장통곡을 터뜨렸다.

그동안 겨울날씨 치고 포근했던 것인데 갑자기 하늘에 검은 구름이 몰려들며 음울하고 어두워졌다. 우중충 스산해지며 산바람도 일기 시작했다. 아무래도 첫눈이 내릴 것 같았다.

민순은 갑자기 애애해져가는 하늘을 바라보며 다행이다 싶은 생각
도 들었다. 장례 때는 마치 봄날같이 포근했다가 삼우가 지나고 나서
흐려지는 것은 시아버지의 심성이 곱고 착했기 때문이라 생각되었다.
어두컴컴하게 찌푸려 가는 하늘을 뒤로 하고 바삐 집으로 내려왔다.
집으로 돌아오자마자 여우동은 곧장 보성으로 떠날 차림을 꾸리기 시
작했다.

"성님! 지가 먼지 나갔다 올라요. 지가 들어오면 나가싯시오. 양석
이라도 가지고 와야 쓸 것 아니것소? 눈도 올 것 같응께 지금 가야 쓰
섰구만이라우. 둘이 있어도 괜찮겄지라우?"

"우리 둘 중 한 사람이라도 있으면 괜찮겄제."

"지는 내일 정나절에 들어올라요만 성님은 나가셨다 언제 들어오실
라요?"

"자네가 내일 온다고 헌께 나도 나갔다가 글피나 들어올라네. 내가
들이올 때까지 자네가 여기 있소."

"그렇게 허싯시오. 그러믄 다녀올라요."

여우동이 떠나가고 난 뒤 날씨도 끄무러지면서 그동안 쌓인 피로가
한꺼번에 몰려들었다. 민순은 방고래에 장작불을 모아놓고 시간가는
줄도 모르게 말순 할머니와 잠에 떨어지고 말았다. 하룻저녁이 어떻
게 지나간 줄 모를 정도로 깊은 잠에 빠져들었던 것이다. 이튿날 아침
말순 할머니가 일찍 일어나 그녀를 깨웠다.

"어이말시! 내가 오늘 일찍 보성엘 나가야 헐 일이 있네. 정나절엔
여우동이 들어온다고 했응께 낮에는 자네 혼자 있도록 허소. 그리고
모레 오전에 올텡께 여우동한테 그렇게 전해주소."

말순 할머니는 아침부터 옷을 챙겨 입고 보성으로 떠나고 말았다.

이제 모두 떠나고 호젓한 산골에 그녀만이 어린 것하고 남게 되었다. 홀로 남은 그녀는 심연에 미묘한 감정의 변화가 일어나는 것 같았다. 완전히 별개의 세상 같기도 해서 과거가 다 지워져버린 느낌이었다. 이제부터는 혼자 살아가야 한다는 생각에 악도 받쳐 들고 모질음도 생겨났다. 과거를 생각하면 한 순간도 견디지 못할 것만 같았다. 이제 빨리 지난 일들을 체념해야 한다고 자신을 독려했다. 과거의 모든 것을 버리지 않고서는 살아갈 수 없다는 생각이 불현듯이 솟구쳤다. 머릿속에 남아있는 잔영들을 송두리째 벗어던져야 한다고 채근하기도 했다. 남편이 올 때까지 아들을 키우며 굳세게 살아가자고 독하게 입술을 깨물었다.

쓸쓸한 탄식을 쏟아내며 방문을 열고 밖을 내다보았다. 저 멀리 활성산골의 양쪽 산등성이가 눈길 속으로 들어왔다. 예전과는 사뭇 다른 감정. 시아버지께서 누워계시는 곳. 애틋한 감정이 가슴속으로 파고들었다. 마음이 흔들릴 때면 찾아갈 곳이 있다는 위안이 느껴지면서 한결 여유로워지는 것 같기도 했다.

말순 할머니가 떠난 지 한참도 못 되어 꿈틀거리던 하늘이 가는 소금같이 희끗희끗한 눈발을 뿌려대기 시작했다. 산골에 소담스러운 눈이 푸설푸설 쌓여가고 있었다.

25
때늦은 조문객

칼날 같은 북풍이 몰아치면서 솔숲은 마치 귀곡성 같은 울음소리를 토해내었다. 시간이 지날수록 바람은 더욱 거칠게 몰아치고 있었다. 허연 눈이 포근히 쌓여가는 산길을 바라보니 이제 발길이 끊길 거라는 예감에서 벗어날 수 없었다. 싸락싸락 내리는 눈발이 점점 굵어지면서 산골은 금방 하얀 세상으로 변해가고 있었다. 비록 여우동이 돌아오겠다고 철석같이 약속을 했다 할지라도 올 수 없는 길이고 보면 기다리는 것도 무리일 수밖에. 민순은 갑자기 혼자라는 공포감이 매섭게 가슴을 찍어 눌러왔다. 아직 날은 어둡지 않은 대낮이지만 적연한 산속은 두려움과 무서움이 중첩으로 다가와 전신이 와들거렸다. 부러 태연해보려 하지만 문을 열고 밖으로 나가기조차 겁이 났다. 어둡기 전에 밥을 지어 방으로 들어갈 요량으로 일찍 서두르기 시작했다. 산위의 솔숲에서 울어대는 바람소리는 영락없는 귀곡(鬼哭)이었고 부엌문 사이로 날아들면서 오소소 전율을 짝짝 뿌려대었다. 오한이 쪽쪽 뻗쳐오면서 온몸이 오들오들거렸다. 저녁이 가까워지면서 눈발의 기세는 산골짜기를 메워버리기라도 할 듯 더욱 거세지기 시작했

166

다. 밥상을 차리려 들 때 휘몰아치는 바람결 속에서 희미한 발자국 소리가 들려왔다. 사각사각 눈 위를 밟고 들려오는 소리. 소스라칠 듯 놀란 그녀는 얼른 방으로 들어가 방문을 걸어 잠그고 숨소리를 죽였다. 점점 가까이 다가오는 발자국소리는 인적기였고 나직나직 말하는 소리와 함께 들려왔다. 외딴 산속에서는 짐승보다 사람이 더 무서운 법. 심장이 콩알보다 작게 오그라들면서 벌떡벌떡 뛰었다.

"어야! 성음이 애미 있능가?"

여우동의 목소리였다. 극도로 초조했던 마음이 어디론가 싹 가시며 일순간 안도의 숨을 내쉴 수 있었다.

"예. 방에 있어요."

민순은 방문을 열고 밖으로 나왔다. 하얗게 쌓인 눈 위에 희끄무레한 어둠이 서성거리고 있을 때였다. 머리에서부터 온 몸에 하얀 눈을 뒤집어 쓴 사람들이 셋이나 토방에 서 있었다. 신발이며 바짓가랑이가 온통 눈으로 흠씬 젖은 채로. 그들은 개벼룩 털 듯 눈을 떨었다. 민순은 예상에 없던 일이라 무척 당황스러웠다. 무망중에 비쳐든 얼굴은 집주인 나기중이었다. 도톰한 털 스웨터를 걸친 그는 얼굴에 기름기가 번들번들했다. 엉겁결에 주인과 마주친 민순은 당혹감을 감추지 못한 채 어색한 표정을 지어보였다. 무겁고도 칙칙한 생각이 머릿속을 헤집으며 두방망이질을 해댔다. 그 순간 말순 할머니의 말씀이 머릿속에서 샛별처럼 까물까물거리며 떠오르는 말

'나기중 그 사람 속 모른당가? 여자를 하도 좋아해서 그런 것이랑께. 그런 사람이 생청을 가질러올 땐 아내랑 같이 오라고 헝께 지레 겁을 묵고 피해버린 것이었제.'

그 순간 민순은 두려움과 초조함이 차곡차곡 포개지면서 오장을 내리눌렀다. 여기에다 중첩으로 날아드는 또 다른 것이 머릿속을 휘저

었다.

'오지도 않은 샌님 기다리다 날 샌다고, 언제 올지도 모를 서방 기다리다 굶어 죽으면 나중에 열녀문 세워준들 무슨 소용있당가? 이것저것 따질 것 없이 우선 살고 봐야 써. 목숨이 붙어있어야 열녀고 효부도 되는 것이제. 굶어 죽은 뒤에는 무슨 소용있당가.'

정신이 아찔해지면서 확 돌아버리는 느낌이었다. 너무 뜻밖의 일이라서 마치 귀신에 홀린 사람처럼 그만 멍하니 서 있었다.

"뭣하고 있능가? 어서 인사드려야제."

여우동은 존조리 나무라듯 말했다. 민순은 얼른 토방으로 내려가 넙죽 인사를 했다. 그 옆에는 처음 본 남자도 보였다. 행색으로 봐서는 주인을 따라온 머슴인 듯 지게를 짊어지고 있었다. 지게에는 볏짚 가마니가 올려져있었다. 나기중은 긴 곰방대를 물고 쭉쭉 빨아가면서 입가에 호걸웃음을 흘렸다. 그녀는 무엇을 어떻게 해야 할지 우왕좌왕 갈피를 잡지 못한 채 부들부들 떨고 서 있었다. 그녀의 당황망조한 표정을 읽은 나기중이 위엄성 있는 말투로 먼저 입을 떼었다.

"시아버지께서 갑자기 운명을 하셔서 얼마나 망극하셨능가?"

말하는 모습에서부터 고상한 품위가 풍겨져 나왔다. 민순은 위엄기에 눌려 제대로 대답도 못한 채 머쓱한 표정을 지으며 고개를 숙여버렸다. 나기중은 얼굴에 살가운 미소를 덧칠해가면서 나직하고도 묵직한 목소리를 토해내었다.

"말을 들어보니 안타깝구만. 불행이 겹으로 닥쳐서 뭐라 위로를 해야 할지 모르겠네."

"고맙구만이라우."

민순은 무안쩍어 어눌한 실낱같은 목소리로 얼버무렸다. 여우동이 먼저 마루로 올라가서는 방을 가르치면서 문을 활짝 열었다.

168

"마님, 여기구만요."

"그래. 알았네."

눈을 다 털고 난 주인어른은 신발을 가지런히 벗어놓고서 마루로 올라가 방안을 기웃기웃 들여다본 뒤 안으로 들었다. 그가 든 방은 상청(喪廳)이었다. 시아버지께서 돌아가신 후 거처하셨던 방을 상청으로 꾸미고 영좌(靈座)에 신주(神主)를 모셔놓았다. 하루에 두 번 조석상식(朝夕上食)을 올리고 있어 그때는 석식을 올리려던 참이었다. 그는 상청으로 들자마자 절을 했다. 민순은 옆에 서서 아이고, 아이고 곡을 하며 구색을 맞췄다. 상주가 없는 탓에 대신 서서 맞절을 해야 하지만 마주하기가 어색하여 고개를 돌려 숙였다. 나기중은 다소곳이 숙인 그녀의 얼굴을 빳빳한 시선으로 더듬어 보듯 쳐다보며 말했다.

"왜 부고를 하지 않았덩가? 그동안 인연을 생각해서라도 나한테는 알렸어야제."

못내 서운하였는지 입을 삐죽거리며 못마땅한 눈초리로 쳐다보았다. 잠시 영좌를 몽롱한 시선으로 바라보고 나서도 불만에 찬 딱딱한 표정을 풀지 않았다. 민순은 그의 표정 안에서 자신의 실수를 읽을 수 있었다. 곁에서 그의 표정변화를 살피고 있던 여우동이 자신만의 톡톡 튀는 재치로 뛰어난 순발력을 과시하고 나섰다. 그녀는 순간적인 위기를 항상 이렇게 모면하며 살아온 사람이었다.

"아이고! 마님. 그럴 경황이 없었당께라우. 하나 있던 아들이 징용기피자로 잡혀 끌려간 것을 보시고는 마음 상해 하시드만 금세 돌아가셔부렀다드랑께요. 지들도 몰랐어라우."

여우동이 애상 어린 얼굴로 망연스러운 절망감을 짓씹듯 말했다. 고개를 거칠게 까불까불 흔들어가면서 중첩의 고통이 이어졌음을 알리고 나섰다.

"득창이 일도 그렇제. 그런 일이 있었다면 그 즉시 나한테 연락을 했으면 손은 써볼 것 아닝가. 그랬으면 그까짓 징용 기피 정도야 쉽게 해결할 수 있었제. 모른 이도 아니고 내 산지기집에 사는데 모른 척할 수는 없는 일이제. 답답하구만. 답답해!"

나기중은 수북한 수염을 손으로 쓸면서 은근히 나무라는 말투로 말했다. 아쉬움을 감추지 못하는 듯 혀를 쩍쩍 차며 눈살마저 찌푸리는 것이었다.

하지만 민순은 할 말이 없었다. 솔직히 알릴 처지도 못 되려니와 여유로움도 없었던 것. 주인어른이 그 정도의 사람인 줄 몰랐던 것만은 사실이었다. 설령 알았다고 할지라도 아녀자로서 찾아간다는 것이 쉽지 않은 것임에 틀림없었다. 그러나 아쉬움이 남는 대목이었다. 사람이 물에 빠지면 지푸라기라도 잡는다는 것인데…… 바보스러웠던 자신이 한탄스러울 뿐이었다. 일각에 남편의 불쌍한 모습이 떠올랐다. 방망이로 얻어맞고 뭇발길질에 채인 채 '여보! 여보! 성음아! 성음아!'를 외쳐대던 그 침혹했던 광경이 눈에 아른거렸다. 눈시울이 뜨거워지면서 눈물마저 핑 돌아 고개를 돌리고 말았다. 지금이라도 도와주길 바라는 마음이 간절하지만 입이 떨어지지 않았다. 운명의 소용돌이는 항상 한숨으로 다가와 실타래 꼬이듯 뒤엉켜 달라붙고, 행운은 늘 자신을 피해가는 것 같았다. 이때 여우동이 약삭빠르게 입막음을 하고 나섰다.

"앗따 그때 마님께서 집에 안 계셨을 때랑께요. 한양에 가신 뒤였어라우."

"오! 그랬덩가. 내가 잠시 집을 비울 때였구만. 도둑을 맞을라면 개도 안 짖는다고 허드구만 하필 그때였네 그랴."

"제가 날마다 마님 집에 갔었는디 계셨음사 말씀 안 드렸겠소. 순사들도 마님 앞에서는 굽실굽실 하는 것을 지가 왜 모르겠소? 한 말씀만 하셨어도 폴쎄 풀려났을 것이구만요. 말씀대로 단단히 꼬였드랑께라 우. 하필 안 계실 때 잡혀갔을 것이오. 운이 없는개비제."

여우동은 신바람이 쌩쌩 돌도록 주절거리고서 아첨을 늘어놓기 시작했다.

"자네 내말 잘 들어보소. 마님께서 오신 것은 다름이 아니네. 내가 가서 스승님께서 돌아가셨다고 말씀드렸더니만 어서 가봐야 쓰겠다고 쌀까지 짊어지게 하시고서 이렇게 조문을 오셨당께. 이 사람은 마님 작은 머슴이라네. 어른이야말로 없는 사람 속을 잘 알아주시는 분이란 말이시. 부조로 쌀가마니를 짊어지고 오신 분 봤능가? 내 나이 쉰이 훌쩍 넘었네만 아직 들어보지도 못했네. 길에서도 자네 걱정을 태산 같이 하심서 오시드랑께. 깊은 산속에 애기하고 어떻게 살아갈 것이냐고. 하늘같이 귀하신 분께서 이렇게 오신 정을 생각하면 죽을 때까지 고마움을 잊어서는 안 되네. 알았능가?"

여우동은 지싯지싯 눈웃음을 쳐가며 아양을 떨었다. 쓸개를 빼주고도 모자라 간이 살살 녹도록 나기중을 치켜세워 올렸다. 고마움이야 이루 말할 수 없는 일. 무어라고 표해야 할지 망연스러웠다. 고마움이 전율이 되어 머리에서 목덜미를 타고 흘러내리고 있었다.

"그건 그렇고 얼른 밥을 해드려야 쓰겠네. 오는 길에 느닷없이 눈을 만나갖고 고생을 많이 하셨다네. 시장하실 것잉께 어서 밥부터 짓소. 오늘은 가실 수가 없제. 발이 푹푹 빠져서 산길을 걸을 수가 없드구만. 하루 저녁 유하신 다음 내일 가시도록 해야제. 집이 없능가? 아니면 나무가 없능가? 나는 기와집 방에 군불을 좀 넣어야쓰겠네. 빨리빨리 서두르소."

여우동은 혼자서 백태 낀 혓바닥을 날름거리며 미주알고주알 버선코 뒤집듯 야살을 떨었다.

주인어른을 힐끔거려가면서 도둑놈 허접 대듯 입막음까지. 영락없이 흥얼거리는 콧노래와 같이 주절거렸다. 하지만 민순은 일순간 겁이 덜컹 났다. 이름만 들먹여도 가슴이 두근거리는데 하물며 잠을 자고 간다는 말에 정신이 아찔해지면서 불안과 초조함이 서리서리 얽혀들었다. 어질어질 현기증이 일면서 젖가슴에 식은땀이 배어들었다. 이부자리와 찬거리가 문제였다. 반찬이라곤 김치와 된장밖에 없는데 무슨 재주로 밥상을 차려야 할까 싶어 가슴팍에 바윗덩어리를 올려놓은 것처럼 숨이 꽉 막혀들었다. 그녀는 더 이상 앉아 있지 못하고 밖으로 나왔다.

"기와집에 불을 피워서 따뜻해지면 들어가시고 잠깐 이 방에 계셔야 쓰것구만이라우."

여우동이 밖으로 나오면서 말했다.

"아니네. 불을 피우면 금방 따뜻해지겠제. 먼저 가 있을 터이니 그리 알소."

나기중은 담배를 피워 입에 물고 연기를 푸우 내뿜으며 기와집으로 건너갔다.

"어서 뒤주에 쌀을 쏟으싯시요."

그때까지 토마루에 서 있던 머슴에게 여우동이 쌀을 부어달라고 말했다.

"뒤주가 어디에 있능가요?"

머슴이 민순을 향해 물었다. 그러나 민순은 미적미적하면서 대답하지 못했다. 쌀가마니를 보자 더럭 겁부터 났다. 부조로 쌀가마니를 받는다는 것은 상상할 수도 없는 일이어서 야릇한 느낌이 목까지 차오른 느낌이었다. 과잉한 친절은 오히려 부담스러운 일. 그 뒤엔 알 수 없는 꿍꿍이수작이 도사리고 있을 것이라는 예감을 벗어던질 수 없었다. 그러나 어찌할 도리가 없어 마루문을 열어주고 뒤주를 가리켰다. 머슴은 쌀을 들고 들어와 뒤주에 부었다. 눈같이 하얀 쌀로 뒤주를 가득 채워주었다. 민순은 조용히 부엌으로 갔다. 산천은 온통 하얀 눈으로 뒤덮여 있었다. 나뭇가지에도 하얀 눈꽃이 피어 장관을 이루고 있었다.

찬거리가 될 수 있는 것을 죄다 꺼내어 저녁 밥상을 꾸렸다. 된장국과 나물을 삶아 무치고 토란대, 고춧잎, 깻잎, 고구마 줄기, 여러 가지 버섯 말려놓은 것까지…….

밥상을 들고 기와집으로 향했다. 흉 잡히지 않을까 온몸이 부들부들 떨렸다. 성의 없다는 꾸중이라도 듣지 않을까 싶어 불안감 속으로 끌려가는 기분이었다. 얼굴이 참나무 장작처럼 딱딱하게 굳어지면서 입안은 매운 고추를 씹은 사람마냥 얼얼했다. 희미한 호롱불 아래 여우동과 주인어른이 그녀를 바라보았다. 여우동이 먼저 지싯거리며 입을 열고 나섰다.

"아이고 추운데 밥을 짓느라 수고했구만."

"아니어라우. 찬이 없어서……."

"괜찮네. 나물 한 가지만 입에 맞으면 되는 것이니 너무 심려하지 말소."

나기중이 점잖은 말투로 말했다. 민순은 갓 시집온 새색시처럼 수줍은 얼굴로 밥상을 앞에 가져다 놓았다.

"한동자 밥을 하느라 고생했네. 거기 앉소."

밥상을 놓기도 전에 엷은 웃음을 머금으며 말했다. 민순은 이상스러운 감정이 번지면서 얼굴이 붉어졌다. 고개를 들지 못한 채 윗목에 쪼그리고 앉았다.

"숭늉 떠가지고 올께요."

"그렇게 허소."

민순은 밖으로 나와 부엌으로 가서 숭늉을 떠가지고 들어왔다.

"참 잘 묵었네. 찬이 내 입에 딱 맞구만."

시장했었는지 금세 밥 한 그릇을 뚝딱 비우고 말았다. 숭늉 한 모금을 꿀꺽 마시고는 부드럽게 생글한 웃음을 지어가며 민순을 쳐다보며 말했다. 민순은 밥상을 치우려 달려들었다. 나기중은 순간 차분하게 입을 뗴었다.

"거기 놔두고 잠깐 앉소."

퍽 상냥스러운 목소리로 다정스럽게 말했다.

"갑자기 상사를 당한 집에 와서 염치없는 짓을 했네 그랴. 얼마나 망극하신가?"

담배에 불을 붙여 연기를 뿜어내면서 또다시 위로의 말을 꺼내들었다. 새삼스럽게 생뚱맞은 말을 꺼낸 까닭을 알 수 없었다. 미묘한 감징이 전신을 휘감았다. 위엄스러운 풍모에 압도당한 그녀는 무슨 말을 해야 할지 그만 얼굴만 빨개지고 말았다. 이를 바라본 나기중은 말머리를 바꾸어 들었다.

"아버님께서 안 계시는데도 여기서 살 계획잉가?"

애처로운 눈빛으로 바라보며 말했다. 순간 민순은 가슴이 덜컹 내려앉는 기분이었다. 집을 비워달라는 것으로 받아들였던 것이다.

"남편도 언제 올지 모르는데 젊은 여자가 산지기 집에서 어떻게 살겠능가?"

나기중은 계속해서 정곡을 찔러대었다. 민순은 벼랑에 홀로 서있는 자신을 뒤에 밀어뜨리려는 의도로 비쳐졌다. 정수리를 내려치는 쇠방망이와 다름없는 말이었다.

"어째서 말이 없는가?"

갑갑하다는 듯 닦아세우려 들었다.

"마님! 저는 여기 아니면 오갈 곳이 없어라우. 비록 여자의 몸이지만 산지기로 부족함이 없도록 하고 살 것이구만요. 나가라고만 하시지 않으면 열심히 돌보고 살라요."

민순은 온몸을 부들부들 떨면서 애절하게 하소연을 털어놓았다. 말하는 도중에도 가슴이 섬뜩해지면서 목이 잠겨들어 생기침을 해가며 말했다.

"살겠다고 허는디 나가라고야 허겠능가. 다만 연약한 여자 몸으로 어린 아들을 데리고 산골에서 살아간다는 것이 쉽지만은 않을 것 같아서 물어본 것이네."

나기중은 안타까운 일이라는 듯 눈을 감았다 떴다하면서 애절한 심정을 토해내었다. 일렁거리는 호롱불에만 하염없는 눈길을 주고 있던 민순은 절로 안도의 한숨을 내쉬었다.

"우선 사는 집이 문제가 아니랑께요. 목에 풀칠은 해야 쓸 것 아니요. 논이 있소, 아니면 밭이 있소, 있다고 한들 또 무슨 소용이 있을 것이요. 농사를 지어봤어야지라우. 서방이 장바닥에서 보리쌀이라도 벌어다 줬는디 인자 그마저 끌려가불고 없제, 시아버지가 밭에 고구마 감자라도 심어서 배를 곯지 않았었는디 그마저 끝난 것이나 다름없지라우."

여우동이 금방 숨이 넘어갈 것같이 죽을상을 지어가며 넉살을 떨었다. 민순의 속내를 대신하기에 한 푼도 틀림이 없었다. 비탄에 차 있었고 간절한 애걸도 배어 있었다. 고뇌에 찬 암시를 보내면서 뭔가를 도와달라는 동정어린 시선도 깔려 있었다.

"자네 말이 맞네. 대차 누가 돈을 벌어 밥을 먹여줄 것잉가?"

잠시 오뇌 속으로 빠져드는 것처럼 조용히 눈을 감고 있다가 고개를 끄덕이며 입을 떼었다. 안타깝다는 듯 의미심장한 표정을 지어가면서 쓴 입맛도 쩍쩍 다셨다

"그보다 급한 것이 뭐가 있겠능가? 내가 밥을 묵고 살게 해줄 것잉께 해볼랑가?"

그는 가느다랗게 실눈을 뜨고서 민순에게 동정의 눈길을 보냈다. 바라보는 눈빛에는 분명 자신의 결연한 의지가 번뜩였다. 민순은 무척 당황했다.

"밥 묵고 살라면 못할 것이 뭣이 있겠능가? 내가 힘써봄세."

나기중은 도톰한 입술을 잘끈 물고서 다짐하듯 민순을 바라보았다. 민순은 일각에 막힌 귀가 뚫린 기분이었다. 공연한 오해로 생걱정을 했던 자신이 미욱스러워지면서 절로 웃음집이 실그러지게 벌어졌다. 두 사람 사이에 알 수 없는 믿음의 숨결이 여명처럼 흐르는 것을 바라본 여우동이 가만히 있을 리 만무했다.

"밥 묵고 살게 해주신다고라우? 워매! 오늘 모시고 오길 참말로 잘했구만요. 사람은 죽을 수가 닥치면 살아날 수도 생긴다고 허드니만 이런 일을 두고 허는 개비요. 무슨 일을 시키시렵니껴?"

여우동은 젖꼭지에 시침이라도 꽂힌 것처럼 화들짝 놀라며 소리쳤다. 입을 함지박처럼 벌려 호활하게 웃으며 너스레를 떨기 시작했다. 눈을 부릅뜨고 재우치기까지. 얼굴에는 흐뭇한 표정이 밤하늘 은하수처럼 도도히 흐르고 있었다.

"생청 장사를 좀 해볼랑가? 내가 대 줌세."

나기중은 또다시 뭔가를 곰곰이 생각하다가 무거운 입술을 열었다.

"아이고! 생청을 주신다고라우? 그렇게만 해주신다면야 밥 묵고 사는 데 지장은 없지라잉."

176

여우동이 호들갑을 떨고 나섰다. 냉엄히도 얼어붙어 있던 마음이 한순간에 녹아내린 것처럼 속웃음을 키들거리며 민순을 바라보았다.

"워어매! 천상 자네는 생청장사로 태어났는 개비네. 진즉 했더라면 서방을 형무소로 보내지 않았을 것인디 그랬네. 그것이 팔자인지도 모르제."

여우동은 좋아서 입을 벙싯벙싯 벌리며 소리치듯 말했다.

"인자 자네는 어른 말씀을 잘 들어야 쓰네. 가만히 있으면 누가 밥 믹여 준당가? 묵고 살라믄 구미호도 되어야 헌당께. 설움설움 해도 배고픈 설움이 제일 큰 것이라네."

여우동은 계속해서 웃음집을 멈추지 못한 채 청산유수 같은 입심을 뽑아들었다. 벌써부터 달콤한 생청을 입에 넣은 것처럼 입맛을 다셔가며 말했다.

생청은 참 귀한 약재였다. 전문적인 양봉기술이 1930년 후반에야 보성에 전래한 까닭에 보통사람들이 꿀을 사먹는 것이라곤 상상할 수도 없는 일이었다. 벌을 집에서 대량으로 기를 수 없어서 생청을 파는 일은 거의 없었다. 가난한 사람들에게는 생청은 그림의 떡과 같았다. 때문에 생청을 판다는 것 자체가 실감이 가지 않을뿐더러 격에도 어울리지 않은 것이 사실이었다. 그러나 민순은 생청을 잘 알고 있었다. 어렸을 때 외갓집에서 가져와 반닫이 속에 넣어놓고 엄마가 주서서 먹었던 기억이 떠올랐다. 생청 때문에 엄마는 할머니께 모진 악담을 듣고 눈물 흘리던 모습이 선연히 떠올랐다. 그것뿐만이 아니었다. 능주 이양할머니 부엌 담살이를 할 때 생청을 사서 단지에 담아놓고 아침마다 온 식구가 먹는 것을 보았다. 달콤하면서도 입에 쩍쩍 달라붙는 생청. 생각만 해도 입안에서 단침이 감돌았다.

그러나 한편으론 생청장수를 들먹이니 가슴 속에 묻어둔 장작불 같은 응어리가 훨훨 타오르기 시작했다. 이리 될 줄 알았으면 진즉 자기가 나서지 못한 것이 못내 후회스러웠다. 결국 남편이 끌려간 까닭도 자신 때문이었다는 생각에 가슴이 미어질 것만 같았다. 마누라를 뺏길까 조바심 때문에 머뭇거리다 김진홍을 따른 까닭이었다. 그것이 피가 끓어오르는 진한 원한이 될 줄이야. 몸속에 피가 뜨거워지면서 얼굴이 뜨거워졌다. 그러나 혼자서라도 밥을 먹고 살 수 있는 길이 마련되었다는 기대감에 또다시 안도의 숨을 내쉬었다.

"생청장사는 혼자는 못한담시롬요?"

여우동이 의심에 찬 눈초리로 쳐다보며 물었다.

"혼사노 할 수 있제. 그러나 젊은 여자가 팔러 오는 것하고 늙은이가 오는 것하고는 다르지 않겄능가? 이왕이면 다홍치마라고 젊은 여자가 더 좋제."

"지는 못허겄구만이라우?"

"어허! 자네는 나이가 들었는디 누가 자네한테 생청을 사 묵겄능가. 성음이 애미를 따라다니면 몰라도. 둘이서 같이 다니소."

나기중은 서글서글한 눈매를 곱상하게 지어가며 민순을 바라보고 말했다. 여우동은 몹시 속이 상할 노릇이었다. 그녀는 개똥쑥을 씹은 기분이었다. 남편 없이 사는 것도 서러운데 늙었다고 아무짝에도 소용이 없는 것처럼 불쏘시개로 여기는 것 같아 혀를 깨물고 싶었다. 애써 억지웃음을 지어 보려하지만 속심만 점점 비비 꼬여가는 것이었다. 괜히 민순을 위해 애발스러운 자신이 얄미워지고 허무하기도 했다. 단박 눈 위를 맨발으로라도 달려 집으로 가버리고 싶지만 그럴 처지도 아니었다.

그러나 민순은 내심 기뻐서 쾌재를 부르고 싶었다. 먹고사는 일이라면 그 어떤 일도 마다할 일이 아니었다. 타는 목마름에 맑은 샘물을

178

만나는 격이었다. 당장이라도 해보고 싶은 충동을 이기지 못했다. 남편이 올 때까지 아들을 지켜주기 위해 독한 마음을 먹자고 자신을 채근했던 생각도 불쑥 떠올랐다. 장작불에 기름을 부어 훨훨 타오르는 심정이었다.

이때 여우동이 민순을 보고 젖빨이 치밀어 오르는 듯 생청스러운 소리를 내질렀다.

"자네는 어떻게 생각하능가? 생청장사라도 해보고 싶은가?"

아직도 그녀는 썩 내키지 않은 듯 말하는 표정이 납덩이같이 무거워보였다.

"아이고 어르신께서 권해주신 것인디 오죽 좋겠어요. 당장 해보고 싶구만요."

"성음이는 어디다 두고 할 것잉가?"

"이 사람아! 아들을 업고 다녀야제. 이 산골에 혼자 놔두고 다니란 말잉가?"

나기중은 여우동의 태도가 몹시 아니꼽살스러운 눈치였다. 눈초리를 활처럼 휘어가며 말했다.

"그러믄요. 지가 업고 다녀야지요."

"그럼 내일 여우동이 나를 따라오소. 생청을 줄 것잉께 가서 팔소."

"어떻게 팔아야 쓴지 모른다라."

"내일 가르쳐 줄 것잉께 오기만 하면 되야. 걱정할 것은 없어. 내가 다 알아서 해줄 것잉께, 같이 따라다녀주기만 하면 된당께 그러네."

그는 몹시 시뻐하는 소리로 채근하듯 말했다.

"예. 그렇게 할라요. 마님."

"그건 그렇고 명창이 되겠다는 생각은 접었능가?"

나기중이 민순을 보고 생뚱스런 웃음을 지으며 말머리를 돌리고 나섰다. 하지만 민순은 지금은 운명의 덫에 걸려 헤어날 수 없는 처지여서 얼른 말문을 떼지 못했다. 그렇다고 명창이 되고자 하는 꿈을 접은 것은 아니었다. 엄마의 한을 딸로써 풀어주겠다고 집을 나선 까닭에 명창만은 접을 수는 없었다.

"명창이 될라고 허면 뒤에서 도와줘야 쓸 것인디, 서방이 그리 되었으니 어떻게 허겄능가?"

그는 칙칙한 웃음을 지어가며 못내 서운한 표정을 감추지 못했다.

"이 다음에 남편이 오면 해야지라우. 돌아가신 스승님께서도 그것이 한이셨는디 이루는 것을 못 보고 돌아가셨당께요. 꼭 명창이 된 꼴을 보고 죽고 싶다고 허셨는디. 아마 저승에서도 빌고 계실 거구만요."

26
민순이 생청장수로 나서다

……입동이 지난 지 열흘이 되어가자 겨울은 점점 깊어가고 있었다. 소설(小雪)이 가까워지면서 찬바람이 쏴쏴거리며 차가움을 더해주었다. 호젓한 산허리에 외로이 서있는 왕소나무 울음소리가 산골을 뒤흔들었다. 듣기만 해도 오싹거릴 정도로 추위를 더해주는 소리였다. 북풍한설 찬바람의 위용을 소나무가 알려주는 것 같았다. 산비탈 응달에는 지난번 내린 눈이 녹지 않고 그대로 하얀 대리석 같은 얼음으로 굳어가고 있었다. 바람소리와 새소리만이 골짜기의 정적을 조용히 흔들었다. 참새들은 바짝 마른 억새풀숲 속에서 움츠리며 재잘거렸다. 새벽부터 민순이 몹시 바쁘게 움직이기 시작했다. 처음으로 생청을 팔러 나가는 날이었다. 아침부터 으스스한 냉기가 몰려들고 있었다. 두서너 벌 옷을 끼워 입지 않고서는 추위를 견뎌낼 수 없을 것만 같았다. 솜바지에 솜을 누며 만든 버선을 꺼내 신었다. 두꺼운 솜 포대기도 꺼내어 성음이를 등에 업었다. 생청단지를 보자기에 싸서 머리에 이고 사립문을 나섰다. 그래도 찬바람은 연신 속살까지 파고들었다. 살을 에는 추위에도 아랑곳하지 않고 산마루를 돌아들었다. 뒤

에는 도톰한 솜옷으로 무장한 여우동이 점심거리로 찐 고구마와 주먹밥을 들고 따라나섰다. 속옷 주머니에는 빈 자루도 접어 넣었다.

생청은 아무라도 사서 먹는 것이 아니어서 부잣집이 몰려있는 예동으로 가기로 했다. 이 마을은 보성 다섯 명당으로 불릴 만큼 부자들이 많이 사는 마을이었다. 보성강을 따라 북풍을 안고 나아가는 그들에게 차가운 바람이 몰아쳤다. 시린 손을 연방 호호 불어가며 젖가슴 속에 넣어보아도 그 순간뿐이었다. 발도 무디어지면서 시려오고 있었다.

"워따매! 추워서 어디 다니겠능가? 생청 팔러다니다가 사람 죽겠네."

뒤따라오던 여우동이 춥다고 계속 게두덜거렸다. 하지만 민순은 추운 것은 정작 문제가 될 것이 아니었다. 보내온 생청을 파는 것이 걱정이었다. 아직껏 물건을 팔아본 경험이 없었기 때문에 가슴부터 조마조마스러웠다. 어린 것을 포대기로 둘러 씌워 등에 업었지만 추운 겨울날씨라서 싸늘하게 숨을 죽이고 있었다. 하늘의 햇살은 유난히 눈부시게 빛났다. 오류동 고개를 넘어 보성강 바라지 둔덕을 지나칠 때는 북풍을 막아줄 그 어느 것도 없었다. 길게 뻗은 수양버드나무 가지가 마치 소꼬리 흔들 듯 바람에 세차게 휘둘렸다.

실육을 지나 옥암리 예동길로 접어들자 바람의 기세는 점점 등등해지면서 볼기짝을 내리치는 것 같았다. 날카로운 찬바람은 살갗을 갈기갈기 찢어놓기라도 할 듯 매서웠다.

"아이고매! 이 동네는 어째서 이렇게도 춥당가? 사람 살 곳이 못되능구만."

또다시 여우동이 추위를 견디지 못하고 굳은 입술을 달싹거렸다. 어찌나 추운지 말소리마저 어줍게 굳어 있었다. 드디어 예동 마을로 접어들었다. 여우동 말대로 마을에는 기와집이 즐비했다. 부잣집이 많기로 소문난 동네임을 짐작할 수 있었다. 북풍을 막아주는 산이 마을을 병풍처럼 감싸고 있어 마치 바위굴에라도 들어온 것처럼 아늑한 분위기를 주었다. 날씨가 추운 탓인지는 몰라도 길거리에 사람들이 보이지 않았다. 마을 어귀에 있는 큰 기와집부터 들려볼 요량으로 열려있는 솟을대문 안을 기웃거렸다. 갑자기 안에서 송아지만큼 큰 누렁이가 뛰어나와 여우동에게 달려들었다. 기겁을 한 여우동이 땅바닥에 벌렁 넘어질 듯 비틀대며 소리를 질러댔다.

"워매! 개가 사람 죽이겠소!"

잠시 대문으로 주인 남자가 다가와 개를 부둥켜안은 탓에 물지는 않았다. 하지만 민순은 넘어지지 않은 것만으로도 천만다행이었다. 혹시 놀라 자빠지면 큰일이었다. 생청단지를 떨어뜨리기라도 하면 장마당 첫 들머리에서 파경을 맞는 꼴이었다.

"그런디 무슨 일로 오셨소?"

반백의 중년 남자가 걸걸한 목소리로 물었다. 넉살 하나는 잘 타고난 여우동이 쌩긋빵긋 웃음을 지어가며 그에게 다가갔다.

"생청을 조금 잡수셔보라고 왔구만이라우."

"뭐라고요? 생청이요?"

"워매! 이런 부잣집에서 아직 생청을 안 잡수신단 말이요?"

여우동이 헤벌쭉한 웃음을 치면서 간살스럽게 능청을 떨고 나섰다. 민순은 무거운 단지를 머리에 이고 먼 길을 오느라 고개가 아파 말이 나오지 않았다.

"묵기는 묵고 살지라우. 그런디 어디에 좋당가요?"

"식전에 한 숟갈씩만 묵으면 십년 묵은 체증은 말할 것도 없고요. 똥 못 싸는 사람, 밤일 못 허는 남자들, 기미로 얼굴을 뒤덮은 여자, 마른버짐 피어난 애기들, 골골하는 노인에게 특효약이란 것도 모르시오?"

여우동이 쑥스러움도 없이 입담을 쓸어가며 기사회생 만병통치약이라고 허풍을 떨었다.

"노인 양반이 못할 말도 없으시네요. 좌우지간 이리로 들어오싯시오."

그는 따라오라고 하며 안으로 들었다. 민순은 기분이 날아갈 것 같았다. 첫 집이면서 마수인데 안으로 들어오라는 것에 반색을 하며 뒤를 따랐다. 고개가 꺾어질 것처럼 아팠던 것인데 잠시 쉬어갈 수 있다는 생각에 더더욱 기뻤다. 여우동이 앞장서서 대문 안으로 들었다. 고래 등같이 으리으리한 여섯 칸 기와집에 사랑채까지 부잣집에 틀림없어 보였다.

마루로 다가간 그녀는 생청단지를 내려놓고 포대기를 풀었다. 햇살이 쏟아진 마루는 안방과도 다를 바 없이 따뜻했다. 어린 것을 잠시 내리고 나서 마당에다 오줌도 뉘였다. 잠시 방에서 부인으로 보인 여자와 아들딸들이 나왔다. 여우동이 생청단지 뚜껑을 열고 생청을 보여주었다. 그는 슬그머니 새끼손가락으로 찍어 맛을 보고는 호기심이 드러난 눈치로 말했다.

"무지하게 맛있구만이라우."

부인도 아들딸들도 생청 맛을 보았다. 손에 진득진득 달라붙었다. 모두들 혀끝에 단맛이 감돌자 눈을 휘돌리며 생글생글한 웃음을 머금었다. 침을 질질 흘리며 생청단지를 들여다보았다.

"쪼깐 사싯시오. 첫 마숭께 많이 드릴께라우."

민순이 종지로 꿀을 담았다가 쏟아가며 말했다. 진득한 생청은 동글동글 똬리를 틀어가며 가라앉았다. 향긋한 꿀 냄새가 코끝에 감미롭게 척척 달라붙었다. 냄새만 맡아도 단침을 입안에 가득 채주고 있었다.

"며느리하고 같이 장사를 하러 다닌개비네요? 참말로 고부간에 사이가 좋구만요."

부인이 지싯지싯 웃어가며 읊조리듯 말했다. 여우동은 그 말이 싫지만은 않았다.

"고부간으로 보잉가요?"

"고부간이 아니면 어떻게 다니겄소. 시어머니가 참말로 좋은 사람잉께 도와주지라우. 누가 그런 사람 있다요. 달달 볶아 묵지만 안 해도 다행이제."

갑자기 여우동은 머릿속이 텅 비어버린 느낌이었다. 뭐라고 대답을할까 아무리 되작거려봐도 궁리가 떠오르지 않다가 순간에 되받아치는 재치를 보였다.

"날씨는 추운디 얘기하고 우리 며느리가 짠해서 죽겄단 말이요. 얼른 팔고 갈랑께 생청이나 조깐 사주랑께라우."

여우동이 궁여지책으로 생청을 팔기 위해 시어머니 노릇을 하고 나섰다. 민순이 그걸 모를 바 아니었다. 야박한 세상풍파 속에서 배워온 그녀만의 재치였다. 민순은 자신도 장사꾼이 되려면 못할 짓이 없다는 것을 터득해가도록 가르쳐 주는 꼴이기도 했다.

"한 사발이면 얼마잉가요?"

생청은 참기름처럼 종지로 떠서 사기사발로 팔았다.

"이 종지로는 쌀 되고요, 한 사발이면 한 말이구만요."

모든 물가는 쌀을 기준으로 형성되기 일쑤였다. 따라서 장날 쌀 시세에 따라 물가가 달라지는 경우가 많았다. 돈이란 쌀값을 정하기 위해 있다고 해도 과언이 아니었다.

"이리 한 사발만 주싯시오."

부잣집답게 쌀 한 말 값이나 생청을 사려고 했다. 첫 마수에 그야말로 횡재를 만났다. 이렇게만 팔면 서너 집만 돌아도 다 팔고 갈 것 같았다. 팔수록 짐이 가벼워 홀가분해 좋고 돈을 벌어들이니 마음은 기뻤다. 하도 좋아서 뱃속에서 속웃음이 뒤슬뒤슬 튀어나왔다.

주인은 잠시 안으로 들어가더니 먹둥구미에 쌀과 되를 가지고 나왔다. 그리고는 자루를 내놓으라고 했다. 큰되로 다섯 되를 자루에 담아 생청 값으로 주었다. 순간 정신이 아찔했다. 이 무거운 쌀을 어떻게 들고 다닐 것인가 싶어 가슴이 멍해지는 기분이었다. 이미 생청은 그들의 손에 넘어간 마당에 하는 수 없이 짐을 꾸려 대문으로 나왔다. 이제 쌀자루는 여우동의 몫이었다. 벌써부터 여우동이 찜찜하고 불안한 표정을 지었다. 비쩍 마른 북어처럼 배리배리한 그녀가 쌀 한 말을 머리에 이었으니 돌처럼 굳어질 것은 당연했다. 생각해보니 생청장수는 혼자 할 수 없다는 뜻을 알 것만 같았다.

사립문을 나와 다시 돌담을 돌아드니 대밭 안에 큰 기와집이 보였다. 그녀는 다시 기와집으로 향했다. 역시 이집도 대문을 활짝 열어놓았다. 이번에는 민순이 먼저 대문 안으로 들어서서 집주인을 불러대었다.

"계십니까? 주인 어른 계싱가요?"

방문이 슬그머니 열리더니 젊은이가 고개를 슬쩍 내밀고 내다보았다.

"생청 좀 사싯시오. 아주 단 생청이요."

"우리는 그런 것 필요없어라우. 딴 데로 가보싯시오잉."

하고는 왠지 달갑지 않은 듯 실뚱머룩한 표정을 지어보였다. 그리고는 문을 닫고 들어가 버렸다. 차가운 겨울 날씨만큼이나 냉찬 표정으로 입을 쭝긋대기도 했다.

"안 살라면 말제 어째서 썩은 콩 씹어 먹은 얼굴로 쏘아본당가."

여우동이 냉큼 게두덜게두덜하며 표정이 얼음장처럼 굳어지면서 그냥 되돌아 대문을 나섰다. 이집 저집 사립문을 기웃거리며 돌아다녀보지만 한결같이 냉랭한 시선으로 이어졌다.

어쩌다 첫들머리 집에서 한 사발을 팔긴 팔았지만 그 뒤로는 쉽지 않은 일이었다. 민순은 장사는 아무라도 하는 것이 아니라는 생각이 들었다. 처음 나설 때만 해도 독한 마음으로 기어코 해내자고 자신을 다그쳐봤지만 마음대로 되지 않은 것이 장사였다. 갈수록 걷는 발걸음이 구름 위를 걷는 것처럼 허청허청거렸다. 여우동도 무거운 쌀자루를 머리에 이고 다니는 것이 힘에 겨운지 그녀만의 넉살스러움을 감추려 들었다. 무엇보다 민순은 타고난 천성이 유하고 여린 탓에 억척스러운 기질을 드러낼 수가 없는 점도 있었다. 예닐곱 집을 기웃거리다 허탕을 치고 나니 다리에 힘이 쏙 빠져들면서 허기도 찾아들었다.

산모퉁이를 보듬고 마을을 휘돌아 웃돔으로 들어서는 곳에 봉분들이 두두룩이 늘어서 있는 산 끝자락이 나왔다. 산 아래 언덕 밑은 양지바른 곳이었다. 길을 가다가 그만 햇살에 유혹을 당한 사람들처럼 그 속으로 파고들었다. 그곳은 바람 한 점 없이 햇살만 눈이 부시도록 꽂혀 내렸다. 민순은 잠시 짐을 내려놓고 어린 것에 젖꼭지를 물려가며 허기진 배를 채우기 시작했다. 여우동도 배가 고픈 탓인지 시들부들 말소리마저 어눌해보였다. 찐 고구마에 주먹밥을 꺼내어 입에 넣으니 마치 얼음처럼 차가워 이가 시릴 정도였다. 그러나 얼음물을 마시는 한이 있어도 배고픔보다는 나을 성싶었다. 가져온 주먹밥에 찐 고구마를 먹어치웠다. 따뜻한 맹물이라도 한 모금 마셨으면 좋으련만 어찌할 도리가 없었다. 찬 맛이 뱃속으로 퍼져들자 학질이라도 걸린 사람들마냥 턱부터 와들와들 떨려오는 것이었다.

"워매! 추워 못 살겠네. 어서 일어나소. 따뜻한 물이라도 한 모금 얼어 마셔야 쓰겄네."

여우동이 벌떡 일어나 쌀자루를 머리에 이고 앞장을 섰다. 민순은 아들을 포대기에 싸서 다시 업고 생청단지를 머리에 이었다. 쉬다 일어나니 추위가 죽음처럼 싸늘하게 다가오는 느낌이었다. 햇살품은 바람도 으스스한 냉기로 다가와 온몸이 바들바들 떨게 만들었다. 종아리에 알이 밴 것처럼 오금도 쑤셔왔다. 발바닥에도 물집이 생겼는지 걸음을 옮길 때마다 마치고 쓰라렸다. 뼈 없는 연체동물처럼 흐느적흐느적거리며 웃돔으로 향했다. 대밭 길을 돌아들자 골목입구에서부터 동백나무가 즐비한 기와집이 눈길 안으로 들어왔다. 동백나무는 눈 오는 겨울인데도 솔잎처럼 푸르름을 간직한 채 고매한 자태를 뽐내고 있었다. 오랜 세월의 성상이 서려있는 노목의 줄기는 허옇게 휘우듬하게 꼬여있었고 밑동에는 우듬지가 삐주름하게 솟구쳐있었다. 이번에는 여우동이 대문 안으로 발을 들여놓았다. 쌀자루가 무거운지 걷는 모습이 몹시 힘들어 보였다. 한 발짝이라도 빨리 내려놓고 쉬려는 의도인지 잽싸게 안으로 들어 토마루로 올랐다. 토마루에는 사람들의 신발이 즐비하게 놓여있었다. 식구가 많은 집안인 것 같았다. 방안에서는 왁자지껄 떠드는 소리로 소란스러웠다.

"주인어른 계싱가요? 주인어른!"

여우동이 방문 앞까지 가서 상냥한 목소리로 주인을 찾았다. 잠시 방문 열리는 소리가 나더니 고만고만한 어린아이들이 자그마치 대여섯 명이나 한꺼번에 몰려나왔다. 마루에 나와서도 시끌벅적 떠들어 대기 시작했다. 이어 엄마로 보이는 나이 지긋한 아낙이 뒤따라 나왔다.

"무슨 일로 오셨능가요?"

주인의 표정에는 의아한 빛이 확연했다. 여우동은 우선 머리에 이고 있는 쌀자루부터 마루에 냅다 부려놓고는 넉살을 떨기 시작했다.

"아이고 마님! 여기 묵기만 하면 속병이 싹 가시는 생청을 가지고 왔구만이라우. 맛을 좀 보시고 좋으면 쬐깐만이라도 좋으니 사싯시오. 조청보다도 더 답니다요. 설날에 쑥떡 찍어 묵으면 기가 막히당께요."

여우동은 콧구멍을 벌룽벌룽 해가면서 해들해들 웃음 진 얼굴로 말했다. 사지 않고서는 배길 수 없을 정도로 야살스럽게 눈웃음도 쳐댔다.

"생청이라고요?"

주인은 생청이 무엇인지 얼른 가닥이 안 잡히는 표정을 지어보였다.

"그렇당께요. 이렇게 손꾸락으로 콕 찍어 맛좀 보시고 사싯시요."

여우동은 민순이 이고 있는 생청단지를 얼른 내려 마루에 놓고 뚜껑부터 열어젖혔다. 그리고는 속을 들어다보라고 보여주었다. 주인은 단지 뚜껑에 묻은 생청을 손가락으로 쭉 훑어 맛을 보았다. 그리고는 손가락을 쪽쪽 빨아대었다.

"얼마다요?"

여우동이 나서서 종지기와 사발을 들어 보였다.

"이 종지로는 쌀 한 되고요, 한 사발에 한 말이구만요."

"생청을 묵으면 속병이 낫는다고 듣기는 했는디 참말잉가라우?"

주인 아낙은 짙은 버들눈썹을 꿈틀거리며 의심의 눈초리를 비끄러맸다.

"아이고 알고는 계시구만이라우. 잡수기만 허면 십 년 묵은 체증도 삼월 삼짇날 눈 녹듯 금방 낫게 해준당께요. 내가 생청장사로 나선지가 오늘로 오 년째인디 거짓말허겄소."

여우동이 어느새 생기가 돋아나서 터무니없는 거짓말을 입에 올리며 너스레를 떨었다. 달콤한 말로 주인의 마음을 사로잡아 한 사발을 팔아보려 능을 쳐대었다. 그러자 주인은 어린아이처럼 천진무구한 모습으로 여우동을 바라보고서 조심스레 말을 꺼내기 시작했다.

"약이 된당께 한번 묵어보고 싶구만요. 어떻게 묵어야 약이 된답디여?"

그녀도 생청이 속병에 좋다는 것을 이미 알고 있었다. 이번에는 민순이 추위에 떨고 있던 표정을 완연히 털어 버리고 활짝 웃으며 먹는 법을 설명하고 나섰다.

"아침 공복에 애기들 숟가락으로 하나씩만 드시면 속병이 싹 낫는다고 헙디다."

"내가 속이 아프당께요. 그것이 무슨 병인지 모른당께라우. 밥만 묵으면 가슴팍에서 꼿꼿하게 몽우리가 솟아 오르다가 체해갖고 신트림이 넘어와서 죽겄당께요."

그녀는 오만상을 찌푸리면서 가슴팍을 문질러가며 말했다. 괜히 헛트림을 끄윽끄윽 해대며 속이 답답하다는 시늉을 보여주었다. 몸도 실버들 가지처럼 너무나 가냘파 보였다. 얼굴에는 노르족족 외꽃이 피어있고 귀밑에는 검은 기미가 방천이 되어 있었다. 얼굴을 보나 몸을 보나 병색이 짙어보였다. 마루 끝에 엉덩이를 걸치고 앉아 있던 여우동이 벌떡 일어나 허벅지를 탁 치며 말했다.

"워매! 인자 병 나서부렀소. 이 꿀을 아침마다 한 숟가락씩 장복만 한다면 밥이 없어서 못 묵을 것이구만요."

여우동은 자글자글 거미줄 같이 피어난 주름살을 모아가며 능청을 떨었다.

"그럼 여기에 한 사발만 담어 주싯시오."

끝내 여우동의 설복에 홀딱 넘어간 것 같았다. 그녀는 부엌으로 들어가서 놋그릇을 들고 나왔다. 여우동이 그것을 보고는 손사래를 치며 말했다.

"이 그릇에는 안 된당께라우. 생청이라는 것은 쇠를 만나면 못 쓴 것이요. 사기그릇에다 담아야 쓴단 말이요."

주인은 고개를 끄덕끄덕거리며 다시 부엌으로 들어갔다. 민순은 두 번째로 사발에 생청을 쏟았다. 그녀의 얼굴에는 다시 상긋한 웃음꽃이 내려앉았다. 생청을 들고 방으로 들어간 그녀는 처음 집에서와 마찬가지로 먹둥구미에 쌀과 되를 가지고 나왔다. 어쩔 수 없이 또 쌀자루에 받아 담았다. 이제 자루에는 두 말의 쌀이 담겼다. 기분은 좋지만 새로운 걱정거리가 생겨났다. 이제 여우동의 힘으로 도저히 쌀 두 말을 머리에 이고 갈 수 없을 것만 같았다. 추운 날씨에 몸도 가누기 힘든 데 하물며 두 말의 쌀을 이고 간다는 것이 너무 버거워보였다. 하는 수 없이 민순은 생청단지와 쌀자루를 맞바꿨다. 아이를 업은 데다 무거운 쌀자루를 머리에 이니 갑자기 땅바닥이 푹 꺼지는 기분이었다. 목뼈도 부러질 것만 같았다.

허리도 오그라들고 걸음이 허청허청거렸다. 이제 더 돌아다닐 힘조차 없었다.

"워매! 인자 그냥 집으로 가세. 날씨는 춥고 발바닥이 쓰라리고 아파서 못 걸겠네."

여우동이 자글자글한 이마 주름을 끌어 모아 마늘모 눈썹을 세워가며 말했다. 하지만 민순은 아직 한나절도 못되었다 싶어 못내 아쉬움만 남았다.

"그럼 하는 수 없지라잉."

"오늘 못다 팔믄 내일 팔제 어쩔 것잉가. 얼른 따라오소."

여우동은 두말도 없이 파장을 놓고서 쥐걸음을 쳐가며 앞장섰다. 욕심 같아선 몇 집만이라도 더 돌았으면 해보지만 그냥 뒤를 따랐다. 더 팔아본들 생청 값으로 쌀을 준다면 가져갈 수도 없을 것 같았다. 예동 앞길로 나와 저 멀리 곰재를 바라보니 갈 길이 아득했다.

벌써부터 고개가 뻣뻣해지면서 아프기 시작했다. 아직 집까지는 오 불고불 돌아들어 십리 밖 거리였다. 다시 보성강을 따라 오류동 재로 넘어들 작정이었다. 한낮 따사로운 햇살이 명주실처럼 물결 위에 내 리꽂히자 물비늘이 사금파리처럼 반짝였다. 바람은 아침나절보다 한 결 부드러운 느낌을 주지만 여전히 세차게 등짝을 밀어대었다. 다리 에 쥐가 나는지 자신도 모르게 절뚝거려졌다. 오른쪽 발가락이 발걸 음을 내딛을 때마다 가시가 박힌 것처럼 콕콕 찔렀다.

그러나 마음은 한없이 기뻤다. 난생처음 장사를 해서 쌀을 받아 이 고 간다고 생각하니 굶고 살지는 않을 것 같았다. 이를 으물어가며 자 정골 산자락을 돌아가고 있었다. 휘우듬 돌너덜길을 걸을 땐 다리에 쥐가 나는 듯 절뚝거려지며 주저앉고 싶었다. 드디어 콕콕 찔러대던 발가락 물집이 터졌는지 쓰라려서 걸음을 걸을 때마다 눈물이 찔끔거 렸다. 그것은 그래도 괜찮았다. 쌀자루를 머리에 인 그녀는 고개가 부 리지고 목덜미도 떨어져 나갈 것 같았다. 허리가 끊어질 것 같아 땅바 닥에 그만 맥없이 털썩 주저앉고 말았다. 쌀자루를 땅바닥에 부린 채 길켠 바윗돌을 부여잡았다.

"워매! 이렇게 힘든 것인 줄 몰랐소."

민순은 엿가락처럼 축 늘어진 몸을 흐늘거리며 하소연을 하고 나 섰다.

"시상살이가 꼭 마음묵은 대로 헐 수 있당가?"

여우동도 무척 힘들어 보이기는 마찬가지였다. 젖 먹던 힘으로 버 텨가며 사립문으로 들어섰다. 아늑한 산골에는 바람마저 잠이 들고 없었다. 찬바람은 산마루 솔숲만 인정 없이 후려치고 있었다. 소나무 들은 부러질 듯 몸을 굽혀가며 울어대었다.

"아이고! 고생했네. 참말로 못 해묵을 일이로구만."

여우동이 생청단지를 내려놓고 고개를 살래살래 흔들면서 푸념을 털어놓기 시작했다. 긴 속박에서 풀려난 듯 환한 표정을 지으면서도 지친 기색이 역력했다. 추운 날씨에 먼 길을 걸어갔다 왔으니 당연한 일이었다. 고개가 몹시 아픈지 앞뒤로 휘둘러대기 시작했다. 민순도 쌀자루를 집어 던지듯 마루에 내려놓았다. 고개를 뒤로 젖힐 수도 앞으로 숙일 수도 없을 정도로 무지근히 아팠다. 그러면서도 그녀는 노인부터 챙기고 나섰다.

"아이고! 추운디 노인이 고생하셨구만요."

민순은 표정을 읽기조차 힘들 정도로 휘주근히 지쳐있었다. 눈꺼풀조차 무거운 듯 쏨벅쏨벅거리다 아기를 업은 채 댓돌에 풀썩 주저앉았다.

"나는 괜찮제. 애기 업은 자네가 고생이었제. 자 어서 방으로 들어가 푹 쉬소."

아프지 않은 곳이 한 군데도 없었다. 머리끝에서부터 발가락까지 마디마디가 결리고 쑤셔대었다. 벌써부터 생청단지만 바라봐도 머리가 지끈지끈 아파왔다. 언제 저 많은 양을 다 팔아야 할 것인지 머릿속이 욱신거렸다. 부자 동네라고 해서 가봤지만 고작 두 사발. 그것도 쌀로 바꿨다고 생각하니 혼자서는 할 수도 없는 일. 쉬운 일이 아니었다. 이렇게 팔았다간 달포가 지나도 한 단지를 팔기 어려울 성싶었다.

모든 것을 뒤로 미룬 채 우선 방으로 들어간 그녀는 코를 드렁거리기 시작했다. 너 나 할 것 없이 어두움이 골짜기를 덮어갈 때까지 세상 모르고 잠에 떨어지고 말았다.

이윽고 다음날 아침이 되었다. 온몸이 방망이로 얻어맞은 사람처럼 만신창이와 다를 바 없었다. 그러나 천근만근 무거운 몸을 이끌고 또

다시 두미재로 가기로 했다. 뱀처럼 꿈틀거리는 보성강가에 자리 잡고 있는 마을로 예동보다 더 멀었다. 역시 여우동과 함께 강 길을 따라 걸었다. 눈이 오려는지 아침부터 날씨가 꾸무럭거리는 것 같았다. 구름 속으로 빨려 들어간 햇덩이는 하얀 자국만 남긴 채 얼굴을 내밀지 않았다. 마을 입구에서부터 부잣집일 성 싶은 집은 샅샅이 훑고 지나갔지만 사발은커녕 종지기 하나도 팔지 못했다. 서로들 생청은 사지 말자고 작당이라도 했는지 한결같이 고개를 모로 저어대었다. 한나절 동안 골목만 누비다 허탕만 치고 말았다. 다리에 힘이 쏙 빠지면서 더 가보고 싶은 생각조차 싹 달아났다. 허기진 채 집으로 향했다. 허방에 빠져 땅속에서 나온 사람마냥 머리가 횡할 지경이었다. 쌀자루를 머리에 일 때보다 더 몸과 마음이 무거웠다. 생청단지를 동댕이쳐서 박살을 내버리고 싶은 마음도 생겨났다. 하지만 마음을 돌려먹고 내일을 기약하자고 마음을 달랬다.

다음날도 마찬가지로 아침을 먹자마자 생청을 팔러 마을을 휘젓고 다녔지만 사흗날에야 겨우 한 사발을 팔 수 있었다. 나흘째 되는 날, 아침부터 여우동이 빗장을 걸고 나섰다.

"아무래도 오늘은 한 발짝도 못 딛겠네. 하루만 푹 쉬었다 허면 안 되겠능가?"

시큼시큼 저려오는 무릎을 토닥토닥 두드려가며 죽어도 못 걷겠다고 엄살을 부렸다. 민순도 마찬가지였다. 하루정도 끓는 아랫목에 온몸을 지지고 싶은 마음이 굴뚝같았다. 쉬지 않고 날마다 다녔다간 병신 되기 십상이었다. 아기를 업고 생청단지를 머리에 이고 온종일 싸대는 것은 제명에 죽지 못할 것 같았다. 그녀는 못 이기는 척 하면서 고래구멍에 참나무 장작을 몰아넣어놓고 방바닥에 드러누웠다. 설설 끓는 방바닥에 온몸을 지져대었다. 그동안 쑥쑥 아리던 삭신에서 진

땀이 흥건하게 배어나왔다. 나른했던 몸이 날아갈 듯 가벼워지는 것 같았다. 늦은 점심때가 짐짓했을 때였다. 점심끼니를 때워야 할 판이었다. 차가운 겨울에는 식은 밥을 솥에 넣고 끓이면 진한 숭늉 밥이 되어 먹을 만했다. 여기에 폭삭 익은 동치미 김치를 곁들이면 한 끼 정도는 해결할 수 있었다. 민순은 자리에서 일어나 방문을 열고 마루로 나왔다. 음산한 찬바람이 휘익 불어오는 가운데 앙상한 감나무 가지에서 까치들이 듣그럽게 깍깍 짖었다. 사나흘 간 맑던 하늘이 아침부터 끄무러지는 듯싶더니 검은 구름이 산허리에 걸려 있었다. 산허리에 외로이 서있는 왕소나무가 찬바람에 떠느라 윙윙 소리를 내었다. 귀곡성처럼 을씨년스러운 소리였다.

토방으로 내려와 막 신발을 신으려 할 때 사립문 쪽에서 인기척이 날아들었다. 겨울이라서 논밭에 가거나 나무하러 가는 산객은 없을 터인데 이상한 일이었다. 헝클어진 머리부터 쓸어가며 너절한 매무새를 가다듬었다. 사립을 향해 눈길을 좌우로 혼들어가면서 시선을 돌렸다. 불쑥 나타난 사람은 까만 양복에 갈색 중절모자를 쓰고 검정구두를 신은 집주인 나기중이었다. 일 년에 고작 서너 번 찾아들던 사람이 며칠 만에 다시 오는 까닭을 도무지 알 수 없었다. 가슴부터 두근거리기 시작했다. 이상한 전율이 몸 가운데로 짜르르 흐르는 것 같았다. 그녀는 마당으로 내려가 넙죽 인사부터 했다.

"잘 있었능가?"

그는 서글서글한 눈웃음을 쳐가며 물었다.

"예. 마님."

"날씨가 추운디 산골짜기에서 어떻게 지내능가?"

그는 인사하는 그녀에게 인자롭고 다정한 눈길로 답례하듯 말했다. 그녀는 자못 쑥스러워 얼른 대답을 하지 못하고 얼굴만 붉혔다.

"여우동은 여기 있능가? 아니면 가고 없능가?"

"방에 계시구만요."

"응 다행이구만. 기와집으로 와서 방에 불 좀 피우라고 허소."

"예, 마님."

무슨 연유로 왔는지 알려주지도 않은 채 기와집으로 향했다. 순간 민순은 온몸이 오들오들 떨려왔다. 생청을 적게 팔았다고 할까 봐 오금이 저려왔다. 아궁이에 군불부터 피우라는 것을 보면 금방 돌아갈 것 같지 않았다. 또 저녁을 어떻게 준비해야 할 것인지 걱정이 머릿속에서 지글지글 끓었다. 또 한편으론 불안한 생각마저 소용돌이를 치며 가슴팍을 할퀴고 지나간 기분이었다. 온몸에 나있는 털끝이 꼿꼿하게 일어서는 순간이었다. 그녀는 여우동에게 군불을 부탁하기가 거북스러웠다. 어른한테 말씀드리는 것이 예의가 아닐 것 같아 몸소 자신이 나서기로 했다. 점심은 뒷전이고 우선 기와집 부엌으로 가서 군불부터 지피기 시작했다. 바짝 마른 밤나무 가지를 고래구멍으로 쑤셔놓고 쏘시개에 불을 쳐댔다. 마른 소나무 이파리에 불이 붙자 톡톡 튀는 소리가 나면서 순식간에 불길은 회오리치듯 피어올랐다. 이번에는 오래 타도록 마른 장작 몇 개비를 덤으로 쑤셔놓은 뒤 아궁이문을 닫아놓고 밖으로 나왔다. 아직은 불기가 없어 방이 냉골일 터인데도 안으로 들어간 집주인은 꿈쩍도 하지 않았다. 그녀는 곧장 여우동한테로 다가갔다. 여우동은 며칠 동안 생청을 팔러 따라다닌 것이 무리였는지 끙끙거리며 앓고 있었다. 사람이 들고나는지도 모르는 것 같았다. 마치 기절한 사람처럼 왕새우 꼴로 웅크리고 있었다. 민순은 살며시 곁으로 다가가 몸을 흔들어 깨웠다. 그제야 실처럼 가느다란 눈을 떠서 쳐다보았다.

"얼른 일어나셔야 쓰겠구만이라."

196

의아쩍은 눈을 휘굴리며 방안을 살피고 나서 입을 떼었다.

"무슨 일이라도 있능가?"

민순은 그녀의 얼굴만 멀뚱히 바라보며 고개만 끄떡였다.

"누가 왔능가?"

"예."

"누가?"

"주인어른께서 오셨당께요."

"뭐 나기중 어른께서?"

"방금 혼자서 오셨당께요."

집주인을 들먹이자 여우동은 헐겁게 벌떡 일어났다. 낭자머리를 손
가락으로 쓱쓱 빗어 비녀를 다시 꽂고는 정신을 가다듬고 물었다.

"무슨 일로 오셨당가?"

"모르겠어요. 생청을 쪼끔밖에 못 팔아서 걱정이구만요."

"지금 어디 계싱가?"

"기와집으로 들어가시길래 지가 군불을 피워드리고 왔어라우."

"잘했네. 내가 가봐야 쓰겄네."

"점심을 지어야 할까요?"

"점심때는 되었능가?"

"낮잠을 자다보니 점심때가 지나부렀드랑께요."

"그랬어? 그럼 내가 가서 점심을 잡술랑가 물어봐야 쓰겄네."

여우동은 주섬주섬 옷을 걸쳐 입었다. 매무새를 훑어본 뒤 구겨진
적삼 단을 쭉쭉 잡아 늘이고서 기지개를 켰다. 팔을 죽 뻗어가며 얼굴
을 비틀어 하품부터 쏟고서 곧장 기와집으로 가고 말았다. 민순은 점
심을 준비해야 하는지 안절부절못하고 방안을 서성였다. 쌀뒤주를 열
락거려 가며 여우동을 기다리고 있었다. 잠시 기와집 방문 열리는 소

리가 들렸다. 신발을 질질 끄집는 소리가 가까워지더니 여우동이 방으로 들어왔다.

"밥은 잡숫고 오셨다네."

여우동도 마음이 놓인 눈치였다.

"그럼 저녁만 준비하면 되능가요?"

"이 사람아 아직 저녁은 멀었응께 걱정 말소. 마님께서 자네 좀 봤으면 허시드랑께. 잠깐 나랑 갔다가 오세."

어쩐 일인지 웃음을 머금은 채 속삭이듯 낮은 목소리로 말했다. 힐끔힐끔 눈치를 살피는 것도 조금은 이상한 느낌이 들었다. 그 새 무슨 일이 있었는지는 몰라도 갈 때와는 사뭇 다른 표정인 것은 사실이었다. 민순은 그저 두렵고 정신이 얼떨떨했다. 부모 같은 분이지만 그래도 주인어른은 남자여서 앞에만 가면 수줍어 얼굴부터 붉혀지곤 했다. 그러나 달아맨 목숨이나 다름없는 처지라 하라는 대로 할 수밖에 없었다. 포졸에게 관아에 끌려가듯 그녀는 여우동을 따라 기와집으로 갔다. 점심을 굶은 탓에 기운이 빠져들면서 어깻죽지서부터 으슬으슬 추위가 몰려들었다. 마루로 올라간 여우동이 쿵쿵 헛기침으로 인기척부터 해대었다.

"마님. 들어가도 될까라우?"

"어서 들어오소."

방안에서 점잖고 우렁찬 목소리가 들려왔다.

여우동은 뒤를 돌아다보며 민순에게 따라오라고 손짓을 했다. 무심히 방안으로 발길을 들여놓은 그녀를 집 주인은 예민한 눈빛으로 바라보았다. 그의 시선과 마주친 민순은 발그스름히 상기된 채 윗목에 무릎을 꿇고 앉았다. 여우동은 어색함도 없이 편안하게 자리했다.

"생청을 얼마나 팔았능가?"

의심쩍은 듯 얄브스름한 웃음을 머금으며 두 사람을 번갈아 훑어보고는 입을 떼었다. 얼굴에는 늠름한 위품이 모아져 있었다. 민순은 갑자기 가슴에서 두방망이질을 해대었다. 콩닥콩닥 심장 뛰는 소리가 들려왔다. 여우동이 기다렸다는 듯이 눈웃음을 살살 치며 흐드러지게 너스레를 털기 시작했다.

"아이고 마님! 생청장사가 쉬운 것이 아니드랑께요. 온종일 걸어도 한 사발 팔기가 힘들드랑께요. 마치 쥐약이라도 되는 것처럼 오살할 년들이 고개만 살살 흔들어 댈 때면 속에서 울화통이 올라와 못 참겄 드란 말이요."

그녀는 고개를 잘래잘래 흔들어가며 말했다. 그동안 사람들로부터 모멸스러웠는지 원망스러움을 토로했다.

"자네가 어린 것을 업고 다니느라 고생했겠구만. 날씨는 춥고 얼마 나 애를 썼능가?"

나기중은 여우동의 말을 들은 척도 하지 않고 눈길을 민순에게 향했다. 알 수 없는 희열의 정이 휘휘 감겨들도록 말했다. 마치 돌아가신 시아버지와 다를 바 없었다. 눈가에는 생글한 웃음이 스쳐지나가는 것 같았다. 겁에 눌려 떨고 있던 긴장이 일시에 싹 달아나는 것 같았다.

"아니어요. 괜찮았구만요. 그런데 팔지를 못해 죄송해요."

민순은 얼굴을 들지도 못한 채 그동안의 애달픈 심정을 솔직하게 말했다.

"팔리지 않을 것이라 나도 잘 알고 있네. 조금 있으면 초근목피로 살아갈 사람들이 많을 것인디, 비싼 약을 사서 묵을 사람들이 얼마나 있겄능가? 아직은 생청이 좋을 줄도 모를 것이고. 사람들은 마치 조청 인줄 알고 있을 것이네."

나기중은 곰방대를 꺼내 가루담배를 채워 불을 붙여가며 담담한 어조로 말했다. 이미 속내를 짐작이라도 하고 있는 듯 허망한 마음속을 털어놓았다. 여우동이 때는 이때다 싶어 애써 호소라도 하려는 버럭 소리를 질렀다.

"아이고! 마님도 잘 알고 계시구만이라우. 쪼깐 싸게 팔면 안 될까라우? 한 사발에 쌀이 한 말이나 되니 누가 사묵겄소? 아무리 몸에 좋은 약이라고 한들 보리밥도 없어 나물죽을 묵고 사는 판인디. 그 비싼 생청을 사서 묵겄냐 싶당께요. 팔리지도 않은 것을 머리에 이고 쏘다닐랑께 목도 아프고 사람 죽겄구만이라우."

입 언저리에 야살스러움을 물고서 입정을 떨었다. 부러 생청이 비싸다는 것을 강조하려 든 말이었다.

"이 사람아, 생청을 팔라고 하믄 사람들을 모아놓고 조단조단 말을 해줘야 사는 것이제, 단박 몸에 좋은 것이니 사라고 다그치면 산당가? 생청장사를 할라치면 느긋하게 맘 묵고 맛도 좀 보여줌서 우리 몸 어디에 좋은 섯인지 알려줘야 쓸 것 아닝가? 사람들은 생청이 어디서 나는 것인 줄도 모르고 조청인줄 안단 말이시."

"생청이 어디에 좋당가요? 알아야 가르쳐주지라우."

"생청은 속이 허한 사람한테 좋은 것이여. 일러치면 밥만 묵으면 체한 사람, 어지럽고 황달기가 있는 사람, 목에서 쓴물이 넘어오는 사람, 가래가 끓는 사람, 얼굴에 외꽃이 피는 사람, 하혈하는 여자들, 허약한 아이들에게 좋은 약이랑께. 작은 벌들이 꽃에서 따온 것을 모아놓은 것잉께 당연히 비쌀 것 아닝가?"

나기중은 분명한 어조로 심엄한 표정을 지으며 말했다. 꿀에 대해서는 그를 당할 자가 없었다. 양봉만도 백여 통을 가지고 자운영 꽃이 필 때, 메밀꽃이 필 때면 이곳저곳으로 옮겨 다니며 꿀을 따고 있었다.

여우동은 고개를 끄덕거리며 벌린 입을 다물지 못했다. 신통스럽다는 듯이 나기중을 바라보기만 했다

"워매 알았소. 인자 사람들에게 약이라고 자랑해가면서 팔아야 쓰겄소. 그런 줄도 모르고 설날 쑥떡 찍어 묵으면 맛있다고 했당께라우. 그러니 누가 생청을 살라고 허겄냔 말이오."

여우동은 금세 눈빛이 하늘을 태우기라도 할 듯 번쩍번쩍거렸다. 민순도 이제 알 것 같았다. 그냥 밥 먹고 체한 속병에나 좋다고 말했던 것인데 이제 자신 있게 말해줄 수 있을 것 같았다.

"생청 값으로 쌀을 받아다 놓았는디 어떻게 할까요?"

민순이 걱정스러운 얼굴빛으로 나기중을 향해 물었다. 쌀을 가져다 줄 수도 없고 빈집에 놓아두기도 불안한 처지였다. 혹시 집을 비워놓은 사이 도둑이라도 들면 큰일이었다.

"알았네. 나중에 머슴을 보낼 터이니 그 편에 보내주소."

잠시 후 나기중은 벽에 걸어놓았던 옷에서 뭔가를 꺼내었다. 누런 봉투 하나를 꺼내어 민순 앞에 놓았다. 봉투를 바라본 그녀는 영문을 몰라서 의심을 가득히 채운 눈으로 쳐다봤다. 무망중 일이라 매우 당황스러운 표정이 역력했다.

"이것 받아 넣어두소."

심상찮은 궁금증이 고개를 갸웃거리게 만들었다. 그녀는 무언의 눈짓으로 까닭을 물었다.

"당장 내일 갔다가 오소. 남편이 어디로 간 줄도 모르고 살아서야 쓰겄능가?"

알다가도 모를 일. 남편한테 갔다 오라는 말에 그녀는 안광이 번뜩 빛났다. 그러나 한편으로는 느닷없는 일에 심장에서 고르지 못한 소리가 들렸다. 지울 수 없는 아픔이 순식간에 밀려들면서 불안한 생각

에 젖어들기도 했다.

"저희 남편이 어디에 있는디 모르구만이라우."

그녀는 기대에 찬 눈빛으로 물었다.

"오늘 내가 온 것은 다름이 아니네. 자네 남편이 어디 있는가 알고 싶어 경찰서로 가서 알아봤제. 그랬더니 목포 형무소로 갔더구만. 식구가 가면 면회가 된다고 해서 보내줄라고 왔던 것이네. 그러니 이 돈으로 내일 여우동과 함께 다녀오라 그 말이시."

나기중은 민순만 보면 가슴 한구석이 쓰라려왔다. 아직 스물도 되지 않은 나이에 남편을 감옥으로 보내놓고 안타까워하는 모습이 무척 안쓰러웠던 것이다. 비록 남의 일이지만 어린 것을 데리고 사는 모습이 너무 난감해보였던 것이다. 나기중은 말끝마다 입에서 살살 녹아내릴 것 같은 말로 감미롭게 민순을 대해주었다. 그녀의 두 눈에는 벌써 눈물이 그렁그렁 괴어들었다. 나기중도 눈시울이 뜨거워지는 것을 느꼈다.

"마님 너무너무 고마습니다요."

앳되고 가냘픈 목소리로 울부짖으며 말했다. 그녀는 남편의 얼굴이 떠오르며 가슴이 쿵쿵 뛰기 시작했다. 그동안 잊고 지냈던 슬픔이 울컥거리며 목을 채우려 들었다. 긴장과 흥분이 서로 맞물려 들면서 머릿속을 뒤흔들었다. 살아 돌아올까 싶은 의구심에 가슴만 졸이고 있던 터, 노심초사 걱정이었는데 우선 말만 들어도 살 것 같았다. 문득 가슴이 후끈거리며 남편의 얼굴이 떠오르기 시작했다. 그녀는 정신을 가다듬고 나기중을 바라보았다. 이보다 고마운 이가 세상천지 어디 있을까 싶어 머리를 뽑아 신을 삼아줘도 아깝지 않을 것 같았다.

"마님 이 은혜 무엇으로 갚아야 할지 모르겠구만요."

민순은 울부짖으며 고개를 숙였다.

"괜찮네. 사람은 인지상정(人之常情)이 아니겠능가? 사람이 살다 보면 한 치의 앞도 못 내다보고 사는 것이제. 세상은 돌고 도는 것이니 자네가 나를 도와줄 일도 생기는 것이네."

나기중은 의미심장한 말을 꺼내들었다. 하지만 민순은 귀담아 듣지도 않았다. 아무튼 그렇게까지 생각해 주니 고마울 뿐이었다.

여우동은 시치름한 표정을 짓고 앉아 있었다. 그러나 민순은 알든 말든 상관할 바도 아니고 관심도 없었다. 그저 남편을 만나게 해주는 고마움은 난망지택(難忘之澤)이어서 살아생전 무슨 일을 해서라도 은혜를 갚겠다고 다짐했다.

"보성역에서 내일 아침 8시에 타면 목포까지 바로 간다니까 일찍 서둘러야 쓸 것이네. 그리고 목포형무소는 역에서 내리면 가깝다네. 면회를 허고 되짚어오면 내일 정나절에는 보성에 다시 떨어질 것이네."

나기중은 차 시간까지 알아서 자세히 가르쳐주었다.

"예. 마님."

여우동이 숙연한 마음으로 한마디 거들고 나섰다.

"자네는 이 은혜 잊지 말아야 쓰네. 이 어른이 어떤 분잉가. 보성읍내에 지나가기만 해도 길가는 사람들마다 고개를 숙이는 분이네. 그런데도 자네를 위해서 이 멀리까지 돈을 가지고 오시다니. 참말로 자네는 행복한 사람이랑께. 절대로 그 은혜 잊지 말소. 알았능가?"

여우동은 장공속죄라도 하라는 듯 나기중을 추켜세우기 시작했다. 듣기에도 차마 민망스럽도록 살살거렸다.

"예."

"하믄 그래야제. 자네는 서방이 멀리 떠났다고 해도 행복하당께. 이런 어른은 뵙기도 힘든 것인디. 어른께서 직접 쌀을 가져다 주시지 않는가? 아니면 돈을 가져 오시지를 않능가? 거기에다 생청장사까지 시켜 밥 묵고 살게 만들어 주시제. 암만 생각해도 자네는 오뉴월 개 팔자로 태어났는개비네. 얼굴이 이쁘게 생긴께 인덕도 있구만."

이번에는 그녀를 띄우고 나섰다. 공무풍선이 터져버릴 정도로 잔뜩 바람을 불어넣기 시작했다. 나긋나긋 아양을 떨어가면서 공중방아를 찧는 것이었다.

"그러면 내일 아침 일찍 나오도록 하소. 나는 이만 가봐야 쓰겄네."

나기중은 말이 끝나기도 전에 자리에서 일어나 옷을 챙겨 입기 시작했다. 방문을 열고 나간 그는 사립문으로 향했다. 민순은 사립문까지 나가 배웅을 했다. 그 감사함에 얼른 발길을 돌릴 수 없었다. 산굽이를 돌아들 때까지 뒷모습만 바라보고 서있었다. 나기중은 떠나가고 집으로 돌아온 민순은 마음이 붕 떠서 활성산 위로 날아가는 기분이었다. 그다지도 오매불망했던 남편을 만날 수 있다는 꿈같은 생각. 육신마저 훨훨 하늘로 날고 있었다. 텅 빈 달걀껍질 속으로 빨려 들어간 사람처럼 기억이 흐리마리해지기도 했다.

남편을 만나면 무슨 말을 해야 할까? 아버님께서 돌아가셨다고 말을 해야 하는지, 아니면 돌아올 때까지 숨겨두는 것이 나을까? 남편을 데리고 올 수 있다면 얼마나 좋을까? 데려가게 해달라고 비진사정이라도 해볼까? 허파가 터지도록 한숨을 몰아쉬었다. 삼지창으로 쿡쿡 찔리는 아픔도 밀려들었다.

27
목포형무소로 면회를 가다

산자락을 타고 내려온 냉기가 뼛속으로 파고드는 겨울밤. 밤은 깊어가는 데도 잠을 이룰 수가 없었다. 싸늘한 밤바람이 매정스럽게도 문풍지를 후려치고 지나갔다. 문틈으로 날아든 청승 겨운 조각달이 찬 서리를 뿌려주느라 희뿌옇게 변해 있었다. 찬바람을 이겨내지 못한 대나무들이 솨솨거리며 밤공기를 흔들어댔다. 시아버지 살아계실 때 밤새 울어주던 소쩍새가 다시 날아들었다. 마당가에 외로이 서있는 감나무에 앉아서 목을 꺾어가며 피 터진 소리를 토해내었다. 서글픔이 깃들 때면 늘 함께 나누며 살자고 울어주는 위안의 벗이었다. 삼경이 지나도록 눈을 감지 못한 그녀는 미혹의 혼미 상태에 빠져있었다. 밤이 깊어질수록 눈에서는 갈쌍갈쌍 눈물이 고여 들고 마음은 더욱 음울해졌다. 남편을 만나러 가는데도 왜 이리 서글픔이 몰려오는 것인지. 기구한 운명의 조각들이 왜 자기한테만 날아드는지 알 수 없었다. 희붐한 여명의 빛이 산자락을 넘어올 때까지 울적한 생각을 지워버리지 못한 그녀는 부엌으로 나갔다. 아침도 짓고 차에서 먹을 보리개떡도 찌고 고구마도 쪘다. 새벽 어스름이 물러가기도 전에 아침을 먹고 여우동과 함께 산길을 올랐다. 찬 서리가 풀숲을 온통 솜털처럼 덮어놓았다. 칼로 도려내듯 시린 발을 달래가며 평촌재를 넘어 보성역으로 내달렸다. 이윽고 장거리를 지나 보성역으로 들어섰다. 역 마당을 바라보자 또 다시 가슴이 미어지는 아픔이 일기 시작했다. 불쑥 생각나는 사람은 엄마였다. 살아계실 때 넋을 잃고 아빠를 기다리셨다는 곳. 이제는 딸도 엄마와 다를 바 없다고 생각하니 한스러운 심회가 가슴에서 몰캉거렸다.

역 마당에는 섣달그믐 대목장 붐비듯 오가는 사람들로 가득 찼다. 기차를 타러 가는 사람들이 대합실로 몰려들었다. 대합실 밖에서는 빈 지게를 짊어진 짐방꾼이 즐비하고, 구두닦이 통을 매고 '구두 닦어'라고 외쳐대는 이들도 많았다. 얼굴에는 하나같이 검정 구두약이 묻어 있었다. 구두 신는 신사만 보면 어김없이 달려가 구두를 닦으라고 졸라대었다. 바구니를 머리에 이고 떡을 팔러 다니는 아낙들, 엿판을 짊어지고 엿가위를 땡그랑거리는 엿장수, 길가에는 뜨끈한 붕어빵을 굽고, 군밤 장수도 있었다. 어린 것들은 껌을 들고 다니며 졸라대었다. 깡통을 차고서 한 푼만 도와달라고 질질 따라다니는 이도 많았다.

민순은 아들을 등에 업고 여우동과 함께 대합실로 들어섰다. 목포까지 가는 기차표를 사기 위해 그제야 노랑봉투를 열었다. 파란 지전이 여러 장 들어 있었다. 목포까지 갔다 오고도 남을 만큼 많은 돈이었다. 가슴속에서 이상한 감회가 뭉클하게 솟구쳤다. 무슨 심덕으로 이렇게 인정을 베풀어 주는지 호도껍데기 속 같은 미궁으로 빨려 들어가는 기분이었다. 목포행 표 두 장을 사들고 기다리고 있었다. 저 멀리 그럭제에서 기차 소리가 들려오고 있었다. 칙칙폭폭 칙칙폭폭 뙈애앳 뙈애앳 힘에 겨운 소리가 점점 가까이 들려왔다. 역무원이 개찰구를 열어젖혔다. 승객들이 꾸역꾸역 빠져나가기 시작했다. 손에는 모두 다 보따리가 들려져 있었고 다라를 이고 가는 아낙들도 많았다. 마중 나온 사람들이 대합실을 가득 채워갔다. 민순은 여우동 손을 잡고 개찰구로 다가갔다. 역무원은 찰각하며 차표에 홈을 내주었다. 마음은 이미 남편한테로 가고 없었다. 플랫폼으로 걸어가 기차를 기다렸다. 잠시 새까만 기차가 슬금슬금 역구내로 들어왔다. 가쁜 숨을 몰아쉬면서 하얀 김을 부걱부걱 토해내었다. 여우동이 잽싸게 차에 올랐다. 어린 것하고 먼 길을 서서갈 수는 없다고 했다. 구석진 곳이라도 자리를 잡기 위해 부리나케 서둘렀다. 다행히 아늑한 창가에 자리가 있었다. 여우동은 얼른 그곳을 차지하고서 민순에게 손짓을 하며 불러대었다. 사람들은 좌석을 차지하려고 눈에다 불을 켜는 것 같았다.

"어야, 이리 오소. 여기 앉아가야 쓰네."

여우동이 민순을 불러대었다. 어린 것을 등에 업은 민순은 둥싯거릴 수밖에 없었다. 그때 젊은 여자가 다가와 잡아놓은 자리에 덥석 주저앉았다.

"여기는 정해놓은 자링께 비켜주싯시오잉."

여우동이 비키라고 버럭 소리쳤다.

"앗따! 오지도 않은 사람 자리가 어디 있다요."

그녀는 시답잖다는 듯 푸념 섞인 말을 시부렁대었다.

"뭣이여? 젊은 것이 싸가지가 틀려묵었네. 내가 자리를 잡아놨응께 저리 비키란 말이여."

여우동이 성마른 표정을 지어가며 소매를 잡아당겼다. 하지만 그녀는 언죽번죽거리며 일어나지 않았다. 되레 기분 나쁘다는 듯 뾰로통한 얼굴로 흘겨보며 푸념을 털어놓았다.

"워매! 아줌마 이 기차를 통째 세냈소? 나도 고래 심줄 같은 돈으로 차표를 샀당께라우. 별일 다 보겠네."

젊은이는 아니꼽살스럽다는 듯 눈초리에 쌍심지를 켜들고 대들었다. 여우동은 난감했다. 다행히 그때 민순이 다가와 곁에 서있었다.

"이 보랑께. 내 딸은 애기를 업었단 말이어. 자리가 없으면 목포까지 어떻게 서서 가겠능가. 애기도 안 길러 봤능개비네. 애기 업은 여자에겐 쪼깐씩 양보도 하고 살아야제. 젊은 사람이 늙은 사람에게 눈을 톡 붉혀갖고 대든당가. 어디서 배운 버르장머리여. 장유유서 정도는 알고 살아야 쓸 것 아닝가?"

여우동은 황당하다는 듯이 노발대성으로 준엄하게 꾸짖듯 말했다. 그때야 그녀는 자리에서 일어났다. 이빨도 닦지 않고 사는지 누렇다 못해 옻나무 껍질처럼 황갈색이었다. 더러운 이빨 사이로 푸접스럽게 고시랑대면서 다른 칸으로 떠나갔다. 한바탕 법석을 떨긴 했지만 그래도 마음이 푼더분해서 속웃음이 키들거려졌다. 좌석도 없이 차를 타는 것은 차라리 등짐 지고 일을 하는 것보다 못할 노릇이었다. 더군다나 애기를 업고 서있는 것은 더욱 힘들었다. 여우동은 자주 기차를 타고 다녀본 경험이 있기에 날쌔게 행동을 할 수 있었다. 민순은 여우동이 너무 고마웠다. 혼자 간다면 좌석은커녕 서있을 곳도 마땅치 않을 것 같았다. 이제 맘 놓고 포대기를 풀어 아들을 무릎에 앉혔다. 시간이 지날수록 차 칸은 점점 만원이 되어가고 있었다. 서있을 구석 하나 없이 사람들이 들어찼다. 사람만 타는 것이 아니었다. 좌석이 없는 곳에는 쌀자루는 물론이고 고구마, 감자를 담은 자루도 보였다. 한쪽에는 해산물도 가득했다. 양은 다라에는 낙지, 꼬막, 전어, 갈치, 고등어, 바지락, 주꾸미, 새조개, 피조개, 가오리, 홍합, 물미역 등으로 채워져 있었다. 마치 어물시장을 방불케 할 정도로 생선비린내가 역겨웠다. 차 안에서도 남자들은 담뱃대를 입에 물고 연기를 뿜어내었다. 눈이 매워서 뜰 수가 없었다. 비린 냄새하고 담배연기가 버무려져 숨통

208

을 꽉 막으려 달려들었다. 어린 것이 콜록콜록 기침을 해대었다. 그러나 별 도리가 없었다.

겨울에는 창문을 열지 못했다. 창문을 열었다간 살을 에는 칼바람이 달려들기 일쑤였다. 더구나 기차가 굴 속으로 들어갈 때 창문을 늦게 닫기라도 하면 시커먼 석탄연기가 가루까지 품고 날아들어 숨을 쉴 수가 없게 만들었다.

석탄과 물로 허기를 달랜 기차는 다시 칙칙폭폭 칙칙폭폭거리며 슬금슬금 보성역을 빠져나갔다. 광곡을 지난 뒤 명봉역에서 사람들을 내려주고 예재 오르막길을 올라채고 있었다. 가파른 비탈길을 오르는 기차는 힘이 달리는지 널브러진 소리를 질러대었다. 마치 소 구루마처럼 흐느적거리다가 예재 굴을 빠져나온 뒤 내리막길에선 속력을 내기 시작했다. 어느덧 춘양역에 도착했다. 다음 역은 능주라고 써져 있었다. 그 순간 민순은 가슴이 두근두근거렸다. 능주를 떠난 지도 삼년이 훨씬 지나고 있었다. 불현듯 이양할머니가 생각났다.

살아있는 동안에는 잊을 수 없는 분이었다. 인자하신 할머니가 눈에 아른거려 눈물마저 핑 돌았다. 그녀는 오래전부터 버릇처럼 되뇌는 말이 있었다. 세상 태어나 잊지 못할 사람은 네 사람밖에 없다고. 먼저는 엄마였고 다음은 이양할머니였다. 나중에는 시아버지였으며 지금은 남편뿐이었다. 그러나 곁에 있는 사람이 아무도 없었다. 이미 두 사람은 저 세상 사람이 되고 말았다. 살아있는 사람도 만날 수 없다는 것이 마음 아팠다.

아직은 이양할머니께서 살아계실 것임에 틀림없었다. 타고나신 심덕이 곱고 후하신 분이어서 백수를 누리고도 남을 것 같았다. 살아계실 때 한번 뵙고 싶은 마음이 간절했다. 이윽고 기차는 능주역에 도착했다. 창밖으로 보인 능주역은 예전 그대로였다. 저 멀리 야학당 건물이 눈길 안으로 들어왔다. 가슴이 울컥거리며 예전 일들이 떠올랐다. 글을 깨우쳐줬던 야학당. 생각할수록 고마웠다. 그보다 야학당에 보내준 이양할머니가 고마웠다. 그분이 아니었더라면 지금도 눈뜬 봉사라는 생각에 감격의 눈물이 흘러나왔다.

갑자기 소름이 끼치는 사람이 불쑥 떠올랐다. 이가 갈리는 순사의 아들 김범재. 어째서 일본을 섬기는 사람마다 불구대천(不俱戴天) 원수인지 치가 떨렸다. 길동의 얼굴도 떠올랐다. 자기 때문에 일본으로 끌려간 남자. 지금은 돌아왔는지 궁금하기 한량없었다. 혹시 길동이 돌아왔으면 징용이란 어디 가서 무얼 하는 것인지 속 시원히 물어보고 싶은 마음이 간절했다. 오른쪽 창문으로 눈길을 돌렸다. 능주역을 막 지나치면 천덕리 천년동 마을이 보였다. 그녀는 창문에 눈길을 고정시켰다. 잠시 후 기차는 어김없이 천덕리 앞으로 내달렸다. 천년동과 회덕마을로 나눠지는 삼거리가 눈 안으로 들어왔다. 아름드리 느티나무가 두 마을의 갈림길에 버티고 서 있었다. 갈래 길을 비스듬하게 껴안은 채 서로 마주보며 총총히 서있었다. 예전과 다름없이 묵묵히 마을을 지키고 있었다. 느티나무 아래서 광주로 도망치자고 옥색 색동저고리와 연한 자줏빛 치마를 사들고 왔던 폰수. 예쁜 모란꽃이 그려진 꽃신을 건네주던 폰수는 지금 어디서 뭘 하고 있을까?

이양할머니 집이 현연히 보였다. 갑자기 울적한 심사가 솟구쳤다. 시집가면 친정집처럼 찾아달라는 이양할머니가 너무 보고 싶었다. 달리는 창밖으로 할머니를 불러보고 싶어 하염없는 눈빛만 쏟고 있었다.

"여기가 능주당가?"

여우동이 민순의 처연해진 표정을 읽고 있었다.

"예. 저기서 지가 살았구만요."

그녀는 천년동 기와집을 가리키며 소리치듯 말했다. 마치 손에 잡힐 듯 눈앞으로 지나치는 기와집. 부르면 금방 대답을 할 것도 같은 집이 금방 지나가고 말았다.

"마을이 남향바지로 좋게 보이네. 뒷산들이 마치 병풍맹키로 북쪽 바람을 막아중께 참말로 아늑하고 좋은 마을이구만. 여기서 오래 살제 내려 와갖고 이리 고생을 허고 사능가?"

그러나 그녀는 얼른 대답하지 못했다. 능주에서 살았던 그간의 사연을 들먹일 수 없었기 때문이다.

"명창이 되고 싶어서요."

"하기야 명창이 될라고 집을 나왔다고 했었제."

"예."

"엄마 죽은 것이 얼마나 한이 되었으면 명창이 될라고 했겄능가. 꼭 되어야 쓸 것인디 지금은 어렵지 않겠능가. 일본이 물러가면야 가능 허겄제."

여우동은 숨이 끊어질 것 같은 한숨을 토해내면서 입맛을 쓸쓸하게 다셨다. 민순은 다소곳이 앉아 빨랫줄 같은 시선으로 창밖을 바라보고 있었다. 밖으로만 눈길만 뿌리고 있을 뿐 여유로움도 없이 시무룩했다. 창밖의 너른 들이 망연스럽도록 삭막했다. 풀 한 포기 보이지 않은 채 황망한 들판에서 먼지만 날렸다. 하늘은 구름옷을 벗어던지고 유난히 부드러운 햇살로 삭막함을 달래고 있었다. 하지만 땅위에 모든 것은 햇살도 무색하리만큼 휘주근히 지쳐 생기를 잃은 것 같았다. 나라 잃은 설움으로 가득 찬 그녀의 마음은 황량한 겨울 들판보다 차가워보였다. 역마다 내린 사람보다 타는 사람만 늘어났다. 기차 속은 숨 쉴 공간마저 부족할 형편으로 변해가고 있었다. 승객들은 옴짝달싹할 수 없었다. 기차가 덜컹거리기라도 하면 한쪽으로 쏠리느라 아우성이 터져 나왔다. 역했던 냄새도 코가 마비되었는지 무감각한

상태가 되어 아무렇지도 않았다. 기차는 어느덧 광주로 들어서고 있었다. 승객들은 벌써부터 엉덩이를 들썩들썩거리기 시작했다. 서로들 짐을 챙기느라 웅성거리기 시작했다. 한 발짝이라도 먼저 내릴 준비에 아우성 소리만 커갔다. 얼마 후 기차는 광주역으로 들어섰다. 사람들은 벌 떼처럼 기차에서 빠져나갔다. 짐들을 어깨에 짊어지고 머리에 이느라 야단들이었다. 바닥에서 다라를 끄집는 소리가 소름이 끼치도록 자그럽게 날아들었다. 잠잠했던 비린내가 또다시 콧속을 여지없이 할퀴기 시작했다. 잠시 후 사람들이 빠져나간 기차 안은 한가로울 정도로 텅텅 비었다. 다리도 맘대로 뻗을 수 있어서 좋았다. 다시 기차는 목포를 향해 출발했다. 송정리를 향해 힘차게 바퀴를 굴리기 시작했다.

시달렸던 몸이 나른해지기 시작했다. 자기도 모르게 슬그머니 눈이 감겼다. 지난밤 잠을 설친 탓도 있어서인지 코를 곯아가며 잠에 떨어지고 말았다.

눈두넝이 무거워 내리덮은 눈이 떠지지가 않았다. 여우동도 마찬가지였다. 밀려오는 졸음을 피할 수 없었다. 두 식경이 지나도록 왕새우처럼 웅크린 채 곤한 잠에 취해 있었다.

여우동이 눈을 떴을 때는 차창밖에 비쳐지는 풍경은 시골이 아니었다. 벌써 일로역을 지나 목포로 다가가고 있었다. 승객들이 나갈 채비를 서두르는 눈치였다. 짐을 챙기는가 하면 아이들을 포대기에 싸서 각단지게 업고 있었다. 사람들 중에는 형무소로 면회 가는 사람들이 꽤 많은 것 같았다. 끼리끼리 대화 속에 들먹이는 소리가 들렸다. 남편을 형무소에 보내놓고 애절한 슬픔이 복받쳐 울어대는 부인도 있었다. 아들이 징용을 기피해서 잡혀갔다는 노인도 있었고, 순사를 두드려 팬 죄로 끌려갔다는 이, 술 먹고 행패를 부리다 잡혀간 이도 있는 것 같았다. 세상을 살다보면 처지가 비슷한 사람들도 많은 것 같았다. 여우동은 혼자서 마음이 급해졌다. 침까지 흘려가며 곤잠에 떨어진 민순을 흔들어대었다.

"어야! 다 왔당께. 눈을 떠야 쓰겄네."

민순은 그제야 부스스 눈을 떴다. 눈을 휘둥글며 창밖을 내다보았다. 논밭은 보이지 않았다. 기와집들이 옹기종기 모여 있었다. 산꼭대기까지 오막살이집들이 다닥다닥 붙어있기도 했다. 잠시 기차가 뙈애앳 뙈애앳 늘어진 소리를 내지르고서 슬금슬금 목포 역구내로 들어가고 있었다. 칙칙 쏴쏴거리면서 덜컹 멈춰 섰다. 민순은 다시 포대기에 성음이를 덮어씌워 업었다. 손으로 머리를 쓱쓱 빗어 쪽 진 머리에 비녀도 다시 꽂았다.

"여기는 갯가라서 무지하게 춥네. 애기 머리까지 꼭 싸서 업도록 허소."

여우동이 포대기를 높이 끌어올려 꼭 싸주며 말했다. 사람들은 일순간 기차를 빠져나가기 시작했다. 민순은 포대기 끈을 단단히 조여가며 뒤를 따랐다. 플랫폼으로 내려딛었다.

갑자기 냉기가 소름이 끼치도록 몰려왔다. 턱이 떨리도록 찬바람이 불어왔다. 역시 갯바람은 모질게도 차가왔다. 갯내어린 찝찔한 바닷바람이 젖가슴 속으로 파고들었다. 가냘픈 동짓달 햇볕으로는 갯바람을 이겨낼 수 없을 것만 같았다. 으스스 한기를 뒤로 하고 바삐 대합실로 들어섰다. 바람을 막아줘 한결 아늑하면서 포근함을 느낄 수 있었다. 앞서 간 사람들이 썰물처럼 밖으로 빠져나갔다. 여우동은 그들을 놓치고 싶지 않았다. 그들만 따라가면 곧장 형무소로 갈 것 같았기 때문이다. 물어물어 찾아가야 할 판인데 마침 잘되었다 싶은 마음에 졸랑졸랑 그들의 뒤를 따랐다.

"어야 나만 따라오소. 이리 가면 형무소가 있는개비네."

"어떻게 아셨어요?"

"이 사람아 눈치가 빠르면 절에 가서도 멸치젓을 얻어 묵는다고 허등개비. 암말도 허지 말고 내 뒤만 따라오랑께."

여우동은 신이 나서 까불까불 걸었다. 아직 점심때는 이른 것 같았다. 햇살은 눈부시게 쏟아져 내렸다. 집들만 다닥다닥 붙어있는 시가지가 계속해서 이어지고 있었다. 언덕바지 산길을 오르기도 했다. 함석지붕, 초가집지붕, 기와지붕으로 뒤섞인 게딱지같은 오두막집들이 오밀조밀 들어차 있었다. 형무소 가는 길이 이토록 좁고 비탈길일까 싶을 정도로 오르막은 계속되었다. 비탈진 언덕으로 올라갈수록 궤짝 같은 판잣집들이 닥지닥지 붙어 있었다. 울퉁불퉁 돌계단을 올라 이윽고 산마루에 올라섰다. 바람은 더욱 세게 몰아치며 얼굴을 핧고 지나갔다. 눈을 뜰 수 없었다. 손이 시리기 시작하고 볼기짝도 감각을 잃어가는 것 같았다. 고갯마루를 꼴딱 넘어서니 거기는 딴 세상 같았다. 탁 트인 풍광이 시야에 들어왔다.

목포앞바다가 훤히 내려다 보였다. 파란물결이 세차게 너울지는 바다가 그녀의 한눈에 들어왔다. 망망대해 푸른 물결 위로 집채보다도 큰 배들이 통통거리며 떠가고 있었다. 항구에는 수많은 배들이 빼곡히 들어차 있었다. 파도가 하얀 물보라를 일으키며 뱃머리를 후려칠 때면 배들은 둥싯둥싯 뒤뚱거렸다. 바다풍경도 뒤로 한 채 내리막길로 들어섰다. 이곳에는 집들이 보이지 않았다. 경사가 급해서인지 아니면 바다가 보이는 곳이라 그랬는지는 몰라도 그 흔한 판잣집 하나 보이지 않았다. 깎아내려지는 절벽 사이로 길만 뚫려있었다. 휘우듬한 산굽이를 돌아 산허리에 이르니 붉은 벽돌로 성벽을 쌓아놓은 듯 담장이 나타났다. 하늘을 향해 철옹성같이 솟구친 붉은 담장이었다.

성벽처럼 높이 쌓아올린 담장을 바라본 민순은 심장이 콩 뛰듯 했다. 사무치도록 보고 싶던 남편을 가둬둔 곳이라는 생각에 눈물이 앞을 가로막았다. 남편 얼굴이 아롱아롱거려 걸음을 걸을 수 없었다. 돌계단을 내려오니 커다란 신작로가 나왔다. 신작로에도 사람들이 끼리끼리 걷고 있었다. 모두들 형무소로 가는 사람들로 보였다. 산마루를 넘어왔던 길은 지름길이었음을 알 수 있었다. 어느덧 붉은 벽돌 담장 가까이 다가섰다.

"워매! 여기가 형무소인개비네."

여우동이 민순을 향해 몹시 흥분된 표정을 짓고서 안타깝다는 듯 말했다.

"그런개빈디요."

민순의 얼굴근육은 싸늘하게 경직되어 있었고 침통한 빛도 역력했다.

"오살할 놈들. 사람을 끌어다가 이런 곳에다 가둬두다니. 세상에 이 꼴이 뭣이랑가."

여우동이 혀를 쩝쩝 차가며 투덜거렸다. 신작로는 담장을 끼고 돌았다. 담장은 끝이 없을 정도로 길었다. 아슬아슬하도록 높은 담장 위에는 녹슬은 가시철조망이 둘둘 말아져 있었다. 사다리가 있어도 못오를 것 같은데 그 위에 철조망이라니 보기만 해도 섬뜩하리만큼 공포감이 몰아쳤다.

철조망 사이로는 참새 한 마리도 날아가지 못할 것 같았다. 그 모습을 본 사람들마다 숙연한 표정을 지었다. 그것만이 아니었다. 담장 꼭대기엔 군데군데 보초막이 세워져 있었다. 마치 망루 같은 곳에서 총을 든 사람들이 지키고 서 있었다.

"아이고! 저것 좀 보소. 철조망에 그것도 부족헝가 꼭대기서 총을 들고 지키고 있당께."

뒤에 오는 민순을 핼금핼금 훔쳐본 여우동이 소리쳤다. 보초막을 쳐다본 그녀의 얼굴에는 기겁으로 가득 차 있었다. 민순도 그곳을 쳐다보았다. 하늘같이 높은 곳에서 이쪽저쪽을 내려다보고 있었다. 쥐새끼 한 마리 드나들 수 없을 것 같았다. 갑자기 형무소 안이 궁금해지기 시작했다. 사방이 꽉 막혔으니 보이는 것이란 하늘뿐일 것 같았다. 온종일 하늘만 보인다고 생각하면 얼마나 답답할까 싶었다. 잠시도 가만히 있질 못한 남편이고 보면 어떻게 지내고 있는지 가슴이 저려오기 시작했다.

햇빛도 볼 수 없는 담장을 따라 한참을 걸었을 때였다. 저만큼에서 사람들이 줄을 서 있었다. 호각 소리도 들렸다. 거기가 정문인 듯싶었다. 헌병처럼 긴 칼을 차고 제복을 입은 사람들이 즐비했다. 소리를 질러대며 줄을 세우는 이도 보였다. 무슨 일인가 싶어 가슴이 조마조마해지기 시작했다. 가만히 보니 가는 사람마다 뒤에 가서 줄을 서고 있었다. 이를 본 여우동이 잽싸게 달려갔다. 한 발짝이라도 앞서려 달려든 것이었다. 그녀도 얼른 여우동 뒤를 따랐다. 예상대로 거긴 정문이었다. 삼지창을 나란히 잇대어 세워놓은 것마냥 무시무시하게 큰 철문이 보였다. 한두 명의 힘으로는 도저히 여닫을 수 없을 정도로 실하고도 무거운 문이었다. 대문 앞뒤로 제복을 입은 이들이 총을 들고 지키고 있었다. 아무리 생각해봐도 대문을 통해서는 도망칠 수 없을 것 같은데도 철통같이 지키고 있었다. 그 옆에는 또 다른 쪽문이 달려 있었다. 쪽문을 통해 사람들이 드나들고 있었다. 쪽문에도 총을 든 사람이 앞뒤에서 지키고 있었다. 들고나는 사람들마다 하나하나 뭔가를 조사하고 확인한 후에 통과하도록 했다. 그들의 얼굴표정은 서슬 퍼런 도끼날 같았다. 말도 걸을 수가 없었다. 묻기라도 하면 불퉁거리는 말투로 톡톡 퉁기는 소리를 해대었다. 조금이라도 거슬리면 다짜고짜 없이 끄집어내어 맨 뒤로 보내기도 했다. 사람들은 모두 기가 죽어 쥐 죽은 듯 시킨 대로 할 수밖에 없었다. 아무한테나 반말을 찍찍 갈겨대었다. 차마 앞에 서있기조차 민망스러웠다. 그러나 하릴없는 처지였다. 쪽문이 열리고 나이가 지긋한 사람이 나왔다. 물론 녹갈색 제복을 입었고 일장기가 선명한 모자를 쓰고 있었다. 왼쪽 허리에는 긴 칼을 그리고 오른쪽에는 권총도 차고 있었다. 그의 이마에는 석 삼자 주름이 깊게 자리를 잡고 있었다. 콧잔등이 심하게도 꺼져 있었고 콧구멍이 유난히도 옴팍 뚫린 이가 단상으로 올라왔다. 구릿빛 나는 방망이로 자기 손바닥을 탁탁 두드리며 겁을 주었다. 사람들은 모두들 긴장된 얼굴로 그를 쳐다보았다.

"모두들 면회 온 사람 맞나?"

얼굴에 얄밉게도 간살스러운 웃음을 머금어가며 말했다. 교만하고 방자함이 한껏 드러난 표정이었다. 말할 때마다 옴팍 뚫린 콧구멍이 벌룽벌룽했다.

"예."

사람들은 너나 할 것 없이 모두 빨리 가족을 만나고 싶은 욕심뿐이어서 크게 대답했다.

"내 말을 잘 들어야 면회를 할 수 있다. 만일 내 지시를 따라주지 않으면 면회를 취소하겠다. 알았나?"

"예. 알겠습니다."

"그럼, 내 말을 잘 듣도록 하라. 지금부터 우리 형무관을 따라 안으로 들어간다. 안에 들어가서는 절대로 입을 벌려서는 안 된다. 만일 말을 하다가 발각된 자는 즉시 문밖으로 쫓겨난다는 것을 주의해 둔다. 다음으로는 접수대로 가서 자기주소와 이름을 말하고 누구의 면

회를 왔으며 죄수와의 관계를 명확하게 말하도록 하라. 가족이 아닌
자는 절대로 면회를 할 수 없다. 본 형무소의 면회 장소는 여섯 곳이
다. 접수 즉시 번호표를 배부해줄 것이다. 정해진 면회소 대기실에서
호명할 때까지 기다리도록 해야 한다. 세 번의 호명을 해도 대답이 없
으면 다음 번호를 호명하게 되며 자동 면회가 취소된다. 가족과의 면
회 시간은 10분이다. 할 말만 짧게 하도록 하라. 서로 얼굴은 볼 수 없
다. 대화 중에도 우리 형무관이 입회할 것이다. 주고받는 대화중에 불
순하다고 생각될 땐 즉시 면회는 취소된다. 그 점 명심하라. 10분이
지나도 마찬가지다. 알았는가?"

그는 주의 사항을 조목조목 일러주었다. 사람들은 쥐 죽은 듯 조용
히 귀담아 듣고 있었다.

민순도 말 한마디 놓치지 않고 토끼처럼 귀를 쫑긋 세워가며 들었
다. 행여 잘못이라도 할까 봐서 신중을 기하는 눈빛이었다.

"잘 알아들었능가?"

여우동은 듣기는 했지만 무슨 말인지 얼른 알 수 없었다. 들어도 금
방 잊어버린 탓에 대충 어림짐작만 할 뿐이었다. 민순은 알았다는 듯
이 고개를 끄덕였다. 말하지 말라는 주의를 받은 터여서 얼른 입이 떨
어지지 않았다. 잠시 쪽문이 열리고 사람들을 차례대로 안으로 들여
보내기 시작했다. 쪽문에 들어선 사람마다 양팔을 펴게 한 뒤 일일이
몸을 수색했다. 몸에 소지한 것이 없다고 판단된 사람만 들여보냈다.
민순이 차례가 되었다. 쪽문으로 다가선 그녀는 등에 아기를 업고 있
었다. 두툼한 포대기에 싸여 있었다. 그녀는 팔을 높이 들어보였다.
형무관은 두말도 없이 안으로 "됐어. 들어가."라고 말했다. 그 뒤에는
여우동이었다. 물론 늙은이라서 손만 까딱 손시늉을 했다. 둘이는 안
으로 들어갔다. 남편이 갇혀있는 형무소 안에 발을 들여놓은 순간 복

받치는 슬픔이 눈물을 핑 돌게 만들었다. 눈언저리에는 이슬 같은 눈물이 괴어 들었다. 갑자기 온몸이 오들오들 떨려왔다. 정신도 아득해지며 진정할 수 없었다. 남편이 사무치도록 보고 싶어 목청껏 불러보고도 싶었다. 자신도 모르게 이리저리 두리번거려졌다. 멍히 허공만 바라보니 안에는 또 다른 장벽이 눈길 안으로 들어왔다. 가슴은 더 오그라들도록 아파왔다. 이중으로 싸인 담장 속에 갇혀있었다는 슬픔이었다. 도장 한 번 잘못 찍은 것이 이리도 큰 죄란 말인가? 가난한 것이 한이 되어 떳떳하게 한번 살아보겠다고 하더니만……, 자식 한번 떳떳하게 가르쳐보자고 하더니만……. 물고기가 물을 떠나면 죽는 것을 왜 몰랐단 말인가? 어쩌다가 허망함에 빠져 이중으로 갇혀 지내야 하는 것인지 세상이 너무 원망스러웠다. 형무관은 담에 붙은 커다란 집으로 데리고 들어갔다. 안으로 들어서니 다른 형무관들이 책상을 잇대어놓고 앉아 있었다. 그 사람들은 접수를 받는 이들이었다. 데리고 온 형무관이 사람들을 나눠가며 안내해주었다. 민순은 끝에서 두 번째 접수처로 안내받았다.

"사는 곳이 어디제?"

형무관은 민순을 바라보며 물었다.

"저기 보성 곰재 유산리에 살구만요."

민순은 목이 메어 쉽게 말이 나오지 않았다. 더듬거리듯 가냘픈 목소리로 말했다.

"그럼 누굴 면회하러 왔능가?"

그는 담배를 꼬나물고서 반말투로 무시하듯 물었다. 눈초리를 비틀며 말하는 꼴이 마뜩찮았다.

"저희 남편 면회하러 왔구만요."

"남편이 누군데? 이름을 대라고 이름을!"

그는 짜증스러운 목소리로 빈정거리듯 쏘아붙였다.

"정득창이구만요."

"정득창?

"예."

"죄목은?"

민순은 죄목이란 말을 알지 못했다. 당황스러워 얼굴이 붉어졌다. 형무관은 힐끔 민순을 쳐다보고서는 금세 알아차린 듯 다시 말했다.

"무슨 죄를 지었기에 여길 왔느냐 그 말이여!"

"징용을 가지 않아서라우."

그는 다시 힐끔 쳐다보고서 혀를 쩍쩍 차가며 말했다.

"대일본 제국을 위해 몸과 마음을 바쳐야 할 짓을 안했구만."

그는 호통을 치기라도 하듯 비웃으며 말했다. 그리고는 접수번호를 써서 건네주었다. 그녀의 대기 번호는 4호 면회실 여섯 번째였다. 접수번호를 받아든 민순은 여우동과 함께 4호 면회실을 찾았다. 오른쪽으로 긴 복도로 사람들이 가고 있었다. 그녀도 의심도 없이 그쪽으로 향했다. 예상했던 대로 일렬로 면회소가 나왔다. 네 번째 면회실을 찾았다. 문을 열고 들어갔다. 앞선 사람들이 기다리고 있었다. 거기에도 형무관 한 사람이 의자에 앉아 있었다. 그녀는 번호표를 그에게 제출했다. 형무관은 "저기 의자에 앉아 기다려!" 하고 말했다. 말을 하지 말라는 지시에 모두들 입을 꼭 다물고 있었다. 대기실 안에는 사람은 많으나 정적이 흐르고 있었다. 형무관이 앉아 있는 뒤에는 육중한 철문이 버티고 있었다.

잠시 절그럭거리는 쇳소리와 함께 철문이 열리고서 사람이 나왔다. 알고 보니 그곳이 면회소였다. 북받치는 설움을 이기지 못한 한 중년의 여인이 홀쩍거리며 나왔다. 눈이 홍당무처럼 붉어져있었고, 조글

조글 주름진 얼굴에 눈물 자국이 선명했다. 손등으로 얼굴을 닦아가며 슬그머니 대기실을 빠져나갔다. 민순도 가슴이 뭉클했다. 이제 남편을 만날 수 있다는 생각에 가슴속에서 콩 타작 도리깨질이 벌어지는 것 같았다. 가만히 앉아 있을 수가 없었다. 오금이 쑤셔대는 것 같았다. 기다리는 시간이 왜 그리도 길게 느껴지는지 알 수 없었다. 드디어 다음은 그녀의 차례였다. 숨이 멈출 것 같은 긴장감이 감돌았다. 얼굴이 벌게지면서 숨마저 헐떡거렸다. 여우동도 얼굴이 딱딱하게 굳어지며 긴장하기 시작했다. 이어 문이 찰각거리고 나서 육중한 철문이 열렸다.

"6번. 정득창 면회 오신 이 들어오라."

안에서 또 다른 사람의 목소리가 들려왔다. 둘이는 벌떡벌떡 뛰어대는 심장을 간신히 가라앉히며 열려진 철문 안으로 들어섰다. 그곳은 예상과 달리 아주 좁았다. 천장에 유리창이 달려 있어서 훤했다. 벽은 온통 꽉 막혀있었다. 다만 네모난 창문이 하나 덜렁 있었다. 정(井)자 쇠창살이 걸쳐져 있고 유리로 막혀있었다. 유리에는 손가락 크기의 구멍이 듬성듬성 뚫어져 있었다. 순간 긴장과 함께 고뇌가 밀려왔다. 심장에서 도리깨질이 계속되면서 온몸에서 땀이 치솟는 기분이었다. 머리끝도 쭈뼛했다. 귀를 쫑긋 세우며 창문에 가까이 가져다 대었다. 잠시 창문 넘어 반대편에서 찰까닥 거리는 소리가 들리더니 사람이 들어오는 것 같았다. 이어 창문에 사람의 모습이 보였다. 뚫린 구멍으로 얼굴의 형태가 보이기 시작했다. 분명 남편이었다. 갑자기 온몸이 굳어지면서 목도 메어 말이 나오지 않았다. 마른 침을 삼켜가며 목을 달래보지만 쉽지 않았다.

"얼른 말을 허소. 시간 없네."

망설이는 민순을 보고 여우동이 을러메듯 소리쳤다. 그제야 민순이 눈물을 울컥 쏟아내며 남편을 불렀다.

"여보."

"어찌 알고 왔어?"

남편의 목소리였다. 그러나 힘이 다 빠진 채 자지러드는 목소리였다. 애통해서 울부짖는 것 같았다.

"나기중 어른께서 알려주고 차비도 주셨당께요. 그래서 여우동 아짐하고 같이 왔어요."

"아짐 참으로 고맙구만요."

"뭣 할라고 지원해갖고 이 고생을 허능가?"

"지가 죽일 놈이지라우."

"그래도 당신 말소리라도 들은께 살 것 같구만요."

"당신 볼 낯이 없는디, 나 같은 못난 놈이 무슨 남편이라고 면회를 왔어?"

그는 유리창에 얼굴을 문지르며 오열을 해대었다.

"여보! 무슨 그런 소리를 허요. 성음이가 있는디. 벌써 잊었소. 돈 벌어 글공부 시키자고 해놓고 벌써 잊어냔 말이요. 아무리 힘들어도 아들을 위한다면 견뎌내야지라우. 힘들어도 끈질기게 버텨왔던 그 용기는 어디다 뒀소? 절대로 용기를 버리면 안 된당께요. 성음이와 나는 당신 올 날만 기다리고 있을 것이요."

그녀는 창살을 붙들어 잡고 울부짖었다. 온통 남편의 가슴을 짓찢듯 애원했다. 절대로 용기를 잊지 말고 힘내라고 다그치는 소리였다. 구멍 속으로 남편이 조금씩 보였다. 눈은 산골 다랑이만큼이나 깊게 오목하였고, 광대뼈가 도드라지게 튀어나와 있었다. 한 달도 못 되었는데 얼굴 가죽이 뼈에 바짝 붙어 있었다. 핏기라곤 찾아볼 수 없이 헐쑥한 얼굴이었다. 차마 눈 갖고 볼 수 없을 정도로 초라하면서도 흉한

몰골 그대로였다. 민순은 가슴이 미어져 내리는 아픔을 느꼈다. 도대체 이 일을 어찌해야 할 것인지 말은 그렇게 해보지만 앞날은 캄캄했다. 마치 어두운 굴속으로 무작정 들어가는 기분이었다.

"여보! 아부지는 건강하게 계시능가 모르겠네."

민순은 차마 돌아가셨다는 말을 할 수 없었다. 알려주기라도 하면 고통스러워할 것은 당연한 일이어서 모르는 것이 나을 성싶었다. 차마 입을 떼지 못하고 머무적거리고 있을 때 여우동이 입정을 달고 나섰다.

"자네 때문에 스승님께서 돌아가셔부렀당께."

여우동은 그 순간에도 선뜩한 냉기가 등골을 찔러대듯 말했다. 눈치코치도 없이 입에 맺힌 대로 내뱉었다. 그 순간 창살에 쿵쿵 부딪히는 소리가 들렸다. 득창이 비통한 심정을 감당하지 못하고 이마를 찍어대는 것이었다.

"내가 죽일 놈이랑께. 천하에 불효자가 살아서 뭣 할 것잉가. 차라리 죽은 것이 낫제."

몸부림을 쳐대며 목을 놓아 울먹인 소리가 날아들었다.

"여보! 아부지께서는 연세가 많으셨응께 그러시지라우. 다행히 제자 분들이 다 오셔서 장례식을 잘 치러드렸구만요. 이제 당신만 건강하게 있다가 오시면 된당께요."

"당신 혼자 장례식을 치르다니……. 상주가 없어 얼매나 힘들었는지 모르겠네. 아부지를 어디로 모셨능가?"

"활성산 중턱에다 모셔놓았구만요."

"활성산으로?"

"예. 동석 어른이 묏자리를 잡아주셨구만요."

"그랬구만. 나야 입이 천 개라도 할 말이 없제. 당신 앞에 설 염치도 없는 놈이 무슨 말을 허겠능가? 천하에 불효자여! 불효자!"

"그건 그렇고 당신은 앞으로 어떻게 된답디여?"

그녀는 궁금한 것부터 묻고 나섰다.

"징용 기피죄로 여기 형무소에서 여섯 달은 징역을 살아야 한다는 구만. 그러고 나면 정식으로 일본으로 가서 이 년이 지나야 돌아올 수 있다고 허드랑께. 여기서는 다섯 달 남았제. 일본으로 가기만 하면 돈은 벌어 보낼 수 있다고 알려줬어. 그동안만 무슨 일을 해서라도 굶어 죽지 말아야 돼. 돈 벌면 보내줄게. 어디로 가든 반드시 살아올 것잉께 그때까지만 기다려 줘. 내 아들 성음이를 잘 부탁할께."

득창은 심장을 쥐어 비틀고도 남을 애절한 호소를 하고 나섰다. 애간장이 녹아내리는 애처로운 소리로 애걸복걸하는 것이었다. 그것은 아내에게 자신의 처절한 신세를 읍소하는 것. 쿵쿵 찍어대며 울먹이는 그의 목소리엔 비장함이 묻어나고 있었다. 심장을 여미어대는 호소에 민순은 그만 흐르는 눈물을 주체할 수가 없었다.

"성음이 잘 기르며 기다리고 있을 것잉께 걱정말고 건강해서 꼭 돌아오싯시요."

흐르는 눈물을 소매로 훔쳐가며 말했다. 벌써 눈이 퉁퉁 부어올랐고 금방이라도 혼절할 것처럼 눈을 내리감았다. 울먹이면서도 남편을 안심시키는 말을 잊지 않았다.

"워매! 자네가 없는 새에 묵고 살라고 생청장사를 나섰다네. 그런디 종일 싸대도 못 팔 것드랑께. 쪼깐 팔면 돈 대신 쌀로 준 통에 이고 다닐랑께 모가지가 부러지드란 말이시."

여우동이 또 희떠운 소리로 산통을 깨고 나섰다. 자못 힘들었던 일을 잊지도 않고 질린 표정을 지어가며 말했다.

"아짐, 우리 성음이 엄마 좀 도와주싯시오. 돌아오면 그 은혜 잊지 않을께라우. 아짐 말고 믿을 사람 누가 있겠소. 아짐 제발 부탁이요.”

득창은 마치 두 손으로 싹싹 빌듯이 애원하고 나섰다. 삼지창으로 가슴팍을 찔러대는 것보다 아픈 애절한 사정이었다. 그것은 처절한 절규와 다름없었다.

“무슨 일이든 해사제 굶어죽어서야 쓰겠능가? 사람 목숨보다 더 중한 것이 뭣이 있당가. 내가 직접 나서봐야 쓰겠네. 걱정 말고 잘 지내고 있다가 꼭 돌아오소.”

여우동은 무슨 속인지는 몰라도 자신만만한 듯 코를 벌룽벌룽거리며 입술을 으다물었다. 알다가도 모를 야릇한 표정을 하면서 민순을 빤히 쳐다보기도 했다.

“아짐 말씀이 지당하지라우. 우선 살고 봐야지요. 꼭 살려 주싯시오.”

그는 여우동에게 매달리는 부탁을 쏟아내었다. 서로들 슬픔이 뒤범벅이 되어 있을 때였다. 형무관이 철문을 열고서 들어섰다. 그는 싸늘한 냉기를 뿜는 표정을 지어가며 소리쳤다.

“이제 그만. 시간 지났다.”

호각을 휙 불며 다가들었다. 빨리 나가라고 손짓을 해대었다. 남편한테도 시간이 다 되었다고 일러주는 것 같았다. 남편의 울부짖는 소리가 커지기 시작했다.

“성음아! 성음아! 성음아……! 성으음아!”

애절한 울음소리가 면회소를 뒤흔들었다. 남편은 목을 놓고 아들을 불러대었다. 비탄에 젖어 울먹이는 목소리였다. 귀청을 파고드는 서글픈 외침 소리에 민순은 간장이 녹아내리고 있었다. 그녀도 가만히 있을 수가 없었다.

“여보! 여보! 여어보오!”

넋을 놓고 남편을 불러대었다. 오장이 비틀어지는 처절한 절규를 토해내었다.

쇠창살이 끊어지도록 부둥켜 잡은 그녀는 바들바들 떨면서 처절한 몸부림을 치기 시작했다. 유리 구멍으로 눈길을 주며 울부짖었다. 작은 구멍으로 남편의 모습이 비쳤다. 형무관이 남편의 입을 틀어막은 것 같았다. 동아줄로 두 팔이 모아진 채 친친 묶여져 있었다. 울먹이느라 걸음을 제대로 걷지 못하고 비틀비틀거렸다. 그를 본 형무관이 인정도 없이 발로 쭉 밀어대었다. 술에 취한 사람같이 흐느적거리며 문으로 걸어갔다. 시들부들 끌려가는 남편이 너무 처량했다. 민순은 눈길을 뗄 수도, 일어설 수도 없었다. 그냥 눈에서 피눈물이 쏟아질 것 같았다. 심장이 찢어질 것만 같은 아픔을 토해내며 넋을 놓고 구멍으로 시선을 모았다. 남편의 애처로운 모습을 본 그녀는 금방 혼절할 듯 도무지 일어설 수가 없었다. 형무관이 다가와 그녀의 소매를 끄집었다. 마치 짐짝처럼 낚아채듯 했다.

"사, 어서 나가요. 다른 사람도 면회 해야지요."

눈을 붉혀가며 집어 흔들어대듯이 일으켜 세웠다. 그리고는 문을 향해 빨리 나가달라고 재촉했다. 팔뚝에서 잘칵 소리가 나도록 떼밀어내었다. 민순은 팔목이 끊어지는 줄 알았다. 그러나 아프다고 할 수도 없어 눈을 찔끔거리고 말았다. 여우동이 먼저 나가며 소리쳤다.

"인자 남편도 가불고 없네. 먼 길 가야쓰께 얼른 서둘소."

여우동은 가자미눈으로 형무관을 흘겨보고서 냉정스러운 어투로 쪼아대듯 말했다. 그것은 민순을 두고 한 말이 아니었다. 투박스러운 손으로 아녀자를 떼밀어내는 꼴이 성에 차지 않았던 것이다. 민순은 하는 수 없이 형무관에 이끌려 대기실로 나왔다. 대기실에는 많은 사람들이 차례를 기다리고 있었다. 민순은 그 사람들에게 미안한 생각도 들었다. 그러나 대기하고 있던 사람들이 도리어 동정의 시선으로 그녀를 쳐다보았다. 엄마와 아기가 함께 울고 나오는 모습이 너무 안타까운 듯 가느스름한 눈에 슬픈 빛을 모으고 있었다. 누가 봐도 그녀는 얻어맞고 나온 사람처럼 만신창이가 되어 있었기 때문이다. 눈두덩이 퉁퉁 부어있었고 볼에는 눈물자국으로 어루룽더루룽했다. 계속 코를 훌쩍이며 목도 잠기는지 웩웩대었다. 대기실로 끌려나왔지만 흐르는 눈물을 주체하지 못했다. 등에 업은 아이가 계속 울어대고 있었다. 여우동이 그녀의 팔을 곁부축하고 밖으로 나갔다. 민순은 걸음이 뒤뚱거려지고 중심을 잡을 수가 없었다. 기운이 빠져들면서 자꾸 헛걸음질이 쳐지는 같았다. 여우동이 보기에 안타까운 듯 허망한 눈빛으로 한숨을 들이쉬며 나무라듯 소리쳤다.

"어야, 정신 차리소. 이러다 병나면 어쩔라고 그러능가. 이왕지사 이리 된 거, 참고 기다려야제. 자네가 이런다고 풀어준당가?"

쩝쩝 빈 입맛을 다셔가며 무겁고 칙칙한 목소리로 말했다. 그러나 민순은 아무 소리도 들리지 않았다. 우뭇가사리처럼 흐물흐물거린 몸으로 여우동의 부축을 받으며 앞으로 나아갔다. 형무소 정문으로 다가선 그녀는 다시 몸의 수색을 받고서 정문을 빠져나갔다. 바깥에는 또 다른 사람들이 줄을 서 있었다. 면회는 종일 이뤄지고 있는 것 같았다. 여우동은 왔던 그 방향으로 천천히 걷기 시작했다. 민순도 제정신이 돌아온 것 같았다. 여우동이 가던 걸음을 멈추고 다시 채근하고 나섰다.

"포대기를 풀고 애기를 야무지게 업소. 치마도 올려 입고. 언덕길 올라가다 치맛자락을 밟으면 넘어진당께."

여우동이 등 뒤로 가서 아기를 얼싸 안았다. 민순은 포대기에 이어 치마끈도 풀고 속곳에서 치마까지 고쳐 입었다. 다시 포대기를 높이

받쳐 업고서 담장을 따라 걸었다.

　잠시 마음의 안정을 찾은 민순은 형무소 담장을 바라보았다. 저 붉은 벽돌담 속에 남편을 두고 떠난다고 생각하니 하늘이 무너져 내리는 기분이었다. 아들을 불러대던 비탄에 젖은 남편의 목소리가 담을 넘어 날아드는 것 같았다. 귓가에 맴돌다 귀청마저 짓찢어 대었다. 동아줄에 꽁꽁 묶인 채 울먹인 남편의 얼굴이 아른거려 걸음을 걸을 수가 없었다. 울먹이느라 걸음도 제대로 걷지 못하는데도 뭇발길질을 해대던 모습이…… 발길에 채여 비틀거리는 남편의 뒷모습이 눈에 밟혀 앞이 보이지 않았다. 슬픔을 달랠 수 없어 걸음마저 건성건성 주춤거려지는 것이었다. 볼에는 하염없는 눈물이 흘러내리고 허탈감에 젖은 한숨은 잦아들지 않았다. 잠시 후 담장 길을 벗어나 오르막길로 접어들었다. 그녀는 눈물이 글썽글썽 괸 눈으로 자꾸 뒤를 돌아다보았다. 섬뜩한 가시철조망이 가슴에 더욱 아프게 다가왔다. 보초막에도 역시 총을 들고 지키고 서 있었다. 도장 한번 잘못 찍었다고 해서 여섯 달이나 징역을 살라는 것이 너무 억울했다. 언제나 편안하게 발 뻗고 살 수 있을지 울분을 달랠 길이 없었다. 모든 것이 나라 빼앗긴 탓이었다. 이렇게 된 원인은 장마당 굿을 가로막은 일본순사들로부터 비롯되었다. 소리꾼들을 못살게 하며 개 잡도리를 해대는 그들 때문이었다. 하는 일마다 사사건건 생트집을 걸어온 일본이 너무 미웠다. 자기 나라 일꾼으로 가지 않는다고 징역을 살라는 사람들. 이를 부득부득 갈면서 비탈길을 올랐다. 하릴없는 서러움만 짓씹어 가며 산마루로 향했다. 힘 빠진 다리는 빌빌 꼬여지고 몸은 바닷바람에 휘청거리면서도 그녀는 연신 뒤가 돌아다보였다. 형무소가 눈길에서 점점 빠져나가면서 남편과 한 발씩 멀어지고 있었다. 여우동이 힐금 돌아보고 성에 차지 않은 눈매로 쏘아 보며 또다시 입정을 달고 나섰다.

"운다고 무슨 소용있당가. 성음이를 생각하면 남편 올 때까지 이를 악물고 살아야 쓸 것 아닝가. 마음 독하게 묵어야 쓰네. 남편 없다고 눈물이나 질질 짜고 살면 들어온 복도 달아난 것이랑께. 자네 서방도 무슨 일을 해서라도 굶어죽지 말라고 허든개비네."

여유동이 물총을 쏘아대듯 알 수 없는 말을 쏘아대었다. 기진맥진 초주검 꼴이 되어 죽을상을 짓고 있는 민순에게 넉살스러운 넋두리를 쏟아내었다. 이제 그만 정신을 차리라고 다그치면서도 낯빛만은 부드러웠다. 민순도 더 이상 어른 앞에서 눈물만 짤 수 없는 일이어서 말을 다소곳 받아들였다. 이어 치맛자락이 펄럭이도록 종종걸음을 놓았다.

벌써 한낮이 되었는지 햇덩이가 중천에 떠 있었다. 갯내 품은 햇살이 눈이 부시도록 쏟아져 내렸다. 겨울 햇살은 마치 무명실처럼 하얀 빛을 내리깔았다. 썰렁한 갯바람이 목덜미를 휘어잡듯 몰아쳤다. 다리쉼이라도 하고 싶어 산마루에 올라 허리를 폈다. 눈앞에는 맑고도 푸른 바다가 왕연히 펼쳐져 있었다. 겨울바다는 마치 쪽빛 물감을 뿌려놓은 것 같았다.

막혔던 마음이 일순간에 확 터진 기분이었다. 하얀 파도가 너울지면서 물비늘을 이뤄내었다. 물비늘은 햇빛에 마치 은가루처럼 반짝반짝거렸다. 민순은 서글픈 시선으로 황량하게 떠가는 돛단배를 바라보았다. 파도가 여지없이 뱃머리를 두드리고 있었다. 출렁이는 세찬 파도에 뒤뚱뒤뚱거리는 돛단배가 마치 자신과 같아보였다. 험한 세상 세파에 부대껴가며 살아가는 자신의 처지와 다를 바 없었다. 지금도 미궁 속으로 들어가는 것처럼 답답하고도 암담할 뿐이었다. 외로움마저 세속의 파도가 되어 마음을 짓눌러 오고 있었다.

외로이 떠가는 돛단배는 파도를 두려워하지 않았다. 망망대해로 당당하게 떠가는 모습은 당당하고도 의젓해보였다. 돛단배가 눈길에서 사라질 때까지 지켜보고 싶었지만 그럴 여유가 없었다. 자신과도 같은 돛단배를 뒤로 하고 다시 골목으로 들어섰다. 기차시간에 맞추 느라 걸음을 재촉할 수밖에 없었다. 내리막 비탈길을 잰걸음으로 대 달렸다. 어느덧 목포역이 눈앞으로 다가왔다. 우선 대합실로 먼저 다 가갔다. 추운 날씨여서 그런지 한산하다는 기분이 들었다. 개찰구 문 도 닫혀있었고, 사람들도 많지 않았다. 혹시 기차가 떠나고 없는지 걱 정이 되었다. 아니면 시간이 아직 남았을까 싶기도 했다. 차표 파는 곳에도 문이 닫혀 있었다. 때마침 역무원이 대합실로 들어와 누굴 찾 는 것 같았다. 그녀는 다짜고짜 역무원한테 다가가 기차시각부터 물 었다.

"말 좀 물어봅시다요. 저기 보성으로 가는 기차는 언제 있능가요?"

그는 벽에 걸린 시계를 빤뜩 쳐다보고서 말했다.

"한 시간 남었응께 쪼깐 있다가 오싯시오."

파란 모자에 제복을 입은 역무원이 손가락 하나를 펴 보이며 말했 다. 민순은 우선 시급한 것이 아들에게 먹일 것이었다. 아빠 만나러 간다고 어린 것 배를 탈탈 곯렸기 때문이다.

배가 고픈지 아까부터 칭얼대기 시작했다. 그녀는 여우동에게 달려 가 말했다.

"아짐, 아직 한 시간 남았다요. 가서 요기나 허고 와야 쓰겠소."

"그러세. 우리도 배가 고픈데 어린 것이 얼마나 고프겠능가. 어서 가세."

대합실을 나온 그녀는 고개를 두리번거렸다. 역 마당가에는 집들이 즐비했다. 목포식당, 바다식당, 죽교식당, 무안식당, 영산강식당 등 많 은 식당들의 간판이 보였다. 이곳저곳 식당들을 기웃거렸다. 식당 주 인들이 그녀를 보고는 곧장 달려 나와 들어오라고 호객을 해대었다.

230

가는 곳마다 구수한 음식 냄새가 몰큰몰큰 피어나며 허기진 배를 골탕 먹이려 들었다. 이윽고 골목 안 으슥한 식당이 그녀의 마음을 끌어당겼다. 무슨 마력이라도 있는지는 몰라도 어쩐지 마음에 든 것이다. 그녀는 지난날 기억을 더듬어 봐도 식당엘 가본 경험이 도무지 그려지질 않았다. 식당 안에 사람들이 많으면 어쩐지 머뭇거려졌다. 다행히 안쪽으로 쑥 들어가서 조그만 식당이었다. 여닫이 유리창 문을 열고 안으로 들었다. 손님이 아무도 없었다. 석탄난로가 있고 그 위에 양은 주전자에서 김이 모락모락 피어올랐다. 우선 난로 곁으로 다가갔다. 온몸을 떨리게 했던 냉기가 싹 가셨다. 행주치마를 입고 파마머리를 한 중년의 주인이 웃음을 머금고 다가왔다. 그녀는 난로 위 주전자에서 뜨거운 물을 사기 컵에 따라 들고 와서 식탁위에 놓고서 입을 떼었다.

"아이고! 추은디 어린 것을 업고 어디를 가실라고?"

"아니어라. 인자 집에 갈라고 하느구만요."

"사는 곳이 어딘디요?"

"저기 보성이어요."

주인은 얼른 고개를 돌려 벽시계를 쳐다보고서 마음이 바빠지는 것 같았다.

"워매! 시간이 많이 없는디. 뭣을 드실라요?"

다그치듯 바삐 물었다. 여우동이 입맛을 쩍쩍 다셔가며 말했다.

"날씨도 춥고 배도 고픈께 우리 바지락 국밥을 먹고 가세."

민순도 마음이 흡족했다. 그녀는 주인을 보고 고개를 끄덕여 보였다.

"서둘러야 쓰겄구만. 시간이 얼마 없구만이라우. 내 많이 줄텡게 어서 몸이나 녹이싯시오."

뜨뜻한 물부터 한 모금 마셨다. 잠시 깍두기 김치에 묵은 배추김치를 포함해서 대여섯 가지 반찬을 쟁반에 담아서 가져다주었다. 이어 뚝배기에 그들먹하게 담긴 바지락국과 밥을 들고 나왔다. 송송 썰어놓은 쪽파며 대파까지 담긴 국이었다. 김이 모락모락 피어올랐다. 커다란 식기에 흰 쌀밥을 가득 담아 주면서 훈훈한 인심을 보여주었다.

"많이 들고 가싯시오. 배고프것구만. 지금 점심때가 쪼끔 지났당께요."

둘은 맵짠 묵은 김치 가닥을 걸쳐가며 먹어치웠다. 성음이도 국에 밥을 말아 먹여주니 제법 맛있게 먹었다. 숨고를 틈도 없이 그릇을 비워낸 뒤 밥값을 지불하고 밖으로 나왔다. 대합실로 급히 발걸음을 옮겼다. 사람들로 법석거렸다. 기차표를 사기위해 사람들이 나란히 줄을 서있었다. 하마터면 차를 놓칠 뻔했다는 생각에 가슴이 뜨끔했다. 바깥 날씨는 여전히 차가웠다. 그러나 뱃속을 따뜻한 국물로 든든히 채워놓은 덕분에 추위는 한결 누그러진 느낌이있다. 보성까지 가는 기차표를 두 장 사들고 개찰구로 갔다. 사람들은 이미 거의 빠져나가고 없었다. 황급히 개찰을 하고 플랫폼으로 향했다. 목포는 종착역이라서 이미 차가 대기하고 있었다. 뒤 칸에는 벌써 사람들로 가득차 좌석이 없었다. 하는 수 없이 맨 앞 칸으로 뛰어갔다. 거긴 화통이 가까워 시끄러운 탓에 좌석이 텅텅 비어 있었다. 창가 좌석을 차지했다. 포대기를 풀고 성음이를 무릎에 앉혔다. 자리를 잡았다고 생각하니 마음이 푼더분해지는 것이었다. 드디어 기차는 뙈애앳 뙈애앳거리며 출발을 알리기 시작했다. 이어 또다시 기적 소리를 두어 번 울리고 나서 슬금슬금 목포역을 빠져나갔다. 창밖으로 목포시가가 획획 지나가기 시작했다. 서글픈 시선을 거두지 못하고 창밖으로 눈길을 뿌렸다. 남편을 남겨두고 떠나는 마음이 너무 아팠다. 울컥 가슴에서 슬품이 치밀어 오르는 것이었다. 납덩이같이 무거운 슬픔이 목젖을 밀고 올라오자 긴 한숨을 들이쉬어 눌러대었다. 살아생전 남편을 만나지 못할 수도 있다는 방정맞은 생각도 맺혀들었다. 가슴을 오독오독 쥐어뜯는 못된 생각이 머릿속을 매대기칠 때면 새삼스레 분노가 솟구쳤다. 또다시 일본이 원망스러워진 것이었다. 언덕바지 동네만 바라봐도 형무소 가는 길로 보여 가슴이 쓰렸다. 기차는 칙칙폭폭 칙칙폭폭 힘차게 내달렸다. 뙈앳뙛거리며 기차는 잠시 후 임성리역에 도착했다. 여우동은 찬바람만 쐬다 따뜻한 곳에 앉아있으니 노곤한 듯 눈을 감았다 떴다 반복했다. 이내 하품을 해대다가 이윽고 고개를 숙여가며 떨어지고 말았다. 성음이도 무릎에서 조롱을 피우다가 이내 곤잠에 들었다. 그러나 민순은 졸음이 오지 않았다. 목포에서 멀리 벗어날수록 서글퍼지면서 남편의 모습이 문득문득 머리에 떠오르는 것이었다. 그리고 어렴풋하게나마 언뜻 엄마의 얼굴이 스쳐지나가면서 남기고 가신 말씀이 들리는 것 같았다.

'죽으나 사나 손발이 닳도록 함께 오순도순 밥상에 마주 앉을 사람을 만나야 한다. 오죽했으면 자식들 달고 빌어먹으러 가는 동냥치가 부럽겠냐.'

그녀는 엄마와 약속을 지키지 못한 것이 못내 서글펐다. 이렇게 금슬이 끊어질 줄이야 꿈에도 생각 못했다. 죽으나 사나 함께 소리를 배워 명창이 되자고 철석같은 맹세를 하고 살았건만 이게 무슨 생벼락인지 까닭을 알 수 없었다. 일본은 그녀에게 무슨 억하심정으로 살아가는 일마다 혜살을 놓는지 모를 일이었다. 자기 나라에 머슴살이 가지 않는다고 생이별을 시킨 그들이 견딜 수 없이 미워졌다. 비록 짧은 시간이었지만 남편을 보는 순간이 가장 행복했다. 언제 또다시 만날 수 있을까 싶은 생각을 하면 슬픔이 가슴을 짓찢었다. 하염없는 탄식만 폴폴 내쉬면서 창밖에 너른 들판을 바라보았다. 차창에는 끝없는 들판이 쏜살같이 스쳐지나가고 있었다. 논에는 푸르스름한 풋보리들이 추위를 이겨내며 소복소복 자라고 있었다. 들판에는 까마귀 떼들이 새까맣게 내려앉아 보리뿌리를 파먹고 있었다. 마치 들판에 온통 먹물을 칠해놓은 것 같았다. 또 다른 무리는 하늘에서 둥근 원을 그려가며 빙빙 돌고 있었다. 엄마는 까마귀 같은 금실을 맺고 살라고 말씀해주셨다. 한번 맺은 인연을 일생동안 버리지 아니하고 살아가는 새가 까마귀라고 했다. 들판을 따라 엿가락처럼 꼬부라진 길들도 보이고, 길가에는 앙상한 나무들이 추위에 덜덜 떨고 있었다. 기차는 새까만 연기를 토해내며 힘차게 너른 들판을 가로질러 내달렸다. 다시 역을 지나 나주역으로 달려가자 영산강의 푸른 물이 넘실거렸다. 마치 강물은 마치 비단뱀이 똬리를 튼 채 기어가고 있는 것처럼 꾸불꾸불했다. 강가에는 추운데도 얼개미로 물가를 훑어 민물 새우를 잡는 아낙들이 눈에 띄었다. 추위에도 불구하고 강태공들이 나와 낚시질하는 모습도 보였다. 기차는 새까만 연기를 훅훅 내뿜으며 털컹털컹 역구내로 미끄러지듯 기어들어갔다. 하얀 바탕에 '나주'라는 글자가 선명했다. 플랫폼에는 사람들로 가득했다. 덜커덩거리며 기차가 멈추자 와글대는 소리와 함께 차안으로 사람들이 몰려들었다. 다라를 끄집는 소리가 자그럽게 들려오고 비린내가 풀풀 나기 시작했다. 일순간 자신도 모르게 손으로 콧구멍을 막아보지만 소용없었다. 진득하게 밀려오는 냄새는 콧속을 마구 휘젓는 것인지 눈마저 따가울 지경이었다. 사람들의 목소리는 점점 커지기 시작하면서 빈 좌석이 동이 나고 말았다. 이내 서있을 만한 곳도 마땅치 않게 되었다. 이윽고 차안은 콩나물시루로 변하고 말았다. 염치도 없는 이가 엉덩이를 얼굴 앞으로 들이대었는지 저리 비키라고 아우성치는 소리가 들리기도 했다. 바닥에 벌렁 엉덩이를 가져다 대고 오가는 이의 길을 막은 사람들도 늘어났다. 도를 넘는 행위는 어쩔 수 없이 사람들의 말다툼으로 이어지고 차속은 소란으로 메워져 가고 있었다. 침을 질질 흘려가면서까지 곤잠에 취해있던 여우동이 소란스러움에 깨어났다. 시끄러운 소리가 귀에 거슬린 듯 날콩을 씹은 사람마냥 얼굴을 찌푸렸다. 그러면서도 기지개를 켜며 긴 하품도 해대었다.

"워따메! 어째서 이렇게 떠든당가? 한숨 잘 잤네. 자네도 좀 졸제 그러능가?"

그녀는 민순을 바라보며 잠도 안자고 뭘 하느냐 채근하는 듯 말했다.

"아까 올 때 많이 잤더니만 잠이 안 오구만요."

민순은 얄브스름한 미소를 머금은 듯 보이나 목소리는 너무 가라앉아 있었다. 눈언저리에는 아직도 슬픔을 지우지 못하고 그대로 얹고 있었다. 슬그머니 눈길을 줬다가 얼른 돌리기는 했지만 여우동도 마음은 편하지 않았다. 이리저리 생각해봐도 그녀가 걱정이었다. 당장 먹고 살아가야 할 일이 발등에 떨어진 불임에 틀림없어 보였다. 무슨 재주로 어린 것을 데리고 살아가야 할 것인지 앞이 꽉 막혀 있음이었다. 오죽했으면 혼자 사는 나에게 도와달라고 비진사정을 해댈까 싶어 간장이 오그라드는 것 같았다.

28
가진 자의 유혹

"어야, 성음이 애비가 다섯 달 있으면 일본으로 간다고 했제?"

여우동은 마음도 떠볼 겸 앞일을 그냥 놔둘 수 없다는 생각에 먼저 입을 열고 나섰다.

"그런다고 허드구만요."

민순은 떡심이 풀린 사람처럼 힘이 하나도 없었다. 얼굴은 마치 석상처럼 굳어 표정마저 드러내지 않았다. 여우동은 능청을 떨어가면서라도 그녀의 속마음을 알아보고 싶었다.

"2년이 지나야 온다고 허긴 했지만 와봐야 오는개비다 허제. 징용 갔다가 제때에 온 사람이 없다고들 하니 걱정 아닝가. 돈을 벌어 보낸다고 했으니 다행이긴 하지만 다섯 달 동안은 뭘 묵고 살 것잉가. 다시 생청장사를 나서야 목에 풀이라도 넘기것제."

여우동은 걱정이 가득 찬 눈빛으로 고개를 돌려 그녀를 바라보며 말했다. 민순은 다소곳이 앉아 연신 창밖만 바라보고 있었다. 아들을 무릎에 안고 누인 채 조금도 자세를 흐트러뜨리지 않았다. 얼굴에는 수심이 가득하였고 입도 무거워 보였다.

"돈은 둘째고 살아 돌아온다고만 해도 다행이제. 일본으로 징용가 갖고 돈 벌어 보낸다는 소릴 못 들었네. 생청장사도 그렇제, 워매! 그 짓도 못허것드구만. 사묵을라고 헌 사람도 없거니와 판다고 해도 그 놈의 쌀을 이고 와야 쓰께 큰일이제. 고개가 부러질라고 해서 허겄등가? 젊은 사람도 아닌 나는 더 이상 못하겄대. 자네도 마찬가지제. 혼자서 헌다고 해도 힘들 것인디 성음이를 업고 다녀야 허니 얼매나 못할 짓잉가. 그렇다고 걸리고 다닐 수도 없는 일. 암만해도 그 일로는 묵고 살기 힘들 것 같네. 다른 일을 찾아 봐야 쓰겄다 싶은디 자네는 어떻게 생각허능가?"

여우동은 자글자글한 주름을 깊게 잡아가며 마음을 떠보려 들었다. 부리부리한 눈을 가늘게 떠서 서글픈 미소도 담아내었다. 구구절절 애처롭게 여무진 소리들이었다.

그러나 민순은 무슨 말을 해야 할 지 선뜻 나설 수가 없었다. 그저 생계도 그렇고 앞길이 막연할 뿐이어서 대답을 어물거렸다. 말할만 한 여유도 없어 보였다. 얼굴은 점점 돌부처처럼 딱딱하게 굳어가고 있었고 눈언저리에 엷은 눈물이 괴었다. 이를 본 여우동은 가슴이 뜨끔했다. 하지만 그냥 넘어갈 일이 아니었다. 도와주고 싶어도 도울 수 있는 일이어야지 늙은 몸으로 할 수 있는 일은 아니었다. 일이라는 것은 전후와 좌우를 살펴 각단지게 해야 뒤탈이 없는 법이라는 것을 그녀는 잘 알고 있었기 때문이다.

"나야 혼자 사는 몸잉께 내 집에 가나 자네 집에 가서 있으나 상관은 없네만 밥은 굶고는 못 살제. 그래서 당분간은 나기중 어른의 부탁 때문에 보성에 나가 있어야 헌단 말이시. 그것이 걱정이랑께. 자네 혼자 산속에 놔두고 간다는 말이 안나온당께. 그렇다고 말순 할머니가 오셔서 계실 처지가 아니란 말이시. 며느리가 쌍둥이 손자를 낳아부렀다네. 하나만 낳았어도 산모수발이 힘들 것인디 둘이나 낳았으니 얼매나 힘들겠능가? 혹시 내가 보성에 일보러 갈 때만이라도 우리 집에 가서 있기로 허세. 자네 혼자서 산속에 있을 수는 없제. 남편이 감옥에 잡혀간 줄을 알기라도 허면 어느 놈이 달려들지 알 것능가? 그래서 젊은 과부는 혼자서 못 사는 것이여. 뭇놈들이 찝쩍거린 통에 새로 시집을 가는 것이제. 찝쩍거리기만 해도 괜찮제. 마치 지 것인 양 마구 달려들어 겁탈을 할라고 허는 것이여. 나야 늙어갖고 과부가 되었응께 쳐다본 놈도 없네만 자네는 한참 물오를 때 아닝가?"

여우동은 연신 화살이 정곡에 꽂히는 소리를 내뱉었다. 한마디도 틀린 말이 아니었다. 능란한 말솜씨로 그녀의 마음을 옭아매는 것이었다. 말하는 솜씨가 여간이 아니었다. 음흉맞은 능청을 떨어가면서 겁을 주기 시작했다. 마음이 여린 민순은 금세 우울해지면서 의기가 소침해 들어갔다. 눈빛에도 넋이 빠져나간 것처럼 멍해보였다.

"죽었으면 죽었제 자정골에는 혼자 안 있을라요."

민순은 겁을 잔뜩 집어먹고서 눈을 부리부리 휘굴렸다. 어찌할 줄을 모르고 침통한 표정마저 지어보였다. 여우동도 마찬가지였다. 그렇게까지 마음에 상처를 줬는가 싶어 당황스러움을 감추지 못했다. 그렇다고 조금이라도 과장된 말은 아니었다. 절대로 사실무근한 것은 아니고 실제 있을 수 있는 일이었다. 엄격한 신분제도 하에서 양반들은 천인들에 대한 횡포가 심했다. 노동력 착취는 말할 것도 없고 천한 여인들을 성적 노리갯감으로 여기기 일쑤였다. 특히 일제강점기에는 더욱 그러했다. 일본 손아귀에 놓인 경찰권은 국사범이나 정치범 검거에 주력할 뿐 민간 범죄에는 관심을 가질 여력이 부족했던 것이다. 때문에 젊은 아낙이 혼자 그것도 외딴 산속에 혼자서 산다고 하면 가만 놔두지 않을 것임은 명약관화한 일임에 틀림없었다. 여우동은 그것만은 꼭 알려주려고 작정을 하고 있었던 것이다.

"그럼 나하고 우리 집으로 가서 당분간 지내도록 허세."

그러나 민순은 얼른 대답을 하지 못하고 머뭇거렸다. 젊은 사람이 늙은 분한테 부담을 주고 싶지 않았기 때문이다. 사람일이란 한 치의 앞도 내다볼 수 없는 것이라서 쉽게 결정할 순 없었다. 민순은 깊이 생각해보고서 결정하고 싶었다.

"나기중 어른께서 무엇을 부탁하시등가요?"

가느스름하게 눈을 뜨고서 물었다. 몹시 궁금한 것이 묻어난 눈매였다. 그녀는 내심 불안하고 초조해왔던 것이다. 산지기 집이라 산은 물론이요 감과 밤을 지켜줘야 할 것인데 여자로는 도저히 감당하기 어렵기 때문이었다. 혹시 집을 비워주기 위한 일을 벌이고 있는지 모를 일이었다.

"그 어른이 참 불쌍한 분이랑께. 집안은 말할 것도 없고 인물 좋고 재물도 많아 부족한 것이라곤 하나 없는 분인디……."

여우동은 말을 하다말고 혀를 쩍쩍 찬 뒤 멈추고 말았다. 느닷없이 자고 있는 성음이 이마를 쓸어가며 슬픔에 젖어든 표정을 지었다. 그리고는 하염없이 차창만 바라보며 뭔가를 주저주저했다. 민순은 점점 미궁으로 빠져든 기분이었다. 초점을 잃어가며 멍하게 그녀를 쳐다볼 뿐 물을 수도 없었다. 내막은 알 수 없지만 분명 둘이선 약조가 있었던 것으로 비쳐졌다.

"성음이가 꼭 자네만 탁해갖고 이목구비가 뚜렷험서 못난 데가 하나 없단 말이시. 이 녀석이 꼭 즈그 외할아버지 닮아부렀당께. 어쩌면 이렇게도 빼다 박어부렀능가 몰라. 그것도 잘생긴 것만 골라다 붙여 놨당께. 득창이 탁했으면 코도 납작할 것인디 이렇게도 덩실하게 잘생겼을까 모르겠네."

여우동은 고개를 돌려 자는 아이의 얼굴을 쓰다듬으며 넉살 좋게 말했다. 하던 말을 잇지 않고 물꼬를 돌리고 나선 것이다. 민순은 뭐가 뭔지 갈피를 잡을 수 없었다. 아들 칭찬을 해대니 싫은 것은 아니지만 그 이면에 숨겨놓은 것이 더 궁금했다. 그렇다고 감춰놓은 보따리를 풀라고 다그칠 수도 없는 일이었다. 그녀도 옅은 짐작을 하면서도 부러 딴청을 들고 나왔다.

"이쁘게 봐주시니 고맙구만요. 지가 난 아들이지만 즈그 아부지는 묻은 태도 없이 아짐 말씀대로 외할아버지만 쏙 탁했다고 돌아가신 할아버니께서도 그러셨구만요."

민순은 순간 뱅긋한 웃음을 머금으며 여우동에게 고개를 돌렸다. 하지만 머릿속에는 아직도 그 말끝이 지워지지 않고 맴돌고 있었다. 하는 수 없이 옆구리를 찌르고 나섰다.

"그럼 오늘 당장 가서야 허능가요?"

자못 궁금한 표정으로 물었다.

"아니네. 내일 그 양반을 만나봐야 쓰겄네."

"무슨 일인데요? 혹시 자정골 집을 비워주라고 허시등가요?"

그녀는 힘없는 목소리로 도둑놈 허접 대듯 먼저 꺼내들고 나섰다. 말하는 턱이 부르르 떠는 것 같았고 눈길에는 두려움과 불안기가 물씬 일고 있었다.

"산지기 집잉께 과수원도 지켜주고 묘역도 관리해야 헐 것인디 자네가 무슨 재주로 헐 것잉가. 나가라고 허면 헐 수 없는 일이제. 내가 가서 사정을 해볼라네만은 믿지는 말소."

여우동은 입술을 비틀어가며 씁쓸한 억지웃음을 짓고는 잠에서 깨어난 성음이와 눈을 맞춰 까꿍거리며 말했다. 얼굴에는 단호함이 가득 찬 것 같았다. 정녕 병 주고 약을 주는 소리 아닌지 궁금증마저 일었다. 세상에 믿을 사람 하나 없다고 하더니만 여우동을 두고 하는 말일 성 싶었다. 민순은 당장 발등으로 벌겋게 달군 숯덩이가 떨어지는 꼴이어서 남편걱정 같은 것은 일순간 사라지고 말았다. 불길한 예감이 파도가 되어 너울지어 달려드는 것 같았다.

"그러믄 저는 오갈 데가 없는디요."

억실억실한 얼굴에 두려움과 놀람이 함께 내려앉아 원망의 눈초리를 그려내었다.

야박스런 눈으로 바라본 시선에는 서운함도 감추지 못하고 있었다. 기연가미연가하며 연신 눈을 껌뻑인 채 물었다.

"아니 꼭 그런 것만은 아니고. 그 양반이 나한테 부탁한 것은 그런 것이 아니란 말이시."

여우동은 하지 않던 짓, 빈 입을 쓱쓱 다셔가며 마른 침을 삼켜대었다. 이어 천연덕스럽게 다시 말을 바꾸려 들었다. 괜스레 그런 말을 꺼냈다는 듯 계면쩍은 웃음을 입 끝에 달고서 머리를 긁적이기도 했다. 민순은 혼자서 지어낸 것임을 금방 알아차렸다. 하는 짓이 어처구니도 없고 고까워 보이지만 민순은 애써 내색을 죽여가며 물었다.

"그럼 부탁이라니요?"

"무슨 부탁인가 하면 참으로 가련한 일이제. 부족한 것이라곤 손톱만큼도 찾아볼 것이 없는 분인디. 어쩌다 팔자에 그런 아들이 생겨가지고 마누라까지 그 모양이 되어부렀으니 살아도 산목숨이 아니제."

여우동은 가느스름한 눈을 처연하게 모아가며 슬픈 표정을 지었다. 이토록 애절한 눈매를 지어 보이기는 처음인 것 같았다. 민순도 이미 사정을 알고 있는 바였다. 생각할수록 가슴 아픈 일이었다. 자정골에 들어와 맨 처음 나들이가 바로 그 집에 씻김굿을 갔던 터라 더 잊히지 않았다. 아들을 낳는 거야 마음대로 할 수 없는 일이어서 배냇병신이라고 하지만 마님마저 중풍에 떨어졌으니 기가 찰 노릇이었다.

"마님은 아직도 차도가 없이 그러싱가요?"

민순이 눈물을 글썽거린 것처럼 슬픔이 가득 찬 표정을 지어가며 물었다.

"그렇당께. 그때보다 더하면 더하제 못하겠능가? 이태 전까지만 해도 사람을 알아봤다네. 인자는 온몸을 꼼지락도 못하고 눠만 있어. 밥을 떠먹여 줘야 허고 똥오줌을 받아내느라 죽을 지경이제. 죽은 목숨이나 다름없는 개비데. 거기다가 일곱 살이 되도록 똥도 못 가린 채 엄마 곁에 아들도 누워 있으니 우환이 겹으로 쌓인 꼴이지 않겠능가."

여우동이 오만상을 찡그린 채 입가에 게거품을 물었다. 민순도 낙심에 찬 표정을 지었다.

"시깽굿을 늦게 헌 것이여. 진즉 젊었을 때 해줬드라면 그런 아들을 낳지 않았을 것이고, 그랬으면 마님이 중풍에 떨어졌겠능가. 일이라고 하는 것은 다 때가 있는 법인디, 때를 맞추지 못해서 그렇게 된 것이제. 집안에 몽당귀신이 있으면 얼른 달래서 저승으로 보내줘야 헐 것 아닝가? 해코지를 다 허고 나서 싯켜주면 무슨 소용이 있당가? 안 해준 것보다야 낫겠지만. 형님 귀신이라서 죽은 지 스무 해가 지났으니, 소 잃고 외양간 고친 꼴이제."

여우동은 허전하면서도 서운한 마음을 감추지 못하고 입을 쌜기죽거렸다.

"나기중 어른이 불쌍하단 말이시. 그 나이에 마누라가 있어도 무용지물이니 얼마나 괴롭겠능가? 돈이 없능가? 아니면 인품이 모자랑가? 갖출 것 다 갖춰놓고서 여자 없이 독수공방에 혼자 지내신다네. 아직은 꼿꼿헌디 여자 생각이 안 나겠능가. 원치 인정 많고 심덕이 깊은 양반이라서 그러제. 다른 사람 같았으면 폴세 여러 여자가 들락날락했을 것이네."

여우동은 입이 마르도록 후박한 실덕을 칭찬하고 나섰다. 마치 자기 일이라도 되는 것처럼 쩝쩝 입맛을 다셔가며 달짝지근한 말을 쏟아내었다. 민순이 보기에도 맞는 말이었다. 집을 내어준 것만도 결코 잊을 수 없는 은혜였다. 그런데도 거기에다 소리공부를 잘하라고 기와집을 지어주고, 먹고 살기 위해 생청장수로 나서라고 도와준 것이 너무 고마웠다. 면회를 갔다 오는 것도 그분의 덕이었다. 어디로 끌려간 줄도 모르는 남편의 소식을 알려주고 여비까지 내어주며 다녀오도록 해준 분이어서 그 고마움이야말로 형언할 수 없었다. 세상 태어나 남으로부터 이렇게 은혜를 입어보긴 처음이었다. 지고지상의 품격을 갖춘 분이 아니고서야 감히 엄두를 내지 못할 일이었다. 어른의 처지가 하도 안타까워 민순은 마음이 아팠다. 감지덕지했던 은혜를 생각하면 무슨 일이라도 마다하지 않고 도와드리고 싶지만 뾰족한 방법이 떠오르지 않았다. 민순은 은근히 그 부탁이 무엇인지 알고 싶었다.

"어른마님께서 무슨 부탁을 하시든가요?"

민순이 침울한 낯빛으로 여우동을 바라보며 물었다. 무슨 방도라도 궁량한 것처럼 고뇌에 찬 표정이었다.

"얼매나 점잖은 분인지 들어볼랑가? 안방마님께서 아들을 늦게 낳은 것이야 자네도 잘 알고 있제? 젊어서는 아들도 못난 여자라고 시어머니가 얼마나 달달 볶았던지 날마다 눈물바람으로 지냈담서. 흘린 눈물만 모아놨어도 논 한 배미 농사는 짓고도 남았을 거라고들 허드랑께. 노인네가 아들한테는 왜 내쫓지 않고 데리고 사느냐고 안달을 부리고서 정 못하겠으면 시앗을 보든지 아니면 씨받이라도 해야 쓰겠다고 종지목을 댔다는구만. 그런데도 절대로 그런 짓은 하지 않겠다고 허심서 버티셨던 분이라네. 참말로 장한 분이제. 시어머니께서 돌

243

아가시고 나신 다음 해에 아들을 낳았제. 그런디 무슨 삼시랑이 그리도 꼬였는지 늦게 난 아들이 저 모양으로 태어날 것잉가? 워매, 안방 마님께선는 복쪼가리도 대개 없는 분이여. 시집살이만 모질게 하다가 금이야 옥이야 아들 하나 났더니만 저 꼴이 되고 말았으니 참말로 가련한 분이지 않능가? 그런디 요새는 마님께서도 생각을 달리 허시드랑께. 쪼간 마음이 변하신 것이여. 양자는 절대로 들이지 않겠다고 작정을 하셨담서. 아들이 사람노릇을 못할 것 같은 개비제. 그래서 늦게라도 대를 이을 아들을 다시 낳아야 쓰겠다고 나한테 중신을 서달라고 부탁을 허신 것이네. 아직은 성성한디 여자 품고 싶은 생각도 없었능가? 첨에는 여자 생각이 나서 그런 줄 알았당께. 진심을 들어봉께 그게 아니었어. 다른 뜻은 없고 한번을 만나도 좋으니 아들만 낳아주면 원대로 해주겠다고 허시드란 말이시. 내가 젊었으면 한번 붙어보고 싶네만."

여우동은 콧잔등을 찡그려가며 명주실 타래와 같은 사연을 늘어놓았다. 허전한 마음 구석을 달래가며 착잡한 기분을 토해내었다. 늙어간 자신이 허망한 듯 비탄에 젖어드는 마음도 곁들이고 있었다. 민순은 이상야릇한 감정 속으로 빠져드는 느낌이 들었다.

"말순 할머니는 그렇게 말씀하지 않으셨당께요."

"앗따! 성님은 어른을 잘 모르고 허는 소리랑께. 어른 나이 사십대 초반잉께 아직은 창창한 나이제. 마님이 여자구실을 못하싱께 어쩌다 기생들이 집으로 들어왔다 갔능개비데. 그까짓 것도 못 허고 살아서 남자랑가? 돈이 없어? 아니면 인품이 부족한가? 다른 사람 같았으면 배다른 새끼들이 줄줄 했을 것이네. 고까짓 것을 허물이라고 허겄능가? 하나는 알고 둘은 모른 채 허신 말씀이랑께."

여우동은 마뜩잖은 눈길을 쏘아가며 화를 퍼르르 내듯 말했다. 그

까짓 것이 무슨 허물이냐고 나기중을 두둔하고 나선 것이었다. 민순은 분수없이 남의 일에 끼어드는 것 같아 얼굴이 홧홧 달아올랐다. 더이상 말도 붙여 볼 수가 없을 것 같았다.

기차는 송정리를 지나 어느덧 극락강역에 도착했다. 광주가 가까운지 차속이 갑자기 소란스러워지기 시작했다. 일찍부터 짐을 챙기느라 웅성거리며 들뜬 분위기였다. 선반에 올려놓은 짐을 내리고 자기들 물건을 챙기느라 야단법석이었다. 다라를 끄집는 자그러운 소리가 귀청을 휘저었다. 극락강을 지난 기차는 덜커덩덜커덩 철다리를 지나 세찬 기적소리를 토해내며 광주시내로 들어가고 있었다. 시가지가 차창 밖으로 펼쳐졌다. 하늘을 향해 솟아있는 공장굴뚝도 보였다. 길에는 사람들로 가득 차 있었다. 건널목에서는 땡그랑거리며 차단기가 내려진 채 가던 사람들이 멈춰서 있었다. 이윽고 광주역으로 슬금슬금 미끄러지듯 기어들었다. 덜컹덜컹하더니 허연 김을 토해내고 멈춰섰다. 순식간에 사람들이 차에서 빠져나가고, 또 다른 사람들이 몰려들었다. 서로들 좌석을 차지하느라 헐레벌떡 뛰어드는가 하면 사소한 언쟁도 마다하지 않았다. 일순간에 차 안이 꽉 채워졌다. 기차는 한참동안 서 있다가 다시 기적소리를 울려대고선 보성을 향해 내달렸다. 차창으로 비치는 햇덩이는 이미 서쪽 하늘 중간쯤에 걸려있었다. 맑은 하늘에 흰 구름만 둥실 떠가는데 쇠기러기 떼들이 대오를 지어 날고 있었다. 끼룩대며 날아가는 겨울기러기 떼는 괜히 사람을 처량하고 스산하게 만들곤 했다. 민순은 한동안 눈을 떼지 못하고 기러기만 바라다보고 있으니 눈길이 새삼 저 멀리 아득해지고 있었다.

"어떻게 할랑가? 내일은 보성에 나가서 사람들을 만나봐야 쓰겠단 말이시. 아마 사흘 정도는 자정골엔 들어갈 수 없을 성싶네. 나랑 같이 나가서 내 집에서 머물면 안 되겠능가?"

멍하니 기러기만 바라보고 있을 때 여우동이 옆구리를 콕 찌르며 말했다. 마음 아픈 소리지만 이미 멍에를 맨 것이나 다름없는 처지여서 거절할 수 없었다. 남편 올 때까지 아들을 지켜주기 위해서는 따르지 않을 수 없었다. 민순은 엉겁결 고개를 끄덕이고 말았다. 당장 내일부터 생청을 팔러가야 하지만 혼자서는 할 수 없는 일이기에 우선 그녀의 말을 들어줘야 했다.

"만날 사람들이 많으신가 보네요."

"나기중 어른 때문이랑께. 한 살이라도 빨리 아들을 봐야 쓸 것 아닝가?"

"아들을 낳아주겠다는 여자들이 있능가요?"

민순은 아무런 생각도 없이 무의식 속에 말이 튀어나왔다. 하지만 여우동은 뭔가 켕기는 것이 있는지 눈두덩을 움찔거렸다. 당황하는 기색 가운데 놀랍게도 빤히 쳐다보며 의심의 눈초리를 추켜세웠다. 순간 민순은 민망스러워 자리를 피하고 싶을 정도였다. 그녀는 재치를 발휘하여 얼른 말머리를 돌렸다.

"사흘만 있으면 되능가요?"

어쩐지 궁색한 말 같아서 창밖으로 시선을 돌려보지만 어색한 분위기는 계속 되었다. 그러나 여우동은 계속해서 야릇한 미소를 던지며 빳빳한 눈길을 거두지 않았다.

"오늘은 자정골로 가셔도 되능가요?"

민순은 속마음을 떠볼 요량으로 계속 질문을 이었다. 그러나 여우동은 대답에는 관심도 없어 보이면서도 뭔가 말을 할 듯 말 듯 망설이는 눈치였다. 혓바닥 밑에 말을 감추고 사는 사람처럼 목울대가 꿈틀거리도록 마른 침을 삼켰다. 이내 눈초리를 치켜세우고서 바짝 다가앉아서는 핏기도 없는 입술에 침을 바르기 시작했다.

"이 사람아, 여자들이 줄을 서부렀네."

"줄을 서불다니요? 아들을 낳아주겠다는 여자들이 그렇게 많단 말이요."

"하믄. 술집 기생은 말할 것도 없고, 남편과 함께 살고 있는 여편네도 있네. 심지어 시집 안 간 노처녀도 많당께."

얄밉게도 간살웃음을 쳐가며 속을 떠보려 드는 것 같았다. 민순은 괜히 괴이한 생각이 들기도 했다. 더 이상 들먹이지 않고 싶어 차창으로 눈길을 돌리고 말았다. 기차는 숨찬 것도 모른 채 벌써 능주를 향해 달려가고 있었다. 저 멀리 능주 시가지가 눈앞으로 다가왔다.

또다시 옛적 생각에 젖어들기 시작했다. 야학당에 다닐 적 있었던 감회가 뭉클 떠올랐다. 허망하면서도 가슴에 맺혀있었던 사연들이 머릿속에서 매대기질을 하는 것 같았다. 순사 아들이라고 해서 밤마다 자신을 놀려대던 범재 얼굴이 스쳐 지나가자 오소소 소름도 끼쳤다.

폰수와 길동의 얼굴도 비쳐졌다. 이양할머니를 생각하니 눈시울이 끈적끈적거리는 느낌이었다. 기차는 능주를 지나 춘양으로 힘차게 달려가고 있었다. 여우동이 흐르는 침묵을 견딜 수 없었던지 다시 입술을 들썩거렸다. 뭔가를 암시하는 눈짓도 보내는 것이었다.

"사람이 살면서 입이 제일로 무서운 것이네. 안 묵고 산다면야 무슨 일을 못 허겄능가. 목구멍이 포도청이라고 허든개비네. 내가 내일 만날라고 허는 성례는 올해 나이가 스물아홉이제. 그 나이가 되도록 아직 시집도 못가고 있당께. 그렇게 된 연유를 들여다보면 가련해서 눈물 없이는 못 듣는당께."

"그렇게 나이가 많은디 시집을 안 갔어라우?"

"안 간 것이 아니라 못 갔다고 봐야제."

"딱한 사정이라도 있었는가요?"

민순은 궁금증이 충동질이라도 해오는 것처럼 호기심으로 가득 찬 눈알을 반짝거렸다.

"그렇게 스물아홉이 되도록 그러고 있제. 내가 말해볼게 들어볼랑가."

심호흡을 한 번 크게 들이쉬고는 청산유수 같은 말솜씨를 뽑아들었다.

"저기 다만 동네에 고씨 딸이 있는디, 어찌나 가련하든지 말이 잘 안 나오네. 원래부터 부모가 불구자들이어서 자식들이 식구들을 벌어 먹이는 형편이었제. 딸만 넷인디 위로 셋은 다 시집을 가불고 막내로 혼자 남아서 부모 봉양을 해왔다네. 날마다 역으로 달려가 기차가 쏟아 놓은 석탄을 뒤적여 아직 덜 탄 것을 모아서 식당이나 다방에 팔아서 부모를 먹여 살린다는구만. 얼마나 가련한 짓잉가. 그렇코롬 살다봉께 시집갈 혼기를 넘겨버렸다네. 벌써 고운 때깔이 사라지고 없드랑게. 그래도 시집은 안 갔응께 처녀 아니겠능가. 즈그 부모는 비록 그런 사람이지만 딸만은 잘 낳았드랑께. 얼굴도 예쁜데다 몸도 날씬하드란 말이시. 젖통도 푸짐하게 큰데다가 방댕이가 펑퍼짐해서 새끼 하나는 잘 만들어 낼 것 같더구만. 죄라고 헌다면 가난한 것밖에 더 있겠능가? 가난 빼고는 흠잡을 데가 없드랑께. 부모 믹여 살리느라 시집도 못간 그 정성을 생각하면 간이 녹을 것 같드랑께. 여태껏 시집은 안 가겠다고 허드니만 요즘은 날더러 중신을 서달라고 조른단 말이시. 나기중 어른이 씨받이를 구한다는 소문을 듣고부터 씨받이 노릇이라도 허고 싶다고 한당께. 말은 바로 말이제 나기중 어른이사 처녀가 좋겠제 늙은 사람이 좋겠능가?"

처연한 눈빛으로 바라본 채 입가에 침을 흘려가며 눈물겨운 곡절을 쏟아냈다. 듣고 보니 매운 고추를 입에 머금은 것처럼 얼얼하면서도 콧등이 찡하도록 가련한 사연이었다. 한편으로 접어 생각해보니 도무지 말도 안 되는 소리였다. 아무리 집안이 곤궁하다고 처녀가 시집을 안 간 채 남의 아들을 낳아주겠다고 나서다니 열 번을 생각해봐도 믿기지 않았다. 인륜이 있고 삼강오륜이 있는 것인데…… 같은 여자로서 불쌍하기도 하고 화가 더럭더럭 나기도 했다. 오죽했으면 그런 생각을 했을까 싶기도 하면서…… 중신을 청한 그녀의 용기가 대단하다 싶기도 했다. 세간에는 이런 말 못할 사연들이 많음을 알 것만 같았다. 옆에 앉은 승객들도 안타깝다는 듯 서글픈 표정을 지어가며 듣고 있었다.

"그렇다고 시집도 안 간 채 씨받이로 나선단 말잉가요?"

미심쩍은 눈초리를 세워가며 물었다.

"그렁께 나도 얼른 중신을 못하고 있는 것 아닌가? 이점저점 알아보는 중이제. 그 사람 뿐이랑가. 술집기생들은 환장을 하고 달라든당께. 아들만 낳아주면 논을 준다고 헝께 눈이 뒤집어지드란 말이시. 안 그러겠능가? 생전 배곯을 일은 없어지니 달려들것제."

"워매! 기생들이라면 나중에 애기를 낳는다고 해도 누구 자식인 줄 어떻게 안다요?"

부리부리한 눈매를 휘돌리면서 펄쩍 뛸 듯 외마디 소리를 내질렀다.

"그럴 수도 있겠제. 남이 은장도를 차니까 식칼을 차고 나온다고 허드니만 꼭 그 꼴이제. 그것만이 아니랑께."

"그것만이 아니라니요? 또 다른 사람도 있습디여?"

"저기 갯거리 송달호라는 사람이 살고 있는디. 원래 부모님으로부터 많은 유산을 물려받아서 부자였제. 그래서 참 미색이 곱고 얌전한 여자한테 장가를 들어 여편네 치리를 잘했다고 소문이 자자했었네. 그런디 그가 서른이 갓 넘을 때 일이었다네. 저기 득량 삼정리 쇠슬 사는 구서남의 꾐에 빠져갖고 날마다 화투짝을 만지기 시작했든개비데. 불과 3년 만에 그 좋은 살림을 홀라당 날려불고 하루아침에 쪽박신세가 되고 만 것이제. 잘 살던 사람이 가난해지면 더 천하게 보이는 것이여. 얼마나 죽겠으면 지 마누라를 씨받이로 들여보내면 안 되냐고 사정을 한당께. 여편네 나이가 올해로 서른 둘잉께 아직은 걱정없다고 쑤석거리는 꼴을 보면 시상이 막되어간다 싶드랑께. 지 잘못으로 지집까지 팔아 묵을라고 헌 놈이 나오니 환장할 일 아닝가? 해도 해도 너무 허는 것 아닝가 싶드랑께. 누가 봐도 여편네는 곱상하고 이뻐서 욕심을 낼만 하겠드구만."

"세상에 마누라를 팔아묵을라고 헌 사람이 있단 말이요?"

"이 사람아, 그런 소리 허질 말소. 사흘 굶으면 남의 울타리 뛰어넘지 않을 사람 없다고 헌 것이네. 굶어죽어 불라면 몰라도 별 수 있간디."

민순은 순간 미묘한 감정이 얽히고설키면서 긴 한숨이 절로 솟구쳤다. 듣고 보니 인생살이가 쉬운 것만은 아닌 것 같아 허탈한 마음이 어깨를 짓눌러왔다. 시아버지도 그리고 남편도 없이 살아가야할 자신의 신세도 별반 다를 바 없었다. 당장 아들과 함께 먹고사는 것이 자신의 몫. 그것만이 아니었다. 바람막이 하나 없는 황량한 벌판에 버려진 것이나 다름없는 자신을 지키는 것 또한 쉽지 않을 것 같았다. 어린 자식을 데리고 먹고 입을 것 하나 없는 산속에서 무슨 재주로 살아남을 것인지 그저 막연할 뿐이었다.

기차가 어느새 구교동을 지나 보성으로 들어서고 있었다. 보성에 다왔다는 것을 알리기라도 하려는 듯 쌔애앳거리며 목청을 길게 뽑기 시작했다. 내리막길을 내달리는 소리가 한결 여유롭게 들렸다. 허연 김만 쏟아가며 숨을 죽인 채 내달렸다. 장거리 가는 길이 눈길 안으로 들어왔다. 저 멀리 활성산도 보였다.

기차는 장마당 가는 길을 뒤로 한 채 철로가 갈래갈래 쪼개진 역구내로 미끄러지듯 들어섰다. 무릎에 앉히고 왔던 어린 것을 다시 등에 업고 기차에서 내렸다. 아직 햇덩이가 서산마루에 이르지 못하고 한 뼘 높이에 걸려 있었다. 찬 기운이 옷깃 속으로 파고드는 것 같았다. 총총 걸음으로 대합실을 빠져나온 민순은 곧장 자정골로 향했다. 그녀는 여우동도 의당 같이 갈 줄 알고 앞만 보고 나갔던 것이다. 뒤를 따라오던 여우동의 표정이 예사롭지 않았다. 기분이 내키지 않은 심드렁한 낯빛이었다. 그렇다고 민순은 혼자 갈 수 없었다. 얼마가지 않아 해는 서산에 질 것이고 어둠이 내려앉을 것이기 때문. 혼자서는 산길을 갈 수도 없고 가서도 안 될 일. 그렇다고 어른을 억지로 끌고 갈 수도 없었다. 힐금힐금 뒤를 돌아다보며 연신 눈치를 살피며 있을 때였다.

"내일 나올람서 뭣하러 들어갈라고 허능가?"

여우동이 발걸음을 멈추고서 물었다. 도저히 가고 싶지 않은 눈치였다. 민순이 물었다.

"힘들어서 못가시겠능가요?"

"아니 그것은 아니고 내일 아침에 나올 것인디 인자사 들어가서 또 나올라면 힘들어서 그러제. 그러지 말고 내 집으로 가세."

얼굴에는 짙은 피곤기가 내려앉아 있었다. 도저히 가고 싶지 않은 표정이었다. 민순은 하는 수 없이 여우동을 따르기로 했다.

"그렇게 하시지요. 지가 가도 괜찮을까요?"

"그것을 말이라고 허능가? 나혼자 사는디 누가 뭐라고 헌당가?"

그들은 장거리로 발걸음을 내딛었다가 다시 솔뫼로 발길을 옮겼다. 해가 떨어지기도 전에 집에 닿았다. 자정골로 갔다면 어림없을 시각에 도착한 것이다. 여우동은 콩나물 우거지 죽을 쒀서 가지고 들어왔다. 보리쌀을 넣어 함께 끓인 죽이었다. 그럭저럭 저녁을 마친 민순은 성음이를 데리고 일찍 잠에 떨어지고 말았다.

다음날 아침 여우동은 민순만 남겨두고 일을 보러 나갔다. 민순은 여우동 집에서 하루를 보내야 했다. 집으로 가고 싶어도 너무 외진 곳이라 가지 못했다. 죽으나 사나 여우동이란 멍에의 틀을 벗어날 수 없었다. 그럴 때면 언제 돌아올지 모르는 남편이 야속하기만 했다. 그녀는 꼼짝도 하지 못한 채 이틀 동안 집에 갇혀 지내고 있었다. 사흘째되는 날은 여우동이 일찍 볼일을 마치고 돌아왔다. 오포 사이렌이 울리자마자 돌아온 그녀는 어딘지 모르게 표정이 밝을뿐더러 엷은 미소를 머금고 있었다. 그리고 애써 그런 표정을 지으려 들기도 했다. 일이 잘되어가는 징조로 보였다.

"오늘은 자정골로 가실 수 있능가요?"

기대에 찬 눈빛으로 바라보며 물었다. 그러나 마음만은 부담스러웠다.

"그러세. 자정골로 갈라고 일찍 들어왔당께. 점심지어서 묵고 들어가세."

흐뭇한 표정으로 살갑게 대해주었다. 민순도 기분이 좋았다. 여우동은 부엌으로 나가 점심을 지었고, 잠시 후 맛있는 생선국까지 끓여가지고 들어왔다. 먹어보지 못했던 장대를 넣어 끓인 미역국이었다. 미역에 생선을 넣었어도 맛이 담백하면서도 개운했다.

"어야! 성음이 엄마!"

밥을 먹다 말고 숟가락을 들고서 느닷없이 그녀를 불렀다. 예사롭지 않은 어조였다. 까닭을 모른 민순은 멍한 눈으로 바라보았다. 아침과 달리 이상스럽게 심각한 눈빛을 내리쏘았다.

싸늘한 냉기가 뿜어져 나온 것 같기도 하고 야릇한 긴장도 감도는 눈치였다. 민순은 또다시 미묘한 감정의 변화가 일기 시작했다.

"무슨 일이라도 있으싱가요?"

숟가락질을 멈춘 채 불안기를 감추지 못하고 물었다.

"너무 놀라지 말소. 사람이 살다 보면 팔자도 고칠 수 있는 것이제. 땔나무꾼이 선녀를 만낭께 하늘로 올라가질 않던개비네."

여우동은 알다가도 모를 소리를 내뱉었다. 야릇한 미소를 지어가면서 식기 전에 밥을 뜨라는 손짓도 잊지 않았다. 속내를 알지 못한 민순은 속이 타서 견딜 수 없었다. 생선 가시가 목에 걸려 찔러오는 꺼림칙함 같은 것이었다. 짜릿짜릿한 자극이 신경을 콕콕 찔러대는 것이기도 했다.

"모두 다 자네를 생각해서 헌 것이랑께. 솔직히 말해서 자네 때문에 내가 밤에 잠을 못 잔당께. 돌아가신 스승님을 생각하면 힘닿는 데까지 도와야 쓰겄지만 내 형편으로 봐서 그럴 수도 없고. 장마당굿이라도 허로 다닌다면 자네를 데리고 다니겄지만, 일본한테 나라를 뺏겨갖고 굿마저 못하게 헝께 그것도 어렵고. 그것뿐이당가. 장마당에서 굿을 할 때면 서로들 굿을 해달라고 주문도 허드구만, 인자는 사람들을 만날 수 없으니 불러주는 사람도 없어져부렀당께. 집안굿, 동네 굿, 문중 굿은 말할 것도 없고 혼인잔치에도 와서 소리도 해달라고 했었는디 장바닥엘 못 오게 헌 뒤로는 다 파장이 되어부렀제. 인자는 당골로 살아가기 힘드네. 그래서 중신을 하러 나선 것을 자네도 잘 알겠제?"

여우동은 아무 일도 아니라는 듯 부러 시치름한 표정을 지어가며 말했다. 진의를 알 수 없는 알쏭달쏭한 말로 엿가락 빌빌 꼬듯 애매모호하게 얼버무렸다. 왠지 예감이 좋지 않은 것만은 사실이었다. 여우동은 본디 변덕이 심하다는 것을 알고 있던 터여서 심각하게 받아들이지는 않았다. 그러나 그냥 넘겨칠 일은 아니다 싶었다. 그동안의 심중소회 (心中所懷)와 같은 것을 묻어둔 것 같기도 해서 갸우뚱거릴 수밖에 없었다. 결국은 더 이상 도와줄 수 없다는 뜻으로 비춰지기도 하고, 집을 비워달라는 것으로 맞춰가는 느낌도 들었다.

"자정골을 비워달라고 허시든가요?"

민순은 어느새 얼음장처럼 써늘하게 식어간 낯빛으로 물었다. 눈빛에는 의심스러움이 잔뜩 서려 있었고 목소리엔 측은함도 깔려 있었다.

"아니랑께. 그것이 아니어. 소도 언덕이 있어야 문지른 것이고, 고삐를 매려고 해도 나무가 있어야 맬 것 아닝가? 자네 처지가 참으로 딱하다 그 말이어. 남편이 있능가? 친척이 있능가? 그렇다고 살 집이 있능가? 더군다나 당장 묵고 살 것도 없제. 생각허면 헐수록 기가 막힐 노릇 아닝가? 애기라도 없으면 날품팔이라도 다니겠지만 그것도 안 되고. 내가 자정골에 가서 있는다고 해도 내 몫이 있어야 갈 것 아닝가? 나도 밥은 묵고 살아야제 굶고는 못 사는 것이제. 가서 굶어 죽을 수는 없고. 솔직히 말해서 나는 생청장사는 못 하겠네. 죽으면 죽어도 그 짓은 안 할라네. 차라리 밭뙈기 농사를 짓는 것이 낫겠드랑께."

여우동은 갈수록 언성을 높여가기 시작했다. 남의 속을 짓찢기라도 하려는 듯 아픈 속을 휘저으면서 하나씩 꺼내어 난도질을 해대었다. 그러나 말만은 구구절절 마음에 와 닿았다. 분위기가 점점 숙연해지면서 끓여준 생선국마저 목에 넘길 수가 없었다. 그렇잖아도 마음이 심란했던 것인데 마치 도리깨질을 하듯 속을 뒤집어놓은 것. 결국은 이제 도와줄 수 없으니 갈라서자는 의미로 들렸다. 의절이라도 하자는 듯 마지막 단추를 풀자는 막말이었다. 굶어죽기 싫어 갈 수 없다고 생떼를 부리는 것, 차라리 못 가겠다고 톡 까놓으면 될 일을 가지고 빌빌 꼬아가며 똬리를 틀어가는 까닭을 알 수 없었다. 그럴싸한 변명으로 색깔을 칠하는지 모를 일. 그녀는 그냥 집으로 돌아가고 싶었다. 일각에 좌불안석이 된 꼴. 죽으나 사나 혼자 살 수밖에 없다는 생각에 젖어들었다. 세상에 믿을 사람 하나 없다고 한 까닭은 알 것만 같았다.

"지 혼자서 할텡께 집에 계셔만 주셔도 되구만요. 시어머니처럼 모시고 살께요."

침통한 표정을 짓고 고개를 흔들어 가면서 비진사정을 하듯 애절한 호소를 나고 나섰다. 이제는 절대로 헤어질 수 없는 인연이어서 싹싹 빌어서라도 함께 할 수밖에 없었다.

"자네 서방도 안 그러등가?"

새살스럽게 호들갑을 떨듯 말했다. 느닷없이 생뚱스러운 남편을 들먹이고 나온 것. 민순은 도무지 감을 잡을 수가 없었다. 인정 없는 빨래방망이로 정수리를 한 대 얻어맞은 것 같아 정신마저 벙벙해졌다. 동아줄로 꽁꽁 묶인 남편 생각만 하면 가슴이 미어지는데…… 들먹이는 무슨 까닭인지는 몰라도 서운한 감정도 지울 수 없었다.

"다른 것 없네. 우선 목숨은 지켜야 쓸 것 아닝가?"

"목숨이라니요?"

"묵을 것도 없음시롬 산골에서 굶어죽으면 어쩔 것잉가? 사람은 곡식을 묵어야제 풀만 먹고는 못사는 뱁이여. 산골에는 푸나무밖에 더 있능가?"

서글픈 눈빛으로 쳐다보면서 정색을 하며 말했다. 이미 작정이라도 하고 온 사람처럼 놀리는 것인지 정곡을 찔러대는 것인지 알 수가 없었다. 민순의 머릿속에서 도리깨질은 계속되고 있었다.

"자네 서방 말대로 내 말 듣소. 목숨보다 더 중한 것이 시상에 어디 있당가? 사는 데 지장 없이 해 줄 것잉께. 내말 들어 줄랑가?"

몹시 흥분된 목소리로 생 다짐을 하듯 말했다. 표정에는 자신감마저 넘쳐나고 있었다.

"그것이 뭣인디 그런 것이 있다요?"

"자네가 나기중 어른의 아들을 낳아주면 안 되겠능가? 어른께 말씀을 드렸더니 좋겠다고 허시드란 말이시. 잘 생각해 보소."

한동안 뜸을 들이고 나서 감질나게 입을 쌜기죽거리며 말했다. 겸연쩍은 웃음도 섞어가면서 딴청을 떨듯 말했다. 말끝마다 찰떡처럼 차져서 혀끝에 착착 감기는 것이다. 하지만 민순은 타닥타닥 머리통을 후려치는 방망이 소리 같았다. 찢기고 깨져가는 머릿속이 피두성이가 되어 가슴으로 흘러내리고 있었다. 핏덩이가 땀구멍을 뚫고서 솟구치는 것 같았다. 예상치 못한 표정에서 본심이 나온다고들 하더니만 가슴이 시릴 만큼 서글펐다.

"나기중 어른께서 자네를 점찍어 뒀드랑께. 얼굴도 이쁘고 심성도 착하다고 허시드란 말이시. 마침 잘되었다 싶당께. 시아버지도 돌아가셔부렀제 남편도 없으니 말이여. 아들 하나 덜렁 낳아주면 하루아침에 팔자를 고쳐불 것 아닝가? 생전 배곯고 사는 일은 없것제. 서방도 언제 돌아올지도 모를 일. 생청장사해서 밥 벌어 묵고 살 것등개비네. 이런 기회는 평생에 한번 올까 말까 하는 것이랑께. 나잇살이나 들어보소. 고목나무에는 새도 날아들지 않는 것이네."

누르스름한 이빨을 드러낸 채 천연덕스러운 웃음을 뱅긋거리며 장단을 쳐대듯 말했다. 남의 속마음 같은 것은 아랑곳하지 않은 채 열브스름한 미소를 머금어가며 야살을 떨어대었다. 이제야 집으로 가자고 졸랐던 속셈을 알 것만 같았다. 마치 사람을 낭떠러지로 몰고 가 밀어뜨리려는 것이나 다름없는 일…… 마른 참나무 장작에 기름을 짜려는 일…… 가슴에 빗장을 가로질러 놓은 꼴…… 굴욕적인 수모를 가져다 준 것이나 다름없는 일…… 사람을 너무 무시한 채 오연함을 보여주는 짓…… 운명을 앞에 두고 놀리는 짓…… 울고 싶은 사람의 뺨을 때려주는 일이나 다름없는 짓이었다. 마음은 시꺼먼 숯덩이가 되어가고, 속은 뒤틀려 구회장(九廻腸)이 되어 가는 것이었다. 그러나 내색은 접은 채 심드렁하게 반문했다.

"고씨 딸 처녀가 가겠다고 했담서라우? 그 처녀는 싫다고 허십디여?"

민순은 의심의 똬리를 틀어가며 빤히 쳐다보았다.

"내가 봐도 좋은디 별로라고 허드랑께. 얼굴도 이쁜다 젖통도 커서 새끼 나면 잘 키우겠드만……. 아무래도 집안이 그래서 그런 개비여."

그것은 지난번 성례라는 처녀를 두고 한 말이었다. 처녀가 몸을 사리지 않고 달려든다고 말했기 때문이다. 아무래도 남자들은 과부나 유부녀보다 처녀를 좋아할 것 같은데 예상과는 달리 빗나간 꼴이었다.

"송달호 각시도 마다고 헙디여?"

"그 여자야 얼굴도 이쁘고 속도 좋은디 돈만 보고 하자는디 허겠능가? 그런 것은 아니제. 지금도 그렇게 해달라고 안달을 한당께. 그런디 어른께서는 우리 생각과는 다르드란 말이시. 여자가 없어서 그러시겠능가? 아들 낳아줄 여자를 구한다고 헝께 오만 여자들이 나래비를 서붙드라네. 그럴 거 아닝가? 묵고살 것이 없어서 나물로 살아가는 시상인디 논을 주겠다고 허니 그러겠제. 남자들은 우리들과 생각이 다른개비데. 홀라당 벗고 달려든 사람보다 은근히 뒤로 빼면서 애간장을 녹여주는 여자가 좋은갚더구만. 그렇기도 허지만 지난 번 자정골에 오셨을 때 성음이를 보셨는개비데. 어찌나 달덩이처럼 잘생겼든지 부러워 잠을 이루지 못하셨다네. 엄마를 쏙 빼닮아 잘생겼드라고 여러 번 들먹이시드랑께. 못자리가 좋아서 그런 아들을 낳았다고 하심서 자네를 이쁘게 보셨능개비데. 솔직히 말해서 자네 같은 인물이 어디 있당가? 시집오자마자 휜한 보름달 같은 아들부터 낳았으니 부럽기도 허겄제. 이왕이면 애기를 낳아본 여자였으면 더 좋겠다 허시대. 그것도 아들을 말이여."

여우동은 얄밉게도 간살웃음을 쳐가며 능청을 떨어댔다. 자글자글한 골 주름에 가살스런 웃음을 채워가며 입을 해해 벌려가면서 말했다. 가만히 있는 사람에게 쌍가마를 태워 한평생 호강을 시켜줄 것처럼 야살도 깠다. 사람을 공중으로 붕붕 뛰어 올리는 것이었다.

뚜쟁이는 아무나 하는 것이 아니라는 것을 보여주는 것 같았다. 간살스런 말에 넘어가지 않을 사람이 없을 것 같았다. 넘어가지 않은 사람이 되레 이상할 것 같다는 생각이 들었다.

"젖통도 푸짐한 데다가 방댕이가 펑퍼짐해서 애기는 잘 낳겠다고 허셨잖아요?"

민순은 갑자기 여우동이 미워지기 시작했다. 분명 혼자서 꿍꿍이수작을 부리고 있다는 의심이 가는 것이었다. 그렇다고 겉짐작으로 넘겨짚은 말은 꺼낼 수가 없었다.

"솔직히 생각해보소. 자네 서방이 뭐라고 허등가? 그동안만 무슨 일을 해서라도 굶어죽지 말고 살아만 달라고 허든 개비네. 그리고 나한테도 '제 처 좀 도와주십시오. 돌아오면 그 은혜 잊지 않을께라.' 했단 말이여. 나보고 도와주라고 헌 뜻이 뭣이겠능가? 내가 돈이 많은 사람잉가? 아니면 예전처럼 장바닥에 나가 굿을 허능가? 요새는 목에 풀칠이라도 헐라고 중신하는 일뿐이랑께. 자네 서방이 더 잘 알고 있제. 나보고 자네를 도와달라는 것은 중신해달라는 것 밖에 더 있겄능가? 톡 까놓고 말해서 그놈의 절개를 지키면 뭣할 것이여. 지킨다고 허다가 굶어 죽는다면 누가 알아준당가? 이 어린 아들은 어쩔 것이여? 펴보도 못하고 죽일 작정인가부네. 춘향이는 즈그 어미 덕분에 묵고 살 만헝께 지조고 정조고 지킨 것인 줄 모릉가? 자네야 춘향이하고는 다르제. 묵고 살 것도 없음시롬 그 까짓 것 지켜가지고 어디다 쓸 것잉가? 거기다가 기와집도 지어준 사람 아닝가?"

여우동은 가혹하리만큼 냉연한 표정을 지어가며 능갈을 떨었다. 여자의 정조를 내놓으라고 다그치는 말. 산골다랑이만큼 찢어진 눈초리를 길게 찢어가며 압박을 가해왔다. 탱자가시로 젖가슴을 콕콕 찔러대는 것 같은 말. 세상인심이 이렇게도 모질고 야박할 줄이야 눈물이 울컥 솟구쳤다. 그러나 민순은 끝까지 버텨 보고 싶었다. 남편이 있고 아들이 있는데 여자의 생명과도 같은 정조를 내놓을 수가 없었다.

"생청장사를 하면 밥은 먹고 살 수 있겠지라우."

민순은 실낱같은 희망을 꺼내들었다. 주인어른이 허락이 있어야 가능한 일이지만 어떻든 희망이라곤 그것뿐이었다. 혼자서 하기엔 힘든 줄 알지만 다른 도리가 없었다. 힘들다고 가만히 앉아 있다가 굶어 죽을 순 없기 때문이었다.

"자네 맘대로 허간디. 생청도 나기중 어른께서 대줘야 팔러 다니는 것이제. 못 대주겠다고 허면 어떻게 헐랑가. 닭 쫓다 지붕 쳐다보는 개 꼴이겠제."

콧구멍을 씰룩씰룩거리며 마치 조롱하는 어조로 빈정대는 것이었다. 여전히 의미심장한 기운이 서려있는 말투였다. 생청장사도 못하게 하겠다는 무언의 암시를 풍겨대는 것이었다.

"생청도 못 대준다고 허십디여?"

"이 사람아! 가만히 놀면서도 배부르게 살 것인디, 뭣 할라고 생청장사를 혀! 자네가 처녀라고 헌다면 내가 말도 안 꺼낸당께. 그리고 자네 서방이 곧 온다거나, 시아버지께서 살아계심사 내가 말이나 꺼내 겠능가? 언제 올지도 모를 남편을 기다린다고 죽을 고생을 허고 살아서야 쓰겄능가? 참말로 열녀 나왔구만. 열녀 나왔어. 내가 자네보고 몸을 팔라고 허능가? 아니면 기생집으로 가라고 허능가? 딱 한번이면 팔자 고칠 것인디. 뭣할라고 고생을 허고 살라고 허냔 말이시. 도대체 그 속을 모르겄당께. 여자는 다 때가 있는 뱁이네. 나이 들고 봉께 어느 놈이 그냥 주겠다고 해도 거들떠 본 사람도 없어. 이리 될 줄 알았다면 젊었을 때 왜 그렇게 살았능가 싶기도 허고. 그것이 다 여자 팔자랑께. 자네도 항상 이팔청춘인 줄 아능가. 지금 정신 못 차리면 일생 고생바가지인 것도 모르능가? 어째서 남보다 곱고도 이쁜 몸을 놔두고 억지로 고생을 사서 헐라고 허는지 모르겄구만. 그렇게 고상만 하고 살다가 남편이 오지도 않는다면 나중엔 얼마나 애닯겠능가? 설령 온다고 해도 그렇제. 느닷없이 바보 같은 짓을 해갖고 형무소에다 징용까지 갔다 와서 자네한테 멋이라고 허겄능가? 입이 열 개라도 말을 못할 일이제. 도리어 나보다 잘했다고 헐 것이네. 개가하지 않고 살게 해줬다고 헐 것이랑께. 그 때가서 후회한들 아무 소용없는 일이제. 나랑 자정골 기와집에서 떵떵거리고 살자 그 말이네. 산속에 사는디 자네가 남의 아들을 낳아준지 어떻게 안당가? 목포 앞바다에 배 지나간지 알간디."

부글부글 끓어오르는 게거품을 물고서 빈정거리듯 말했다. 우는 아이를 달래는 것 같기도 하고 나무라기도 하면서 아픈 속을 콕콕 찔러대었다. 수박은 속을 봐야 알고 사람은 지내봐야 안다고 하더니 너무 야속하고 섭섭했다. 비록 인생 경험에서 나온 것이라 할지라도 남편 면회까지 같이 갔다와놓고 이럴 수가…….

민순은 더 이상 할 말을 잃고 허탈한 심정으로 눈길을 돌리고 말았다. 성음이는 배가 고팠는지 어서 밥을 떠먹여달라고 안달을 부리며 칭얼대었다. 아들이 가엾어 보였다. 이를 본 여우동이 생선살을 발라 밥숟가락에 얹어 떠먹이면서 입을 떼고 나섰다.

"이보소. 이렇게 잘생긴 아들을 생각해야제. 벌써부터 밥 달라고 보채는디 빈손으로 어떻게 키울랑가? 그리고 날로 커가는 이를 업고서 이 집 저 집 새룹문을 드낙글것잉가? 애미나 아들이나 서로 간 못 헐 일이제. 못할 짓은 애당초부터 작파해야 한당께. 가다가 중지하면 아니감만 못하다고 허질 않덩가?"

여우동은 계속 밥을 떠먹여가며 입을 다물지 않았다. 민순은 허무하고도 공허한 바람이 가슴속에서 맴도는 것 같았다. 뒤집어 생각해보면 못 할 말이 아닌 것도 같다는 생각이 들기도 했다. 옛말 그른 데 없고, 노인에게는 철리의 지혜가 담겨있다는 것을 알고 있었다.

민순은 곤욕스러워진 숨길이 한숨이 되어 튀어나왔다. 생각하면 할수록 회한만 깊어지는 것 같았다. 그래서 사람은 속고 속으면서 산다고 하는 것인지 모를 일이었다.

점심을 마치고 민순은 여우동을 모시고 자정골로 향했다. 집을 비워놓은 지 사흘이 지난 터여서 걱정도 되었다. 비록 외딴 산골이지만 정붙이고 살아온 곳이어서 내 집으로 간다고 생각하니 마음이 놓였다. 솔뫼를 나와 우산리를 지난 동암으로 접어들었다. 저 멀리 활성산이 눈길 안으로 들어왔다. 어제와는 달리 날씨가 갑자기 변덕을 부리는 것 같았다. 다사롭기만 하던 햇살이 구름 속으로 빨려 들어가서 허연 흔적만 보여주었다. 바람 끝이 매서워지면서 살 끝을 에려들었다. 여태껏 눈이 오지 않아 다행이었는데 근심거리가 생겨났다. 생청단지를 머리에 이고 눈길을 간다는 것은 쉽지 않은 일일 것 같았다. 당장 내일 장사 길을 나설 일이 걱정스러웠다.

"눈이 올랑개비네."

여우동이 하늘을 쳐다보고서 날씨를 예견하고 나섰다. 음하고 습한 날씨라는 것을 금방 알아차린 것이다.

"눈이 올랑갑구만요."

"엊저녁에 어쩐지 폴다리가 쑤셔대더니 영락없구만. 와도 많이 올 것 같은디. 어찌나 자근자근 쑤셔대던지 잠을 못 잤제. 날이 궂을지는 내 삭신이 먼저 알려준당께."

길을 가면서도 허벅지를 툭툭 두드리며 혼잣소리처럼 푸념을 토해냈다.

"산골에서는 눈이 오면 큰일이어라. 내일 당장 생청을 팔러 나가야 는디 걱정이구만요."

민순이 걱정스러운 눈빛으로 하늘을 쳐다보며 말했다. 동쪽하늘에서부터 끄무러지며 금방 눈이나 비가 쏟아질 것 같았다. 민순은 마음이 급해지기 시작했다. 고개를 넘기 전에 눈이라도 오면 큰일이었다. 쾌상리길로 들어선 그녀는 쫓기는 사람처럼 발걸음을 재촉했다. 여우동도 마찬가지였다. 숨이 차는지 몹시 터벅거리며 평촌재를 오르기 시작했다. 찬바람이 몰아치는 겨울산은 민숭민숭 황량하다는 느낌뿐이었다. 앙상한 가지만 쳐들고 서있는 나무들이 살풍경스러웠다. 머리칼을 풀어 헤쳐 놓은 것 같은 엉성한 까치집만 눈에 띄었다. 울울한 솔숲에선 마치 휘파람을 부는 것처럼 찬바람이 융융대었다. 산에서 내려다본 들판이 민숭민숭 너무 황량했다. 민순은 먼 산중턱에 시선을 보내며 비탈길을 걸었다. 산곡 물소리가 청아하게 들려오면서 고적감을 더해주었다.

29
탁란(托卵)의 몸이 되어

숨을 헐떡거리며 뒤따라오던 여우동의 얼굴이 심드렁한 낯빛으로 변했다. 갑자기 고개를 뻥등그린 채 눈살을 내리까는 것이었다. 엉겁결에 그녀를 돌아다 본 민순은 가슴이 벌렁벌렁 뛰었다. 변덕이 죽 끓듯 한 사람이라서 의당 그러려니 모르는 척하며 산비탈 길을 내려왔다. 대밭에선 산새들의 지저귐 소리가 지절지절 날아들었다. 오랜만에 돌아온 주인을 반기는 듯 요란스럽게 수다를 떨어대었다. 사립문으로 들어서자 바람결이 무디어지면서 포근하고 아늑한 감을 주었다. 사방으로 바람을 막아준 산곡은 마치 엄마의 품처럼 느껴졌다.

우선 방으로 먼저 들어갔다. 방바닥이 냉골이었다. 차라리 바깥이 더 훈훈할 것 같았다. 민순은 부엌으로 달려가 우선 아궁이에 군불부터 피워대었다. 여우동이 방안의 추위를 견디지 못하고 부엌으로 나와 아궁이 앞에 쪼그리고 앉아 불을 쬐었다. 찬바람 속에서 뻣뻣하게 굳어졌던 몸뚱이가 군불을 쬐니 녹진녹진하게 늘어난 엿가락처럼 나근나근해지기 시작했다.

"내일 생청장사를 하러 갈랑가?"

여우동이 가자미눈으로 흘겨보면서 화살을 쏘듯 말했다. 간신히 애걸복걸해서 모셔왔건만 오자마자 맵짠 표정으로 다가선 것이었다.

"집에 계시면 저 혼자 가서 팔고 올께요."

"내가 헌 말이 이웃집 개 짓는 소린 줄 알았능가?"

힐끗 쳐다보니 흥분된 얼굴이었다. 관자놀이에 핏대가 선명하게 튀어 올라있고, 미관에 내 천자 잔주름이 오글오글했다.

"아니어라우. 감히 개 짓는 소리라니요? 저를 생각해서 하신 말씀인디. 당치 않지라우."

"자네가 내 속을 몰라준다면 당장 되돌아가불라네. 자네 혼자서 살소."

시퍼런 칼날 같은 시선이 가슴팍에 내리꽂는 기분이었다. 섬뜩한 눈빛은 소름이 끼칠 정도였다. 외마디 말도 없이 몸만 사렸던 것인데 또 변통을 부리기 시작한 것이다. 그렇다고 즉답으로 해결할 성질이 못된 것이어서 그녀는 머무적거릴 뿐이었다.

"또 들먹여야 쓰겠네. 어른께서 지금이라도 집을 비우고 나가라고 허면 어떻게 헐랑가? 이 집에서 나가라고 허면 어디로 갈 것이여? 누가 자네보고 방을 준다고 부르겠능가? 혹시 첩실로나 부를지 모르제. 설령 방을 얻어나갔다고 해보세. 사내놈들이 혼자나 다름없는 젊은 여자를 가만 놔두겄냔 그 말이여. 이 늙은이라도 곁에 있어 준께 다행인 줄 알소. 자네 혼자 생청 팔러 가는디 나 혼자 청승맞게 산속에 있으란 말잉가? 내가 무슨 동냥친 줄 아능개빈디, 자네한테 얻어 묵으러 온 사람 아니네. 얻어 묵고 살아도 떳떳해야 쓸 것 아닝가? 다시 말해서 내 손에 장을 지지는 한이 있어도 중매채(仲媒債)는 한 푼도 안 받네. 혹시 어른께 주신다면 자네한터 줌세. 그래도 날 못 믿겄능가?"

여우동은 속에서 열불이 치밀어 오르는 것 같았다. 바싹바싹 말라가는 입술에 진득한 침을 발라가며 말했다. 눈에는 핏발이 발그레해졌고, 짯짯하게 돌아보는 표정에는 노기가 잔뜩 서려 있었다. 갈수록 눈초리를 위로 치켜세우면서 일그러진 표정은 그녀에게 새삼스러워진 충격으로 다가왔다. 그 순간에도 여자로서 해야 할 짓이 아니라는 생각임에는 변함은 없었다. 여자가 가야 할 길도 아니고 운명으로도 받아들이고 싶지 않았다. 하지만 벼랑과 같은 고뇌 속으로 자꾸 몰아가는 것이었다. 미묘한 흥분이 가슴팍으로 파고들며 분별력 있는 처신을 강요하고 나선 것이다. 방으로 들어간 여우동은 고단함을 이기지 못하고 네 발을 쭉 뻗은 채 잠에 떨어지고 말았다. 그러나 민순은 한사코 밖으로만 나가고 싶었다. 흥분된 가슴을 가라앉힐 수가 없었다. 괴로운 마음을 묻어둘 곳으로 한없이 가고 싶은 충동에 이끌리는 것이었다. 해넘이 무렵 솜털 같은 눈가루가 흩날리기 시작했다. 고요한 정적이 내려앉은 산골이 하얀 눈으로 뒤덮여가고 있었다. 그녀는 푸수수 눈을 털어가며 산비탈로 향했다. 산비탈은 하얀 눈으로 차곡차곡 덮여가고 있었다. 산새들도 모두 떠나고 없었다. 눈 맞은 바위들이 온통 하얀 무덤처럼 신비로움을 더해주었다. 계곡에서는 맑은 물이 눈을 맞아가면서도 졸졸 흘러내리고 있었다. 민순은 자신도 모르게 깊고 깊은 가슴속에서 탄식만이 흘러나왔다. 눈보라를 따라 산허리를 돌아드니 발길은 어느새 산중턱에 닿아있었다. 바위틈을 비집고 올라 고개를 들어 보니 눈길 안으로 시아버지 묘가 들어왔다. 아직 황톳물도 빠지지 않은 봉분이 눈을 맞아가며 그녀를 반겼다. 눈발은 더욱 굵어지면서 어지럽게 휘날렸다. 그녀는 마치 거북이처럼 엉금엉금 기어 묘역으로 다가갔다. 봉분은 이웃도 하나 없이 홀로 외롭게 오뚝 솟아 있었다. 토마루에도 눈이 쌓여가고 있었다. 폭신하게 쌓여가는 봉분 앞에 무릎을 꿇고 앉았다. 시아버지께서 반가이 맞이해주는 것 같았다. 시꺼먼 눈썹 밑으로 촉촉한 눈물이 어룽거리기 시작하더니 걷잡을 수 없이 흘러내리기 시작했다. 흐르는 눈물을 추스를 겨를도 없이 비탄에 빠져들며 탄식을 쏟아내기 시작했다. 뼛속까지 숨어든 슬픔을 토해내기 시작했다.

"아버님! 그동안 조석상식 못 올려서 죄송하구만요. 성음이 애비가 목포 형무소에 있다요. 꼭꼭 묶인 채 갇혀 있드구만요. 자기 나라 머슴살이 가지 않는다고 잡아 가두다니요? 아버님 말씀대로 나라 잃은 것보다 더 서러운 것이 없다는 것을 알았어요. 어서 나라를 되찾았으면 얼마나 좋을까요. 나기중 어른이 목포로 끌려갔다고 가르쳐주면서 차비도 주셨어요. 면회 갔다 오느라 집을 비웠구만요. 무척 서운하셨지요? 인자 정성을 다해 드릴께요. 아버님! 아버님께서는 말순 할머니 말씀만 듣고 살아라고 하셨는데 쌍둥이 손자를 보신 통에 오실 수가 없다고 하시구만요. 그때부터 연락도 없고 안 오시구만요. 그렇다고 제가 갈 수도 없는 일이어서 만나 뵐 길이 없구만요. 저보고 '성음이 애비가 오지 않으면 니 갈 데로 가거라.' 하고 말씀하신 뜻이 무슨 말씀이셨능가요? '아직은 젊었는디 여자 혼자서 어떻게 살아간다냐. 험한 세파를 헤쳐 나가는 것이 쉽지 않는 법이다.'라고 하신 까닭은 또 무슨 뜻이었능가요. 아버님 저 좀 살려 주싯시요. 죽을 것만 같아요. 벼랑 끝에 서있는 것 같아요. 한 발만 들어도 천길만길 아래로 떨어질 곳이어요. 차라리 낭떠러지에 떨어져 죽어불고 싶지만 성음이 때문에 그러지도 못 허겄어요. 아버님! 저는 죽어도 괜찮지만 성음이는 죽일 수는 없을 것 같아서요. 아버님! 어떻게 하면 좋을지 가르쳐주싯시요. 주인어른 말을 들어주지 않으면 살 곳도 없이 쫓겨날 것 같당께요. 그러면 이 추운 겨울에 어린 것을 데리고 어디고 갈 것잉가요? 또 묵고 살 것도 없어요. 우리 모자를 죽이려고 하는 것이겄지요. 아버님! 손자 성음이를 살려주싯시요. 부족한 저를 용서해주싯시요. 성음이를 살리는 길은 그것밖에 없을 것 같아요. 절대로 제 뜻은 아니구만요. 오직 제 맘에는 아버님 외아들 득창밖에 없어요. 기어코 이다음에 살아올 때까지 우리 성음이를 기르고 살고 싶당께요. 아버님! 저를 용서해주시는 것이지요?"

민순은 봉분 앞에 덥석 주저앉아 복받쳐 오르는 설움에 대성통곡을 토해내고 있었다. 눈물을 쥐어짜듯 울먹이기 시작했다. 푹신하게 쌓여가는 봉분을 맨손으로 두드리며 비곡을 쏟아낸 것이다. 추운 줄도 모르고 쌓인 눈을 부여잡고 피맺힌 절규를 외쳤다. 마치 살아있는 사람 앞에서 고성대규라도 하는 것처럼. 그것은 자신의 생과 사의 갈림길에서 살아남기 위한 수단이자 몸부림이었다. 숙명인지 아니면 불가제항의 운명인지 처절한 울분이었다. 비곡의 곡성이 소리가 되어 산허리를 휘감아 돌았다. 하늘에선 무정한 눈발만 무심하게도 뿌려대었다. 발이 푹신 빠지도록 쌓여가고 있었다. 넋을 놓고 울부짖다가 발걸음을 돌릴 때는 활성산이 어둠의 그림자로 우줄우줄 뒤덮여가고 있을 때였다. 뼛속까지 시리게 하는 산중 추위에 그녀는 녹초가 되어버렸다. 눈에 절인 얼굴에는 눈물마저 흘러내려 어룽어룽 범벅이 되어있었다. 온몸이 하얀 눈으로 덮여가면서 오들오들 떨기 시작했다. 망연스러움에 빠져든 그녀는 중심을 잃은 채 걸음도 제대로 걷지 못하고 왜틀비틀 미끄러지듯 집으로 향했다. 눈보라는 산허리라도 깎아내리는 듯 횡횡 휘파람을 불면서 더욱 세차게 몰아쳤다. 숨도 제대로 쉴 수 없을 정도로 매섭게 휘몰아치는데도 우듬지를 붙들어 잡고 엉금엉금 내리막길을 걸었다. 그녀가 집에 도착했을 때는 어둠색이 짙어진 후였다. 잠에서 깨어난 여우동이 울며 보채는 아들을 달래느라 애를 쓰고 있었다.

"어디 갔다가 왔능가?"

여우동이 그녀의 초라한 행색을 보고서 화들짝 놀라 눈을 뒤룩뒤룩 휘굴렸다.

"아버님 묘소에 갔다 왔구만이라우."

"이 사람아, 눈이 오는디 산속에를 갔단 말이여? 산짐승이나 만나면 어떨라고 그랬능가?"

"며칠 동안 조석공양을 못해서 용서를 청하러 갔구만이라우."

"워매! 지극정성이네. 참말로 자네는 효부네. 효부여."

"아니어라우. 지가 효부라니요?"

"그건 그렇고 시아부지께 말씀드리고 오제 그랬능가?"

"말씀이라니요?"

"앗따 묵고살랑께 어쩔 수 없이 몸을 빌려주기로 했다고 말이여."

민순은 순간 시무룩해지며 고갤 떨구고 말았다.

"이 사람아 내가 와서 있응께 이 산속에 사는 것이제, 자네 혼자서 살 것능가? 누가 와서 노래를 불러가면서 몸을 더듬어도 꼼짝 못할 일이제."

가슴이 쿵 내려앉고도 남을 섬뜩한 말을 거침없이 쏟아내었다. 전율이 등줄기를 타고 소름을 뿌려대니 머리끝마저 쭈뼛쭈뼛해졌다.

"내가 자네를 살려줄라고 헌당께. 자네가 나기중 어른의 청을 들어준다면 이 집에는 다른 산지기가 들어올 것이네. 자네는 저 기와집으로 갈 것이고."

"그것이 무슨 말이라요?"

"어허! 자네가 청을 들어주면 마님이나 다름없제. 자네를 지켜줄 사람을 보내주신당께. 그리고 묵고살 것은 다 대어 줄 것이고. 자네 몫으로 논도 사준다고 했당께."

268

말하는 여우동의 입가에는 신바람이 쌩쌩 돌만큼 생기로 가득 차있었다.

"그럼 아짐은 저와 살지 않고 가실 건가요?"

"아니제. 나는 자네와 저기 기와집에서 산당께. 자네 몸 수발을 내가 헐 것이구만. 시아부지한테 갔다 오더구만 마음이 달라져부렸능갚네. 묏속에서 그렇게 허라고 허시등가? 그러고도 남으실 분이제. 며느리가 굶어 죽게 내버려 두실 분이 절대로 아니제."

여우동은 금방 속을 훑고 나온 사람처럼 지레짐작부터 하고 나섰다. 슬그머니 손을 뻗어 그녀의 손을 꼭 쥐고서 간살스럽게 염소웃음을 쳐가며 너스레를 떨기 시작했다.

"솔직히 말해서 나기중 어른한테 자네가 여자로 보이겠능가? 그저 자네 몸속에 씨앗을 던져서 자식다운 놈 하나 얻으려고 헌 것이제. 자네가 난 아들이 대를 이어 재산을 물려받으면 엄마를 가만히 놔두겠능가? 그땐 자네는 고대광실 기와집에서 떵떵거리고 살것제. 구름이라고 해서 다 비가 들었당가? 비를 몰고 온 구름을 따로 있당께. 자네 팔자가 뒤집어 질란 것이네. 아무리 봐도 자네만큼 이쁜 여자가 없드니만 이 옴목하게 들어간 보조개가 그 값을 헐랑 것이네. 시아버지께서 여기다 복을 채워주시고 가셨능갚서. 돌아가시자마자 이런 일이 생긴 것도 그렇고 또 묏등에 갔다오더니 마음이 달라진 것을 보니 틀림없구만. 자네 덕분에 나는 뒷바라지나 험서 편히 살 수 있으니 호박이 아니라 수박이 넝쿨째 굴렀구만. 늙어서 벌어묵을 것도 없는디 자네 덕분에 호강하고 살란개비제."

여우동은 손가락으로 보조개를 콕콕 찔러가며 말했다. 입이 찢어지도록 함박웃음을 호탕하게 터뜨리기도 했다.

"부끄러워서 어떻게 해요?"

봉숭아물을 들여놓은 것마냥 얼굴이 붉어지면서 입술을 파르르 떨며 말했다. 이어 수줍은 할미꽃처럼 고개를 숙이고 말았다.

"첫날밤만 그러제 나중에는 괜찮해지는 것이네. 이녁 서방한고도 첫날밤엔 부끄러운 것이제. 나중엔 부끄러운 줄 안당가?"

손을 끌어다 자기 무릎에 올려놓고 토닥토닥 두드려가며 말했다. 징글맞게도 능청스럽게 입정을 떨어대었다. 열 번 찍어 아니 넘어가는 나무 없다고 하듯이 은근한 간살스러운 미혹에 그녀는 빠져들기 시작했다.

"그것이 언제부터 나왔능가?"

"그것이라니요?"

민순은 말뜻을 얼른 알아듣지 못했다. 고개를 쳐들어 여우동을 물끄러미 바라보았다.

"앗따! 딱 하면 알아들어야제. 한 달에 한 번씩 줄줄 새는 것 말이시."

능청스럽게도 음충한 웃음을 지어보였다. 가살스럽기 그지없는 눈웃음이었다. 웃는 모습만 봐도 금방 알아차릴 것 같았다. 금시 얼굴이 빨갛게 달아오르며 온몸이 후끈거렸다.

"그것이 여자의 벼슬이랑께. 남자들은 생전가도 그것 한 번 못해 보고 죽는 것이네. 나야 그것 멈춘 지가 십 년하고도 더 지나부렀지만. 그것 끝나면 여자 환갑 지난 것이라네."

이어 여우동은 억지웃음을 웃어 보이면서도 눈가에는 서운기가 묻어나고 있었다.

"끝난 지 이레 되었구만요."

여우동이 손가락을 폈다 접었다 하면서 날짜를 세기 시작했다. 이어 손바닥으로 허벅지를 탁 치고 나서는 호탕한 웃음을 머금었다.

"참말로 잘되얏네. 자네 서방 떠나고 난 뒤 깨끗하게 쏟아부렀으니 얼마나 좋응가? 당장 오셔야 쓰겄네. 쇠뿔도 단김에 뽑듯이 남녀 간에는 뜸을 들이면 못써. 오래 끌면 꼭 마(魔)가 낀 것이랑께. 뜸드려서 좋을 일 있당가? 그래야 남한테 의심도 적게 주는 것이제."

"그렇게 빨리요?"

"이 사람아. 빠를수록 좋제. 누가 물으면 자네 서방이 뿌리고 갔다고 허면 될 것 아닝가? 한 달도 못되었응께 그렇게 알것제. 나기중 어른도 체면이 있는 것 아닝가? 딸이나 마찬가지로 어린 여자에게 씨를 뿌렸다고 허면 욕먹을 수도 있제. 우리 세 사람만 알고 있어야 허네. 나중에 아들을 나면 알겠지만 그 동안만은 입을 꼭 다물어야 쓰네. 알았능가?"

여우동은 입막음까지 해감서 말했다. 서로 비밀을 지키자고 입다짐도 잊지 않았다. 혼자 이리치고 저리치는 통에 도통 알아들을 수가 없었다. 민순은 고개만 끄덕이고 말았다.

"나는 서방이 일찍 죽어버린 통에 인자는 남자 거시기가 어떻게 생겼는지 잊어부렀네. 안쓰께 녹이 스러부렀당께. 자네도 마찬가지여. 서방이 언제 올지도 모를 일. 그동안 가만히 놔두면 녹이 슬고말고. 쟁기도 안 쓰고 가만히 놔두면 땅을 팔 수 있당가? 시상 살아가는 이치는 다 그런 것이네."

간이 살살 녹도록 야살을 떨면서 만고풍설(萬古風雪)을 털어놓았다. 칙칙하게 내리깔린 주름살 위에 세월의 풍상을 그려가듯 말했다.

밤이 깊어지면서 산골은 한없이 적막하고 공허했다. 눈보라만 쏴쏴거리며 대숲을 훑고 지나갈 뿐이었다. 올빼미가 밤을 새워가며 어린아이와 같이 울어대면서 고적함을 달래주는 것 같았다. 민순은 마음에도 없는 일을 억지로 따라야 하는 같아 공연히 싱숭생숭하여 잠을

271

이루지 못했다. 흔하던 풋잠마저 사라지고 몸만 뒤척거려졌다. 귓속에서는 아직도 남편의 울부짖는 소리가 윙윙거렸다. 이마를 유리창에 쿵쿵 찍어가며 목을 놓아 아들을 불러대던 그 목소리가 그치지 않았다. 이제껏 굳혀오던 중심이 일순간에 허물어져 내리고 있다는 판단을 지울 수 없었다. 새벽녘이 되어야 간신히 귀를 대고 눈을 붙였다. 허지만 여명이 밝아오자 금세 잠에서 깨고 말았다. 깊은 잠을 이룰 수 없었던 것이다. 시간이 지날수록 감각만 예민해져 가는 것 같았다. 희붐한 여명의 빛도 그녀에겐 민감한 자극으로 다가왔다.

어느덧 방바닥이 싸늘하게 식어 가고 있었다. 군불도 지필 겸 밖으로 나왔다. 바깥은 완전히 은색의 세계였다. 온 산야가 하얀 눈으로 뒤덮여 백색의 산골은 눈이 부실정도였다. 나뭇가지에도 소복소복 탐스럽게 눈꽃이 피어있었다. 솜털을 뒤집어 쓴 산봉우리들은 마치 하얀 무덤처럼 소스라져 신비로움을 자아내었다. 백색의 세계는 정신을 무아지경으로 몰아가는 것 같았다. 몸도 마음도 모두 하얗게 변해가는 기분이었다. 푹신푹신한 눈밭으로 나갔다. 발이 풍풍 빠져들었다. 산전에는 알 수 없는 산짐승 발자국이 선명하게 찍혀 있었다. 밤이면 짐승들이 집에까지 내려오고 있다는 것을 알려주고 있었다. 밤에는 밖으로 나와서는 안 되겠다는 생각이 들면서 무서움이 울컥거렸다. 하얀 눈에 짐승 발자국을 보니 남편 생각이 불쑥 떠올랐다. 추억 속에 묻어두고 지냈던 일들이 엮어놓은 굴비두름처럼 스치고 지나갔다. 대밭에서 노루를 잡아 어깨에 메고 들어오던 남편 모습이 아른거렸다. 겨우내 노루를 잡아 고깃국을 끓여주던 자상한 남편이 죽도록 보고 싶어졌다. 은연중 대밭으로 고개를 돌렸다. 금방이라도 토끼를 잡아들고 뒷마당으로 들어오는 것 같았다. 우울해진 마음을 달랠 길 없어 가슴만 부여잡고 부엌으로 들어가고 말았다. 쌀을 들고 샘으로 다가갔다.

눈 속에서 김이 모락모락 피어올랐다. 여름에는 손을 담글 수 없도록 차가운 물이 겨울에는 데워놓은 물 같다는 것이 참으로 신비스러웠다. 샘물에 손을 담그면 되레 언 손을 녹여주었다. 땅속은 여름에는 얼음이요 겨울이면 화로가 되어가는 것임에 틀림없었다. 물을 길러 부엌으로 들어가 아침을 짓기 시작했다. 가마솥에 밥을 앉혀놓고 아궁이에 불을 막 지피려고 할 때 방문 열리는 소리가 들렸다. 잠시 여우동이 부엌으로 나왔다.

"워따매! 일찍도 일어나부렀네. 벌써 밥을 짓능가?"

"안녕히 주무셨어요?"

"잘 잤네. 그런디 천지가 훤해져부렀네."

"어제 정나절부터 오던 눈이 밤새 왔능개비요."

"그런디 소금이 어디 있능가?"

"아침부터 소금을 어디에 쓰시려고요?"

"이빨 좀 닦어야 쓰겄당께."

이른 아침부터 이를 닦겠다고 소금을 찾았다. 장독으로 나가 뚜껑을 열고 소금을 꺼내다 주었다. 여우동은 샘물로 가서 누런 이빨을 닦기 시작했다. 이어 샘물에 머리까지 감았다.

아침부터 서두르는 것을 보고 일찍 출타하려는 것임을 알아차릴 수 있었다. 민순은 여우동이 좋아하는 된장 속에 묻어 놓은 고추와 오이를 꺼내고 묵은 김칫국도 끓였다. 좋아하는 갓김치를 밥상에 올렸다. 여우동은 김치가 맛있다고 하면서 밥 한 그릇을 거뜬히 비웠다. 이어 경대 앞에서 머리를 빗어가며 이리저리 맵시를 살피기 시작했다. 어디를 가려는지 몸단장해대는 폼이 여간 아니었다. 눈길인데도 일찍부터 출타 채비에 들어가는 것부터가 예삿일이 아닌 듯싶었다. 몸단장을 마치고서는 입을 열었다.

"보성에 나갔다 와야 쓰겄네."

"이 눈밭에 어떻게 가실라고요? 발이 푹푹 빠질 것인디요."

"그래도 시간이 없당께. 버선을 두 켤레 신고 가면 괜찮겄제."

"이따 해가 올라오거든 녹으면 다녀오시지 그러시요?

"아니랑께. 맘묵었을 때 해부러야제 나는 질질 끌고는 못 사는 사람
이라서 할 수 없네."

"급한 일이라도 있으싱가요?"

"나기중 어른을 모시고 와야제. 쇠뿔을 단김에 빼야 한다고 맘 변하
기 전에 씨를 뿌려야 쓸 것 아닝가? 나하고 약조한 것은 틀림없제?"

빳빳한 눈빛으로 바라보며 당당하게 말했다. 조급증에 걸린 사람처
럼 흥분한 목소리는 보채는 느낌을 주기에 충분했다. 민순은 기분이
썩 좋지 않았다. 야금야금 몸을 죄어드는 것 같기도 했다. 팔려간 몸
도 아닌데 당장 내놓으라는 것과 다름없는 일이었다. 마치 도둑에게
열쇠를 맡겨놓은 꼴임에 틀림없었다.

"혹시 오늘이라도 오실지 모릉께 물을 데워갖고 목욕재계도 허고
있소. 아무리 생각해봐도 오늘부터 이삼 일 동안 씨를 받아야 쓸랑개
비네. 때 지나면 다 쏟아져불고 소용없는 짓이여. 이번 놓치면 한 달
동안을 기다려야 헐 것인디, 당장 해야제."

여우동은 혼자서 자문자답을 하듯 하면서도 급한 소리를 내질렀다.
민순은 듣기가 거북스럽고 꺼림칙하면서도 어쩔 수 없었다. 이미 묵
시적으로 동의를 했기 때문이다. 이제 와서는 돌이킬 수도 없을 것 같
았다. 신중하지 못했던 자신을 원망해보지만 하릴없는 일이었다.

기분이 어정쩡하여 대답조차 어물거리고 말았다. 하지만 여우동은
그녀의 표정 같은 것은 괘념하지 않은 눈치였다. 짐짓 웃음집이 벌어

지듯 호활한 웃음을 짓고서는 밖으로 나갔다. 급하면 부처님 다리도 안는다고 하더니 급한 성미라는 것을 여실히 드러내고 나섰다.

"그저 눈밭에는 사내끼가 최고랑께."

헛간에 매달아놓은 새끼를 가져오더니 신발 위에 둘둘 말았다. 버선이 보이지 않도록 잔뜩 감고서는 사립문으로 향했다.

"갔다가 옴세. 내말 명심허고 있소."

그녀는 희희낙락 웃음을 머금으며 눈길을 나섰다. 마치 어린 아이 쫄랑대듯 왜틀비틀 걸음으로 숫눈길로 나아갔다. 민순은 떠나가는 여우동의 뒷모습을 하염없이 바라보았다. 눈길인데도 신바람을 내며 걷는 모습을 바라보니 왠지 마음이 텅 빈 들판처럼 허허로워지기 시작했다. 자신마저 지금 어디로 가고 있는지 알 수 없었다. 마치 우렁이 껍질 속으로 기어든 것처럼 답답하면서 앞이 꽉 막혀들었다. 사립문에서 바라본 산야는 막힌 마음을 확 뚫어주기에 부족함이 없었다. 마당에서 바라본 산골의 설경(雪景)은 진묘했다. 동쪽하늘 자락에서 앵두 빛 같은 붉은 햇덩이까지 떠오르며 찬란한 빛을 뿌려대었다. 햇덩이에서 쏟아지는 햇살들이 눈밭에 미끄러지면서 그녀의 마음을 황홀지경으로 빠져들게 했다.

명주실 같은 햇살이 비단처럼 깔려 내려오자 눈이 반짝반짝 나부끼며 은비늘을 일으켰다. 나뭇가지 위에 피어있던 하얀 눈꽃에서 은가루들이 흩날릴 때마다 휘황한 무지갯빛 광채가 동그랗게 번져나갔다. 그 순간만은 모든 근심걱정이 일각에 사라지는 것 같았다.

그러나 그 황홀함은 오래 가지 않았다. 넋을 잃고 한동안이나 몽롱한 시선으로 산천만 바라보고 있다가 방으로 들어오니 또다시 마음이 심란해지기 시작했다. 외간남자를 초조롭게 기다려야 한다는 멍에가 목덜미를 짓눌렀다. 이상스런 인연 앞에 심사만 꼬여갔다.

한편으론 '어차피 죽어가는 마당에 몸뚱이를 아껴 어디다 쓸 것인가? 어차피 세상일 되는 대로 살아보자.'고 허허허 하며 헛웃음을 쳐보지만 망연스러움에 빠져들기도 했다.

애틋하며 수수로운 마음을 뒤로 하고 포근한 이불 속에 몸을 묻었다. 사르르 졸음이 오면서 금시 잠에 떨어지고 말았다. 농밀한 잠에 취해 아침나절을 보낸 그녀는 점심때가 지나서야 눈을 떴다. 햇덩이는 어느새 중천을 지나 서쪽으로 기울고 있었다. 순간 그녀는 자신도 모르게 마음이 조급해지고 있었다. 짐짓 여우동이 들려주고 간 말이 떠올랐기 때문이다. 뜨겁게 물을 데워 목욕재계를 하고 있으라는 당부. 기와집으로 다가간 그녀는 방문부터 열어보았다. 방안은 냉기만 가득했다. 그동안 비워놓은 까닭인지는 몰라도 쪽마루에서부터 먼지가 켜켜이 쌓여 있었다. 몇 발짝만 걸어도 버선에 새까만 먼지가 묻어났다. 그녀는 우선 마루에서부터 방까지 청소부터 시작했다. 먼지를 쓸어내고 걸레로 닦아냈다. 군불을 지피우기 위해 가마솥에 물부터 가득 채우고 아궁이에 참나무 가지를 잘라 수북이 쌓았다.

마른 고춧대를 쏘시개 삼아 성냥을 켜대었다. 쏘시개는 푸석푸석 타올랐다. 하도 냉한 방이라 한참 동안 몰아넣었다. 물이 데워져 펄펄 끓었다. 찬물과 섞어가면서 목간부터 시작했다. 비록 자기 몸이라 할지라도 알몸인 자신을 바라다보았다. 야릇한 감정을 짓누를 수가 없었다. 소도 아니고 사람한테 몸을 빌려달라는 말은 정말 아리아리할 뿐이었다. 그것은 참을 수 없는 역겨움으로 다가왔고 가슴마저 부글부글 끓어오르게 만들었다.

아들을 낳아주기 위해 몸을 빌려줬다가 딸을 낳으면 어떨까 싶은 불길한 두려움에 사로잡히든 것이다. 자신이야 가엾은 신세로 떨어지는 것은 괜찮지만 딸로 태어난 어린 것을 어찌할 것인가 싶어 지레

276

등골이 섬뜩섬뜩했다. 그렇다고 일언지하에 거절할 처지가 아니라서 마음은 더 타들어갔다. 청원을 들어주지 않으면 당장 다리 밑으로라도 기어들어야 할 동냥치나 다름없는 신세이기 때문이었다. 어떻게든 남편 올 때까지 목숨은 부지해야 한다고 입술을 잘근 깨물어보지만…….

어떤 고초를 겪더라도 견디며 살아야 한다고 다짐을 해볼 때면 꺼칠한 볼을 타고 눈물만이 주르르 흘러내렸다. 당장에라도 목포로 달려가 이럴 땐 어떻게 해야 하느냐고? 이런 마음으로도 살아야 하느냐고? 하소연해보고 싶은 마음밖에 다른 생각은 나지 않았다. 그래도 남편이 뿌린 대를 이을 아들은 자신의 목숨을 바쳐서라도 지켜주고 싶었다. 접어 생각해보면 주인 없는 몸도 아닌데……. 여자의 지조는 정조라 하는데……. 그것을 버리고서 목숨을 부지한들 무슨 소용이 있을까 싶어 인생이 허무해지면서…….

햇덩이가 점점 서쪽마루로 행해들자 가슴이 쿵쿵 뛰면서 조바심이 일기 시작했다. 얼굴에는 긴장감이 흐르면서 후끈거렸다. 언제 들이닥칠지 알 수 없는 일이었다. 점점 머리는 혼란스러워졌고 감정은 출렁거리기 시작했다. 금시에 방문 여는 소리가 들리는 것 같아 안절부절 어찌할 바를 몰라 견딜 수가 없었다. 들리는 소리마다 사람 발자국 소리 같았다. 자연히 귀가 쫑긋거려지면서 감각이 예민해지려 들었다. 햇볕이 따사롭게 쏟아져 내리자 지붕에 쌓였던 눈이 녹아내리면서 처마 끝에 뾰족한 고드름을 키워가고 있었다. 대롱대롱 고드름은 눈물을 씀벅씀벅 흘려대다 철퍽거리고 떨어졌다. 고드름 떨어지는 소리에도 놀라지 않을 수 없었다. 괄괄거리는 낙숫물소리도 사람 발자국 소리로 들렸다. 자분(自憤)을 감출 수 없어 방안을 서성거리며 안절부절못하고 있었다. 저녁노을이 짙어질수록 그녀의 몸은 다듬잇돌이 되어가고 있었고, 방망이는 세차게 가슴팍을 두드렸다. 시간이 여물어가고 있다는 생각은 식은땀마저 흘러나오게 만들었다. 산골이 적막 속으로 싸여가고 있을 때였다. 멀리서 사람 발자국 같은 소리가 날아들었다. 반가움과 두려움이 서로 맞물려가면서 머리통을 쥐어흔들었다. 갑자기 심장이 요동치기 시작했다. 가슴이 펄떡펄떡 뛰면서 얼굴에는 맨드라미 물감을 뿌려대었다. 앙가슴에 장작불이 훨훨 타오르는 것 마냥 후끈후끈 열도를 더해가고 있었다. 하지만 방문을 열고 나갈 수 없었다. 새우처럼 몸을 웅크리면서 토끼마냥 귀를 쫑긋거리고 기다렸다. 냉정해야 한다고, 그리고 침착해야 한다고 자신을 채근했다. 질컥거리는 발자국 소리는 사립문 쪽에서 들려오고 있었다. 소리가 점점 가까이 들려오더니 이내 쿵쿵 생기침까지 더해지고 있었다. 생기침 소리는 두어 번 이어졌고, 그 기침소리는 귀에 익은 소리였다. 그 순간의 감응은 무어라 형언할 수 없었다.

"어야! 성음이 어매 있능가?"

여우동이 토마루 쪽에서 부르는 소리가 들렸다. 마음 같아선 얼른 뛰어나가 반갑게 맞이하고 싶지만 그럴 용기가 나지 않았다. 나기중 어른과 함께 왔을 거라는 예감 때문이었다. 쑥스러워 나설 수가 없었다.

"잠을 자능가? 애기 소리도 안 나고."

잠시 마루로 올라오는 소리가 들렸다. 방문 문고리를 잡은 것 같았다. 문짝을 탈칵탈칵하고 흔들어 대었다. 조용히 다가간 민순은 고개를 푹 숙인 채 문고리를 땄다.

"방에 있었음시롬 대답도 안했능가? 나는 자는 줄 알았구만."

안도의 한숨을 내쉬며 반갑게 말했다. 여우동은 혼자였다. 혼자 온 까닭을 알 수 없었다. 얌전한 강아지가 부뚜막에 먼저 올라간다고 흠잡힐 것 같아서 수줍어 변변한 말대답도 못했다.

278

"어디 아픈가?"

잔뜩 신경을 곤두세워가는 눈치였다. 근심스럽게 바라보며 물었다.

"아니요."

민순은 수줍은 나리꽃처럼 고개를 숙이고 말았다.

"어른을 기다렸는개비네."

서글서글한 눈매로 눈웃음을 쳐댔다.

"오늘 모시고 올라고 했는디 내 생각하고는 생각이 다르시드랑께. 우선 방위를 찾아 살이 끼었능가 보고 시도 맞춰야 쓴다고 허심서 손 없는 내일 오신다고 하시데. 교접 시도 정해야 한다고 하시드랑께. 내일 유(酉)시가 좋다고 허시드란 말이시. 그건 그렇고 목욕재계하고 기다렸을 것인디 조금 서운했제?"

여우동은 계속해서 가살스러운 눈웃음을 쳐가며 북장단을 쳐대듯 넉살을 뿌려대었다. 그러나 민순은 아니꼬운 마음이 없질 않지만 스스로 자신을 달랠 수밖에 없었다. 진정으로 자신을 돕는 마음이 아니고서야 되돌아올 수 있었을까 싶었다. 환갑이 되어가는 노구를 이끌고 눈길인데도 이십 리 길을 왕복해주는 것만도 그저 감사할 뿐이었다. 속으론 반가우면서도 정작 자신의 감정을 밖으로 표출할 수 없었다. 가타부타 대답 없이 물끄러미 바라만 보고 있었다.

"아니요."

애써 태연한 척 하면서도 눈빛만은 차가웠다.

"아이고 간이 철렁했당께. 다행이네. 내가 밥을 험세. 자네는 그동안 따뜻한 곳에 몸조리나 좀 허소. 내가 봉께 어제저녁에 잠도 못 자드구만. 너무 걱정할 것 없어. 자네 서방하고 하루저녁 잔다고 생각해불면 되제."

억지웃음을 지어 보이며 눈치를 살살 살피려 들었다.

다음날 아침 유난히 솜사탕 같은 희뿌연 새벽안개가 산골을 뒤덮고 말았다. 지척을 분간할 수 없을 정도로 자욱했다. 산 넘어 바다에서 불어오는 바람이 농무가 되어 온 산을 치감았다. 아침에 일찍 일어난 이는 여우동이었다. 일어나자마자 곧장 그녀는 기와집으로 갔다.

방부터 청소를 해놓고 싶었다. 예상과는 달리 마루에 올라서자 청소를 해놓은 흔적이 역력했다. 흠잡을 곳 하나 없이 깨끗하면서도 정리정돈도 잘되어 있었다. 그녀는 방으로 들어갔다. 방바닥에 두꺼우면서도 비단 요가 깔려있었다. 그녀는 속으로 가슴이 뭉클하면서도 이상한 감회가 솟구치는 것이었다. 다소곳이 따라주는 애달픈 정감을 느끼면서 마음이 흐뭇해지기 시작했다. 이제 근심도 걱정도 싹 가신 채 백지장에 찍어놓은 먹물처럼 기다렸던 예감만이 의식 속에 박혀온 것이다. 남은 과제는 오직 아들을 낳는 것뿐이었다. 그녀는 샘물로 다가가 바가지에 정화수(井華水)를 떠들고 장독으로 갔다. 장독 위에 올려놓고 북두칠성이 있는 쪽을 바라보며 비손을 하기 시작했다. 정화수(井華水)는 맑은 마음과 몸으로 정성들여 빈다는 뜻. 새벽 정화수는 맑고 깨끗하여 신령과 인간 사이에 서로의 뜻이 오고가게 해주는 것, 부정을 물리치거나 막는 힘이 있다고 믿어진 것이 정화수라 했다.

여우동은 지척을 분간할 수 없도록 안개가 짙게 깔려 한 발짝 앞도 내다보이지도 않는데도 칠성신을 향해 비손을 했다. 하지만 민순은 새벽까지 깊은 잠에 취해있었다. 희뿌연 새벽빛이 문창살 사이를 찔러대고 있을 때 그녀는 눈이 떠졌다. 곁에서 함께 잠을 잤던 여우동이 보이지 않자 적이 당황스러웠다. 걱정스러운 것은 아니었고 일찍 뒷간엘 가는 것으로 여겼다. 자리에서 일어난 그녀는 밖으로 나왔다. 솜털 같은 안개망울이 마루까지 밀려드는 바람에 눈을 뜰 수 없었다. 눈을 쓱벅거려가며 앞을 바라보았다. 짙은 안개에 가로막혀 마당 앞이 잘 보이지 않았다. 밥을 지으러 부엌으로 향했다. 부엌에 동이 위에 떠워놓은 바가지가 보이지 않았다. 다시 샘으로 다가갔다. 장독대에서 낭랑세어(朗朗細語)의 목소리가 날아들었다. 주술을 비는 소리였다. 열브스름히 비쳐오는 그림자 모습도 어른거렸다. 여우동이 바가지에 정화수를 떠놓고서 무릎을 꿇고 앉아 빌고 있었다. 안개 속에 묻혀 비손하는 모습이 정말 진지하면서도 애절해 보였다. 가슴이 찡해지면서 애틋한 여운의 덩어리를 일궈주는 것이었다. 분명 자신을 위해 빌고 있을 거라는 생각에 그동안 가살스럽고 넉살로만 치부했던 마음이 싹 가시는 기분이었다. 새벽부터 눈가에 눈물이 괴어들었다. 그녀는 너무도 창황 중의 일이라 멍하니 서서 바라만보고 있었다. 경황이 없었던 여우동이 비손을 마치고 자리에서 일어났다. 눈앞에서 민순이 서글픈 눈빛으로 바라보고 있는 모습을 알아차렸다. 성글한 웃음을 지어가며 앞으로 다가온 그녀는 조용히 입을 열었다.

"내가 밥은 헐라네. 오늘만은 들어가 편히 쉬소."

"아니어라우. 새복에 일어나셔서 치성을 드리시고서 밥까지 하시다니요?"

너무 감격스러워 눈언저리가 뜨거워진 채 나지막한 목소리로 말했다.

"아니랑께. 어서 들어가 있어. 내가 얼른 해갖고 들어감세."

여우동은 가까이 다가와 어깨를 도닥거리며 떠밀듯 말했다. 표정에는 풋풋한 정이 가득 샘솟고 있었다. 정감이 감기는 만류에 그만 민순은 못 이기는 척 방으로 들어가고 말았다.

여우동은 정성을 다해 아침을 지어들고 방으로 들어왔다. 그제야 여우동의 진심을 설핏 알아차릴 것 같았다. 그동안 초조했던 마음이 다소나마 누그러지는 것 같았다. 찜찜하면서도 불안했던 기분도 치성을 드리고 있는 모습을 보고는 차츰 가라앉고 있었다. 남편이라고 생각하고 한 순간만 참자고 몇 번이나 속다짐을 되뇌었다. 비록 긴장되지만 유시(酉時)가 되레 기다려지는 것이었다.

겨울날은 아침인가 싶다가도 어느새 한낮으로 달려가고 있었다. 안개가 짙게 낀 산골은 그 속도가 한결 더한 느낌이 들었다. 안개가 걷히고 나니 벌써 저 멀리 보성에서 오포 사이렌이 아련하게 날아들었다. 점심때가 다가왔음을 알려준 것이었다. 오포소리를 들은 여우동은 곧장 기와집으로 갔다. 군불도 지필 겸 목간 물을 데우기 위해서였다.

민순은 그것도 모르고 재롱을 부려대는 아들과 시간 가는 줄 모르고 지내고 있었다.

안개가 낀 날은 유난히 따뜻했다. 겨울답지 않게 새벽마다 서성거리던 찬바람도 어디로 사라지고 다사로운 햇살만 내리꽂혔다. 청명한 하늘에는 간혹 솜털 같은 흰 구름이 뉘엿뉘엿 떠가고 있었다. 군불에 목간 물까지 데워놓고 점심을 차려들고 방으로 들어온 여우동은 가슴이 설레는 어조로 말을 걸어왔다.

"오늘 일진이 참말로 좋은개비네. 어쩌다가 이렇게 좋은 날을 정했능가 모르겠네. 자네 속까지 깨끗이 쏟아 부러서 좋고, 날씨 따뜻해서 어른 오시기 좋고, 거기다가 손도 없으니 참말로 상날을 받았는개비네. 물 좋은 못자리에 좋은 씨앗을 뿌리고 가실랑가부네. 그러면 달덩이 같은 아들이 나오지 않겠능가? 어른께서 오늘을 잡은 까닭을 알것당께. 기어코 아들씨앗을 뿌리고 가실라고 그랬구만."

여우동은 웃음을 멈추지 못했다. 손바닥으로 허벅지를 탁 쳐가며 너스레를 떨며 말했다.

그러나 민순은 시간이 다가올수록 가라앉았던 초조감이 다시 고개를 쑥 내민 기분이었다. 쑥스러워 어떻게 얼굴을 마주칠까 싶어 마음을 줄이기 시작했다.

"칠성신이 도와주싱께 삼신할멈께서도 아들을 점지해 주시겄제. 어서 가서 목욕재계하고 기다리소. 내가 뜨겁게 데워났네. 내가 때도 밀어줌세."

여우동은 그녀의 팔목을 꼭 잡아 일으키며 섬세한 눈빛으로 얼굴표정을 더듬기까지 했다.

민순은 머뭇거리기만으로도 죄가 될 것 같았다. 여우동을 따라 밖으로 나왔다. 햇덩이는 무엇이 그리도 바쁜지 벌써 서쪽하늘에서 구름 속에 달 가듯하고 있었다. 기와집으로 다가갔다. 부엌에는 다라까지 놓여 있었고 찬물까지 길러다 놓았다. 여우동은 부엌으로 들어가자마자 솥뚜껑을 열고 뜨거운 물을 퍼 다라에 섞기 시작했다. 손을 담가가며 물의 온도를 조절했다. 다라에는 사람이 들어가도 넘치지 않을 정도로 찰랑거렸다.

"어서 옷을 벗어 나를 주소."

민순은 솔직히 부끄러웠다. 노인 앞에서 젊은 여자가 홀라당 벗고 알몸이 된다는 것이 여간 부끄러운 일이 아니었다. 얼굴이 발개지면서 서슴서슴 망설이지 않을 수 없었다.

"이 산골에 누가 온당가? 어서 벗으랑께. 물이 식어불면 어쩔라고 그렁가?"

여우동은 빨리 벗으라고 재촉하고 나섰다. 민순은 돌아서서 적삼부터 벗었다. 속치마까지 벗었으나 마지막 남은 속곳만은 얼른 내려지지 않았다.

"뭣하고 있능가? 물이 다 식어분당께."

여우동이 마음이 급해지는 것 같았다. 물속에 손을 담가보고서는 카랑카랑한 목소리를 내질렀다. 민순은 눈을 찔끔 감고서 아래로 내렸다. 실오라기 하나 없이 다라로 들어섰다.

마침 견디기 좋을 만큼 뜨뜻했다. 쪼그리고 앉아 어깻죽지에서부터 물을 끼얹었다.

"내가 물을 끼얹어 줄 것잉게 가만히 있소."

여우동은 바가지로 물을 떠서 등짝에 부어대었다.

"배하고 밑은 자네가 씻소. 등에 때는 내가 벗겨 줌세."

보드득보드득 소리가 나도록 등짝을 문질러대었다. 민순은 몸을 굽힌 채 젖가슴에서 아랫배까지 수건으로 문질렀다.

"앗따! 참말로 탐나네. 어쩌면 이렇게 젖통이 푸짐하당가? 푸짐하면서도 탱탱해서 이쁘게 생겨부렀구만. 그래야 새끼 농사를 잘 짓는 것이제. 못자리 좋다는 것이 다른 말이 아닝 것이네. 새끼를 쉽게 만들어 쑥쑥 뽑아냄서 젖 잘 멕여 기르는 것이제. 다른 것 있당가?"

여우동은 아이들처럼 해맑은 웃음을 지어가며 예쁜 몸매를 치켜세웠다. 슬그머니 손을 밑으로 끌어내려 민순의 젖무덤을 더듬기도 했다. 마치 봉분처럼 탱탱하면서도 큼직한 젖무덤을 보고 탄복했다. 늘씬한 몸매에 도톰하게 솟아오른 젖무덤은 누가 봐도 감탄하지 않을 수 없었다. 거기에다 매끈한 각선미까지 나무랄 데 없이 아름다웠다. 목간을 다 마친 민순은 머리를 감은 후 다시 방으로 돌아왔다. 반닫이 속에서 새물내 나는 속옷을 꺼내 갈아입고 경대 앞에 앉아 치장을 하고 있을 때 여우동이 방으로 들어왔다. 눈치를 힐끗 살피고서는 민순이 무슨 생각을 하고 있는지 벌써 마음속을 꿰뚫어보고 있었다. 민순은 복심이 워낙 깊은 이라서 얼굴표정으로 알 수 없지만 여우동은 달랐다.

"나를 너무 서운해 하지 말소."

여우동은 마치 가슴을 쓸어내리듯 슬픈 눈빛을 보이며 말했다. 그녀의 숙연한 표정에는 자책감에 시달리고 있음을 엿볼 수 있었다.

"아니어라우. 아짐한테 서운하긴요? 도리어 저를 위해 애써주신데 고맙지요."

"나기중 어른께서는 생각이 깊은 어른잉게 약속을 잘 지켜주실 것이네. 그 양반의 인품으로 봐서 자네가 먼저 아들을 낳아주겠다고 나섰으면 돌아다볼 분이 아니네. 보성에서 제일 미색이라고 부른 송달호 여편네도 마다고 허신 것을 보소. 그것만 보드라도 금방 알제. 서방놈이 마누라를 팔아먹으려고 허는디 받아주시겠능가? 고씨 딸 성례도 미색이 뛰어난 처녀지만 마다고 허시긴 마찬가지 않등가. 천하미색도 처녀도 제쳐놓고 자네를 택한 그분의 깊은 뜻을 받아주면 서운하지 않을 것이네. 그렇게 맘 상하게 생각하지 말소. 내 것 없이 시상 살아가려면 참말로 서럽고 괴로운 것이네. 두 발로 땅 위 걸어댕기며 살라믄 어쩔 수 없는 일이라고 치부해불소. 그러고 나면 돌아온 것은 보란 듯하게 살 수 있는 것이제. 달리 생각하면 어른이 참말로 좋은 은인이제. 가진 것 하나 없는 여자 몸으로 이 팍팍한 시상을 어떻게 살아갈 것잉가?"

이다지도 신중한 태도로 말을 해오긴 처음이었다. 웃음기를 떨쳐버린 채 차분하면서도 부드럽고 정감이 넘치는 어조로 말했다. 모든 것을 각오하고 있는 마당. 그녀는 더 할 말이 없었다. 이제 마음을 고쳐먹으니 오히려 편한 것 같았다. 여우동 말대로 두 발로 땅 위를 걸어다니면서 산다는 것이 얼마나 어렵다는 것을 실감할 수 있었다.

동짓달은 하늘을 반으로 접어놓은 것 같았다. 햇덩이가 서쪽으로 기우는가 싶더니 어느새 저녁노을을 일궈내려 몸부림을 치기 시작했다. 곧바로 석양빛이 방문에 붉은 그림자를 그리고 있다가 슬그머니 고개를 돌려 떠나가려 들 때 그녀는 방문을 열고 나왔다. 노을 속으로 파고든 햇덩이는 홍시로 칠갑을 해놓은 것처럼 선홍색을 뿌려대었다. 맑게 갠 하늘에 피어난 저녁노을은 덧없이 붉고 아름다웠다. 마치 치자 물을 발라놓은 것 같은 황홀한 자황색 석양빛은 그녀의 정신을 뽑아내려 들었다. 저 멀리 일림산 그림자가 산자락을 타고 어스름이 되어 내려오고 있었다. 산속은 음산한 어둠으로 덮여가면서 적막 속으로 빨려 들어가는 느낌이었다. 여우동이 밖으로 나와 사립문 쪽으로 가려면서 입을 떼었다.

"자네는 방에 들어가서 있소. 성음이를 일찍 재워야 쓰겠네. 어른이 오시면 내가 곧장 기와집으로 안내할 것잉께 그리 알소. 내가 데리러 올 때까지 꼼짝 말고 방에 있어야 허네. 쉬가 마려우면 안 됭께 미리 보고 있도록 허소."

여우동은 천천히 사립문으로 나아갔다. 민순은 곧장 방으로 들어가 성음이를 등에 업었다. 일찍 잠이 들도록 방에 불도 켜지 않은 채 다독이기 시작했다.

산그늘이 어둠이 되어 산골을 뒤덮기 시작했다. 산새들도 잠이 드는지 우짖는 소리가 멎어들고 있었다. 어둠은 이미 뜨락까지 다가와 방문에 남아 있던 한 조각의 빛마저 다 삼켜버린 상태였다. 산중이 적막으로 잠겨들고 있을 때 사립문 쪽에서 인기척이 들려왔다. 잠시 후 터벅터벅거리는 발걸음 소리가 점점 가까이 다가오고 있었다. 민순은 가슴이 두근거리고 얼굴이 후끈거렸다. 발자국 소리는 마당을 지나 기와집으로 향하는 것 같았다. 방문 여는 소리가 들리는 것 같았다. 민순은 피돌기가 빨라지고 있었다. 심장 뛰는 소리가 홍두깨 두드리는 소리같이 커지고 있었다. 입에서는 침이 괴어들고 온몸에 전율이 짜릿짜릿하게 일어나는 것 같았다. 잠에 떨어진 아들을 조용히 바닥에 눕히고 이불을 덮어주었다. 어린 것은 엄마한테 무슨 일이 있는

지도 모른 채 새록새록 깊은 잠으로 빨려 들어가고 있었다.

민순은 온몸을 새우처럼 구부린 채 소마소마 가슴을 졸이며 기다렸다. 그러나 한참을 기다려도 아무런 기별이 없었다. 초조와 불안기는 그 도를 넘어가고 있었다.

동녘하늘이 뿌옇게 빛나면서 만월이 슬그머니 고개를 내밀기 시작했다. 골짜기에 황금 비단 같은 달빛이 깔려 내려오고 있었다. 달빛이 어두운 방을 비춰주려고 봉창을 두드리고 있을 때 기와집 방문 열리는 소리가 날아들었다. 발자국소리가 들리기 시작했다. 신발 끄집는 소리가 점점 방을 향해 가까워지고 있었다. 민순은 심장이 펄떡펄떡 뛰기 시작했다.

"어야 어서 나오소. 다 준비했네."

방으로 들어오지 않은 여우동은 토마루에 서서 속닥거리듯 말했다. 민순은 살며시 자리에서 일어났다. 방문을 열고 밖으로 나갔다. 마루 끝에서 바라본 동녘 하늘에는 휘영청 밝은 달이 진한 빛을 내리쏟고 있었다. 마당으로 내려갔다. 마당가에 감나무엔 별들이 주렁주렁 열려 반짝거렸다. 금방 툭 떨어져 품에라도 안길 것처럼 서로들 영롱히도 반짝였다.

"만월이니 달을 마음에 품소. 그래야 아들을 낳는 것이네. 보름달의 정기를 받아드리는 것을 흡월정이라 허는 것이여. 그것은 달의 정기로 아들을 낳는 여자의 음기(陰氣)를 보충하기 위한 것이라네. 나를 따라 두 손을 모아 합장을 허소. 그리고 입을 쩍 벌린 다음 힘껏 숨을 들이마셔야 허네. 자, 시작해보소."

여우동은 두 팔을 높이 추켜들어 합장을 한 다음 앙가슴에 가져다 대었다. 그리고는 달을 향해 입을 쩍 벌린 채 숨을 멈췄다. 한동안 벌리고 있다가 한꺼번에 숨을 들이마셨다. 민순은 여우동이 하는 그대로 따라 했다.

"열 번을 허소. 열 달을 뱃속에 품어야 헐 것잉께. 그렇게 해야 허네."

민순은 여우동이 시킨 대로 고분고분히 따라 했다. 여우동은 발걸음을 장독으로 향했다.

"아무리 씨를 받는다고 해도 칠성신의 도움 없이는 안 되는 것이네. 여기에 합장을 하면서 큰 절을 올리소."

민순은 또다시 시킨 대로 정화수 앞에 큰절을 했다. 이어 여우동을 따라 기와집으로 향했다. 기와집 안방엔 불이 훤히 밝혀져 있었다. 마루로 다가가자 토마루에서 여우동이 먼저 아뢰었다.

"어른 마님. 데리고 왔구만이라우."

"데리고 들어오소."

방 안에서 카랑카랑한 목소리가 들려왔다.

"나를 따라 들어오소."

민순은 캄캄한 어둠을 쓸어안고 방문을 열고 들어가는 여우동의 뒤를 따랐다. 방 안에는 촛불이 켜져 있었고, 주안상이 마련되어 있었다. 상위에는 술과 잔 그리고 밤, 곶감, 약과와 수정과가 차려져 있었다. 여우동은 먼저 민순이 앉을 자리를 정해주었다. 그곳은 서쪽에서 동쪽을 향해 앉도록 했다. 나기중 어른은 등을 동쪽으로 서쪽을 보고 앉아 있었다. 갓을 벗어놓고 상투머리였다. 팔짱을 끼고서 눈을 지그시 감은 채 꼿꼿하게 앉아 있었다. 명주 두루마기는 벗어 걸어두었고 비단 바지저고리는 그대로였다. 앉아 있는 모습에서부터 위엄이 철철 넘쳐흘렀다. 민순은 위엄에 눌려 그만 고개를 푹 숙이고 말았다.

"늙은 놈이 주책없는 짓한다고 욕은 안 했능가?"

나기중이 민순을 바라보고 입을 열었다. 얼굴표정에는 쑥스러운 웃음기가 내려앉아 있었다. 수줍은 민순은 얼굴을 들지 못하고 방바닥만 바라보았다.

"그것이 무슨 주책없는 짓이다요? 어차피 남의 몸을 빌려 아들을 낳아야 하는 처지이심을 모른 사람이 누가 있다요. 이왕이면 좋은 못자리를 원하셨을 뿐이지라우."

여우동이 아부하는 말투로 중간에 끼어들고 나섰다. 감격에 찬 표정을 지어가며 몹시 홍분된 어조이기도 했다.

"자네가 그렇게 말해주니 고맙네."

"아이고! 고맙다니요. 마님께서는 굶어 죽어가는 사람을 살려주심서 그런 말씀을 하시다니요? 집도 절도 없제, 묵고 살 것이라곤 아무것도 없으니 도와주시지 않으면 꼼짝 없이 굶어 죽고 말 것 아니요?"

"아무튼 그렇게 생각했다니 다행이구만. 이것은 어떻게 보면 서로 살자는 상부상조(相扶相助)의 미풍양속이나 다름없는 일이제. 그러니 너무 서운하게 생각들 말소."

"하믄이라우. 몸을 빌려준다고 해서 돈이 드요? 그렇다고 옷을 달라고 허요?"

여우동에게 다시 넉살기가 살아나고 있었다. 허허로운 사람처럼 히쭉히쭉 웃어가며 말했다. 나기중도 입가에 해사한 웃음을 그려가며 흐뭇한 표정을 얹었다. 민순도 그제야 고개를 슬그머니 쳐들고 나기중을 바라보았다.

"하찮은 새들도 탁란을 하고 산다는 것이네. 뻐꾸기란 놈은 지가 알을 깨질 못허니 다른 새의 둥지에 알을 낳아 새끼를 친다네. 때문에 새끼가 궁금해서 날마다 목에 피가 터지도록 슬피 운다고 허질 않던가? 자네가 알다시피 아내가 없어 여자를 밝히기에 온 것이 아니네. 엄연히 내 아내가 살아 있어. 또한 아들도 이미 됐네. 하지만 복이 없어 아내와 아들이 한꺼번에 병중에 있으니 어쩔 수가 없네. 자식을 낳을 수 없어서 뻐꾸기처럼 탁란을 하러 왔네. 딸과 다름없는 자네를 여자로 생각하고 왔겠능가? 염치를 무릅쓰고 부탁을 했는데 흔쾌히 승낙을 해줬다고 해서 결초보은(結草報恩)하는 마음으로 살 것이네. 이 늙은 이를 용서해주시겠능가?"

기중은 하나부터 차근차근 설명해주면서 양해를 구하고 나섰다. 진솔함이 짙게 묻어나 있었고, 말하는 도중에 눈시울에 연한 물비늘이 반짝이는 것 같았다. 민순은 부끄러워 차마 얼굴을 들 수가 없었다. 얼굴만 붉어진 채 듣고만 있었다.

"자네가 용서해준다면 그 뒤에 오는 모든 것은 내가 책임질 것이네. 사람이 살다보면 묘한 일들이 벌어지게 마련이니 한순간의 실수로 치부했으면 좋겠네."

"예."

민순은 그제야 가냘픈 목소리로 입을 뗐다. 기중도 마음이 놓인 듯 고개를 끄덕거리며 흐뭇한 웃음을 지어보였다.

지월(至月)의 바람이 문풍지를 타고 들어오고 있었다. 뒷문에는 만월의 달빛이 희미하게 방 안으로 들이비쳤다. 여우동은 얼른 자리를 박차고 일어나 장독대로 갔다. 또다시 칠성신을 향해 비손을 할 요량이었다. 기중 앞에 홀로 남은 민순은 가슴이 두근거리고 얼굴이 후끈거리기 시작했다. 이를 알아차린 기중은 주안상을 가운데로 끌어당겨 술잔을 추켜들고는 상글한 웃음을 지어가며 말했다.

"자, 여기 술 한 잔 따르겠능가?"

외로이 홀로 수줍게 피어난 할미꽃처럼 고개를 숙이고 있다가 은근슬쩍 바라보았다.

"자! 이 고운 손으로 한 잔 따라보소."

기중은 슬며시 그녀의 손목을 잡고서 다시 도손도손 말했다. 그녀는 고개를 숙여가며 상 앞으로 나아가 두 손으로 술병을 들어 공손하게 술을 따랐다. 기중은 시종일관 해사한 웃음을 잃지 않은 채 술잔을 비웠다.

"안주도 묵어야 쓰겄네. 밤을 묵으면 아들을 낳는다고 허드구만."

그녀의 얼굴표정 하나하나를 놓치지 않고 읽어가고 있던 그는 밤을 가리키며 조르듯 말했다. 그것은 얼른 먹여달라고 보채는 거나 다름없었다. 민순은 수줍어 고개를 돌린 채 밤을 하나 집어 그의 입에 가져다 대었다. 밤을 받아 입에 넣은 그는 수정과를 들고서 말했다.

"이것은, 자네 몫이네."

민순은 당황스러운 낯빛으로 그를 쳐다보았다.

"어서 받아 마시랑께. 팔 빠지것구만."

그는 웃는 엄살을 부려가며 놀리듯 말했다. 민순은 슬며시 받아 고개를 돌리고서 마셨다.

"자네도 이 밤을 먹어야 쓰네. 밤이 무엇을 나타내는 것인 줄 아능가?"

"아니요? 잘 모르는데요."

"밤톨 같은 것을 두 개를 가져야 남자가 되는 것이여."

얼른 그 말의 뜻을 알아듣지 못한 그녀는 물끄러미 그를 쳐다보다가 이내 알아차리고는 피식 웃음 지었다. 기중은 밤을 집어 그녀의 입에 가져다 대어주었다. 그러나 고개를 돌리며 손에 달라고 벌렸다.

"아니랑께. 나도 입에 직접 넣어줘야 쓰겄네."

그는 볼을 슬그머니 잡아당기며 입에다 밤 한 톨을 넣어주었다. 민순은 하는 수 없이 입에 넣고 우두둑우두둑 씹었다. 아직 삼키지도 못했는데 기중은 주안상을 뒤로 밀린 채 그녀를 끌어당겼다. 밤을 먹다 말고 그의 품으로 빨려 들어간 그녀는 처음보다 한결 마음이 누그러진 것 같았다. 잠시 그는 숨을 몰아쉬며 민순을 끌어안고서 눈을 들여다보았다. 그녀는 산비탈을 힘차게 기어오른 사람처럼 가슴이 벌떡벌떡 뛰고 있었다. 그러면서도 초롱초롱 빛나는 눈망울로 나기중을 쳐다보았다. 그는 애련(愛憐)한 눈빛으로 민순을 바라보면서 갈증을 느낀 사람처럼 마른 침을 삼켜대었다. 침을 삼키는 쩝쩝 소리가 밤의 적막을 흔들었다. 목울대가 파도처럼 꿈틀거리기도 했다. 그는 민순을 슬그머니 일으켜 세워 바르게 앉혔다.

그의 손은 그녀의 저고리 옷고름으로 향하고 있었다. 옷고름을 슬그머니 잡아당겼다. 묶여진 매듭은 소리 없이 슬슬 풀려가면서 속적삼이 드러났다. 그녀는 소매 끝을 끌어당겨 저고리를 벗어 윗목에 놓았다. 이어 기중은 속적삼 고름도 잡아당겼다. 힘없는 끈들은 그의 힘을 이기지 못하고 매듭이 풀리고 말았다. 민순은 또다시 속적삼도 벗어 윗목에 포개어놓았다. 꼭지 없는 젖무덤이 촛불에 반사되어 하얗게 빛났다. 기중도 웃옷을 벗었다. 민순은 자리에서 일어나 묶인 치마끈을 풀었다. 치마끈이 풀리자마자 미끄럼을 타듯 밑으로 가라앉았다. 이어 속치마 끈도 풀리면서 속곳 하나가 그녀의 몸을 가로막고 있을 뿐이었다. 기중은 침을 질질 흘리기 시작했다. 황홀감에 젖은 눈망울로 허물을 벗어가는 그녀를 바라보고 있었다. 탱글탱글하게 부푼 그녀의 젖무덤이 완전히 노출되고 말았다. 푸짐하리만큼 도드라진 젖무덤은 일렁거리는 촛불에 반짝거렸다. 둥글게 솟은 젖가슴 사이에는 산골처럼 골짜기를 이루고 까무잡잡하고 탱탱하게 여문 젖꼭지가 봉우리를 지키고 있었다. 이어 그녀는 속곳을 스르르 미끄러뜨려 벗어내렸다. 실오라기 하나 걸치지 않은 알몸이 되고 말았다. 이어 낭자머리에 꽂은 비녀까지 뽑아내었다. 몸에 걸친 그 어떤 이물질 하나 없이 벗어던진 그녀는 물끄러미 그를 바라보았다. 움푹하게 패인 배꼽과

허리선. 밑으로 빨려 들어가듯 깊이 패여 들어간 골짜기에는 상서로운 솔숲처럼 음모의 그늘이 선연했다.

그녀의 몸은 처녀의 몸이나 다름없었다. 이제 나이 스물을 며칠 남기지 않은 그녀는 윤기가 넘쳐흐르고 풋풋했다. 어쩌면 이렇게도 아름다운 육체가 있을까? 만지면 터지는 봉숭아 꼬투리처럼 손이 닿으면 금방 터질 것 같았다. 가냘프면서도 탄력이 넘쳐흘렀다. 그녀의 육체는 그의 의식과 몸을 하나로 만들어버렸다. 걷잡을 수 없이 벌떡거리는 가슴을 억누를 길 없었다. 그는 넋이 나간 눈빛으로 그녀의 육체를 훑어 내리기 시작했다. 그 순간만은 탁란의 집을 찾은 것이 아니었다. 그녀는 분명 여자였고 그녀의 육체가 몸과 마음을 끌어당기고 있었다. 그는 더 이상 참을 수가 없었다. 알몸을 슬그머니 끌어당겼다. 가슴으로 안겨든 그녀의 젖무덤은 그의 입술에 닿아 얼굴을 짓누르는 것이었다. 갈증으로 입안이 타들어가는 사람처럼 혓바닥으로 그녀의 유두를 핥기 시작했다. 장작개비처럼 빳빳한 그의 손이 젖무덤을 더듬으며 주물러대었다. 그녀는 풀어 젖힌 머리칼을 뒤로 흔들어대며 자신을 통제할 수 있는 힘을 상실한 듯했다. 자신도 모르게 씨근거리며 온몸을 맡겨버렸다. 그는 이불 위에 그녀를 눕혔고 그녀의 속살은 새로운 육체와 맞댐으로서 탁란의 역할이 시작된 것이다. 문풍지를 타고 들어온 문바람이 타는 촛불마저 흔들어대었다. 일렁거리는 촛불에 둘이의 그림자는 선명하게도 벽에 아롱거리기 시작했다. 마치 디딜방아처럼 포개어진 채 벽 그림자를 일궈내고 있었다. 독한 술에 취한 사람처럼 갑자기 숨이 막혀들고, 의식이 아득하게 멀어져 가는 순간이 되고 말았다.

밤은 깊어 술시로 달려가고 산골에는 교교한 달빛만이 쏟아지고 있었다. 교결한 달빛으로 가득한 마당 저편 장독대에서 두 손을 비는 이는 여우동이었다. 순진무구한 표정으로 마치 자기가 생명을 잉태하려는 것처럼 칠성신을 향해 절을 하면서 비손을 해대었다. 합장을 하고 주문(呪文)을 중얼중얼해가면서 다시 절을 하는 것이었다. 만월의 달빛이 아름답고 순결하게 그녀의 소복 위에 빛나고 있었다.

이렇게 치성을 드린 일이 그날만은 아니었다. 날마다 새벽닭이 울쯤 일어나 정화수를 떠놓고 치성을 하고, 저녁에는 북두칠성을 바라보며 비손을 했다. 그녀는 오직 탁란의 슬픔을 진정한 보람으로 바꿔달라고 빌고 있었다. 보람이 헛되이 되지 말아달라고 매달렸다. 원하는 일마다 만사형통이 되도록 불공을 드리듯 했다.

이레에 걸쳐 탁란의 정을 쌓았던 지월(至月)이 뉘엿뉘엿 기울고 극월(極月)의 소한(小寒)이 다가왔다. 때를 만난 추위는 기승(氣勝)을 부리기 시작했다. 따뜻한 방안에 앉아 있어도 몸이 부들부들 떨리도록 추웠다. 여느 해에 비해 유독 맹추위가 연일 이어지고 있었다. 북풍이 몰아치는가 하면 눈보라가 몰려오고 이어 다시 반복되었다. 산천을 꽁꽁 얼려놓고 말았다. 한번 내린 눈이 녹지를 않고 두두룩하게 쌓이더니 더미가 되어 얼음으로 바뀌었다. 눈길마다 그대로 빙판이 되어 다닐 수가 없었다. 종일 방안에 우두커니 앉아 있을 수밖에 없었다.

"워매! 무슨 날씨가 이렇게도 춥당가? 얼어 죽겠네."

여우동이 대밭에서 대나무 섶을 들고 오면서 말했다. 얼마나 추운지 온몸을 오들오들 떨면서 안절부절못했다.

"무척 춥구만요."

"그런디 자네가 바깥에 왜 나왔능가? 이 추위에 잘못되기라도 허면 어쩔라고."

가는 눈을 뒤룩거리며 나무라는 것이었다. 짐짓 화들짝 놀라며 꾸지람을 하듯 했다. 민순은 듣기에 민망하고 쑥스러웠다. 가만히 있기

가 거북살스러워 부엌엘 나왔다가 호된 적과(適過)를 받은 꼴이 되고
말았다.

"괜찮아요. 노구에 아짐이 부엌일을 하시느라 힘드시지요."

"난 괜찮당께. 한사코 자네 뱃속을 생각해야 써. 이까짓 밥하는 것
을 힘들다고 헌다면 쓴당가? 생청 팔러 가던 일을 생각해보소. 워매!
이 추위에 다닌다면 죽고 말제 허겄능가?"

여우동이 고개를 살래살래 저으며 혀를 내둘렀다. 어찌나 춥던지 생
청을 팔러 간다는 것은 엄두가 나지 않을 정도였다. 잠시라도 바깥으
로 나오면 금시 입술이 파래지면서 턱이 덜덜 떨리는 것이었다. 이런
빙판길에 다닌다는 것은 낙상하기 십상이었다. 어린 것을 업고 가다가
낙상이라도 하는 날에 큰일이었다. 생각만 해도 정신이 아찔했다.

"어서 들어가소. 따뜻한 방에 있으랑께."

"예. 아짐."

민순은 열없쟁이 닦아세우듯이 몰아치는 여우동의 등살에 견딜 수
가 없었다. 쥐어짜듯 맵짜게 속박하려 든 것이었다. 민순은 하는 수
없이 방으로 들어가 밖엘 나오지 않았다.

추위 속에 파묻힌 극월의 초순이 지나가고 있었다. 소한(小寒)이 하
루 앞으로 다가왔다. 추위는 멈출 줄 모르고 연일 맹위를 더해가고 있
었다. 그러나 추위보다 더 여우동의 애를 태우는 것은 따로 있었다.
자궁에 씨를 뿌렸으니 새알이 들어차야 하기 때문이다. 그녀는 손가
락을 접었다 폈다 해가면서 지난달 생리날짜를 맞춰왔다. 초순만 무
난히 지나가기만을 손꼽아 기다리고 있었다. 닷새가 지나고 엿새, 이
레가 지나가고 있었다. 여우동이 아침에 일어나 민순을 향해 물었다.

"얼른 만저보소. 기저귀가 깨끗헝가?"

여우동이 애가 타는 심정으로 물었다. 두려운 마음에 가슴이 조마

조마한 눈빛이었다. 민순도 마찬가지였다. 혹시 해서 그녀는 며칠 전부터 옥양목 기저귀를 차고 지냈다. 손으로 만져보는 순간마다 심장이 펄떡펄떡거렸다. 그러나 예정일보다 며칠이 지나도 아무 흔적이 없었다. 그래도 쉽게 속단할 일은 아니었다. 생리 불순이 일어날 수도 있기 때문이다. 일단은 초열흘이 지나고 보면 가닥이 잡힐 것 같았다. 그녀는 최대한 몸을 사려가며 사로잡힌 조바심을 짓누르고 있었다. 드디어 열흘하고도 이틀이 지났으나 아무런 흔적이 보이지 않았다. 민순은 하늘로 날아갈 것 같으면서도 또 한편으론 우울한 심정을 감출 수 없었다. 그러나 그녀는 자신 있게 여우동에게 그 사실을 알렸던 것이다.

"워매! 참말로 벼슬하느라 애썼네. 뿌린 씨앗이 싹트는 개비네."

여우동은 가는 눈이 찢어지도록 부릅뜨며 소스라치게 놀랐다. 얼른 그녀의 손을 꼭 쥐면서 그렁그렁하던 눈물을 흘렸다. 하지만 민순은 놀라면서도 마주쳤던 시선을 돌리고 말았다.

"서운해 하지 말소. 이래저래 한 시상 살다 가는 것, 누구 새끼를 난들 굶어 죽는 것보다 낫는 일이제. 배곯아 죽었다고 해서 자네 서방이 이다음에 열녀문 세워준당가?"

열브스름한 눈에 눈물이 가득 괴인 채 처연한 눈빛으로 말했다.

"나 오늘 보성엘 좀 다녀올라네. 나간 김에 나기중 어른한테 말씀을 전해드려야 쓰겠네."

"아직 확실하게 알 수 없는디요. 잘못되기라도 하면 어쩔 것이요."

민순의 얼굴에는 아직도 불안한 마음을 감출 수 없어 보였다. 불안한 생각이 소용돌이치면서 그녀의 마음을 휘어잡은 것이었다.

"아니랑께. 그런 생각하면 되레 못쓴 것이네. 마음을 든든하게 묵어야 써. 애기가 들지 않았으면 금방 새부렀겠제 지금까지 참고 있겄

296

능가?"

금방이라도 말아 삼킬 것처럼 서글서글한 웃음기를 매단 얼굴로 말했다. 당장에라도 보성으로 달려갈 태세를 갖추려 들었다. 보선을 찾는가 하면 치마와 저고리를 들고 옷을 갈아 입으려 했다.

"인자 묵을 것을 대달라고 해야 쓸 것 아닝가? 그래야 아들을 낳아주제. 굶고서 하는 일은 아무것도 없는 것이네. 지금 당장 가서 말씀드리고 자네 몸조리 헐 것부터 달라고 해갖고 와야 쓰겄네."

"추운디 어떻게 가실 것이요? 어지간히 추워야 나들이를 하지라우?"

"괜찮네. 나 얼른 갔다가 올랑께 바깥에 나가지 말고 방안에 가만히 있소."

여우동은 밖으로 나가 다시 신발에 새끼를 동여매고 산길로 떠나가고 말았다. 민순은 아들을 품에 안은 채 문고리를 걸어 잠근 채 진종일 방안에서 지내고 싶었다. 생각해볼수록 꿈만 같은 일이 일어난 꼴이었다. 그것도 눈 깜박할 사이에 일어난 것이어서 앞일을 예감하기조차 막연했다. 그냥 되는 대로 살아야 하는 것인지 앞이 내다보이지 않았다. 이왕지사 이리된 마당, 꼭 아들이나 낳았으면 하는 마음뿐이었다.

그녀는 이제 지난날을 생각하지 않기로 마음먹었다. 한 치만 들여다보면 지난 기억의 실타래가 풀려들면서 마음을 서글프게 하기 때문이었다. 머릿속을 이리저리 뒤집다가 그녀는 낮잠에 떨어지고 말았다. 점심시간도 모르고 그냥 지나친 채 잠에 취했던 것이다. 늦게나마 밥 한 술 뜨기 위해 부엌으로 나왔다. 날씨가 점점 풀리는지 아침보다 한결 숨쉬기가 편해진 느낌이 들었다. 살을 에는 찬 공기가 아니라 골짜기의 향기가 콧속으로 들이마셔짐이 느껴지는 것이었다. 한동안 기승을 부려대던 추위가 물러간 것임에 틀림없었다.

민순은 아침에 먹고 남은 밥을 솥에 넣고 물을 붓고 끓였다. 추운 겨울에는 끓인 밥에 싱건지를 걸치면 짧은 낮 점심을 때우는 데는 그만이었다. 밥상을 차려들고 방으로 들어와 막 밥숟가락을 뜨려 들 때 밖에서 인기척이 날아들었다. 사립문 쪽에서 발자국 소리가 점점 가까이 들려오고 있었다. 이어 마당으로 오더니 마루에 짐을 부은 소리가 들렸다.

"앗따! 고생했소. 날도 추운디."

그 목소리는 여우동이었다. 벌써 보성까지 갔다 온 것 같았다. 민순은 마음이 놓였다. 방문을 열고 밖으로 나오니 마루에는 쌀자루가 놓여 있었다. 생선 냄새도 나고, 참기름 고춧가루까지 담긴 그릇이 놋 끈에 묶여 있었다.

"별일 없었능가?"

여우동이 마치 개선장군처럼 당당하고 의젓한 말씨로 물었다.

"예. 그런디 벌써 다녀오셨능가요?"

"말이라고 헝가? 자네 혼자 놔두고 갔으니 얼른 돌아와야제."

토마루에는 육중한 덩치에다 까무잡잡한 얼굴의 남자가 지게를 잡고 서 있었다. 짐을 짊어지고 온 것 같았다.

"이분은 나기중 어른 집 머슴이시라네. 내가 가니까 벌써 짐을 챙겨 놓고 보낼라고 허시대. 어른이야말로 약조를 했으면 틀림없이 지킨 분이랑께."

여우동은 머슴을 가리키며 묻기도 전에 에둘러 말했다. 머슴은 민순의 눈치를 슬금슬금 살피며 지게를 들고 마당으로 내려갔다.

"그럼 나는 그냥 돌아갈라요."

하고 말하며 사립문으로 향했다.

"아이고! 짐을 지고 먼 길 오셨는디 입다실 것 하나 없이 그냥 가서

서 어쩐다요?"

여우동이 뒤를 따라가며 빈 언사를 치기 시작했다.

"아니어라우. 나중에는 자꾸 올 것잉께 그때 주싯시오."

머슴은 뒤도 돌아다보지 않고 뱅긋거리며 총총걸음을 내딛었다.

"그럼 나중에 또 뵙것어라우. 조심해서 살펴 가싯시오."

여우동은 사립문 쪽으로 대여섯 걸음 따라 나와 배웅을 해주었다. 다시 마루로 다가온 여우동은 마루에 놓인 짐들을 하나하나 들먹이면서 입이 닳도록 나기중을 칭찬하고 나섰다.

"내가 다 말했네. 자네 뱃속에 태기가 있다고 말이여. 그랬더니 속이 시원하신지 껄껄 웃으시드구만. 그리고 애기를 낳을 때까지 묵을 것을 다 대 줄텡께 걱정말고 몸 관리나 잘해라고 당부를 하시대. 여기 보소. 쌀과 굴비두름에다 양념까지 다 싸서 보내셨네. 인자 자네는 살판 났네 그려. 시아버지가 돌아가시더니만 복을 가져다 주신개비네."

쌩그레 너스레웃음을 치며 말했다. 연신 입술을 얄기죽대며 살아난 넉살을 떨기 시작했다.

"그것뿐이랑가? 자네는 이 토굴 같은 집에 살지 말고 저 기와집으로 이사를 허라고 허시대. 설만 쇠면 산지기로 영감부부를 보내실랑 개비데."

민순은 깜짝 놀랐다. 산지기로 다른 사람이 들어온다는 말에 이웃이 있어 힘이 되어 든든하기도 하지만 산밭 농사를 지을 수 없다는 생각에 서운함도 지워버릴 수 없었다.

민순은 분명 임신이 되었던 것이다. 궁기(窮紀)의 달도 지나가고 임오(壬午)년의 새해가 밝자마자 민순은 입덧을 하기 시작했다. 매사가 귀찮다는 듯 가만히 누워있다가도 헛구역질만 했다. 구역질을 해대며 먹지 못해 얼굴이 많이 여위었다. 여우동은 걱정이 되지만 그렇다고 크게 심려할 일은 아니었다. 여자로 자식을 낳으려면 의당 거쳐야 할 관문이기 때문이었다. 옛날부터 입덧이 심할수록 걸출한 자식을 낳는다는 말도 전해 내려오는 것이었다.

음산하고 날카로운 겨울바람만이 모질게 훑어가며 지나가던 산골에 따스한 봄바람이 일기 시작했다. 계절은 속일 수 없다고 하더니만 설이 지나고 이월 영등달이 돌아오자 어김없이 남쪽바다에서 훈훈한 바닷바람이 일림산을 넘어 날아들었다. 짠 갯냄새를 풍기는 바람은 산속에 얼음장처럼 뭉쳐든 눈을 녹이기 시작했다. 산곡은 신바람을 내며 콸콸 넘쳐나고, 산새들의 우짖는 소리가 요란스럽게 들렸다. 유난히 추운 겨울을 보내느라 땔감이 떨어진 집에서는 일찍부터 지게를 지고 산길을 오르고 있었다. 산언덕을 갈퀴로 피가 나도록 긁어대는가 하면 마른 나뭇가지를 줍기도 했다. 그것만으로 안 될 때는 생소나무가지를 꺾어 짊어지고 가기도 했다. 송진이 있어 쏘시개에 불을 피우면 파사삭거리며 잘 타기도 했다.

이월 영등달이 돌아오자 자정골에 새 식구가 들어왔다. 영등달 초아흐레 날은 손(損)이 없는 날이었다. 이미 머슴으로부터 연락을 받아 알고 있었다. 민순은 미리 살림을 기와집으로 다 옮겨놓은 상태였다. 바로 이웃집으로 이사를 해놓은 꼴이 되었다. 이웃이 들어오니 한결 안심이 되었다. 밤이면 뒷간에 가기가 겁이 났지만 이제는 크게 무섭지 않을 것도 같았다.

아침나절에 소구루마가 살림을 싣고 자정골로 들어왔다. 살림이라고 해봐야 궤짝에다 이부자리와 부엌기구, 그리고 옷가지가 전부였다. 두 식구 사는 데는 지장이 없어 보였다.

여우동은 이미 노인네를 잘 알고 있었다. 젊어 한때는 도가(屠家)로 지내다가 나중에는 쇠전불이로 장마당을 떠돌던 이였다. 거간꾼으로 한평생을 살다가 늘그막에 자정골 산지기로 들어온 것이다. 환갑이 다 된 나이지만 아직도 정정(亭亭)하여 골 주름살도 보이지 않았다. 쌀 한가마니는 단숨에 들어 올릴 정도로 힘이 장사라고 했다. 그의 부인 또한 정정하여 밭일이면 밭일, 논일이면 논일을 가리지 않고 닥치는 대로 날품을 팔며 살아간다고 했다. 어려서부터 도가(屠家)로 살다 손을 끊었지만 차별받는 삶이 서러워 산속으로 들어왔다고 했다. 이름은 장순금이나 그냥 순금 할아범이라 불러달라고 했다.

이제 여우동은 여유가 생겼다. 밖에 나가도 크게 걱정하지 않아도 될 처지가 된 것이다. 나기중 어른이 그를 산지기로 보낸 까닭은 민순을 잘 도와주라는 의미였다. 본래부터 심성이 비단결처럼 곱고 깊은 사람이 나기중이었다. 노인을 보내준 것도 남에게 세심한 배려를 아끼지 않는 그의 인간미에서 비롯된 것이다.

날씨는 점점 따뜻해지면서 새싹이 파릇파릇 돋아나기 시작했다. 자정골은 봄의 정령이 맨 먼저 찾아오는 곳이다. 산 고개를 하나 넘으면 곧바로 남쪽바다이기 때문이다.

철쭉꽃이 비탈진 산허리를 돌아 마을 어귀까지 휘감으며 붉은 물감을 칠해놓았다. 비탈진 산허리에 피어나는 갯버들 실가지에 봄빛이 열려있고, 저 멀리 강 언덕 푸릇푸릇 피어나는 보리밭 이랑에서 아지랑이가 어른어른거렸다. 산곡을 돌고 돌아 흐르는 개울물이 폭포수를 이루어 봄을 알리는 노래를 불러대었다. 쑥국새, 꾀꼬리, 방울새, 소쩍새, 곤줄박이 산새들이 푸드덕 깃을 치며 날아오르면서 청아한 맑은 노래를 불러주었다.

자정골은 완연한 봄의 향기 속에 파묻혀 있었다. 아이를 임신한 민순은 점점 힘이 들기 시작했다. 날마다 밤나무 밭에 나가 봄씨를 뿌리기도 했다. 미나리, 쑥, 취나물, 달래, 씀바귀도 캐기도 했다. 나물을 캘 때마다 떠오르는 생각은 남편이었다. 봄나물을 캐어주면 보따리에 싸가지고 보성 저자로 달려가 팔아오던 기억이 뭉클 떠올랐다. 오는 길에 국화빵을 사들고 이십 리 길을 달려와 주던 모습이 눈앞에 선연했다. 이제 남편도 형무소 생활을 마치고 일본으로 떠날 날이 되어가고 있었다. 다시 한 번 면회를 가고 싶어도 어쩐지 마음이 내키지 않았다. 뱃속에 아기를 생각하면 내심 꺼림칙했다. 여자는 정조를 목숨보다 더 중히 여겨야 하는 것인데 더럽혀진 몸뚱이가 죄만스러울 뿐이었다.

여우동은 틈만 나면 보성엘 다녀왔다. 이웃에 할아범이 이사를 들어온 탓에 집을 비워도 안심이 되는지 간혹 하루씩 집을 비울 때도 있었다. 순금 할아범은 산밭을 가꾸는데 열심히 일을 했다. 일찍 산밭을 가꿔놓고는 마을까지 내려가 품을 팔겠다고 했다.

사월 초파일이 가까워지고 있을 때였다. 산천은 온통 연녹색을 뿌려놓은 것처럼 싱싱한 풍경을 뿜어내고 있었다. 아침 일찍 보성으로 나아가던 여우동이 가다말고 되돌아오면서 화들짝 놀란 낯빛으로 소리쳤다.

"워매! 이 일을 어쩌면 좋당가?"

영문을 모른 민순은 눈만 덩둘하게 뜬 채 서 있었다. 그녀는 순금 할아범 내외한테로 달려가서 손을 흔들었다. 산밭 뙈기에서 고구마 순을 심고 있던 할아범도 놀라긴 마찬가지였다.

"마님이 돌아가셨당께. 얼른 가봐야 쓰겄소."

"마님이라니요?"

"나기중 어른의 부인이랑께."

"언제 돌아가셨다요?"

순금 할아범이 당황한 기색을 감추지 못하며 물었다.

302

"가봐야 알 것 같은디, 아마 어제 저녁인 갚습다."

"참말로 아들 하나 잘못 낳아갖고 고생만 하다 가셨구만요. 팔자 도 망은 못한다고 하더니만 그렇게 죽으라는 팔자겠지라우."

"금매 말이요. 뭣이 부족한 것이 있소? 돈이 없어, 아니면 서방이 못 났소? 눈을 씻고 찾아봐도 부족한 것이라곤 없는디 그놈의 팔자치리 만 못한 것이제."

여우동은 넋을 놓은 사람처럼 멍하니 있다가 방으로 들어가 하얀 소복을 입고 나왔다.

순근 할아범도 하던 일을 멈추고 초상집에 갈 차림으로 갈아입었 다.

"어야, 나 갔다 올 것잉께 그리 알소. 아마 오늘 저녁에는 못 올 것이 네. 발인이 끝나야 올 것 같응께 문단속 잘 허고 지내고 있소."

"예, 다녀 오싯시요."

여우동과 순금 할아범이 바삐 산길로 올랐다. 홀로 남은 민순은 아 들을 데리고 방으로 들었다. 마음이 몹시 뒤숭숭하여 심회가 편치 못 했다. 6년 동안이나 똥오줌을 받아낼 정도로 몸을 가누지 못했으니 다 행이라는 생각도 들었다. 짧은 안목에서 보면 돌아가신 것이 후련할 것도 같지만 그러나 머릿속은 심란했다. 그 집안이 자신과 무관하다 할 수 없기 때문이었다. 태어난 애기가 어떻게 될지 걱정이 코밑으로 다가온 느낌이었다. 요모조모 생각해봐도 살아계신 것이 나을 성싶었 다. 새로운 부인이라도 드는 날이면 아들을 낳는다고 해도 찬밥신세 가 될 것임은 불을 보듯 뻔한 일일 것 같았다. 넋을 잃고 한동안 몽롱 한 시선으로 불러오는 배만 바라보았다.

민순은 마음이 어수선할 때는 늘 북장단을 치곤했다. 그것보다 정 신을 맑게 해주는 것이 없었다. 북을 치면 기분이 뭉클해 올 때가 많았다. 시아버지께서 돌아가시고 남편마저 곁을 떠난 뒤로 북채를 놓아왔지만 다시 추켜들고 싶었다. 명창에 대한 꿈을 접을 수가 없었다. 남편이 돌아오면 기어코 소리공부에 매진해보고 싶었다. 방으로 들어간 북채를 들었다. 소리 책을 펴놓고 심청가를 불러대었다. 시아버지께서는 특히 심청가를 좋아하실 뿐 아니라 잘 부르셨다. 그리고 틈만나면 가르쳐주신 까닭에 그 어떤 것보다 심청가가 좋았다. 밤이 깊도록 소리공부에 빠져들었다. 수수로워진 마음을 뒤로하고 소리공부를 하니 모든 것을 다 잊어버릴 것 같았다. 순금 할아범 댁에 할머니가 계신 탓에 무서움도 없었다.

다음 날이었다. 장례를 마치고 여우동이 순금 할아범과 함께 되돌아왔다. 얼굴 표정에 음산한 그늘이 내려앉은 채 온 것이었다. 뭔가 못마땅한 것이 있었는지 오그라든 얼굴이었다.

"무슨 언짢은 일이라도 있었어요?"

못내 근심스러운 표정을 지어가며 물었다. 검은 그림자가 얼굴표정 속을 헤집고 있었다.

"마님께서 하필 이때 돌아가실 것이 뭣이랑가? 조금만 더 살다가 가셨으면 좋은 것인디."

미간을 찌푸리는 불안한 표정으로 그녀에게 근심스러움을 던지고 나섰다. 한동안 말없이 멀그스름히 그의 배를 바라보는 모습이 성에 차지 않은 듯했다.

"죽고 사는 것이야 인력대로 헐 수 있다요? 염라대왕이 오라고 허면 가야지라우."

민순은 감정을 다스리기라도 하려는 듯 슬그머니 눈두덩을 내리덮으며 말했다. 모든 것을 운명으로 받아들이는 태도였다.

"허기사 그렇지만 뱃속에 든 어린 것을 어떻게 할 것잉가? 자네가

304

아들을 나면 자네가 그집으로 들어갈 것인디 낳기도 전에 돌아가셔불면 어떻게 할 것잉가? 워매! 속 터진당께. 워째서 이렇게 하는 일마다 꼬인지 모르겄네."

얼굴을 아연하게 바꿔가면서 수심이 가득 낀 기색이었다. 말 속에는 그녀의 내심이 절절히 드러나 있었다. 민순도 놀라지 않을 수 없었다. 언제는 아들을 낳기 위해 몸을 빌려달라고 해놓고서 내심은 사뭇 달랐다는 것을 알 수 있었다. 그냥 씁쓸한 웃음이 터져 나왔다.

"그 집안으로 들어가다니요? 저는 남편이 있는디 어떻게 그런 생각을 할 수 있다요?"

"아니랑께. 자네가 낳은 아들이 장자 노릇을 해야 쓸 것이라 그 말이네."

여우동은 쑥스러운지 눈을 감추며 에두르고 나섰다. 금시 재빠른 잔머리를 굴렸던 것이다. 민순도 더 이상 밀어붙일 필요가 없었다. 싱거운 웃음을 한 번 짓고는 그냥 물러서려 들었다.

"어쨌든 간에 아들을 낳아야 쓴다 말이시. 그래야 묵고사는 데 지장이 없당께. 큰아들이야 있으나마나 없는 것만 못헌 사람잉게 자네 아들이 장자 노릇을 해야 쓰네. 이왕 몸을 빌려줬으면 팔자를 고쳐야제. 칼을 빼서 그냥 꽂아서야 쓰겄능가?"

캄캄한 곳에서 서슬 퍼런 칼날을 섬뜩 휘두르는 것과 다름없었다. 말투에는 비장한 각오가 서려있었다.

봄은 점점 깊어가더니 어느새 여름에게 자리를 물려주고 슬그머니 사라지고 말았다. 들판에는 상사소리가 어울려지고 있었다. 비록 나라를 빼앗겨 먹고살기 힘들다고 하지만 이때만은 뒤주바닥을 긁어서라도 푸짐한 못밥을 준비하곤 했다. 나중에 공출이니 물세니 하며 다 거둬가는 일이 있어도 논바닥을 놀리는 일은 없었다. 그것이 민심이요 천심이라 받든 농부들의 마음이었다. 누가 먹어도 농사는 지어 식량은 만들어내야 한다는 것이 농심이었던 것이다. 한 포기의 벼라도 더 심기 위해 논두렁을 칼날처럼 얇게 깎는가 하면 물이 내려가는 도랑에까지 벼를 꽂는 것이 농부들의 심리였다. 걸어 다닐 수 없도록 얇아진 논둑에는 또 다시 콩을 심기도 했다.

민순은 날로 배가 불러오기 시작했다. 달로 치면 벌써 여섯 달이 지나치고 있었다. 얼굴도 핼쑥해지고 핏기마저 없는 것이 임산부 티가 역력했다. 나기중 어른은 여우동을 그녀의 곁에 묶어놓다시피 해놓고 도와주도록 했다. 그동안 아내의 병환으로 애를 먹고 있던 나기중은 아내가 세상을 떠나자 한 가지 시름을 덜은 꼴이었다. 본 부인에게 쏟았던 애절한 정을 민순에게 돌려주는 것 같았다. 닷새가 멀다고 머슴에게 새로 찧은 백옥 같은 쌀과 고기는 물론이요 생선을 보내주었다. 옷도 사서 보내주고 성음이까지 챙겨들었다. 보양을 위해 생청은 말할 것도 없고, 십전대보탕까지 지어 보내주었다. 여우동은 어른의 뜻을 따라 종일 민순을 돌보는 데 힘을 쏟고 있었다. 제때에 한약을 다려주는가 하면 맛난 음식을 만들어 주었다. 심지어 화장실 가는 데까지 신경을 곤추세워가며 그녀를 보필하고 있었다. 자정골로 들어온 순근 할아범 내외도 예외는 아니었다. 제대로 된 까닭도 모르면서 민순을 위하는 일에 동참했다. 산지기 일은 자기들이 도맡으면서도 밭농사를 지어 나온 것은 나눠먹는 아량도 잊지 않았다. 난생 태어나 이렇게까지 사람대접 받아보기란 처음이었고 본 적도 없었다. 먹고 지내는 것으로 친다면 궁중의 왕비가 부럽지 않았다. 날마다 소리 장단에 흥을 노래하고 춤을 추면서 지내는 풍류세월이 이어지고 있었다. 이렇게 좋은 시절이 또 있을까 싶을 정도로 행복한 날이 계속되었다.

드디어 마님이 돌아가신 날이 사십구 일이 되는 날이 돌아왔다. 사람이 죽으면 칠칠(七七)일 만에 다음 세상에서의 인연, 즉 생(生)이 결정된다고 믿기 때문이다. 유교의 조령숭배(祖靈崇拜)사상과 불교의 윤회(輪廻)사상이 절충되어 만들어졌다고 한다. 불교의식 중에는 사람이 죽은 다음 7일마다 불경을 외면서 재(齋)를 올려 죽은 이가 그 동안에 불법을 깨닫고 다음 세상의 좋은 곳에 사람으로 태어나기를 비는 제례의식이 있다. 이를 칠칠(七七)제 라고 불렀다. 그 기간을 중음(中陰)이라 했다. 사자(死者)는 생전의 업(業)에 따라 다음 세상에서의 인연, 즉 생(生)이 중음에 결정된다고 믿는다. 불교(佛敎)에서 무아설(無我說)에 의하면 생전 생위 자체에 대한 업보는 그 개인에 한정되며 그 어떤 방법으로도 타인이나 후손에게 전가될 수 없으며 시킬 수 없다고 말한다. 반면 유교사상은 이와는 다르다. 중음기간에 죽은 영혼을 위해 후손들이 정성을 다하여 재를 올리면 그 공덕에 힘입어 보다 좋은 곳에 인간으로 다시 태어나게 되고 조상의 혼령이 후손들에게 복을 주게 된다는 것이다.

삼년상을 지내는 것이 보통이나 중음기간을 보내고 나면 유족은 한 시름을 덜게 되는 경우가 많았다. 사십구재를 맞이하여 여우동과 순금 할아범이 나기중 어른 집으로 떠났다. 집에서 재를 올리지 않고 비록 절에서 올린다고 하지만 자식들은 말할 것도 없고 가까운 친척과 이웃 사람들은 참석하는 것이 보통이었다. 점심을 먹고 길을 떠났다. 저녁에 불공을 드리며 재를 올리기 때문에 늦게라도 돌아온다고 했다.

민순은 소리연습을 하면서 잠을 자지 않았다. 늦게라도 돌아온다는 여우동을 기다리고 있었다. 초여름 밤이 자정을 넘어가고 있었다. 밤이 깊어가자 후덥지근했던 더위가 한풀 꺾여들면서 서늘한 감을 가져다주었다. 그녀는 오랜만에 마루에 나와 어둠이 무겁게 깔린 밤하늘을 쳐다보았다. 그믐이 가까운 때라 하늘은 진하고 두꺼운 어두움만 뒤덮고 있었다. 밤이 깊어도 개구리 울음소리는 그칠 줄 모르게 날아들고 맹꽁이 소리도 간혹 들려왔다. 찌르륵찌르륵 풀벌레 소리가 어지럽게 들렸다. 어두울수록 별들의 반짝임은 더욱 빛을 내는 것 같았다. 서로들 씀벅거리며 제각기 자신을 드러내느라 안간힘을 쓰고 있었다. 서쪽 하늘에 길게 뻗은 은하수 계곡 사이에도 별들은 은박지처럼 반짝거렸다.

모기들은 잠을 자지 않고 자정이 넘도록 극성을 부려대었다. 잠시도 손을 놀리지 않으면 귓가에 달려들어 앵앵 울어대었다. 부채로 부치면 슬그머니 내뺐다가 다시 되돌아와 어김없이 살갗에 무차별 공격을 가하는 것이었다. 솜털보다도 가느다란 주둥이로 어찌 두꺼운 가죽을 뚫는지 참으로 신묘할 뿐이었다. 자정이 넘고서야 여우동이 순금 할아범과 함께 돌아왔다. 먼 길을 갔다 오느라 기진맥진 지쳐보였다.

"아직껏 자지 않고 뭣하고 있능가?"

"어른께서 안 오시니 잠이 안 오드구만요."

"아이고, 고맙네. 하지 때라서 지금 자면 자는 둥 마는 둥 할 것인디. 얼른 눈을 붙이소."

잠자리에 든 여우동은 무슨 일이었는지는 몰라도 시뻐하는 눈치였다. 잠을 이루지 못하고 베개를 뒤척이는 소리가 자꾸 들렸다. 민순은 숨을 죽인 채 자는 척하고 있을 뿐이었다. 여우동은 혼자서 뭔가를 중얼거렸다.

"사람이 똥 누러 갈 때와 올 때 다르다고 허드니만, 그새를 못 참고 그짓이여? 나무에 올라가라고 해놓고 흔들어대면 떨어져 죽으라고 허는 것이제."

밑도 끝도 없는 말을 해대었다. 도무지 무슨 말인 줄 알 수 없었다. 민순은 가만히 듣고만 있었다. 집에 들어올 때부터 얼굴표정도 그다

308

지 밝지 않아 보이던 것인데. 뭔가 서운하거나 맘 상한 일이 있음에 틀림없어 보였다. 가슴이 새삼 두근거려 오기 시작했다.

"아짐, 무슨 언짢은 일이라도 있으셨능가요?"

"아직 안 잤능가?"

"잠이 안오는구만요."

"시상에 남자는 믿을 사람 하나 없다고 헌 말이 딱 맞드란 말이시."

"무슨 일이라도 있습디여?"

"솔직히 나기중 어른이 그런 사람인 줄 몰랐네. 부인이 죽은 지 오늘로 49일 밖에 안 된 것 아닝가? 거기다가 자네한테 아들 하나 낳아달라고 사정을 해감서 씨까지 뿌려놓고서 그래서야 쓸 것잉가? 부인 죽기만을 기다렸는 갚드랑께. 49재만 기다렸는개비여. 그새를 못 참고 당장 여자를 집안으로 들인다고 소문이 쫙 깔려부렀는데. 그것도 다른 사람이 아니여. 내가 처음 말했던 고성례란 처녀를 후실로 맞이한다네. 나이 서른이 되도록 시집을 안 갔응께 처녀는 처녀겄제."

어둠에서도 점점 언성이 높아만 가고 있었다. 분을 참지 못하고 게두덜거린 목소리였다.

"남자는 원래 그런 것 아닝가요?"

"내가 말할 때는 오직 자네만 맘에 있다고 허드니만, 마누라 죽웅께 금방 맘을 바꾼다 그 말이여? 자네가 아들을 낳는다고 해도 그년이 들어가불면 달라질 것 아닝가. 지가 낳은 아들이 장자노릇을 하도록 허겄제. 위매! 속터져! 위매! 위매 속터져 죽는당께."

여우동은 벌떡 일어나 가슴팍을 주먹으로 내리치는 것 같았다. 떠다 놓은 찬물을 꿀꺽꿀꺽 마시며 구들장이 꺼지도록 한숨을 내쉬었다. 민순도 갑자기 신경이 곤두세워지기 시작했다. 일이 너무 꼬여 간다고 느껴지는 까닭에 충동질해 오는 궁금증을 들먹이고 나섰다.

"성례라는 그 처녀가 후처로 들어간다고 헙디여?"

"그러드라네. 내가 여기에 들어와 있는 사이에 성례란 년이 남밖에 사는 여문네한테 중매를 서달라고 허드람서. 여문네란 년은 백여우 같은 여편네랑께. 그년이 기중 어른을 찾아가 얼마나 꼬리를 쳐대며 쏘삭거렸는지 그만 넘어가부렀다네. 워매 천불이 나서 못 살겄네. 이 일을 어쩌면 좋겄능가?"

들은 대로 솔직하게 털어놓고서 속 비틀어지는 소리를 해대었다. 들으면 병이요 모르면 약이라도 하더니만 민순도 은근히 질투심이 뱀처럼 고개를 쳐드는 것 같았다. 아무리 속이 넓다고 해도 여자는 여자요, 여자는 질투와 함께 살아가는 것인데 민순이라고 해서 질투심이 없을 리 만무했다. 자기에게만 아들을 낳아 달라 부탁을 하는 줄 알았는데, 그 소망이 다른 사람에게 옮겨갔다고 생각하니 순간 실망감을 감추지 못하면서 음일한 질투심이 솟구치는 것이다. 솔직히 처녀도 마다하고 자신에게만 다가온 고마움 때문에 쉽게 몸을 내준 까닭도 작용했던 것이다. 그런데 이제 가당치도 않게 여기던 여자가 어른을 독차지한다고 생각하니 질투심을 억제할 수가 없었다. 괜히 마음이 뒤숭숭해지면서 선잠마저 싹 달아나버린 기분이었다. 아들만을 학수고대하던 꿈이 일각에 산산조각이 되어 머릿속이 텅 비어버렸다.

"자, 어서 자소. 우리 같이 버러지 같은 사람들이 떠들어본들 무슨 소용이 있겄능가?"

여우동은 막힌 속을 뚫기라도 하려는 듯 연신 한숨을 토해내었다.

"사람이 그러면 못쓰제. 자네는 어떻게 하라고 그럴 것잉가? 차라리 자네를 집으로 들이든지 해야제."

여우동은 분을 삭이지 못하고 벌떡 일어나 찬물을 꿀떡꿀떡 삼켰다. 거친 숨을 식식거리다가 못내 방문을 열고 밖으로 나갔다. 뭔가

심상찮은 조짐을 예감이라도 하는 것 같았다.

여우동은 자신의 심정을 가누지 못하고 밖에서 안절부절 서성거리다가 새벽의 여명이 희붐해질 때 장독으로 다가가 치성을 드리기 시작했다. 인생무상이요 속절없음을 정화수에 담아 칠성신에게 바치려 들었다. 쪽빛 어둠이 산자락으로 숨어들 때까지 꼼짝하지 않고 비손을 해대었다. 이렇게 여우동은 밤새 한숨도 자지 못했다.

새벽에야 간신히 조각 잠을 붙인 민순이 눈을 떴을 때는 뻐꾹새가 탁란의 슬픔을 목이 터지도록 외치고 있을 때였다. 뻐꾸기 울음소리를 들으니 이상한 감회가 뭉클하게 솟아오른 것이었다. 새벽부터 찾아와 자신을 위로를 해주려는 것 같았다. 하지만 그녀는 아침 내내 입을 굳게 다물며 말을 참았다. 심회가 더욱 복잡해지고 망연스러워진 것이었다.

여우동은 아침을 먹는 둥 마는 둥 하고서 집을 나섰다. 휘청휘청 힘없는 걸음걸이로 산길을 내달렸다. 막상 어디로 먼저 가야 할지 막연했다. 고성례를 먼저 만나야 할지 아니면 나기중 어른을 먼저 뵈어야 할지 망설여졌다. 곰곰이 생각할수록 나기중 어른을 먼저 만나보고 싶었다. 남의 부인에게 탁란의 씨를 뿌려놓고 다른 여자를 집으로 들인다는 것은 용서받지 못한 짓이었다. 그녀는 먼저 대팡골로 다가갔다. 밤새 한숨도 자지 못한 탓에 몸이 비틀비틀거리며 중심이 허한 것 같았다. 하지만 정신만은 점점 멀쩡해졌다. 대문으로 다가서서 집안을 들여다보았다. 아침 늦게까지 잠을 자는지 인기척이 들리지 않았다. 마치 비워놓은 집처럼 썰렁한 기분이 들었다. 덩실한 기와집에 사람이 보이지 않으니 적막에 쌓인 절간이나 다름없었다. 안으로 들어가지 못한 그녀는 무표정하게 대문에서 안채만 기웃거리며 서 있었다. 사람이 나오기만을 기다리는 중이었다. 잠시 후 부엌데기가 밖으로 나와 여우동과 눈을 마주쳤다. 대문으로 다가온 그녀는 반가움에 차 있었다.

"아이고 식구들이 모두 늦잠을 잤구만이라우. 그런디 무슨 볼일이라도 있으싱가요?"

"어른께서 주무시능가?"

"아니어라우. 아까 일어나셨구만요. 찾아보러 왔다고 일러드릴께라우."

"그렇게 말씀드려주면 좋겠네."

부엌데기는 곧장 안방 앞으로 다가가 고해주었다. 잠시 후 그녀는 내문으로 나와

"들어오시라고 허시구만요."

"알았네."

여우동은 부엌데기를 따라 안마당으로 갔다.

"마님! 여기 오셨구만이라우."

토마루에 올라선 부엌데기는 안방을 향해 허리를 굽실거리며 고하고 나섰다.

"방으로 들어오라고 해라."

안에서 나기중 어른의 목소리가 카랑카랑하게 들렸다.

"들어가시지요."

"고맙네."

여우동은 마루 끝으로 가서 신발을 정갈하게 벗어놓고 방문으로 들었다. 윗목에 가서 자리를 한 그녀는 가볍게 절부터 올렸다.

"그래! 아침부터 어쩐 일로 왔능가?"

그는 의아쩍은 눈빛으로 쳐다보며 물었다. 여우동은 막상 얼굴을 마주하고 보니 갈 때와는 달리 사뭇 다른 감회에 젖어드는 기분이었

312

다. 그렇다고 그냥 갈 수는 없었다. 일이 이쯤 되고 보면 물러설 수도 없었다. 잘못했다간 죽느냐 사느냐 운명의 갈림길에서 버림받는 나락으로 떨어질 수 있었다. 망설여 댈 여유도 없었다.

"어르신께서 새장가를 가신다고 들었구만이라우? 그러면 자정골에 성음이 어미는 어떻게 하실라요?"

여우동은 마치 애절한 호소라도 하려는 듯 가늘게 째진 눈을 더 가늘게 떠 보이며 슬픈 빛을 토해내듯 말했다. 나기중은 부러 슬며시 웃음을 머금어 보였다. 마치 기다렸다는 듯이 자기의 속마음을 허심탄회하게 털어놓기 시작했다.

"자네가 일부러 와서 물어주니 마음이 툭 터진 기분이구만. 집에는 여자가 있어야 한다는 것을 절실히 느꼈네. 말뚝처럼 누워만 있어도 마누라가 있을 때 좋았다는 것을 이제야 알았당께. 여자의 훈기가 있어야 그 집안은 사는 집이라는 것을 죽은 뒤에야 알았으니 내가 얼마나 어리석은가? 아내가 죽고 나서 집이 텅 비게 되니 사람 사는 것 같지 않드란 말이시. 그래서 부랴부랴 후실을 맞아들이기로 했네."

기중은 자조적인 웃음을 흘려가며 언성을 높였다. 그동안 겪었던 착잡한 심정을 금하지 못하며 쓸어내리듯 말했다. 그동안의 고초도 조목조목 감추지 않은 채 털어놓았다.

"성음이 애미는 어떻게 허실라요? 마치 꿩 놓친 매가 되어분 꼴이 아니겠소?"

오장이 끓어오르는 애달픈 심곡을 털어놓았다.

"이 사람아, 남의 각시를 내가 어떻게 하다니? 득창이 언제 올지 어떻게 알겠능가? 자네가 알다시피 성례는 나이 서른이 되도록 시집을 가지 않았으니 무슨 부담이 있겠능가? 그리고 자기가 후실로 들어오겠다고 허니 그보다 좋은 일은 없제. 그것이 걱정이어서 자네가 왔는

313

개비네. 성음이 애미한테는 처음 약조대로 해 줄 텡게 걱정하지 말라고 허소. 그리고 혹시 아들을 낳아 서출로 천대를 받으면 어쩔까 하는 생각도 버리라고 허소. 차별 없이 기를 것이네. 내가 뿌린 씨앗은 다 똑같네. 혹시 내가 챙겨주지 못한 것이 있어 서운하거든 언제든지 나한테 연락을 허라고 알려주소. 알았능가?"

나기중은 선 굵은 목소리로 쩌렁쩌렁 울리도록 말했다. 감정을 다스리려는 듯 두 눈을 내리깔아가며 안심시키려 들기도 했다. 여우동은 이제야 감이 잡혀왔다. 더 이상 할 말이 없었다. 그녀는 슬그머니 자리에서 일어섰다.

"그렇게 전해 줄라요."

"그렇게 하시게. 몸조리 잘하고 있으라고 전해주소."

"예. 마님."

여우동은 대문을 나와 곧바로 자정골로 향했다. 집으로 돌아온 그녀는 자초지정을 낱낱이 민순에게 전해주었다. 들은 대로 전해줬지만 마음 한구석엔 목에 걸린 가시처럼 씁쓸한 맛이 남아있었다. 오직 관대한 처분을 바랄 뿐 별다른 묘안이 없었다. 가진 것 없어 마치 빌어먹고 사는 처지나 다름없는 마당에 할 말도 없었다. 다만 새로 들어간 성례가 너그러운 마음을 가져주길 바라는 마음뿐이었다.

30
민순이 씨받이 딸을 낳다

계절은 한여름으로 달려가고 있었다. 산골도 푹푹 찌는 한여름 더위를 피해갈 방법이 없었다. 기껏해야 시원한 샘물을 떠다가 발을 담그고 밤이면 등목이나 하며 보내는 경우였다.

만삭이 되어간 민순은 몸을 굼닐기가 쉽지 않았다. 여우동은 민순의 부른 배 모양을 보고 틀림없이 아들이라고 호들갑을 떨곤 했다. 평퍼짐하게 부른 배는 아들이고 묘의 봉분처럼 나온 경우는 딸이라고 너스레를 떨었다. 이왕 임신을 했으니 아들을 낳았으면 하는 마음이 간절했다. 어차피 정실이 아닐 바엔 딸보다 아들이 낫기 때문이었다. 여우동은 아들을 낳게 해달라고 이른 새벽 치성을 하루도 거르지 않았다. 밤에는 칠성신을 향해 비손도 멈추지 않았다. 그녀의 지극정성을 봐서라도 아들을 낳았으면 하는 마음이 간절했다.

나기중은 약조를 철저히 잘 지켜주었다. 처음과 다름없이 닷새마다 먹을 것을 머슴에게 짊어져 보내주었다. 그러나 오래 두고 봐야 할 일이었다. 후실로 들어온 그녀가 아직 자리를 잡지 못했을 것 같았다. 남의 부인에게 닷새마다 음식을 바리바리 싸서 보내는 것을 보고 속편할 여자가 없을 것 같았다. 성례는 어려서부터 똥구멍이 찢어지게 가난하여 지지리 궁상맞게 살았던 이었다. 가난하게 크면 마음도 넓지 못한 것이 당연지사, 언젠가는 그럴 날이 올 것이라는 것을 염두에 두고 있었다. 갑자기 설움을 당하면 마음이 곱으로 아픈 법, 미리 예단해두는 것이 나을 성 싶었고, 반드시 그럴 날이 오리라 의심치 않았다.

여름도 끝물로 향해 내달음질을 치는 것 같았다. 뜰방에 귀뚜라미 울음소리가 청승스러워지면 그것은 가을이 왔다는 징조임에 틀림없었다. 만삭의 민순은 하루하루가 힘들었다. 숨이 거칠어지고, 불면증에 시달리기까지 했다. 배에 커다란 바가지를 엎어놓은 것처럼 불룩하여 앉고 서기조차 불편했던 것이다. 여우동은 벽의 중방에 못을 박고 줄을 메달아 잡고 일어서도록 해두었다. 그것을 붙잡고 일어나는 것도 쉽지만은 않았다.

밤송이가 짝 벌어지며 탱글탱글한 알밤이 땅바닥으로 데굴데굴 떨어지고, 감나무 잎이 하나둘 가지를 떠나면서 볼이 붉어진 감들이 대롱거리기 시작했다. 산언덕에는 어김없이 산국(山菊)이 휘늘어지게 피어나고, 희뿌연 억새꽃이 산전을 수놓았다. 구절초도 앙증맞은 꽃을 뿜어내면서 가을의 향취가 온 산골에 진동했다. 다람쥐 발놀림도 빨라졌다. 먹이를 모으느라 쉴 새 없는 몸놀림이었다. 메뚜기들이 서로 흘레를 치르느라 포개어져 사랑에 빠졌다.

민순은 하루하루가 조마조마해지기 시작했던 것이다. 산달이어서 언제 아기가 나올지 가슴을 조이며 지내고 있었다. 시간이 갈수록 애간장을 들끓게 하는 절박감이 가슴을 짓눌렀다. 꼭 아들을 낳아야 한다는 강박관념이 머릿속에서 매대기질을 해대었다.

더위가 물러가고 산천이 수수로운 가을풍경으로 물들어갈 때 민순

316

은 잠을 자다가 갑자기 통증(痛症)을 호소하기 시작했다. 뱃속이 뒤틀려오며 식은땀을 흘리기 시작했다. 자기도 모르게 이를 악물고 악을 바락바락 써댔다. 대낮에 양수가 터져 예상은 하고 있었던 것이지만 막상 다가온 산통은 견디기 힘들었다. 여우동은 산후 채비를 다 갖춘 채 곁을 떠나지 않고 대기하고 있었다. 하루 정도는 산통(産痛)이 따를 것으로 예상을 하면서 산모를 붙들어 잡고 애걸복걸 했다. 그런데 예상과는 달랐다.

한 시간 남짓 지나서 아기가 쉽게 나왔다. 초산(初産)이 아니라서 그런지 몰라도 예상과는 달리 아기가 불쑥 나오고 만 것이다. 호롱불 밑에 비춰본 아기는 기다렸던 아들이 아니었다. 여식(女息)임을 알아차린 민순은 눈길이 새삼 아득해지고 말았다. 모든 것이 허무해진 심정이었다. 허탈감이 무겁게 밀려왔다. 넋이 나간 사람처럼 멍하니 천장만 바라보다가 훌쩍훌쩍 눈물을 쏟아내었다. 여우동도 혼이 나간 사람처럼 벽에 기대고서 고개를 외오뺀 채 넋두리를 할 뿐이었다.

"이 어린 것을 어떻게 헐 것이요? 어미 밑에 커도 힘들 것인디 너를 어쩔그나."

민순은 말을 하다 말고 설움이 북받쳐 눈물을 쥐어짜며 한탄을 해대었다.

"그러게 말이시. 그렇다고 자네가 기를 수는 없는 일 아닝가? 복이 없는개비제."

이제껏 그려두었던 그림이 바람에 날아가 버린 꼴이 되고 말았다.

"서출은 아들도 서러운 것인디, 하물며 딸이 태어나다니요? 삼신할머니도 무심하시구만요, 나더러 어떻게 하라고 딸을 보내주신 것이요?"

그녀는 앞으로 다가올 일이 비감스럽기 짝이 없었다. 하염없는 눈물만 흘리다가 도통 잠이 오지 않아서 꼬박 날을 새우고 말았다. 이른 새벽이었다. 여우동이 아침을 먹고 나서 맥 빠진 소리로 말했다.

"딸일망정 낳았다고 알려야 쓸 것 아닌가? 가서 미역이라도 사주라고 헐라네."

사람의 애간장을 들끓어 오르게 만드는 말을 하고서 곧장 길을 떠났다. 이런 운명을 타고 태어나리라고는 미처 생각조차 못했다. 비록 딸일지라도 성례란 사람이 후실로 들어오지 않았다면 그다지 큰 문제가 될 일은 아니었다. 하지만 이젠 아버지한테 보내는 것은 마치 하비(下婢)로 보내는 것이나 다를 바 없었다. 괜히 여우동의 말을 들었다고 생각하니 원망스러워졌다. 생청장사나 할 걸 후회가 막심했다. 그러나 후회는 항상 늦는 법. 그녀는 시름에 젖은 눈으로 갓난아이를 바라보았다. 전생에 무슨 죄가 있어서 태어난 순간부터 천덕꾸러기 대접을 받아야 하는 것인지 가슴이 미어져 내렸다. 그래도 내 뱃속에서 나왔으니 너를 위해 목숨을 걸고서라도 지켜주고 싶은 마음이 간절했다.

점심때가 갓 넘었을 때였다. 여우동이 곧장 돌아왔다. 머슴과 함께 왔다. 미역에다 산 닭을 그대로 보냈다. 여우동은 닭을 잡고 미역국을 끓여 산후 뒷바라지를 열심히 해주었다. 방바닥도 따뜻하게 해주고, 먹는 음식도 부족함이 없이 잘 해주었다. 며칠 동안 불면증에 시달리다 보니 몸이 수척해지면서 젖이 잘 나오지 않더니만 금방 좋아졌다. 민순은 젖을 먹여가며 딸을 충실하게 기르고 있었다.

민순이 딸을 낳은 지 두 달이 지났을 무렵이었다. 벌써 동짓달이 다가와 산천이 겨울로 다가갈 때였다. 민순은 차츰 딸을 낳은 충격에서 벗어나고 있었다. 토실토실 커가는 어린 것을 보고 있노라면 지난 감정이 싹 가시면서 귀엽기 짝이 없었다. 여우동은 어린 것이 엄마와 아빠의 예쁜 곳만 쏙 빼닮아 인물단지라고 걸진 소리를 해대었다. 이목

318

구비를 뜯어보면 볼수록 미운 구석이라곤 하나 없이 시원시원하다고 했다. 오목하게 팬 보조개며 열브스름한 눈두덩에 눈꺼풀까지, 거기에 오뚝이 도드라진 콧날이며 도톰한 입술과 선명한 인중. 너무 예쁘게 낳았다고 엄살을 떨어대었다. 민순도 날이 다르게 딸이 예뻐만 갔다. 눈을 맞추며 생글생글 웃는 모습이 하도 너무 예뻤다. 시원스럽게 생긴 얼굴이 마냥 자랑스러웠다. 딸을 낳지 않았으면 얼마나 서운했을까 싶을 때도 있었다.

겨울이 깊어가면서 산천이 은백색 눈으로 뒤덮어가고 있었다. 보성엘 나간 여우동이 사흘이나 되도록 아무 소식도 없이 오지 않았다. 민순은 무척 궁금했다. 나흘째 되던 날 오후였다. 재롱을 떨어대는 아들과 눈을 맞추며 웃어대는 딸을 바라보며 온종일 방안에서 꼼짝도 하지 않고 있었다. 세 살 된 성음은 말도 곧잘하고 엄마 심부름도 할 만큼 커가고 있었다. 눈이 오려는지 날씨가 끄무러지며 북풍이 몰아치는 차가운 날이었다. 여우동이 나기중과 함께 활성산 길을 넘어오고 있었다. 그 뒤에는 어김없이 머슴이 바지게를 짊어지고 따르고 있었다. 샘에서 기저귀를 빨다 이를 본 민순은 얼른 방으로 들어가 못 본 척 시치미를 떼고 있었다. 부끄러워 어떻게 얼굴을 마주칠까 후끈거렸다. 얼굴이 마치 뜨거운 물을 부은 것처럼 활활 타올랐다.

"성음아! 성음아! 어이 성음이 애미 있능가?"

토방 댓돌에서 부르는 소리가 들렸다. 여우동 목소리였다. 그녀는 방문을 슬며시 열고 얼굴만 얼핏 내밀고서 인사를 했다.

"이제 오셨어요?"

"그래! 어른께서 오셨네."

그녀는 마루에 걸터앉아 있는 나기중 어른의 눈치를 핼금핼금 살피면서 말했다.

"어서 안으로 드싯시오. 날씨가 추워서 밖에는 못 계시겠구만이라우."

"알았네."

여우동이 먼저 마루로 올라오더니 방문을 열었다. 민순은 이미 예상을 하고 있던 터여서 방에 널려있는 물건을 주섬주섬 챙기고 있었다.

"마님! 이리 들어오싯시오."

여우동이 방문을 열고 나기중 어른을 불렀다. 댓돌 위에 가지런히 신발을 벗어놓은 그는 옷매무새를 쭉쭉 훑고선 안으로 들었다. 아랫목 따뜻한 곳에 자리를 잡은 그는 먼저 민순의 눈치를 살금살금 살피기 시작했다.

"어서 절을 올리소."

난데없이 절부터 하라고 여우동이 윽박지르듯 소리치고 나섰다. 민순은 시키는 대로 일어서서 나부죽 절을 했다.

"고생했네. 어서 거기 앉소. 진즉 와봐야 하는 것인디 바빠서 이제야 온 걸 미안하게 생각허네."

그는 딸을 낳아주었는데도 이제야 방문한 것부터 사과하고 나섰다. 이어 방바닥에 곤히 잠이 든 갓난아기를 바라보며 안안한 웃음을 지었다.

"마님! 마님 딸이랑께요."

여우동이 호탕하게 너털웃음을 지어가며 소리쳤다. 그도 싫지만은 않은지 살며시 포대기 채로 보듬고서 자기 무릎에 눕히고 기분 좋은 웃음을 지어보였다. 민순은 수줍어 가만히 고개를 숙인 채 눈치만 살살 살피고 있었다.

"마님과 지어미 이쁜 곳만 쏙 빼다 닮았당께라우. 얼마나 이쁜지 탄복하겠당께요."

여우동이 넉살 좋게 웃으며 말했다.

"내가 봐도 참말로 이쁘게 생겼네. 여식일수록 예뻐야 허는 것이네."

"하믄이라우. 남원 춘향이가 이보다 이뻤능가 모르겠소?"

"어허! 이 사람아 춘향이라니? 춘향이는 기생 딸 아닝가? 그만 못할 것이 뭐가 있어서 기생을 들먹이능가?"

나기중은 춘향이란 말이 썩 맘에 들지 않았었던지 순간 미간을 찌푸리며 여우동의 입방정을 점잖게 나무라고 나섰다. 여우동은 얼굴이 발개지면서 그의 눈치를 힐끔거렸다.

"애를 낳고 몸조리는 잘했능가? 어디 아픈 데는 없고?"

나기중은 이번에는 민순을 바라보고 물었다. 바라보는 표정에는 안타깝고 초조한 눈빛이 역력했다.

"예."

"다행이구만. 어쨌던 아직은 어리니 자네가 키워줘야 쓰겠네. 어렸을 땐 애비보다 애미 품속이 좋은 것이네. 키운 보상은 다 해 줄 터이니 건강하게만 길러주소. 그리고 이 집에서 사는 데는 별 지장은 없능가?"

나기중은 어린 것 얼굴을 뚫어지도록 바라보면서 애원하는 눈초리로 말했다.

"예."

민순은 말을 했지만 무슨 일로 왔는지 궁금하기 짝이 없었다. 집안에 새로운 여자가 들어왔으니 예전만 못하리라 예상은 하고 있었다. 이제 기대할 것도 없고 바랄 수도 없었다. 이 집에서 내쫓지나 않으면 다행이라 여겨질 뿐이었다. 차츰 괴이한 생각이 들기도 했다. 새삼 이상스러워지는 느낌이 머릿속을 옥죄는 것 같았다.

"순금 할아범이 들어오니 더 낫능가?"

나기중은 흐뭇한 표정을 지으며 물었다.

"예. 이웃이 있다고 생각허니 마음이 놓이구만요."

민순은 사실대로 말했다. 솔직히 산골에 살면서 가장 괴로운 것이 외로움이었던 것이다. 비가 오거나 밤이 되면 무서움이 밀려들어 밖에 나가는 것은 생각도 못했던 것인데 할아범이 들어온 뒤로는 그게 싹 사라지고 말았던 것이다.

"천만다행이구만. 내년부터는 밭을 나눠줄 터이니 밭곡식이라도 심어가며 살도록 허소."

나기중은 말할 때마다 텁수룩한 턱수염을 쓰다듬었다. 그는 궁금증을 무지르기라도 하려는 듯 계속 입을 다물지 않았다. 이어 주머니에서 하얀 서류를 꺼내들고서 방바닥에 펴놓기 시작했다. 한자로 써진 탓에 무슨 말인지 알 수가 없었다.

"여우동한테 자네의 동정은 들었네. 우선 내 말을 따라줘서 고마웠고, 뜻대로 내 자식을 낳아줬으니 세상천지 그보다 고마운 일이 어디 있겠능가? 오늘 내가 온 까닭은 다름이 아니네. 아들이면 어떻고 딸이면 어떤가? 딸자식도 자식이니 내 자식 이름으로 논을 이전해주려고 허네. 오늘 읍사무소에 가서 출생신고도 마쳤네. 이름은 수양이라고 정했네. 수양산 그늘이 강동 팔십 리를 간다고 허질 않던가. 비록 여식이지만 이다음에 남에게 큰 덕을 가져다주는 사람이 되라는 뜻에서 수양이라 지었네. 그리고 이것은 수양이 앞으로 논 서마지기 문서네. 자네가 받아두소."

나기중은 자신만만한 웃음을 지어가며 민순 앞으로 서류를 쭉 밀었다. 읽어보라는 뜻 같기도 했다. 하지만 민순은 대답조차 할 수 없었다. 돌덩어리를 머리에 이고 있는 사람처럼 연신 고개를 숙인 채 눈치만 살살 살필 뿐이었다. 이제야 일곱이레 지나간 마당인데 벌써 논문서부터 꺼내드는 드는 것이 너무 감사했다. 저절로 고개가 숙여졌다.

뭐라고 감사의 말을 드려야 할지 얼른 떠오르지 않았다. 초심을 잃지 않고 변함없이 이어졌으면 하는 바람일 뿐 더 이상 바랄 것이 없었다.

"자정골에서 멀지 않은 곳에 마련했으니, 당장 다음해부터 농사를 짓도록 허소. 자네가 못 짓겠으면 순금 할아범한테 맡겨도 될 것이네. 무슨 말인지 알겠능가?"

남의 심중은 물어볼 겨를도 없이 불을 뿜는 것처럼 혼자서 일사천리로 쏟아 놓는 것이었다.

"다시 한 번 부탁해야 쓰겠네. 자네가 낳았지만 이 아이는 분명 내 딸이네. 어미 품이 나보다 나을 터이니 그동안 잘 길러주게. 그 값은 내가 보상해줄 것이네."

나기중은 이렇게 해놓고 길을 떠나고 말았다.

출간후기

권선복(도서출판 행복에너지 대표이사)

　성경에는 '지혜를 얻는 것이 은을 얻는 것보다 낫고 그 이익이 정금보다 나음이니라'고 적혀 있습니다. 책이야말로 '지혜'라는 보물을 가득 담은 창고가 아닐까요? 출판을 해 오며 가장 기쁜 순간이 있다면 지혜라는 귀중한 가치를 담은 글을 발견할 때입니다. 출판인의 입장에서 원석과도 같은 원고를 잘 편집하여 빛나는 보석으로 세상에 내놓는 일보다 뿌듯한 순간은 없습니다. 그 순간을 위해, 책으로 행복해지는 세상을 만들겠다는 사명감 하에 설립된 도서출판 행복에너지는 대한민국 방방곡곡에 행복에너지를 전파하고자 하는 열정으로 부단한 노력을 경주하고 있습니다.

　좋은 책을 만들어 내는 것이 결코 쉬운 일은 아니었습니다. 바다 속에서, 숲 속에서 보물을 찾아 헤매듯 수많은 원고들 중 보석 같은 글을 찾기 위해 늘 다양한 모임과 함께 열려있는 사고로 한 달 평균 이십여 편 이상의 원고를 접수하고 세밀한 검토 과정을 거쳐 두세 편 정도가 출판이 결정됩니다. 사실 정상래 선생님의 글을 처음 접했을 때에는 엄청난 분량의 원고에 선뜻 출간을 결정하기 쉽지 않았습니다. 문학가로서 이렇다 할 명망이 없으신 분의 글을, 그것도 열 권 분량의 대하소설을 도서출판 행복에너지에서 세상에 펴낼 수 있을까 하는 고민을 많이 하였습니다.

하지만 원고를 읽으면 읽을수록 걱정은 환희로, 의문은 확신으로 굳어졌습니다. 한 장 한 장 페이지를 넘길 때마다 진주를 덮고 있는 진흙을 손수 걷어내는 느낌이었습니다. 그렇게 애써도 찾을 수 없었던 보석이, 바로 기쁨 충만한 행복에너지로 변신하여 눈앞에 다가온 것입니다. 그것이 바로 '한이 혼을 부르다'『소리』와의 첫 만남이었습니다. 내부 회의를 수십 차례 거쳐 행복에너지에서는 8권의 대하소설 『소리』를 2013년에 출간하기로 과감히 결정하였습니다.

정상래 교장선생님은 40성상(星霜)을 후세교육에 바친 분입니다. 선생님의 고향은 유달리 소리문화가 살아 숨 쉬고 있는 곳이었다고 하셨습니다. 그중에서도 서편제의 산실이었다는 것이 너무너무 자랑스러웠답니다. 소리를 위해 살아간 선지자의 고결한 삶을 직접 듣고 자랐던 터라 그냥 묻어두기에는 너무 아쉬워 글을 쓰기로 했다고 하셨습니다. 틈나는 대로 자료를 모으고 지인들을 찾아 자문을 구한 지 6년의 세월이 걸렸고, 현지답사만도 수십여 차례가 넘었다고 합니다. 많은 사람들의 박수를 받으며 명예롭게 정년을 마치고서도 소설 '소리'를 원고지에 담아오셨습니다. 10년에 가까운 긴 세월동안 빚어낸 인고의 결정체를 본인에게 출판해 달라고 찾아오셨던 것입니다. 출판인으로 보았을 땐 이건 분명 하나의 보석이었습니다.

다이아몬드는 하루아침에 뚝딱 생겨나는 게 아닙니다. 검정 탄소 덩어리가 억겁의 시간 동안 땅속에서 고열과 어둠을 견뎌낸 끝에 찬란한 빛을 뿜어내는 '결정'이 됩니다. 우리 삶에서 강산이 변한다는 10년의 시간, 그 긴 시간 동안 저자의 열정으로 빚어낸 소설 '한이 혼을 부르다'『소리』는 세상 그 어떤 보석보다도 찬란하게 빛나고 있습니다.

한 여인의 기구한 삶을 통해 지난 세기 대한민국이 겪었던 고난과 극복의 시간을, 그 한(恨)의 정서를 구성진 '소리'로 뽑아내신 정상래 선생님에게 힘찬 응원의 박수를 보내 드립니다. '가치와 철학'을 잃어버리고 방황하는 모든 현대인에게 한이 혼을 부르는『소리』는 흐릿한 정신을 깨우는 명징한 울림이자 어두운 미래를 밝게 비출 횃불로 다가오리라 믿어 의심치 않습니다. 독자 여러분의 많은 성원과 지도편달을 부탁드리며 만사 대길한 행복에너지 샘솟으시기를 기원 드리겠습니다. 정말 감사드립니다.

줄거리 요약

8권의 요약

민순은 딸 수양을 데리고 학교 대신 명창을 찾아가 소리를 가르쳐줄 것을 부탁한다. 명창은 진솔한 그녀의 마음을 알아차리고 흔쾌히 승낙 제자로 삼는다.

모녀는 날마다 이십 리 길을 마다하지 않고 소리를 배우러 다닌다. 그때 징용으로 끌려간 뒤 생사를 모르고 지내던 남편이 불구의 몸이 되어 돌아온다. 그는 12년에 걸쳐 한 많은 징용생활을 들려주는데…… . 일본으로 끌려간 득창은 규슈탄광에서 채탄광부로 일하게 된다. 함께 지낸 이가 갱에 매몰되자 탄광에서 쫓겨나 하이노사끼 노역장으로 옮기게 된다. 그는 모범적으로 일을 하며 고국으로 돌아갈 날짜만 기다리는데 느닷없는 징용 재계약이라는 통지서를 받게 된다. 그리고는 남방에 있는 섬 솔로몬 제도로 끌려간다. 노역장에서 일을 하던 중 발파작업 폭약으로 심한 상처를 입고 일본으로 후송된다. 하지만 수술 시기를 놓친 그는 영원한 불구가 되고 만다. 고국으로 돌아갈 꿈을 포기하고 일본 수용소에서 지내다 죽을 작정을 하고 실의에 빠져 있을 때 그를 찾아준 은인이 있었다. 그는 일본 천주당 신부였고 데려다 보살펴준다. 그러던 중 나가사키에 원자폭탄이 떨어지고 신부는 그곳으로 달려간다. 신부가 부상자 치료에 매진하자 득창은 신부를 돕기 위해 따라나선다. 신부와 함께 일생을 같이하기로 마음먹지만 신부는 가정의 중요성을 강조하며 고국으로 돌아가길 권유한다. 신체가 불편한 사람도 사랑을 실천할 일이 있다고 가르치면서……. 그는 신부의 가르침을 받아들이고 고국으로 돌아온다. 집으로 돌아온 그는 아내가 씨받이로 낳은 딸을 만나게 되고 고수(鼓手)가 되어준다. 급기야 명창대회에 참가하는데……

마지막 통화는 모두가 "사랑해…"였다

정기환 지음 | 296쪽 | 값 15,000원

글로써 연결되는 인간관계가 역사를 새로이 쓰고 지탱하는 힘이다. 그래서 책 『마지막 통화는 모두가 "사랑해…"였다』는 가치가 있다. 인간다움이 점점 사라지는 현실 속에서도 '사람 냄새' 나는 아날로그적 감성을 고스란히 간직함은 물론 이 시대를 관통하는 함의가, 우리 시대의 생생한 민낯이 이 한 권에 모두 담겨 있기 때문이다.

성공하는 자녀의 네 가지 비밀

박찬승 지음 | 300쪽 | 값 15,000원

책 『성공하는 자녀의 네 가지 비밀』은 자녀들의 성장 가능성과 적성을 가늠해보고, 아이들의 자존감과 자립심을 돕는 방법을 배울 수 있도록 구성되었다. 현재 대전 유성고 교장인 저자가 풍부한 현장 경험을 통해 알아낸 영재 공부 비법과 효율적인 학습법 또한 함께 담겨있다.

그대 인연을 사랑하라

남달구 지음 | 300쪽 | 값 15,000원

『그대 인연을 사랑하라』는 비록 남달구 기자가 세상에 내놓는 첫 번째 책이지만 안에 담긴 '맛과 멋'은 장인의 솜씨와 열정 그대로이다. 특종과 이슈가 아닌 '가치와 진실' 그리고 '참 나'를 찾아 떠나온 삶의 여정. 책 『그대 인연을 사랑하라』는 수많은 독자에게 참된 나와 진실한 세상으로 가는 길목의 이정표가 되어줄 것이다.

꿈의 크기만큼 자란다

조영탁 지음 | 280쪽 | 값 15,000원

'꿈'이라는 목표가 있기에 삶은 가치가 있고 사람은 미래를 향해 전진한다. 가장 중요한 점은 꿈의 크기에 한계를 두지 않았을 때 사람은 성장한다는 사실이다. 지금보다 더 '큰 사람'이 되고 싶다면, 성공을 위한 비전을 정확히 내다보고 싶다면 『꿈의 크기만큼 자란다』와 그 첫발을 시작해 보자.